동백꽃

열림원 **논술** 한국문학 01

동백꽃

김유정

열림원

| 차 례 |

동백꽃

상대방을 좋아하는 마음을
서투르게 표현하는 사춘기 주인공들의 모습을
시대적 배경 속에서 유쾌하게 표현한 작품.

"그럼 너, 이담부턴 안 그럴 테냐?"

닷새 동안 펼쳐지는 점순이의 복수극과 나의 저항전

'나'의 억울한 사연, 한번 들어보실래요?

점순이와 '나'는 평소에 이야기도 잘 하지 않고 서로 만나도 본 척 만 척 점잖게 지내던 사이였습니다.

그런데 봄바람 때문인지 갑자기 점순이의 태도가 이상해졌습니다. 열 심히 일하고 있는 '나'에게 다가와서는 귀찮게 이것저것 물어봅니다. 그리고 손으로 입을 틀어막고는 깔깔댑니다. 날씨가 풀리니까 이놈의 계집애가 미쳤나 생각했습니다. 그러더니 굵은 봄감자 세 개를 나의 턱 밑으로 불쑥 내밀며 남이 알면 큰일 날 테니 여기서 얼른 먹어버리라고 합니다. 이때 그냥 못 이기는 척 점순이가 준 감자를 받아먹었어야 했습 니다. 그랬다면 애꿎은 우리 닭들만 고생시키는 지금과 같은 수난은 없 었을 테니까요.

그러던 어느 날, 계속 열세에 몰리던 내가 KO승을 거두는 순간이 찾아오게 됩니다. 그러나 정신을 차리고 보니 사실 그것은……. '나'의 완전한 KO패였습니다.

이 소설은 '나'보다 먼저 이성에 눈을 뜬 능글맞은 점순이와 어리숙하고 순진한 '나' 사이에 벌어지는 봄날의 에피소드로 꽉 차 있습니다.

그러나 이 소설을 단순한 코미디극으로만 감상하기에는 어딘지 부족함이 있습니다. 네, 바로 점순네와 우리 집의 관계 때문이지요. '나'가 점순이의 침해에 소극적으로 저항할 수밖에 없었던 것도 바로 이 때문입니다. 점순네는 마름이고 우리 집은 그 밑에서 땅을 얻어 부치므로 항상 굽실거리며 지낼 수밖에 없는 소작농입니다. 마름이란 땅을 가진 지주를 대신해서 지주의 땅을 관리하는 중간 관리층입니다. 하지만 이들이 갖고 있는 권한은 지주 못지않았습니다. 소작농들에게는 마름에게 잘 보이고 못 보이고가 이듬해 땅을 빌려 농사를 짓는 데 큰 영향을 끼쳤기 때문입니다. 작가 김유정이 이 소설을 썼던 1930년대는 일제 식민지 정책으로 인해, 수많은 자작농들이 소작농으로 전락하게 되면서 농촌의 빈곤이 극에 달하던 때였습니다. 이런 배경 속에 이 소설이 위치해 있습니다. 작가 김유정은 작품 속 인물들의 관계에 은근히 이런 사회적인 배경을 심어놓았습니다. 그렇기 때문에 이 소설이 더욱 현실감을 얻게 되고, '나'와 점순이의 갈등과 화해는 더욱 의미 있게 다가옵니다.

자, 이제 '나'의 억울한 사연, 하지만 알싸하고 향긋한 동백꽃 향기 같은 이야기를 만나러 떠나볼까요?

동백꽃[1]

오늘도 또 우리 수탉이 막 쫓기었다. 내가 점심을 먹고 나무를 하러 갈 양으로 나올 때이었다. 산으로 올라서려니까 등 뒤에서 푸드덕 푸드덕 하고 닭의 횃소리[2]가 야단이다. 깜짝 놀라며 고개를 돌려 보니 아니나다르랴, 두 놈이 또 얼리었다[3].

점순네 수탉(대강이[4]가 크고 똑 오소리같이 실팍하게[5] 생긴 놈)이 덩저리 작은 우리 수탉을 함부로 해내는 것이다. 그것도 그냥 해내는 것이 아니라 푸드덕 하고 면두[6]를 쪼고 물러섰다가 좀 사이를 두고 또 푸드

1) 동백꽃 3~4월에 생강나무에서 피는 노란 꽃. 강원도에서는 생강나무에 피는 꽃을 동백나무라 부른다. 생강나무는 나뭇가지를 꺾으면 생강 냄새가 난다 하여 붙여진 이름으로 열매는 기름을 짜 머릿기름으로도 쓰이며 어린 잎은 차로도 마실 수 있어 여러모로 기특한 꽃이다.
2) 횃소리 닭이 날개를 치는 소리.
3) 얼리다 서로 얽히게 되다.
4) 대강이 대가리. 짐승의 머리.
5) 실팍하다 옹골차고 다부지다.

덕 하고 모가지를 쪼았다. 이렇게 멋을 부려가며 여지없이 닭아놓는다. 그러면 이 못생긴 것은 쪼일 적마다 주둥이로 땅을 받으며 그 비명이 킥, 킥, 할 뿐이다. 물론 미처 아물지도 않은 면두를 또 쪼이어 붉은 선혈은 뚝뚝 떨어진다.

이걸 가만히 내려다보자니 내 대강이가 터져서 피가 흐르는 것같이 두 눈에서 불이 번쩍 난다. 대뜸 지게막대기를 메고 달려들어 점순네 닭을 후려칠까 하다가 생각을 고쳐먹고 헛매질[7]로 떼어만 놓았다. 이번에도 점순이가 쌈을 붙여놨을 것이다. 바짝바짝 내 기를 올리느라고 그랬음이 틀림없을 것이다. 고놈의 계집애가 요새로 들어서서 왜 나를 못 먹겠다고 고렇게 아르릉거리는지 모른다.

나흘 전 감자 쪼간[8]만 하더라도 나는 저에게 조금도 잘못한 것은 없다. 계집애가 나물을 캐러 가면 갔지 남 울타리 엮는데 쌩이질[9]을 하는 것은 다 뭐냐? 그것도 발소리를 죽여가지고 등 뒤로 살며시 와서, "애! 너 혼자만 일하니?" 하고 긴치[10] 않은 수작을 하는 것이었다.

어제까지도 저와 나는 이야기도 잘 않고 서로 만나도 본 척 만 척하고 이렇게 점잖이 지내던 터이련만, 오늘로 갑작스레 대견해졌음은 웬일인가. 항차[11] 망아지만 한 계집애가 남 일하는 놈 보구…….

"그럼 혼자 하지 떼루 하디?" 내가 이렇게 내뱉는 소리를 하니까,

6) 면두 '볏'의 강원도 방언.
7) 헛매질 때리는 시늉만 하는 매질.
8) 쪼간 사건.
9) 쌩이질 쓸데없이 남에게 귀찮게 구는 행동.
10) 긴하다 꼭 필요하다. 매우 간절하다.
11) 항차 하물며.

"너, 일하기 좋니?"

또는,

"한여름이나 되거든 하지 벌써 울타리를 하니?"

잔소리를 두루 늘어놓다가 남이 들을까 봐 손으로 입을 틀어막고는 그 속에서 깔깔댄다. 별로 우스울 것도 없는데, 날씨가 풀리더니 이놈의 계집애가 미쳤나 하고 의심하였다. 게다가 조금 뒤에는 제 주변을 할끔할끔 돌아보더니 행주치마의 속으로 꼈던 바른손을 뽑아서 나의 턱밑으로 불쑥 내미는 것이다. 언제 구웠는지 아직도 더운 김이 홱 끼치는 굵은 감자 3개가 손에 뿌듯이 쥐였다.

"느 집엔 이거 없지?" 하고 생색 있는 큰소리를 하고는, 제가 준 것을 남이 알면 큰일 날 테니 여기서 얼른 먹어버리란다. 그리고 또 하는 소리가,

"너, 봄감자가 맛있단다."

"난 감자 안 먹는다, 니나 먹어라."

나는 고개도 돌리지 않고 일하던 손으로 그 감자를 도로 어깨너머로 쑥 밀어버렸다. 그랬더니 그래도 가는 기색이 없고, 뿐만 아니라 쌔근쌔근하고 심상치 않게 숨소리가 점점 거칠어진다. 이건 또 뭐야 싶어서 그때에야 비로소 돌아다보니 나는 참으로 놀랐다. 우리가 이 동리에 들어온 것은 근 3년째 되어오지만, 여지껏 가무잡잡한 점순이의 얼굴이 이렇게까지 홍당무처럼 새빨개진 법이 없었다. 게다 눈에 독을 올리고 한참 나를 요렇게 쏘아보더니 나중에는 눈물까지 어리는 것이 아니냐. 그리고 바구니를 집어들더니 이를 꼭 악물고는 엎어질 듯 자빠질 듯 논둑으로 힁 하게 달아나는 것이었다.

어쩌다 동리 어른이,

"너, 얼른 시집을 가야지?" 하고 웃으면,

"염려 마세유. 갈 때 되면 어련히 갈라구······." 이렇게 천연덕스레 받는 점순이었다. 본시 부끄러움을 타는 계집애도 아니거니와 또한 분하다고 눈에 눈물을 보일 얼병이[12]도 아니다. 분하면 차라리 나의 등허리를 바구니로 한번 모지게 후려때리고 달아날지언정.

그런데 고약한 그 꼴을 하고 가더니 그 뒤로는 나를 보면 잡아먹으려고 기를 복복 쓰는 것이다. 설혹 주는 감자를 안 받아먹은 것이 실례라 하면 주면 그냥 주었지 "느 집엔 이거 없지?"는 다 뭐냐. 그렇잖아도 저희는 마름이고 우리는 그 손에서 배재[13]를 얻어 땅을 부치므로 일상 굽실거린다. 우리가 이 마을에 처음 들어와 집이 없어서 곤란으로 지낼 제, 집터를 빌리고 그 위에 집을 또 짓도록 마련해준 것도 점순네의 호의였다. 그리고 우리 어머니 아버지도 농사 때 양식이 달리면 점순네한테 가서 부지런히 꾸어다 먹으면서 인품 그런 집은 다시 없으리라고 침이 마르도록 칭찬하곤 하는 것이다. 그러면서도 열일곱씩이나 된 것들이 수군수군하고 붙어 다니면 동리의 소문이 사납다고 주의를 시켜준 것도 또 어머니였다. 왜냐하면 내가 점순이하고 일을 저질렀다가는 점순네가 노할 것이고, 그러면 우리는 땅도 떨어지고 집도 내쫓기고 하지 않으면 안 되는 까닭이었다. 그런데 이놈의 계집애가 까닭 없이 기를 복복 쓰며 나를 말려죽이려고 드는 것이다.

눈물을 흘리고 간 그 담날 저녁나절이었다. 나무를 한 짐 잔뜩 지고

12) 얼병이 얼뜨기. 바보.
13) 배재 땅을 소작할 수 있는 권리.

산을 내려오려니까 어디서 닭이 죽는 소리를 친다. 이거 뉘 집에서 닭을 잡나 하고 점순네 울 뒤로 돌아오다가 나는 고만 두 눈이 뚱그랬다. 점순이가 저희 집 봉당에 홀로 걸터앉았는데, 아 이게 치마 앞에다 우리 씨암탉을 꼭 붙들어놓고는,

"이놈의 닭! 죽어라, 죽어라." 요렇게 암팡스레 패주는 것이 아닌가. 그것도 대가리나 치면 모른다마는 아주 알도 못 낳으라고 그 볼기짝께를 주먹으로 콕콕 쥐어박는 것이다. 나는 눈에 쌍심지가 오르고[14] 사지가 부르르 떨렸으나, 사방을 한번 휘돌아보고야 그제서 점순이 집에 아무도 없음을 알았다. 잡은참[15] 지게막대기를 들어 울타리의 중턱을 후려치며,

"이놈의 계집애! 남의 닭 알 못 낳으라구 그러니?" 하고 소리를 빽 질렀다.

그러나 점순이는 조금도 놀라는 기색이 없고, 그대로 의젓이 앉아서 제 닭 가지고 하듯이 또 죽어라, 죽어라 하고 패는 것이다. 이걸 보면 내가 산에서 내려올 때를 겨냥해서 미리부터 닭을 잡아 가지고 있다가 너 보란 듯이 내 앞에 줴지르고 있음이 확실하다.

그러나 나는 그렇다고 남의 집에 튀어들어가 계집애하고 싸울 수도 없는 노릇이고, 형편이 썩 불리함을 알았다. 그래 닭이 맞을 적마다 지게막대기로 울타리를 후려칠 수밖에 별 도리가 없다. 왜냐하면 울타리를 치면 칠수록 울섶이 물러앉으며 뼈대만 남기 때문이다. 하나 아무리

14) 쌍심지가 오르다 몹시 화가 나서 두 눈에 핏발이 서다. '쌍심지'란 한 등잔에 있는 두 개의 심지를 말함.

15) 잡은참 곧바로. 지체없이.

생각하여도 나만 밑지는 노릇이다.

"아, 이년아! 남의 닭 아주 죽일 터이냐?" 내가 도끼눈을 뜨고 다시
꽥 호령을 하니까, 그제서야 울타리께로 쪼르르 오더니 울 밖에 섰는 나
의 머리를 겨누고 닭을 내팽개친다.

"에이 더럽다! 더럽다!"

"더러운 걸 널더러 입때[16] 끼고 있으랬니? 망할 계집애년 같으니" 하
고 나도 더럽단 듯이 울타리께를 힝 하게 돌아내리며 약이 오를 대로 다
올랐다, 라고 하는 것은 암탉이 풍기는 서슬에 나의 이마빼기에다 물찌
똥을 찍 갈겼는데 그걸 본다면 알집만 터졌을 뿐 아니라 골병은 단단히
든 듯싶다.

그리고 나의 등 뒤를 향하여 나에게만 들릴 듯 말 듯한 음성으로,

"이 바보 녀석아!"

"애! 너, 배냇병신이지?"

그만도 좋으련만,

"애! 너, 느 아버지가 고자라지?"

"뭐? 울 아버지가 그래 고자야?" 할 양으로 열벙거지[17]가 나서 고개
를 홱 돌리어 바라봤더니, 그때까지 울타리 위로 나와 있어야 할 점순이
의 대가리가 어디 갔는지 보이지를 않는다. 그러다 돌아서서 오자면 아
까에 한 욕을 울 밖으로 또 퍼붓는 것이다. 욕을 이토록 먹어가면서도
대거리 한마디 못하는 걸 생각하니 돌부리에 채어 발톱 밑이 터지는 것
도 모를 만치 분하고 급기야는 두 눈에 눈물까지 불끈 내솟는다.

---

16) 입때 여태. 입때껏.
17) 열벙거지 매우 급하게 치밀어 오르는 '화증(火症)'의 속된 말.

그러나 점순이의 침해는 이것뿐이 아니다. 사람들이 없으면 틈틈이 제 집 수탉을 몰고 와서 우리 수탉과 쌈을 붙여놓는다. 제 집 수탉은 썩 험상궂게 생기고 쌈이라면 홰를 치는고로 으레 이길 것을 알기 때문이다. 그래서 툭하면 우리 수탉이 면두며 눈깔이 피로 흐드르하게 되도록 해놓는다. 어떤 때에는 우리 수탉이 나오지를 않으니까 요놈의 계집애가 모이를 쥐고 와서 꾀어내다가 쌈을 붙인다.

이렇게 되면 나도 다른 배차[18]를 차리지 않을 수 없었다. 하루는 우리 수탉을 붙들어 가지고 넌지시 장독께로 갔다. 쌈닭에게 고추장을 먹이면 병든 황소가 살모사를 먹고 용을 쓰는 것처럼 기운이 뻗친다 한다. 장독에서 고추장 한 접시를 떠서 닭 주둥아리께로 들이밀고 먹여보았다. 닭도 고추장에 맛을 들였는지 거스르지 않고 거진 반 접시 턱이나 곧잘 먹는다. 그리고 먹고 금시는 용을 못 쓸 터이므로 얼마쯤 기운이 돌도록 홰 속에다 가두어두었다.

밭에 두엄을 두어 짐 져내고 나서 쉴 참에 그 닭을 안고 밖으로 나왔다. 마침 밖에는 아무도 없고 점순이만 저희 울 안에서 헌 옷을 뜯는지 혹은 솜을 터는지 옹크리고 앉아서 일을 할 뿐이다.

나는 점순네 수탉이 노는 밭으로 가서 닭을 내려놓고 가만히 맥을 보았다. 두 닭은 여전히 얼리어 쌈을 하는데 처음에는 아무 보람이 없다. 멋지게 쪼는 바람에 우리 닭은 또 피를 흘리고 그러면서도 날갯죽지만 푸드덕 푸드덕 하고 올라뛰고 뛰고 할 뿐으로 제법 한번 쪼아보지도 못한다.

18) 배차 대책. 방도.

그러나 한번은 어쩐 일인지 용을 쓰고 펄쩍 뛰더니 발톱으로 눈을 하비고[19] 내려오며 면두를 쪼았다. 큰 닭도 여기에는 놀랐는지 뒤로 멈씰하며[20] 물러난다. 이 기회를 타서 작은 우리 수탉이 또 날쌔게 덤벼들어 다시 면두를 쪼니 그제서는 감때사나운[21] 그 대강이에서도 피가 흐르지 않을 수 없었다.

옳다 알았다, 고추장만 먹이면 되는구나 하고 나는 속으로 아주 쟁그러워[22] 죽겠다. 그때에는 뜻밖에 내가 닭쌈을 붙여놓는 데 놀라서 울 밖으로 내다보고 섰던 점순이도 입맛이 쓴지 눈살을 찌푸렸다. 나는 두 손으로 볼기짝을 두드리며 연방,

"잘한다! 잘한다!" 하고, 신이 머리끝까지 뻗치었다.

그러나 얼마 되지 않아서 나는 넋이 풀리어 기둥같이 묵묵히 서 있게 되었다. 왜냐하면 큰 닭이 한번 쪼인 앙갚음으로 호들갑스레 연거푸 쪼는 서슬에 우리 수탉은 찔끔 못하고 막 곯는다. 이걸 보고서 이번에는 점순이가 깔깔거리고 되도록 이쪽에서 많이 들으라고 웃는 것이다.

나는 보다못하여 덤벼들어서 우리 수탉을 붙들어 가지고 도로 집으로 돌아왔다. 고추장을 좀더 먹였더라면 좋았을걸, 너무 급하게 쌈을 붙인 것이 퍽 후회가 난다. 장독께로 돌아와서 다시 턱밑에 고추장을 들이댔다. 흥분으로 말미암아 그런지 당최 먹질 않는다. 나는 하릴없이[23] 닭을 반듯이 눕히고 그 입에다 권연 물부리[24]를 물리었다. 그리고 고추장 물

---

19) 하비다 긁어 파다.
20) 멈씰하다 멈칫하다.
21) 감때사납다 생김새나 성질이 휘어잡기 힘들게 매우 억세고 사납다.
22) 쟁그럽다 매우 고소하다.
23) 하릴없다 어쩔 수 없다.

을 타서 그 구멍으로 조금씩 들이부었다. 닭은 좀 괴로운지 킥킥 하고 재채기를 하는 모양이나, 그러나 당장의 괴로움은 매일같이 피를 흘리는 데 댈 게 아니라 생각하였다.

그러나 한 두어 종지가량 고추장 물을 먹이고 나서는 나는 고만 풀이 죽었다. 싱싱하던 닭이 왜 그런지 고개를 살며시 뒤틀고는 손아귀에서 뻐드러지는 것이 아닌가. 아버지가 볼까 봐서 얼른 홰에다 감추어두었더니 오늘 아침에서야 겨우 정신이 든 모양 같다.

그랬던 걸 이렇게 오다 보니까 또 쌈을 붙여놓으니 이 망할 계집애가 필연 우리 집에 아무도 없는 틈을 타서 제가 들어와 홰에서 꺼내 가지고 나간 것이 분명하다.

나는 다시 닭을 잡아다 가두고, 염려는 스러우나 그렇다고 산으로 나무를 하러 가지 않을 수도 없는 형편이었다. 소나무 삭정이를 따며 가만히 생각해보니 암만 해도 고년의 목쟁이를 돌려놓고 싶다. 이번에 내려가면 망할년 등줄기를 한번 되게 후려치겠다 하고 싱둥겅둥[25] 나무를 지고는 부리나케 내려왔다.

거지반 집에 다 내려와서 나는 호드기[26] 소리를 듣고 발이 딱 멈추었다. 산기슭에 널려 있는 굵은 바윗돌 틈에 노란 동백꽃이 소보록하니 깔리었다. 그 틈에 끼여 앉아서 점순이가 청승맞게스리 호드기를 불고 있는 것이다. 그보다도 더 놀란 것은 그 앞에서 또 푸드덕 푸드덕 하고 들리는 닭의 홰소리다. 필연코 요년이 나의 약을 올리느라고 또 닭을 집어

---

24) 물부리 담배를 끼워 입에 물고 빠는 물건.
25) 싱둥겅둥 건성건성.
26) 호드기 봄철에 물오른 버드나무 가지의 껍질 등으로 만든 피리.

내다가 내가 내려올 길목에다 쌈을 시켜놓고 저는 그 앞에 앉아서 천연스레 호드기를 불고 있음이 틀림없으리라.

나는 약이 오를 대로 다 올라서 두 눈에서 불과 함께 눈물이 퍽 쏟아졌다. 나뭇지게도 벗어놀 새 없이 그대로 내동댕이치고는 지게막대기를 뻗치고 허둥지둥 달려들었다. 가까이 와 보니, 과연 나의 짐작대로 우리 수탉이 피를 흘리고 거의 빈사 지경에 이르렀다. 닭도 닭이려니와 그러함에도 불구하고 눈 하나 깜짝 없이 고대로 앉아서 호드기만 부는 그 꼴에 더욱 치가 떨린다. 동네에서도 소문이 났거니와 나도 한때는 걱실걱실히²⁷⁾ 일 잘하고 얼굴 예쁜 계집애인 줄 알았더니 시방 보니까 그 눈깔이 꼭 여우새끼 같다.

나는 대뜸 달려들어서 나도 모르는 사이에 큰 수탉을 단매로²⁸⁾ 때려 엎었다. 닭은 푹 엎어진 채 다리 하나 꼼짝 못하고 그대로 죽어버렸다. 그리고 나는 멍하니 섰다가 점순이가 매섭게 눈을 흡뜨고 닥치는 바람에 뒤로 벌렁 나자빠졌다.

"이놈아! 너, 왜 남의 닭을 때려 죽이니?"

"그럼 어때?" 하고 일어나다가,

"뭐, 이 자식아! 누 집 닭인데?" 하고 복장을 떼미는 바람에 다시 벌렁 자빠졌다. 그러고 나서 가만히 생각을 하니 분하기도 하고 무안도 스럽고, 또 한편 일을 저질렀으니 인젠 땅이 떨어지고 집도 내쫓기고 해야될는지 모른다.

나는 비슬비슬 일어나며 소맷자락으로 눈을 가리고는 얼김에 엉 하고

---

27) 걱실걱실하다 서글서글하고 활발하다.
28) 단매로 한 번 매질로.

울음을 놓았다. 그러다 점순이가 앞으로 다가와서,

"그럼 너, 이담부턴 안 그럴 테냐?" 하고 물을 때에야 비로소 살길을 찾은 듯싶었다. 나는 눈물을 우선 씻고 뭘 안 그러는지 명색도 모르건만,

"그래!" 하고 무턱대고 대답하였다.

"요담부터 또 그래봐라, 내 자꾸 못살게 굴 테니."

"그래 그래, 인젠 안 그럴 테야."

"닭 죽은 건 염려 마라. 내 안 이를 테니."

그리고 뭘에 떠다밀렸는지 나의 어깨를 짚은 채 그대로 퍽 쓰러진다. 그 바람에 나의 몸뚱이도 겹쳐서 쓰러지며 한창 피어 퍼드러진 노란 동백꽃 속으로 폭 파묻혀버렸다. 알싸한 그리고 향긋한 그 냄새에 나는 땅이 꺼지는 듯이 온 정신이 고만 아찔하였다.

"너, 말 마라."

"그래!"

조금 있더니 요 아래서,

"점순아! 점순아! 이년이 바느질을 하다 말구 어딜 갔어?" 하고 어딜 갔다 온 듯싶은 그 어머니가 역정이 대단히 났다. 점순이가 겁을 잔뜩 집어먹고 꽃 밑을 살금살금 기어서 산 아래로 내려간 다음, 나는 바위를 끼고 엉금엉금 기어서 산 위로 치빼지²⁹⁾ 않을 수 없었다.

---

29) 치빼다 꽁지 빠지도록 도망가다.

1 점순이는 왜 걸핏하면 닭싸움을 시켰을까요? 무엇 때문에 심통이 났나요?

서로 이야기도 잘 않고 서로 만나도 본 척 만 척하는 사이로 지내던 차에, 점순이는 웬일로 삶은 감자 3개를 '나'에게 불쑥 내밀고는 먹으라며 관심을 드러냈습니다. '느 집엔 이거 없지'라고 생색내는 소리에 기분이 상해버린 '나'는 퉁명스럽게 거절하고 말았습니다. 자존심이 몹시 상한 점순이는 전에는 한 번도 본 적 없는 새빨개진 얼굴로 '나'를 쏘아보고는 달아나버렸지요. 그 후로 '나'만 보면 잡아먹으려고 기를 쓰던 차에, 만만한 '나'의 집 닭을 자신의 집 닭과 싸움을 붙여놓은 것입니다. 그러나 점순이가 붙여놓은 이 닭싸움은 '나'의 관심을 끌고, 구애에 성공하기 위한 모종의 작전이었음을 '나'는 통 알 길이 없습니다.

2 소설 전체를 통해 짐작할 수 있는 점순이의 성격을 이야기해봅시다.

동리 어른이 얼른 시집가라는 말에도 천연덕스럽게 대꾸하던 점순이입니다. 또한 감자 사건에서처럼 얼굴이 새빨개진 적이 한 번도 없을 정도로, 좀체 다소곳함과 부끄러움을 찾아볼 수 없는 성격입니다. '나'에게 대놓고 욕을 하거나, 야무지게 암탉을 괴롭힌다거나, 수탉싸움을 시키는 장면에서는 심통맞고 겁이 없으며, 한번 복수를 결심하면 끝장을 봐야 직성이 풀리는 끈질긴 성격임을 짐작할 수 있습니다. 또한 '나'에게 먼저 구애를 할 정도로, 나이에 비해 조숙한 면도 가지고 있습니다.

3 '나'는 점순이가 자신의 집 씨암탉을 괴롭히는 장면을 목격했을 때나, 점순이에게 욕을 먹을 때도 대거리 한 번 못합니다. 왜 그랬을까요?

점순이의 침해가 하루하루 심해질수록 '나'의 분함은 계속 커져가기만 했습니다. 하지만 점순네는 마름이고 '나'는 그 손에서 땅을 부치는 소작농의 아들로 일상 굽실거리면서 살고 있습니다. 처음 마을에 정착할 때 집을 짓도록 마련해준 것도 점순네의 호의였고, 양식이 떨어지면 꿔다 먹은 적도 한두 번이 아니기에 '나'의 부모님은 점순네를 은인으로 알고 살아오고 있지요. 이런 부모님을 생각해서라도 '나'는 점순이의 괴롭힘을 고스란히 당할 수밖에 없는 처지이기 때문에 꾹꾹 참고 지내야만 했던 것입니다.

4 소설을 읽으면서 웃음이 나오는 장면은 어디인가요? 왜 이런 웃음이 나오게 되는지 생각해봅시다.

여태껏 당하기만 했던 '나'가 치밀어 오른 화를 감당 못해 점순네 닭을 때려 죽인 후, 점순이와 대거리를 하다가 가만히 생각해보니 큰일 났다고 판단하고 목놓아 우는 부분, 그리고 점순이가 "그럼 너, 이담부턴 안 그럴 테냐?" 하고 물을 때에야 눈물을 씻고 뭘 안 그러는지 생각하기도 전에 무턱대고 대답하는 장면에선 웃음이 절로 나옵니다.

생각이 단순하고 어리숙하여 일의 속사정을 재빨리 파악하지 못하는 '나'의 행동과 말 때문에 이 작품을 읽는 내내 유쾌한 기분이 드는 것입니다.

5 배경인 봄과 마지막 장면에서의 동백꽃이 하는 역할은 무엇일까요?

봄은 만물을 꿈틀거리게 합니다. 봄 햇살이 등을 간지럽히듯 사람의 마음도 덩달아 간질간질해집니다. 뭔가 새롭고 달콤한 일이 생길 것만 같은 계절입니다. 그래서 사춘기에 접어든 점순이의 마음도 들뜨고 가벼워지지 않았을까요? 그래서 봄나물을 캐러 가다가 울타리를 엮는 '나'의 곁에 살며시 다가와서 먼저 말을 걸었고, 퉁명스러운 '나'의 대답에도 아랑곳 않고 손으로 입을 틀어막고 깔깔대는 행동을 보이지 않았을까요? 이처럼 봄이라는 계절은 평소와는 다른 점순이의 행동에 개연성을 부여해주고 있습니다.

또한 알싸하고 향긋한 동백꽃 향기는 사춘기 소년 소녀의 풋사랑과 잘 어울리는 소재이며, 노란색 이미지는 '나'와 점순이의 화해를 순박하고 깔끔하게 그려내는 데 기여하고 있습니다.

6 이후의 뒷이야기를 상상해봅시다.

한창 피어 퍼드러진 노란 동백꽃 속으로 폭 파묻혀버린 '나'와 점순이. 점순이가 시킨 대로 '나'는 아무에게도 말하지 않을 것을 약속합니다. 둘의 화해 이후, 점순이가 '나'를 못 잡아먹어서 으르렁거리는 일은 아마 더는 없겠지요. 점순네 수탉을 때려 죽인 일도 점순이가 이야기하지 않는 한 아무 일 없이 넘어갈 수 있을 것이고요.

그렇다고 해서 둘이 과연 신분을 뛰어넘는 위험한(?) 사랑을 하게 될 것인지에 대해서는 의문입니다. 여전히 '나'는 점순이의 심정을 읽을 줄 모르는 어리숙한 총각이기 때문입니다. 예전처럼 본 척 만 척 지내는 사이로 되돌아가든가, 점순이가 또 어떤 사건을 꼬투리잡아 이번에는 다른 방법으로 '나'를 못살게 구는 장면이 반복될 것도 같습니다. 마치 봄이 가고 나면 또 새로운 봄이 찾아오는 것처럼.

7 점순이의 시각에서 이야기가 전개되었다면 이 소설의 성격은 어떻게 달라졌을까요?

사태를 파악하지 못하는 어리숙한 '나'의 독백을 따라가면서 독자인 우리들은 '나'가 눈치 채지 못하는, 이면에 숨겨진 점순이의 생각을 읽어내는 재미를 맛볼 수 있었습니다. 점순이의 모진 행동을 독자들에게 일러바치는 '나'의 목소리가 웃음을 유발시키며 연민을 자극하는데, 이것은 부러 이와 같은 효과를 얻기 위한 작가의 계획된 의도라고 볼 수 있습니다.

점순이의 입장에서 사건이 전달되었다면 이야기의 맛은 지금과는 확연히 달라졌을 것입니다. 다음 이야기가 어떻게 전개될까 두근거리며 읽게 되는 맛도 훨씬 덜해질 것입니다. 물론 점순이의 심정을 보다 자세하고 솔직하게 알 수 있게 되겠지만, 어리숙한 '나'를 생생하게 만난다는 것은 어려워질 것이 분명합니다.

산골

자신을 버리고 서울로 가버린 도련님을 기다리는
이쁜이의 심정을 산골이라는 공간적 배경 속에서
애잔하게 그리고 있는 작품.

산골

산

머리 위에서 굽어보던 해님이 서쪽으로 기울어 나무에 긴 꼬리가 달렸건만 나물 뜯을 생각은 않고 이쁜이는 늙은 잣나무 허리에 등을 비겨 대고 먼 하늘만 이렇게 하염없이 바라보고 섰다.

하늘은 맑게 개이고 이쪽저쪽으로 뭉글뭉글 피어오른 흰 꽃송이는 곱게도 움직인다. 저것도 구름인지 학들은 쌍쌍이 짝을 짓고 그새로 날아들며 끼리끼리 어르는 소리[1]가 이 수퐁[2]까지 멀리 흘러내린다.

갖가지 나무들은 사방에 잎이 우거졌고 땡볕에 그 잎을 펴들고 너훌너훌 바람과 아울러 산골의 향기를 자랑한다.

그 공중에는 나는 꾀꼬리가 어여쁘고—노란 날개를 팔딱이고 이 가지 저 가지로 옮아 앉으며 흥에 겨운 행복을 노래 부른다.

[1] 어르는 소리 어우르는 소리.
[2] 수퐁 '수풀'의 강원도 방언.

—고오이! 고이고오이!

요렇게 아양스레 노래를 부르고,

— 담배 먹구 꼴 비어[3]!

맞은쪽 저 바위 밑은 필시 호랑님이 드나드는 굴이리라. 음침한 그 위에는 가시덤불 다래넝쿨이 어지러이 엉클려 지붕이 되어 있고 이것도 돌이랄지 연녹색 털복숭이는 올망졸망 놓였고 그리고 오늘도 어김없이 뻐꾸기는 날아와 그 잔등에 다리를 머무르며,

—뻐국! 뻐국! 뻑뻐국!

어느덧 이쁜이는 눈시울에 구슬 방울이 맺히기 시작한다. 그리고 나물 바구니가 툭, 하고 땅에 떨어지자 두 손에 펴든 치마폭으로 그새 얼굴을 폭 가리고는 이쁜이는 흐륵흐륵 마냥 느끼며 울고 섰다. 이제야 후회되나니 도련님 공부하러 서울로 떠나실 때 저도 간다고 왜 좀더 붙들고 늘어지지 못했던가. 생각하면 할수록 가슴만 미어질 노릇이다. 그러나 마님의 눈을 기어 자그만 보따리를 옆에 끼고 산속으로 20리나 넘어 따라갔던 이쁜이는 산등을 질러갔고 으슥한 고갯마루에서 기다리고 섰다가 넘어오시는 도련님의 손목을 꼭 붙잡고 "난 안 데려가지유!" 하고 애원 못한 것도 아니니 공연스레 눈물부터 앞을 가렸고 도련님이 놀라며,

"너 왜 오니? 여름에 꼭 온다니까. 어여 들어가라" 하고 역정을 내심에는 고만 두려웠으나 그래도 날 데려가라고 그 몸에 매달리니 도련님은 얼마를 벙벙히 그냥 섰다가,

---

3) 꼴 비다 말이나 소 등에 먹이는 풀을 베다.

"울지 마라 이쁜아, 그럼 내 서울 가 자리나 잡거든 널 데려가마" 하고 등을 두드리며 달래일 제 만일 이 말에 이쁜이가 솔깃하여 꼭 곧이 듣지만 않았던들 도련님의 그 손을 안타까이 놓지는 않았을걸…….

"정말 꼭 데려가지유?"

"……그럼 한 달 후에면 꼭 데려가마."

"난 그럼 기다릴 테야유."

그리고 아침 햇발에 비끼는 도련님의 옷자락이 산등으로 꼬불꼬불 저 멀리 사라지고 아주 보이지 않을 때까지 이쁜이는 남이 볼까 하여 피어 흩어진 개나리 속에 몸을 숨기고 치마끈을 입에 물고는 눈물로 배웅하였던 것이 아닐런가. 이렇게도 철석같이 다짐을 두고 가시더니 그 한 달이란 대체 얼마나 되는 겐지 몇 한 달이 거듭 지나고 돌도 넘었으련만 도련님은 이렇다 소식 하나 전할 줄조차 모르신다.

실토로 터놓고 말하자면 늙은 이 잣나무 아래에서 도련님과 맨 처음 눈이 맞을 제 이쁜이가 먼저 그러자고 한 것도 아니련만…….

이쁜이 어머니가 마님댁 씨종[4]이고 보면 그 딸 이쁜이는 잘 따져야 씨의 씨종이니 하잘것없는 계집애이거늘 이쁜이는 제 몸이 이럼을 알고 시내에서 홀로 빨래할 제이면 도련님이 가끔 덤벼들어 이게 장난이겠지, 품에 꼭 껴안고 뺨을 깨물어 뜯는 그 꼴이 숭굴숭굴하고[5] 밉지는 않았으나 그러나 이쁜이는 감히 그런 생각을 먹어본 적이 없었다. 그날도 마님이 구미가 젖히셨다고[6] 애 이쁜아 나물 좀 뜯어온, 하실 때 이쁜이는 퍽

---

4) 씨종 지난날 대대로 물려가며 남의 종노릇을 하던 사람.
5) 숭굴숭굴하다 얼굴 생김새가 붙임성이 있고 덕성스럽다.
6) 구미가 젖히다 입맛을 잃다. 입맛이 없어지다.

이나 반가웠고 아침밥도 몇 술로 걸날리고 바구니를 동무 삼아 집을 나섰으니 나이 아직 열여섯이라 마님에게 귀염을 받는 것이 다만 좋았고 칠칠한[7] 나물을 뜯어드리고자 한사코 이 험한 산속으로 기어올랐다.

풀잎의 이슬은 아직 다 마르지 않았고 바위 틈바구니에 흩어진 잔디에는 커다란 구렁이가 또아리를 틀고서 떡머구리[8] 한 놈을 우물거리고 있는 중이며 이쁜이는 쌔근쌔근 가쁜 숨을 쉬어가며 그걸 가만히 들여다보고 섰다가 바로 발 앞에 도라지순이 있음을 발견하고 꼬챙이로 막 캐려 할 즈음 등 뒤에서 뜻밖에 발자국 소리가 들리는 것이 아닌가. 깜짝 놀라며 고개를 돌려보니 언제 어디로 따라왔던가 도련님은 물푸레나무 토막을 한 손에 지팡이로 짚고 붉은 얼굴이 땀바가지가 되어 식식거리며 그리고 싱글싱글 웃고 있다.

그 모양이 하도 수상하여 이쁜이는 눈을 똥그랗게 뜨고 바라보니 도련님은 좀 면구쩍은지[9] 낯을 모로 돌리며 그러나 여일히 싱글싱글 웃으며 뱃심 유한 소리[10]가,

"난 지팡이 꺾으러 왔다."

그렇지마는 이쁜이는 며칠 전 마님이 불러 세우고 너 도련님하구 같이 다니면 매맞는다, 하시던 그 꾸지람을 얼른 생각하고,

"왜 따라왔지유. 마님 아시면 남 매맞으라구?" 하고 암팡스레 쏘았으나 도련님은 귓등으로 듣는지[11] 그래도 여전히 싱글거리며 뱃심 유한

<hr>

7) 칠칠하다 **변변하다.**
8) 떡머구리 **떡개구리.**
9) 면구쩍다 **겸연쩍다.**
10) 뱃심 유한 소리 **염치나 두려움이 없이 제 고집대로 하는 비위가 좋은 소리.**
11) 귓등으로 듣다 **건성으로 듣다.**

소리로,

"난 지팡이 꺾으러 왔다."

그제야 이쁜이는 성을 안 낼 수가 없고,

"마님께 나 매맞어두 난 몰라."

혼잣말로 이렇게 되알지게[12] 쫑알거리고 너야 가든 말든 하라는 듯이 고개를 돌리어 아까의 도라지를 다시 캐자노라니 도련님은 무턱대고 그냥 와락 달려들어,

"너 맞는 거 나는 알지."

이쁜이를 뒤로 꼭 붙들고 땀이 쭉 흐른 그 뺨을 또 잔뜩 깨물고는 놓질 않는다. 이쁜이는 어려서부터 도련님과 같이 자랐고 같이 놀았으되 제가 먼저 그런 생각을 두었다면 도련님을 벌컥 떠다밀어 바위 너머로 곤두박히게 했을 리 만무이었고 궁둥이를 털고 일어나며 도련님이 무색하여 멀거니 쳐다보고 입맛만 다시니 이쁜이는 그 꼴이 보기 가엾고 죄를 저지른 제 몸에 대하여 죄송한 자책이 없던 바도 아니었지마는 다시 손목을 잡히고 이 잣나무 밑으로 끌릴 제에는 온 힘을 다하여 그 손깍지를 버리며 야단친 것도 사실이 아닌 건 아니나 그러나 어딘가 마음 한편에 앙살[13]을 피우면서도 넉히 끌리어가도록 도련님의 힘이 좀더 좀더 하는 생각이 전혀 없었다면 그것은 거짓말이 되고 말 것이다. 물론 이쁜이가 얼굴이 빨개지며 앙큼스러운 생각을 먹은 것은 바로 이때이었고.

"난 몰라, 마님께 여쭐 터야아, 난 몰라!" 하고 적잖이 조바심을 태우면서도 도련님의 속맘을 한번 뜯어보고자,

12) 되알지다 매우 힘차고 야무지다.
13) 앙살 엄살.

"누가 종두[14] 이러는 거야?" 하고 손을 뿌리치며 된통 호령을 하고 보니 도련님은 이 깊고 외진 산속임에도 귀에다 입을 갖다대고 가만히 속삭이는 그 말이,

"너 나하고 멀리 도망가지 않으련!"

그러니 이쁜이는 이 말을 참으로 꼭 곧이들었고 사내가 이렇게 겁을 집어먹는 수도 있는지 도련님이 땅에 떨어지는 성냥갑을 호주머니에 다시 집어넣을 줄도 모르고 덤벙거리며 산 아래로 꽁지를 뺄 때까지 이쁜이는 잣나무 뿌리를 베고 풀밭에 번듯이 드러누운 채 푸른 하늘을 바라보며 인제 멀리만 달아나면 나는 저 도련님의 아씨가 되려니 하는 생각에 마님께 진상할 나물 캘 생각조차 잊고 말았다. 그러나 조금 지나며 이쁜이는 어쩐지 저도 겁이 나는 듯싶었고 발딱 일어나 사면을 휘돌아보았으나 거기에는 험상스러운 바위와 우거진 숲이 있을 뿐 본 사람은 하나도 없으련만 아마 산이 험한 탓일지도 모르리라. 가슴은 여전히 달랑거리고 두려우면서 그러나 이 몸뚱이를 제 품에 꼭 품고 같이 뒹굴고 싶은 안타까운 그런 행복이 느껴지지 않은 것도 아니었으니 도련님은 이렇게 정을 들이고 가시고는 이제 와서는 생판 모르는 체하시는 거나 아닐런가⋯⋯.

마을

두 손등으로 눈물을 씻고 고개는 으레 들었으나 나물 뜯을 생각은 않

14) 종두 자꾸.

고 이쁜이는 늙은 잣나무 밑에 앉아서 먼 하늘을 치켜대고 도련님 생각에 이렇게도 넋을 잃는다.

이제 와 생각하면 야속도 스럽나니 마님께 매를 맞도록 한 것도 결국 도련님이었고 별 욕을 다 당하게 한 것도 결국 도련님이 아니었던가…….

매일과 같이 산엘 올라다닌 지 단 나흘이 못 되어 마님은 눈치를 채셨는지 혹은 짐작만 하셨는지 저녁때 기진하여 내려오는 이쁜이를 불러 앉히시고,

"너 요년 바른 대로 말해야지, 죽인다" 하고 회초리로 때리시되 볼기짝이 톡톡 불거지도록 하시었고 그래도 안차게[15] 아니라고 고집을 쓰니 이번에는 어머니가 달려들어 머리채를 휘감고 주먹으로 등허리를 서너 번 쾅쾅 때리더니 그만도 좋으련만 뜰 아랫방에 갖다 가두고는 사날씩이나 바깥 구경을 못하게 하고 구메밥[16]으로 구박을 막 함에는 이쁜이는 짜장[17] 서럽지 않을 수가 없었다. 징역살이 맨 마지막 밤이 깊었을 제 이쁜이는 너무 원통하여 혼자 앉아서 울다가 자리에 누운 어머니의 허리를 꼭 끼고 그 품속으로 기어들며 '어머니 나 데련님하고 살 테야' 하고 그예 저의 속증을 토설하니 어머니는 들었는지 먹었는지 그냥 잠잠히 누웠더니 한참 후 후유, 하고 한숨을 내뿜을 때에는 이미 눈에 눈물이 그렁그렁하였고, 그러고 또 한참 있더니 입을 열어 하는 이야기가 지금은 이렇게 늙었으나 자기도 색시 때에는 이쁜이만치나 어여뺐고 얼마나 맵시가 출중났던지 노나리[18]와 은근히 배가 맞았으나 몇 달이 못

15) 안차다 겁 없다.
16) 구메밥 죄수에게 들여보내 주는 밥.
17) 짜장 과연 정말로.
18) 노나리 늙은 나리.

가서 노마님이 이걸 아시고 하루는 불러 세우고 때리시다가 마침내 샘에 못 이기어 인두로 하초[19]를 지지려고 들어 덤비신 일이 있다고 일러주고 다시 몇 번 몇 번 당부하여 말하되 석숭네가 벌써부터 말을 건네는 중이니 도련님에게 맘일랑 두지 말고 몸 잘 갖고 있어라 하고 딱 떼는 것이 아닌가. 하기야 이쁜이가 무남독녀의 귀여운 외딸이 아니었던들 사흘 후에도 바깥에 나올 수 없었으려니와 비로소 대문을 나와보니 그간 세상이 좀 넓어진 것 같고 마치 우리를 벗어난 짐승과 같이 몸의 가뜬함을 느꼈고 숭칙스러운 산으로 뺑뺑 둘러싼 이 산골에서 벗어나 넓은 버덩[20]으로 나간다면 기쁘기가 이보다 좀 더하리라 생각도 하여보고 어머니의 영대로 고추밭을 매러 개울길로 내려가려니까 왼편 수풀 속에서 도련님이 불쑥 튀어나오며 또 붙들고 벌에 안 갈 테냐고 대구[21] 보채인다. 읍에 가 학교를 다니다가 요즘 방학이 되어 집에 돌아온 뒤로는 공부는 할 생각 않고 날이면 날 저물도록 저만 이렇게 붙잡으러 다니는 도련님이 딱도 하거니와 한편 마님도 무섭고 또는 모처럼 용서를 받는 길로 그리고 보면 이번에는 호되게 불이 내릴 것을 알고 이쁜이는 오늘은 안 되니 낼모레쯤 가자고 좋게 달래가며 그래도 듣지 않고 굳이 가자고 성화를 하는 데는 할 수 없이 몸을 뿌리치고 뺑손[22]을 놀 수밖에 딴 도리가 없었다. 구질구질이 내리던 비로 말미암아 한동안 손을 못 댄 고추밭은 풀들이 제법 성큼히 엉기었고 어디서부터 시작해야 좋을지 갈피를 모르겠는데 이쁜이는 되는 대로 한편 구석에 치마를 도사리고 앉아서

19) 하초 한방에서 쓰는 용어. 배꼽 아랫부분(신장, 방광, 대장, 소장 따위의 장기가 포함됨). 여기서는 성기를 뜻함.
20) 버덩 평지. 여기서는 많은 사람들이 모여 사는 도회지를 뜻함.
21) 대구 무리하게 자꾸.

이것도 명색은 김매는 거겠지, 호미로 흙등만 따작거리며[23] 정짜[24] 정신은 어젯밤 종은 상전과 못 사는 법이라던 어머니 말이 옳은지 그른지 그것만 일념으로 아로새기며 이리 씹고 저리도 씹어본다. 그러나 이쁜이는 아무렇게도 나는 도련님과 꼭 살아보겠다. 혼자 맹세하고 제가 아씨가 되면 어머니는 일테면 마님이 되련마는 왜 그리 극성인가 싶어서 좀 야속하였고 해가 한나절이 되어 목덜미를 확확 달릴 때까지 이리저리 곰곰 생각하다가 고개를 들어보매 밭은 여태 한 고랑도 다 끝이 못 났으니 이놈의 밭이, 하고 탓 안 할 탓을 하며 저로도 하품이 나올 만치 어지간히 기가 막혔다. 이번에는 좀 빨랑빨랑 하리라 생각하고 이쁜이는 호미를 잽싸게 놀리며 폭폭 찍고 덤볐으나 그래도 웬일인지 일은 손에 붙지를 않고 그뿐 아니라 등 뒤 개울의 덤불에서는 온갖 잡새가 귀둥대둥 멋대로 속삭이고 먼발치에서 풀을 뜯고 있던 황소가 메에 하고 늘어지게도 소리를 내뽑으니 이쁜이는 이걸 듣고 갑자기 몸이 나른해지지 않을 수 없고 밭가에 선 수양버들 그늘에 쓰러져 한잠 들고 싶은 생각이 곧바로 나지마는 어머니가 무서워 차마 그걸 못하고 만다. 이제는 계집애는 밭일을 안 하도록 법이 됐으면 좋겠다 생각하고 이쁜이는 울화증이 나서 호미를 메꼰지고[25] 얼굴의 땀을 씻으며 앉았노라니까 들로 보리를 걷으러 가는 길인지 석숭이가 빈 지게를 지고 까불까불 밭머리에 와 서더니 아주 썩 시퉁그러지게[26] 입을 삐죽거리며 이쁜이를 건너대고

22) 뺑손 뺑소니.
23) 따작거리다 손톱이나 날카로운 물건 따위로 보잘것없이 작아지게 자꾸 뜯거나 긁어서 상처를 내다.
24) 정짜 정작.
25) 메꼰지다 메어꽂다. 힘껏 내던지다.

하고 소리가,

"너 데련님하구 그랬대지."

새파랗게 가른 비수로 가슴을 쪽 내리긋는대도 아마 이토록은 재겹지[27] 않으리라마는 이쁜이는 어서 들었느냐고 따져볼 겨를도 없이 얼굴이 고만 홍당무가 되었고 그놈의 소이[28]로 생각하면 대뜸 들어 덤벼 그 귓배기라도 물고늘어질 생각이 곧 간절은 하나 헌 죄는 있고 어째볼 용기가 없으며 다만 고개를 푹 수그릴 뿐이다. 그러니까 석숭이는 제가 꿴 듯싶어서 이쁜이를 짜장 넘보고 제법 밭 가운데까지 들어와 떡 버티고 서서는 또 한 번 시큰둥하게 그리고 엿먹는 소리로,

"너 데련님하구 그랬대지."

전일 같으면 제가 이쁜이에게 지게막대기로 볼기 맞을 생각도 않고 감히 이따위 버르장머리는 하기는커녕 즈 아버지 장사하는 원두막에서 몰래 참외를 따 가지고 와서,

"애 이쁜아, 너 이거 먹어라" 하다가,

"난 네가 주는 건 안 먹을 테야" 하고 몇 번 내뱉음에도 굴치 않고 굳이 먹으라고 떠맡기므로 이쁜이가 마지못하는 체하고 받아들고는 물론 치마폭에 흙을 싹싹 문대고 나서 깨물고 앉았다면 아무쪼록 이쁜이 맘에 잘 들도록 호미를 대신 손에 잡기가 무섭게 느실난실[29] 김을 매주었고 그리고 가끔 이쁜이를 웃겨주기 위하여 그것도 재주라고 밭고랑에서

---

26) 시퉁그러지다 보기에 주제넘고 건방지다.
27) 재겹다 저미다.
28) 소이 하는 일.
29) 느실난실 남녀간의 몸가짐에서 상대의 성적 충동을 받아 야릇하고 추잡하게 구는 모습. 여기서는 사내 티를 내면서 김을 매는 모습을 표현한 말.

잘 봐야 곰 같은 몸뚱이로 이리 뒹굴고 저리 뒹굴고 하였다. 석숭 아버지는 이놈이 또 어디로 내뺐구나 하고 찾아다니다 여길 와보니 매라는 제 밭은 안 매고 남 계집애 밭에 들어와서 대체 원 이게 무슨 노름인가 이꼴이고 보매 기도 막힐뿐더러 터지려는 웃음을 억지로 참고 노여운 낯을 지어가며,

"너 이놈아, 네 밭은 안 매고 남의 밭에 들어와 그게 뭐냐?" 하고 꾸중을 하였지마는 석숭이가 깜짝 놀라서 돌아다보다 고만 멀쑥룩하여[30) 궁둥이의 흙을 털고 일어서며,

"이쁜이 밭 좀 매주러 왔지 뭘 그래?" 하고 되레 퉁명스러이 뻗댐에는 더 책하지 않고,

"이 망할 자식두 다 많어이!" 하고 돌아서 저리로 가며 보이지 않게 피익 웃고 마는 것인데 그러면 이쁜이는 저의 처지가 꽤 야릇하게 됨을 알고 저기까지 분명히 들리도록,

"너보고 누가 밭 매달랬어? 가, 어여 가, 가" 하고 다 먹은 참외는 생각 않고 등을 떠다밀며 구박을 막 하던 이런 터이련만 제가 이제 와 누굴 비위를 긁다니 하늘이 무너지면 졌지 이것은 도시[31) 말이 안 된다.

돌

이쁜이는 남다른 부끄럼으로 온 전신이 확확 닳는 듯싶었으나 그러나 조금 뒤에는 무안을 당한 거기에 대갚음이 없어서는 아니 되리라 생각

---

30) 멀쑥룩하다 머쓱하다. 무안을 당하거나 기가 죽어 열없고 어색하다.
31) 도시 도무지. 전혀.

하고 앙칼스러운 역심[32]이 가슴을 쿡 찌를 때에는 어깨뿐만 아니라 등허리 전체가 샐룩거리다가 새침히 발딱 일어나 사방을 훑어보더니 대낮이라 다들 일들 나가고 안마을에 사람이 없음을 알고 석숭이의 소맷자락을 넌지시 끌며 그 옆 숙성히 자란 수수밭 속으로 들어간다. 밭 한복판은 아늑하고 아무 데도 보이지 않으므로 함부로 떠들어도 괜찮으려니 믿고 이쁜이는 거기다 석숭이를 세워놓자 밭고랑에 널려진 여러 돌 틈에서 맞아죽지 않고 단단히 아플 만한 모리 돌멩이[33] 하나를 집어들고 그 옆 정강이를 모질게 후려치며,

"이 자식, 뭘 어쩌구 어째?" 하고 딱딱 어르니까 석숭이는 처음에 뭐나 좀 생길까 하고 좋아서 따라왔던 걸 별안간 난데없는 모진 돌만 날아듦에는,

"아야!" 하고 소리치자 뚝 선불맞은[34] 노루 모양으로 한번 뻐들껑 뛰며 눈이 그야말로 왕방울만 해지지 않을 수가 없었다. 그러나 석숭이는 미움보다 앞서느니 기쁨이요 전일에는 그 옆을 지내도 본 둥 만 둥하고 그리 대단히 여겨주지 않던 그 이쁜이가 일부러 이리 끌고와 돌로 때리되 정말 아프도록 힘을 들일 만치 이쁜이에게 있어는 지금의 저의 존재가 그만치 끔찍함을 그 돌에서 비로소 깨닫고 짓궂이 싱글싱글 웃으며 한번 더 뒤둥그러진[35], 그리로 흘게늦은[36] 목소리로,

"뭘 데련님허구 그랬대는데" 하고 놀려주었다. 이쁜이는,

---

32) 역심 비위에 거슬리는 마음. 반발하는 마음.
33) 모리 돌멩이 모난 돌멩이.
34) 선불맞다 (총알 등을) 설맞다.
35) 뒤둥그러지다 (생각이나 성질이) 비뚤어지다.
36) 흘게늦다 야무지지 못하다.

"뭐 이자식?" 하고 상기된 눈을 똑바로 떴으나 이번에는 돌멩이 집을 생각을 않고 아까부터 겨우 참아왔던 울음이 "으응!" 하고 탁 터지자 잡은참 덤벼들어 석숭이 옷가슴에 매달리며 쥐어뜯으니 석숭이는 이쁜이를 울려놓은 것은 저의 큰 죄임을 얼른 알고 눈이 휘둥그레서,

"아니다, 아니다, 내 부러 그랬다, 아니다" 하고 입에 불이 나게 그러나 손으로 등을 어루만지며 "아니다"를 여러 십번을 부른 때에야 간신히 울음을 진정해놓았고 이쁜이가 아직 느끼는 음성으로 몇 번 당부를 하니,

"인제 남 듣는데 그러면 내 너 죽일 테야."

"그래 인전 안 그러마."

참으로 이런 나쁜 소리는 다시 입에 담지 않으리라 맹세하였다.

이쁜이도 그제야 마음을 놓고 흔적이 없도록 눈물을 닦으면서,

"다시 그래봐라 내 죽인다."

또 한 번 다져놓고 고추밭으로 도로 나오려 할 제 석숭이가 와락 달려들어 그 허리를 잔뜩 껴안고,

"너 그럼 우리 집에서 나한테로 시집오라니깐 왜 싫다구 그랬니?" 하고 설혹 좀 성가시게 굴었다 치더라도 만일 이쁜이가 이 행실을 도련님이 아신다면 담박에 정을 떼시려니 하는 염려만 없었더라면 그리 대수롭지 않은 것을 그토록 오지게[37] 혼을 냈을 리 없었겠고 생각하면 두고 두고 입때껏 후회가 나리 만치 그렇게 사내의 뺨을 후려친 것도 결국 도련님을 위하는 이쁜이의 깨끗한 정이 아니었던가…….

37) 오지다 오달지다. 야무지고 실속 있다.

물

　가득히 품에 찬 서러움을 눈물로 가시고 나물 바구니를 손에 잡았으니 이쁜이는 다시 일어나 산중턱으로 거친 수풀 속을 기어내리며 도라지를 하나 둘 캐기 시작한다.

　참인지 아닌지 자세히는 모르나 멀리 날아온 풍설을 들어보면 도련님은 서울 가 어여쁜 아씨와 다시 정분이 났다 하고 그뿐만도 오히려 좋으련마는 댁의 마님은 마님대로 늙은 총각 오래 두면 병난다 하여 상냥한 아씨만 찾는 길이니 대체 이게 웬 셈인지 이쁜이는 골머리가 아팠고 도라지를 캔다고 꼬챙이를 땅에 꾸욱 꽂으니 그대로 짚고 선 채 해만 점점 부질없이 저물어간다. 맥을 잃고 다시 내려오다 이쁜이는 앞에 우뚝 솟은 바위를 품에 얼싸안고 그 아래를 굽어보니 험악한 석벽 틈에 맑은 물은 웅숭깊이 충충 고이었고 설핏한 하늘의 붉은 노을 한쪽을 뚝 떼들고 푸른 잎새로 전을 둘렀거늘 그 모양이 보기에 퍽도 아름답다. 그걸 거울 삼고 이쁜이는 저 밑에 까맣게 비치는 저의 외양을 또 한 번 고쳐 뜯어보니 한때는 도련님이 조르다 몸살도 나셨으려니와 의복은 비록 추레할망정[38] 저의 눈에도 밉지 않게 생겼고 남 가진 이목구비에 반반도 하련마는 뭐가 부족한지 달리 눈이 맞은 도련님의 심정이 알 수 없고 어느덧 원망스러운 눈물이 눈에서 떨어지니 잔잔한 물면에 물 둘레를 치기도 전에 무슨 밥이나 된다고 커단 꺽지[39]는 휘엉휘엉 올라와 꼴딱 받아먹고 들어간다. 이쁜이는 얼빠진 등신같이 맑은 이 물을 가만히 들여

38) 추레하다 겉모양이 깨끗하지 못하고 생기가 없다.
39) 꺽지 '꺽저기'의 준말로, 농어목 꺽짓과의 민물고기. 쏘가리와 비슷하나 좀 작음. 몸 길이 15 센티미터가량. 몸 빛깔은 갈색이며, 몸 양쪽에 암적색의 가로줄이 있음.

다 보노라니 불시로 제 몸을 풍덩, 던지어 깨끗이 빠져도 죽고 싶고, 아니 이왕 죽을진댄 정든 님 품에 안겨 같이 풍, 빠져 세상사를 다 잊고 알뜰히 죽고 싶고, 그렇다면 도련님이 이 등에 넙죽 엎디어 뺨에 뺨을 비벼대고 그리고 이 물을 같이 굽어보며,

"애, 울지 마라. 내가 가면 설마 아주 가겠니?"하고 세우[40] 달랠 제 꼭 붙들고 풍덩실 하고 왜 빠지지 못했던가. 시방은 한가[41]도 컸건마는 그 이쁜이는 그리도 삶에 주렸던지,

"정말 올 여름엔 오우?"하고 아까부터 몇 번 묻던 걸 또 한 번 다져 보았거늘 도련님은 시원스러이 선뜻,

"그럼 오구말구. 널 두고 안 오겠니!"하고 대답하고 손에 꺾어 들었던 노란 동백꽃을 물위에 홱 내던지며,

"너 참, 이 물이 무슨 물인지 알면 용치."

눈을 끔벅끔벅하더니 이야기하여 가로되 옛날에 이 산속에 한 장사가 있었고 나라에서는 그를 잡고자 사방팔방에 군사를 놓았다. 그렇지마는 장사에게는 비호같이 날랜 날개가 돋친 법이니 공중을 훌훌 나는 그를 잡을 길 없고 머리만 앓던 중 하루는 그예 이 물에서 목욕을 하고 있는 것을 사로잡았다는 것이로되 왜 그러냐 하면 하느님이 잡수시는 깨끗한 이 물을 몸으로 흐렸으니 누구라고 천벌을 아니 입을 리 없고 몸에 물이 닿자 돋쳤던 날개가 흐지부지 녹아버린 까닭이라고 말하고 도련님은 손짓으로 장사의 처참스러운 최후를 시늉하며 짜장 두려운 듯이 눈을 커다랗게 끔적끔적하더니 뒤를 이어 그 말이,

---

40) 세우 세게. 여기서는 '간곡하게'의 의미로 쓰임.
41) 한가 원통한 생각.

44

"아 무서! 얘 우지 마라. 저 물에 눈물이 떨어지면 너 큰일 난다."

그러나 이쁜이는 그까짓 소리는 듣는 둥 마는 둥 그리 신통치 못하였고 며칠 후 서울로 떠나면 아주 놓칠 듯만 싶어서 도련님의 얼굴을 이윽히 쳐다보고 그럼 다짐을 두고 가라 하다가 도련님이 조금도 서슴없이 입고 있던 자기의 저고리 고름 한 짝을 뚝 떼어 이쁜이 허리춤에 꾹 꽂아주며,

"너 이래두 못 믿겠니?" 하니 황송도 하거니와 설마 이걸 두고야 잊으시진 않겠지 하고 속이 든든하지 않은 것도 아니었다. 대장부의 노릇이매 이렇게 하고 변심은 없을 게나 그래도 잘 따져보니 이 고름이 말하는 것도 아니거든 차라리 따라나서느니만 같지 못하다고 문득 마음을 고쳐먹고 고개로 쫓아간 건 좋으련마는 왜 그랬던고. 좀더 매달려 진대[42]를 안 붙고 고기 주저앉고 말았으니 이제 와서는 한가만 새롭고 몸에 고이 간직하였던 옷고름을 이 손에 꺼내들고 눈물을 흘려보되 별수 없나니 보람 없이 격지[43]만 늘어간다. 하나 이거나마 아주 없었던들 그야 살맛조차 송두리 잃었으리라마는 요즘 매일과 같이

　이 험한 깊은 산속에 올라와

　옛 기억을 홀로 더듬어보며

　이쁜이는 해가 저물도록 이렇게 울고 섰고 하는 것이다.

---

42) 진대　억지나 떼를 쓰는 것.
43) 격지　여러 겹으로 쌓여 붙은 켜. 여기서는 시름만 깊어간다는 의미로 쓰임.

길

모든 새들은 어제와 같이 노래를 부르고 날도 맑으련만

오늘은 웬일인지

이쁜이는 아직도 올라오질 않는다.

석숭이는 아버지가 읍의 장에 가서 세 마리 닭을 팔아 그걸로 소금을 사오라 하여 아침 일찍이 나온 것도 잊고 이 산에 올라와 다리를 묶은 닭들은 한편에 내던지고 늙은 잣나무 그늘에 누워 눈이 빠지도록 기다렸으나 이쁜이가 좀체 나오지 않으매 웬일일까 고게 또 노하지나 않았나 하고 일쩌웁시⁴⁴⁾ 이렇게 애를 태운다. 올 가을이 얼른 되어 새 곡식을 거두면 이쁜이에게로 장가를 들게 되었으니 기쁨인들 이 위에 더할 데 있으랴마는 이번도 또 이쁜이가 밥도 안 먹고 죽는다고 야단을 친다면 헛일이 아닐까 하는 염려도 없지 않았거늘 그렇게 쌀쌀하고 매일매일 하던 이쁜이의 태도가 요즘에 들어와서는 갑자기 다소곳하고 눈 한 번 흘길 줄도 모르니 이건 참으로 춤을 추어도 다 못 출 것이다. 뿐만 아니라 이슬비가 내리던 날 마님댁 울 뒤에서 이쁜이는 옥수수를 따고 섰고 제가 그 옆을 지날 제 은근히 손짓을 하므로 가까이 다가서니 귀에다 나직이 속삭이는 소리가,

"너 편지 하나 써줄련?"

"그래, 그래, 써주마, 나 잘 쓴다."

석숭이는 너무 반가워서 허둥거리며 묻지 않는 소리까지 하다가 또 그 말이 내 너 하라는 대로 다 할 게니 도련님에게 편지를 쓰되, 이쁜이

---

44) 일쩝다 (마음이) 불안하고 불편하다.

는 여태 기다립니다, 하고 그리고 이런 소리는 아예 입 밖에 내지 말라 하므로 그런 편지면 일년 내내 두고 썼으면 좋겠다, 속으로 생각하고 채 틀 못 박힌 연필 글씨로 다섯 줄을 그리기에 꼬박이 이틀 밤을 새우고 나서 약속대로 산으로 이쁜이를 만나러 올라올 때에는 어쩐지 가슴이 두근두근하는 것이 바로 아내를 만나러 오는 남편의 그 기쁨이 또렷이 나타나는 것이다. 이쁜이가 얼른 올라와야 뭐가 제일 좋으냐 물어보고 이 닭들을 팔아 선물을 사다주련만 오진 않고 석숭이는 암만 생각해야 영문을 모르겠으니 아마 요전번,

"이 편지 써왔으니까 너 나하구 꼭 살아야 한다" 하고 크게 얼른 것이 좀 잘못이라 하더라도 이쁜이가 고개를 푹 숙이고 있다가,

"그래" 하고 눈에 눈물을 보이며 "그 편지 읽어봐" 하고 부드럽게 말 한 걸 보면 그리 노한 것은 아니니 석숭이는 기뻐서 그 앞에 떡 버티고 제가 썼으나 제가 못 읽는 그 편지를 떠듬떠듬—도련님 전 상사리, 가신 지가 오래 됐는디 왜 안 오구 일년 반이 됐는디 왜 안 오구 하니깐 이쁜 이는 밤마두 눈물로 새오며 이쁜이는 그럼 죽을 테니까 날 듯이 얼찐[45] 와서—이렇게 땀을 내이며 읽었으나 이쁜이는 다 읽은 뒤 그걸 받아서 피봉[46]에 도로 넣고 그리고 나물 바구니 속에 감추고는 그대로 덤덤히 산을 내려온다. 산기슭으로 내리니 앞에 큰 내가 놓여 있고 골고루도 널 려 박힌 험상궂은 웅퉁바위 틈으로 물은 우람스레 부딪치며 콸콸 흘러 내리매 정신이 다 아찔하여 이쁜이는 조심스레 바위를 골라 디디며 이 쪽으로 건너왔으나 아무리 생각하여도 같이 멀리 도망가자는 도련님이

45) 얼찐 얼른. 빨리.
46) 피봉 편지 봉투.

서울로 저 혼자만 삐쭉 달아난 것은 그 속을 알 수 없고 사나이 맘이 설사 변한다 하더라도 잣나무 밑에서 그다지 눈물까지 머금고 조르시던 그 도련님이 이제와 싹도 없이 변하신다니 이야 신의 조화가 아니면 안 될 것이다. 이쁜이는 산처럼 잎이 퍼드러진 호양나무 밑에 와 발을 멈추며 한 손으로 바구니의 편지를 꺼내어 행주치마 속에 감추어 들고 석숭이가 쓴 편지도 잘 찾아갈는지 미심도 하거니와 또한 도련님 앞으로 잘 간다 하면 이걸 보고 도련님이 끔뻑하여 뛰어올 겐지 아닌지 그것조차 장담 못할 일이건마는 아니, 오신다 이 옷고름을 두고 가시던 도련님이거늘 설마 이 편지에도 안 오실 리 없으리라고 혼자 서서 우기며 해가 기우는 먼 고개치를 바라보며 체부[47] 오기를 기다린다. 체부가 잘 와야 사흘에 한 번밖에는 더 들르지 않는 줄을 저라고 모를 리 없고 그리고 어제 다녀갔으니 모레나 오는 줄을 번연히 알련마는 그래도 이쁜이는 산길에 속은 사람같이 저 산비알[48]로 꼬불꼬불 돌아나간 기나긴 산길에서 금시 체부가 보일 듯 보일 듯 싶었는지 해가 아주 넘어가고 날이 어둡도록 지루하게도 이렇게 속달게[49] 체부 오기를 기다린다.

그러나

오늘은 웬일인지

어제와 같이 날도 맑고 산의 새들은 노래를 부르건만

이쁜이는 아직도 나올 줄을 모른다.

---

47) 체부 우체부.
48) 산비알 산비탈.
49) 속달다 마음 졸이다. 속이 달아오르다. 애가 타다.

1 이쁜이와 도련님 사이의 관계를 정리해봅시다.

이쁜이 어머니는 도련님댁 종입니다. 도련님은 읍에서 학교를 다니다가 방학 때 집에 돌아온 뒤로 이쁜이에게 노골적으로 접근합니다. 이쁜이도 자신의 처지를 생각하지 않았던 것은 아니었지만, 도련님이 "너나하고 멀리 도망가지 않으련!"이라고 말하며 다가올 때 이 말을 곧이듣고 말았습니다. 종은 상전과 못 사는 법이라는 어머니의 만류에도 불구하고 이쁜이는 도련님의 아내가 되어 아씨가 되는 허망된 꿈을 꾸게 됩니다. 도련님이 서울로 공부하러 떠난 후 이쁜이는 도련님의 약속을 믿고 하염없이 기다리기만 합니다. 자신을 꼭 서울로 데리고 가겠다는, 도련님이 저에게 한 약속은 거짓이 아니기를, 도련님 역시 자신을 잊지 않고 있으리라 믿고 있으나, 시간이 지날수록 도련님의 마음이 변한 것처럼 생각되어 불안감과 서러움은 깊어만 갑니다. 이쁜이는 애초부터 도련님이 자신을 진심으로 사랑한 것이 아니라는 것에 대해서는 생각조차 해보지 않았습니다.

하지만 이쁜이가 마님으로부터 호되게 매질을 당하고 갇혀 있다 풀려난 이후에도 죄책감 없이 태연하게 이쁜이를 꼬드기는 도련님의 태도를 볼 때 이쁜이의 판단은 분명 잘못된 것임을 추측할 수 있습니다. 도련님이 했던 맹세 역시 거짓이었을 혐의는 매우 짙습니다. 이쁜이는 차차 이를 눈치 채가면서도 여전히 인정하고 싶지 않은 갈등 속에 놓이게 됩니다.

2 이쁜이의 성격을 추측해보고, 「동백꽃」에서의 점순이의 성격과 비교해 봅시다.

이쁜이는 도련님 앞에서는 매우 고분고분하며 도련님의 청을 거절하지 못하는 약한 모습을 보여줍니다. 또한 도련님이 하는 말을 순수하게 곧이곧대로 받아들이는 반면, 도련님과 자신과의 사랑을 지켜냄으로써 자신의 신분이 상승하는 것을 꿈꾸어보는 용감함도 가지고 있습니다. 하지만 자신을 일방적으로 좋아하는 석숭이에게는 매우 모진 말과 행동으로 대합니다. 이 부분에서는 매우 당차며 억센 성격도 엿볼 수 있습니다. 특히 석숭이와 티격태격하는 장면을 읽다 보면 자연스럽게 「동백꽃」의 점순이가 떠오릅니다. 점순이의 쌀쌀함과 억척스러움, 걸걸함, 그러면서도 내면에 숨겨져서 잘 드러나지 않는 여린 감성까지 비슷한 측면이 많아 보입니다. 하지만 점순이는 적극적으로 사랑을 구애하고 자신의 목적을 달성하는 인물임에 반해 이쁜이는 사랑이 돌아오기를 기다리며 애만 태우는 인물이라는 점에서 큰 차이가 있습니다. 또한 석숭이가 "이 편지 써 왔으니까 너 나하구 꼭 살아야 한다"라고 말하자 눈물을 보이며 "그래"라고 대답하는 장면에서는 자포자기의 상태에서 희망을 한순간에 놓아버리는 모습도 엿볼 수 있습니다.

3 이 작품이 소재 면에서 여느 신파조의 소설들과 비슷하다 하더라도, 식상함에서 벗어날 수 있었던 것은 무엇 때문인지 생각해봅시다.

이에 대한 답은 석숭이가 이 작품에서 하는 역할을 살펴봄으로써 얻을 수 있습니다.

석숭이는 이쁜이를 짝사랑하고 있습니다. 하지만 이쁜이가 도련님과 정분이 났다는 소문을 듣고 불안감을 느끼는 대신 오히려 호기심을 느끼며 이쁜이를 놀립니다. 이런 석숭이의 태도는 우리들의 상식 밖에 있기 때문에 의아함을 가지게 합니다. 하지만 이쁜이를 대하는 태도에는 인간적인 따뜻함이 배어 있음을 알 수 있습니다.

따라서 상황 파악을 못하고 행동하는 석숭이가 이쁜이 눈에는 꼴도 보기 싫은 존재로 얄밉겠지만, 독자인 우리들의 눈에는 친근감과 유쾌함을 선사해주는 존재로 인식됩니다.

만약 이 작품에서 석숭이라는 인물이 없었다면 어땠을까요? 상황을 어눌하게 해석하는 우스꽝스러운 석숭이의 말과 행동은 답답한 사건 전개에 숨통을 트이게 하는 구실을 톡톡히 하고 있습니다. 아울러 작품의 결말 부분에서는 이야기가 진행되는 내내 이쁜이의 심리를 대변해주었던 서술자가 석숭에게로 슬며시 자리를 이동함으로써 이야기의 서술에 변화를 주고 있습니다. 이로 인해 열린 결말에서 오는 여운의 효과도 거두고 있습니다. 이 작품이 자칫 식상함에 빠지기 쉬운 소재를 다루고 있음에도 불구하고 읽는 이에게 신선함을 던져주는 이유가 여기에 있습니다.

4 아래 다섯 개의 소제목들이 각각 의미하는 것은 무엇이며 작가는 왜 이 소제목들을 써 넣었을지 생각해봅시다.

소제목	작품에서 하는 역할 및 의미
산	—현재, 도련님을 하염없이 기다리는 장소 —과거, 도련님과의 추억이 있는 장소 —도련님과 이쁜이만의 밀폐된 공간
마을	—신분의 벽이 존재하는 장소 —도련님과의 일이 알려지게 되는 장소 —석숭이가 개입하는 장소
돌	—석숭이에게 모질게 대함을 상징하는 소재 —이쁜이의 처지가 매우 곤란해짐을 상징하는 소재
물	—도련님과의 추억이 있는 장소이면서 동시에 두려움과 금기로 인식되는 장소 —목숨을 끊고 싶은 충동을 일으키는 장소
길	—이쁜이의 간절한 마음이 뻗어나간 장소 —도련님이 돌아올 수 있는 장소이지만, 돌아오지 않는 장소 —이쁜이의 희망이자 절망의 장소

5 작가는 결말 부분을 독자의 상상에 맡기고 있습니다. 결말 부분을 자유롭게 상상해서 보되, 작품 속에서 그 근거가 될 수 있는 부분을 찾아 연결지어 봅시다.

우체부가 올 리 없음을 알면서도 날이 어둡도록 산길에서 우체부를 기다리는 이쁜이의 간절한 기다림은 이쁜이의 심정이 얼마나 절박하고 절실한가를 짐작하게 해주지요. 편지를 대신 써 왔으니 자신에게 시집을 와야 한다는 석숭이의 말에도 눈물을 흘리며 승낙하는 태도에서 평소와는 다름을 눈치 챌 수 있습니다. 매일 쌀쌀맞던 이쁜이의 태도가 요즘 들어 갑자기 다소곳해진 것에 대해 석숭이 의아하게 생각하는 대목에서도 예전과는 사뭇 달라지고 더욱 침울해진 이쁜이의 심리상태를 추측할 수 있습니다.

이상을 종합해볼 때, 이쁜이가 요전에 물가에서 도련님과의 추억을 떠올리며 잠시 생각했던 자살의 결심을 실행에 옮겨서 세상과 작별했을 가능성도 얼마든지 상상해볼 수 있겠습니다. 하지만 이와 같은 극단적인 결말을 떠올리지 않더라도 이쁜이의 행동이 달라진 점은 앞으로 석숭이의 바람대로만 일이 진행되지는 않을 것이라는 것을 짐작하게 합니다.

봄봄

어느 봄날, 한바탕 우스꽝스러운 사건으로 끝나버린
장인어른과 데릴사위 간 싸움의 전말과 속사정을
유쾌하게 표현한 작품.

"이 자식! 장인 입에서 할아버지 소리가 나오도록 해?"

어느 봄날 펼쳐진 장인어른과 데릴사위의 한판 승부

장인어른과 사위가 서로 바짓가랑이를 움켜쥐는 싸움이 벌어졌습니다. 좀처럼 상상할 수 없는 장면이 연출된 것이지요. '나'를 데릴사위로 들여 3년이 넘게 죽도록 일만 부려먹고 성례를 계속 미루기만 하는 장인어른이 야속하기도 했지만, '나'는 좀처럼 자라지 않는 점순이의 키가 자라기만을 바라며 묵묵히 참고 일을 해왔습니다. 키가 자라야 성례를 시켜준다는 것은 핑계이고 장인어른의 속셈은 따로 있다는 것을 '나'는 전혀 알지 못했던 것입니다. 그 속내를 알았을 때도 '나'는 곧이 듣지 않았습니다만, 점순이마저 '나'를 바보취급할 때는 장인어른의 수염을 잡아채는 용기가 울컥 생겨났던 것입니다.

한낮의 소동으로 끝나버린 전날 싸움의 전말을 '나'가 독자들에게 일러바치는 형식으로 이 소설은 짜여져 있습니다. 이 소설 전반에 걸쳐서

'나'는 장인어른의 부당함을 고발하고 있으면서도, 실은 이해할 수 없는 점순이의 이중적인 태도를 어떻게 받아들여야 하는지 우리들에게 묻고 있습니다. 한바탕 싸움이 끝난 후, 내쫓기는커녕 오히려 달래주는 장인어른의 호의에 눈물까지 흘리며 고마워한 후 다시 지게를 지고 일터로 나가는 '나'. 갈등은 갈등대로 여전히 남아 있을 것이 분명하지만, 이 갈등의 상황마저 그 자체를 삶으로 풀어내는 작가의 시선은 매우 따뜻하며 그래서 더욱 공감을 이끌어내고 있습니다.

이 소설에서 배참봉 댁 마름으로 나오는 김봉필은 작가의 고향 마을인 실레마을에서 욕필이로 통했던 실존인물이었다고 합니다. 작품에서처럼 데릴사위라는 것을 악용해서 돈 안 들이고 노동력을 확보했던 인물이었던 것이죠. 작가가 야학 제자들과 팔미천에서 목욕하고 돌아오다가 장인어른과 데릴사위가 싸우는 장면을 메모해두었다가 이 작품을 썼다고 합니다. 실레마을 〈김유정문학촌〉에 가면 봉필영감네 집을 둘러볼 수 있습니다.

당시에도 농촌 총각들의 장가문제는 심각했던 모양입니다. 김유정의 수필 「조선의 집시—들병이 철학」에 이런 대목이 있습니다. '시골의 총각들이 취처(娶妻)를 한다는 것은 실로 용이한 일이 아니다. 결혼 당일의 비용은 말고 우선 선채금을 조달하기가 어렵다. 적어도 40~50원의 현금이 아니면 매혼시장에 출마할 자격부터 없는 것이다. 이에 늙은 총각은 3~4년간 머슴살이 고역을 부득이 감내한다.' 장가를 들기 위해 신부집에 데릴사위로 들어가 몇 년을 일했다는 「만무방」의 응오, 신부집에 주어야 하는 선채금이 없어 결혼날을 앞두고 고만 파혼당한 「산골나그네」의 노총각 덕돌. 마을에 나타난 술집여자에게 어리석게도 청혼을 하려다 거절당한 「총각과 맹꽁이」의 노총각 덕만이. 작가 김유정의 소설 곳곳에는 이처럼 장가들기 힘들었던 당시 농촌 총각들의 괴로움이 담겨져 있습니다.

봄봄

"장인님! 인제 저……."

내가 이렇게 뒤통수를 긁고 나이가 찼으니 성례[1]를 시켜줘야 하지 않겠느냐고 하면 대답이 늘,

"이 자식아! 성례구 뭐구 미처 자라야지!" 하고 만다.

이 자라야 한다는 것은 내가 아니라 내 아내가 될 점순이의 키 말이다.

내가 여기에 와서 돈 한 푼 안 받고 일하기를 3년하고 꼬박 일곱 달 동안을 했다. 그런데도 미처 못 자랐다니까 이 키는 언제야 자라는 겐지 짜장 영문 모른다. 일을 좀더 잘해야 한다든지, 혹은 밥을 많이 먹는다고 노상 걱정이니까 좀 덜 먹어야 한다든지 하면 나도 얼마든지 할말이 많다. 하지만 점순이가 아직 어리니까 더 자라야 한다는 여기에는 어째

---

1) 성례 혼인의 예식을 치르는 것.

볼 수 없이 고만 빙빙하고[2] 만다.

　이래서 나는 애초 계약이 잘못된 걸 알았다. 이태면 이태, 3년이면 3년, 기한을 딱 작정하고 일을 해야 할 것이다. 덮어놓고 딸이 자라는 대로 성례를 시켜주마, 했으니 누가 늘 지키고 섰는 것도 아니고, 그 키가 언제 자라는지 알 수 있는가. 그리고 난 사람의 키가 무럭무럭 자라는 줄만 알았지 붙박이 키에 모로만 벌어지는 몸도 있는 것을 누가 알았으랴. 때가 되면 장인님이 어련하랴 싶어서 군소리 없이 꾸벅꾸벅 일만 해왔다. 그럼 말이다, 장인님이 제가 다 알아채서, "어참, 너 일 많이 했다. 고만 장가들어라" 하고 살림도 내주고 해야 나도 좋을 것이 아니냐. 시치미를 딱 떼고 도리어 그런 소리가 나올까 봐서 지레 펄펄 뛰고 이 야단이다. 명색이 좋아 데릴사위지 일하기에 싱겁기도 할뿐더러 이건 참 아무것도 아니다.

　숙맥[3]이 그걸 모르고 점순이의 키 자라기만 까맣게 기다리지 않았나.

　언젠가는 하도 갑갑해서 자를 가지고 덤벼들어서 그 키를 한번 재볼까 했다마는 우리는 장인님이 내외를 해야 한다고 해서 마주 서 이야기도 한마디 하는 법 없다. 우물길에서 언제나 마주칠 적이면 겨우 눈어림으로 재보고 하는 것인데 그럴 적마다 나는 저만치 가서 '제에미 키두!' 하고 논둑에다 침을 퇘, 뱉는다. 아무리 잘 봐야 내 겨드랑(다른 사람보다 좀 크긴 하지만) 밑에서 넘을락 말락 밤낮 요 모양이다.

　개, 돼지는 푹푹 크는데 왜 이리도 사람은 안 크는지, 한동안 머리가

---

2) 빙빙하다 수그러들다.
3) 숙맥 숙맥불변(菽麥不辨). 콩인지 보리인지를 구별하지 못한다는 뜻으로, 어리석고 못난 사람을 비유하여 이르는 말.

아프도록 궁리도 해보았다. 아하, 물동이를 자꾸 이니까 뼈다귀가 움츠러드나 보다, 하고 내가 넌지시 그 물을 대신 길어도 주었다. 뿐만 아니라 나무를 하러 가면 서낭당에 돌을 올려놓고 '점순이의 키 좀 크게 해줍소사. 그러면 담엔 떡 갖다놓고 고사 드립죠니까' 하고 치성도 한두 번 드린 것이 아니다. 어떻게 돼먹은 건지 이래도 막무가내니…… 그래 내 어쩌께 싸운 것이지 결코 장인님이 밉다든가 해서가 아니다.

모를 붓다가[4] 가만히 생각을 해보니까 또 싱겁다. 이 벼가 자라서 점순이가 먹고 좀 큰다면 모르지만 그렇지도 못한 걸 내 심어서 뭘 하는 거냐. 해마다 앞으로 축 불거지는 장인님의 아랫배(가 너무 먹는 걸 모르고 냇병이라나, 그 배)를 불리기 위하여 심곤 조금도 싫지 않다.

"아이구 배야!"

난 모를 붓다 말고 배를 쓰다듬으면서도 그대로 논둑으로 기어올랐다. 그리고 겨드랑에 꼈던 벼 담긴 키를 그냥 땅바닥에 털썩 떨어치며 나도 털썩 주저앉았다. 일이 암만 바빠도 내 배 아프면 고만이니까. 아픈 사람이 누가 일을 하느냐. 파릇파릇 돋아오른 풀 한 숲을 뜯어 들고 다리의 거머리를 쑥쑥 문대며 장인님의 얼굴을 쳐다보았다.

논 가운데서 장인님도 이상한 눈을 해가지고 한참 날 노려보더니,

"넌 이 자식, 왜 또 이래 응?"

"배가 좀 아파서유!" 하고 풀 위에 슬며시 쓰러지니까 장인님은 약이 올랐다. 저도 논에서 철벙철벙 둑으로 올라오더니 내 멱살을 움켜잡고 뺨을 치는 것이 아닌가……

---

[4] 모를 붓다 밭이나 논에 못자리를 만들고 씨를 뿌리다.

"이 자식. 일허다 말면 누굴 망해 놀 속셈이냐. 이 대가릴 까놀 자식?"

우리 장인님은 약이 오르면 이렇게 손버릇이 아주 못됐다. 또 사위에게 이 자식 저 자식 하는 이놈의 장인님은 어디 있느냐. 오죽해야 우리 동리에서 누굴 물론하고 그에게 욕을 안 먹는 사람은 명이 짜르다 한다. 조그만 아이들까지도 그를 돌아 세워놓고 욕필이(본 이름이 봉필이니까) 욕필이, 하고 손가락질을 할 만치 두루 인심을 잃었다.

하나 인심을 정말 잃었다면 욕보다 읍의 배참봉 댁 마름으로 더 잃었다. 뻔히 마름이란 욕 잘하고, 사람 잘 치고, 그리고 생김 생기길 호박개[5] 같아야 쓰는 거지만 장인님은 외양이 똑 됐다[6]. 장인에게 닭 마리나 좀 보내지 않는다든가 애벌논[7] 때 품을 좀 안 준다든가 하면 그해 가을에는 영락없이 땅이 뚝뚝 떨어진다. 그러면 미리부터 돈도 먹고 술도 먹이고 안달재신으로 돌아치던[8] 놈이 그 땅을 슬쩍 돌아앉는다. 이 바람에 장인님집 외양간에는 눈깔 커다란 황소 한 놈이 절로 엉금엉금 기어들고, 동리 사람들은 그 욕을 다 먹어가면서도 그래도 굽실굽실 하는 게 아닌가…….

그러나 내겐 장인님이 감히 큰소리할 계제가 못 된다.

뒷생각은 못하고 뺨 한 개를 딱 때려놓고는 장인님은 무색해서 덤덤히 쓴침만 삼킨다. 난 그 속을 퍽 잘 안다.

조금 있으면 갈도 꺾어야[9] 하고 모도 내야 하고, 한참 바쁜 때인데

5) 호박개 뼈대가 굵고 털이 북실북실한 개.
6) 외양이 똑 됐다 외양이 똑 그렇다. 닮았다.
7) 애벌논 해마다 처음 매는 논.
8) 안달재신으로 돌아치다 속을 끓이며 여기저기 바쁘게 돌아다니다.
9) 갈을 꺾다 (퇴비를 만들기 위해) 잎이 핀 참나무나 도토리나무를 꺾다.

나 일 안 하고 우리 집으로 그냥 가면 고만이니까.

작년 이맘때도 트집을 좀 하니까 늦잠 잔다구 돌맹이를 집어 던져서 자는 놈의 발목을 삐게 해놨다. 사날씩이나 건숭[10] 끙끙 앓았더니 종당에는 거반 울상이 되지 않았는가…….

"예, 그만 일어나 일 좀 해라. 그래야 올 갈에 벼 잘되면 너 장가들지 않니."

그래 귀가 번쩍 띄어서 그날로 일어나서 남이 이틀 품 들일 논을 혼자 삶아놓으니까[11] 장인님도 눈깔이 커다랗게 놀랐다. 그럼 정말로 가을에 와서 혼인을 시켜줘야 경우가 옳지 않겠나, 볏섬을 척척 들여 쌓아도 다른 소리는 없고 물동이를 이고 들어오는 점순이를 담배통으로 가리키며,

"이 자식아, 미처 커야지 조걸 무슨 혼인을 한다구 그러니 원!" 하고 남 낯짝만 붉혀주고 고만이다.

골김에 그저 이놈의 장인님, 하고 댓돌[12]에다 메꼰코 우리 고향으로 내뺄까 하다가 꾹꾹 참고 말았다.

참말이지 난 이 꼴 하고는 집으로 차마 못 간다. 장가를 들러 갔다가 오죽 못났어야 그대로 쫓겨왔느냐고 손가락질을 받을 테니까…….

논둑에서 벌떡 일어나 한풀 죽은 장인님 앞으로 다가서며,

"난 갈 테야유. 그동안 사경[13] 쳐내슈."

"너 사위로 왔지 어디 머슴 살러 왔니?"

---

10) 건숭 건성. 대충.
11) 논을 혼자 삶다 혼자서 논밭의 흙을 골라 노글노글하게 만들다.
12) 댓돌 지붕에서 낙숫물이 떨어지도록 안쪽으로 돌아가며 놓은 돌.
13) 사경 머슴에게 주는 돈. 연봉.

"그러면 얼찐 성례를 해줘야 안 하지유. 밤낮 부려만 먹구 해준다, 해 준다……."

"글쎄, 내가 안 하는 거냐, 그년이 안 크니까" 하고 어름어름 담배만 담으면서 늘 하는 소리를 또 늘어놓는다.

이렇게 따져 나가면 언제든지 늘 나만 밑지고 만다. 이번엔 안 된다, 하고 대뜸 구장님한테로 판단 가자고 소맷자락을 내끌었다.

"아, 이 자식이 왜 이래 어른을."

안 간다구 뻗디디구 이렇게 호령은 제맘대로 하지만 장인님 제가 내 기운은 못 당한다. 막 부려먹고 딸은 안 주고, 게다 땅땅치는 건 다 뭐 야…….

그러나 내 사실 참 장인님이 미워서 그런 것은 아니다. 그 전날, 왜 내 가 새고개 맞은 봉우리 화전밭을 혼자 갈고 있지 않았느냐. 밭 가생이로 돌 적마다 야릇한 꽃내가 물컥물컥 코를 찌르고 머리 위에서 벌들은 가 끔 붕, 붕, 소리를 친다. 바위틈에서 샘물 소리밖에 안 들리는 산골짜기 니까 맑은 하늘의 봄볕은 이불 속같이 따스하고 꼭 꿈꾸는 것 같다. 나 는 몸이 나른하고 몸살(병을 아직 모르지만)이 날려구 그러는지 가슴이 울렁울렁하고 이랬다.

"어러이! 말이! 맘 마 마……."

이렇게 노래를 하며 소를 부리면 여느 때 같으면 어깨가 으쓱으쓱한 다. 웬일인지 밭을 반도 갈지 않아서 온몸이 맥이 풀리고 대구 짜증만 난다. 공연히 소만 들입다 두들기며,

"안야! 안야! 이 망할 자식의 소(장인님의 소니까) 대리[14]를 꺾어 들 라."

그러나 내 속은 정말 안야 때문이 아니라 점심을 이고 온 점순이의 키를 보고 울화가 났던 것이다.

점순이는 뭐 그리 썩 예쁜 계집애는 못 된다. 그렇다고 또 개떡이냐 하면 그런 것도 아니고, 꼭 내 아내가 돼야 할 만치 그저 툽툽하게 생긴 얼굴이다. 나보다 십 년이 아래니까 올해 열여섯인데 몸은 남보다 두 살이나 덜 자랐다. 남은 잘도 휜칠히들 크건만 이건 위아래가 뭉툭한 것이 내 눈에는 헐없이 감참외[15] 같다. 참외 중에는 감참외가 제일 맛 좋고 예쁘니까 말이다. 둥글고 커다란 눈은 서글서글하니 좋고 좀 지쳐 찢어졌지만 입은 밥술이나 톡톡히 먹음직하니 좋다. 아따, 밥만 많이 먹게 되면 팔자는 그만 아니냐. 한데 한 가지 파[16]가 있다면 가끔 가다 몸이 (장인님은 이걸 채신이 없이 들까분다고 하지만) 너무 빨리빨리 논다. 그래서 밥을 나르다가 때없이 풀밭에서 깨빡을 쳐서[17] 흙투성이 밥을 곧잘 먹인다. 안 먹으면 무안해할까 봐서 이걸 씹고 앉았노라면 으적으적 소리만 나고 돌을 먹는 겐지 밥을 먹는 겐지……

그러나 이날은 웬일인지 성한 밥채루 밭머리에 곱게 내려놓았다. 그리고 또 내외를 해야 하니까 저만큼 떨어져 이쪽으로 등을 향하고 웅크리고 앉아서 그릇 나기를 기다린다.

내가 다 먹고 물러섰을 때, 그릇을 챙기는데 난 깜짝 놀라지 않았느냐. 고개를 푹 숙이고 밥 함지에 그릇을 포개면서 날더러 들으라는지,

---

14) 소 대리 소 다리.
15) 감참외 속살이 잘 익어 감빛이 나고 단맛이 나는 참외.
16) 파(破) 사람의 결점.
17) 깨빡을 치다 태질을 하다. 세차게 메어치거나 넘어뜨리다.

혹은 제 소린지,

"밤낮 일만 하다 말 텐가!" 하고 혼자서 쫑알거린다.

고대[18] 잘 내외하다가 이게 무슨 소린가, 하고 난 정신이 얼떨떨했다. 그러면서도 한편 무슨 좋은 수가 없는가 싶어서 나도 공중에 대고 혼잣말로,

"그럼 어떡해?" 하니까,

"성례시켜 달라지 뭘 어떡해" 하고 되알지게 쏘아붙이고 얼굴이 빨개져서 산으로 그저 도망친다.

나는 잠시 동안 어떻게 되는 심판인지 맥을 몰라서 그 뒷모양만 덤덤히 바라보았다.

봄이 되면 온갖 초목이 물이 오르고 싹이 트고 한다. 사람도 아마 그런가 보다, 하고 며칠 내에 부쩍 (속으로) 자란 듯싶은 점순이가 여간 반가운 것이 아니다. 이런 걸 멀쩡하게 아직 어리다구 하니까…….

우리가 구장님을 찾아갔을 때 그는 싸리문 밖에 있는 돼지우리에서 죽을 퍼주고 있었다. 서울엘 좀 갔다오더니 사람은 점잖아야 한다구 웃수염이(얼른 보면 지붕 위에 앉은 제비 꼬랑지 같다) 양쪽으로 뾰죽히 삐치고 그걸 에헴, 하고 늘 쓰담는 손버릇이 있다.

우리를 멀뚱히 쳐다보고 미리 알아챘는지,

"왜 일들 허다 말구 그래?" 하더니 손을 올려서 그 에헴을 한 번 후딱했다.

"구장님! 우리 장인님과 츰에 계약하기를……."

---

18) 고대 이제 막. 금방.

먼저 덤비는 장인님을 뒤로 떠다밀고 내가 허둥지둥 달려들다가 가만히 생각하고, '아니 우리 빙장[19]님과 츰에' 하고 첫번부터 다시 말을 고쳤다. 장인님은 빙장님, 해야 좋아하고 밖에 나와서 장인님, 하면 괜스레 골을 내려고 든다. 뱀두 뱀이래야 좋으냐구, 창피스러우니 남 듣는 데는 제발 빙장님, 빙모님, 하라구 일상 당조심을 받아오면서 난 그것두 자꾸 잊는다.

당장두 장인님, 하나 옆에서 내 발등을 꾹 밟고 곁눈질을 흘기는 바람에야 겨우 알았지만…….

구장님도 내 이야기를 자세히 듣더니 퍽 딱한 모양이었다. 하기야 구장님뿐만 아니라 누구든지 다 그럴 게다.

길게 길러둔 새끼손톱으로 코를 후벼서 저리 탁 튀기며,

"그럼 봉필 씨! 얼른 성례를 시켜주구려, 그렇게까지 제가 하구 싶다는 걸……" 하고 내 짐작대로 말했다. 그러나 이 말에 장인님이 삿대질로 눈을 부라리고,

"아 성례구 뭐구 계집애 년이 미처 자라야 할 게 아닌가?" 하니까 고만 멀쑤룩해져서 입맛만 쩍쩍 다실 뿐이 아닌가.

"그것두 그래!"

"그래, 거진 사 년 동안에도 안 자랐더니 그 킨 은제 자라지유?" 다 그만두구 사경 내슈……."

"글쎄, 이 자식! 내가 크질 말라구 그랬니. 왜 날보구 떼냐?"

"빙모님은 참새만 한 것이 그럼 어떻게 앨 낳지유?(사실 빙모님은 점순

19) 빙장 '장인(丈人)'의 높임말.

이보다도 귓배기가 작다)"

장인님은 이 말을 듣고 껄껄 웃더니(그러나 암만 해두 돌 씹은 상이다) 코를 푸는 척하고 날 은근히 곯리려고 팔꿈치로 옆 갈비께를 퍽 치는 것이다.

더럽다. 나두 종아리의 파리를 쫓는 척하고 허리를 구부리며 그 궁둥이를 콱 떼밀었다. 장인님은 앞으로 우찔근하고 싸리문께로 쓰러질 듯하다 몸을 바로 고치더니 눈총을 몹시 쏘았다. 이런 쌍년의 자식, 하곤 싶으나 남의 앞이라니 차마 못하고 섰는 그 꼴이 보기에 퍽 쟁그러웠다.

그러나 이 밖에는 별반 신통한 귀정[20]을 얻지 못하고 도로 논으로 돌아와서 모를 부었다. 왜냐면 장인님이 뭐라구 귓속말로 수군수군하고 간 뒤다. 구장님이 날 위해서 조용히 데리고 아래와 같이 일러주었기 때문이다(뭉태의 말은 구장님이 장인님에게 땅 두 마지기 얻어 부치니까 그래 꾀었다고 하지만 난 그렇게 생각 않는다).

"자네 말두 하기야 옳지, 암 나이 찼으니 아들이 급하다는 게 잘못된 말은 아니야. 하지만 농사가 한창 바쁜 때 일을 안 한다든가 집으로 달아난다든가 하면 손해죄루 그것두 징역을 가거든! (여기에 그만 정신이 번쩍 났다) 왜 요전에 삼포말서 산에 불 좀 놓았다구 징역 간 거 못 봤나. 제 산에 불을 놓아도 징역을 가는 이땐데 남의 농사를 버려두니 죄가 얼마나 더 중한가. 그리고 자넨 정장[21]을(사경 받으러 정장 가겠다 했다) 간대지만 그러면 괜스레 죄를 들쓰고 들어가는 걸세. 또 결혼두 그렇지. 법률에 성년이란 게 있는데 스물하나가 돼야지 비로소 결혼을 할 수가

20) 귀정(歸正) 판결. 일이 바른 길로 들어섬을 의미함.
21) 정장(呈狀) 소송을 관청에 냄. 억울함을 호소함. 탄원서.

있는 걸세. 자넨 물론 아들이 늦을 걸 염려하지만 점순이루 말하면 이제 겨우 열여섯이 아닌가. 그렇지만 아까 빙장님의 말씀이 올 갈에는 열일 제치고라두 성례를 시켜주겠다 하시니 좀 고마울 겐가. 빨리 가서 모 붓 든 거나 마저 붓게, 군소리 말구 어서 가."

그래서 오늘 아침까지 끽소리 없이 왔다.

장인님과 내가 싸운 것은 지금 생각하면 전혀 뜻밖의 일이라 안 할 수 없다.

장인님으로 말하면 요즈막 작인들에게 행세를 좀 하고 싶다고 해서, "돈 있으면 양반이지 별 게 있느냐!" 하고 일부러 아랫배를 쑥 내밀고 걸음도 뒤틀리게 걷고 하는 이판이다. 이까짓 나쯤 두들기다 남의 땅을 가지고 모처럼 닦아놓았던 가문을 망친다든가 할 어른이 아니다. 또 나로 논지면 아무쪼록 잘 뵈서 점순이에게 얼른 장가를 들어야 하지 않느냐…….

이렇게 말하자면 결국 어젯밤 뭉태네 집에 마슬²²⁾ 간 것이 썩 나빴다. 낮에 구장님 앞에서 장인님과 내가 싸운 것을 어떻게 알았는지 대구 빈정거리는 것이 아닌가.

"그래 맞구두 그걸 가만 둬?"

"그럼 어떡허니?"

"임마, 봉필일 모판에다 거꾸로 박아놓지 뭘 어떡해?" 하고 괜히 내 대신 화를 내가지고 주먹질을 하다 등잔까지 쳤다. 놈이 번히 괄괄은 하지만²³⁾ 그래놓고 날더러 석유값을 물라구 막 찌다우²⁴⁾를 붙는다. 난 어

---

22) 마슬 마실. 놀러감.

안이 벙벙해서 잠자코 앉았으니까 저만 연신 지껄이는 소리가,

"밤낮 일만 해주구 있을 테냐?"

"영득이는 일년을 살구두 장갈 들었는데 넌 사 년이나 살구두 더 살아야 해?"

"네가 세 번째 사윈 줄이나 아니? 세 번째 사위."

"남의 일이라두 분하다. 이 자식, 우물에 가 빠져 죽어."

나중에는 겨우 손톱으로 목을 따라고까지 하고, 제 아들같이 함부로 훅닥이었다[25]. 별의별 소리를 다 해서 그대로 옮길 수는 없으나 그 줄거리는 이렇다……

우리 장인님 딸이 셋이 있는데 맏딸은 재작년 가을에 시집을 갔다. 정말 시집을 간 것이 아니라 그 딸도 데릴사위를 해 가지고 있다가 내보냈다. 그런데 딸이 열 살 때부터 열아홉 즉 십 년 동안에 데릴사위를 갈아 들이기를, 동리에선 사위 부자라고 이름이 났지마는 열 놈이란 참 너무 많다.

장인님이 아들은 없고 딸만 있는 고로 그다음 딸을 데릴사위를 해올 때까지는 부려먹지 않으면 안 된다. 물론 머슴을 두면 좋지만 그건 돈이 드니까, 일 잘하는 놈을 고르느라고 연방 바꿔 들였다. 또 한편 놈들이 욕만 줄창 퍼붓고 심히도 부려먹으니까 밸이 상해서[26] 달아나기도 했겠지. 점순이는 둘째 딸인데 내가 일테면 그 세 번째 데릴사위로 들어온

---

23) 괄괄하다 성질이 호탕하면서 드세다.
24) 찌다우 지다위. 잘못을 남에게 덮어씌우는 일.
25) 훅닥이다 세차게 다그치다.
26) 밸이 상하다 속이 상하다.

70

셈이다. 내 다음으로 네 번째 놈이 들어올 것을 내가 일도 잘하고 그리고 사람이 좀 어수룩하니까 장인님이 잔뜩 붙들고 놓질 않는다. 셋째 딸이 인제 여섯 살, 적어두 열 살은 돼야 데릴사위를 할 터이므로 그동안은 죽도록 부려먹어야 된다. 그러니 인제는 속 좀 채리고 장가를 들여달라구 떼를 쓰고 나자빠져라, 이것이다.

나는 겉으로 엉,엉, 하며 귓등으로 들었다. 뭉태는 땅을 얻어 부치다가 떨어진 뒤로는 장인님만 보면 공연히 못 먹어서 으릉거린다. 그것도 장인님이 저 달라고 할 적에 제 집에서 위한다는 그 감투(예전에 원님이 쓰던 것이라나, 옆구리에 뽕뽕 좀먹은 걸레)를 선뜻 주었더면 그럴 리도 없었던걸…….

그러나 나는 뭉태란 놈의 말을 전수히 곧이듣지 않았다. 꼭 곧이들었다면 간밤에 와서 장인님과 싸웠지 무사히 있었을 리가 없지 않은가. 그러면 딸에게까지 인심을 잃은 장인님이 혼자 나빴다.

실토이지 나는 점순이가 아침상을 가지고 나올 때까지는 오늘은 또 얼마나 밥을 담았나, 하고 이것만 생각했다. 상에는 된장찌개하고 간장 한 종지, 조밥 한 그릇, 그리고 밥보다 더 수부룩하게 담은 산나물이 한 대접, 이렇다. 나물은 점순이가 틈틈이 해오니까 두 대접이고 네 대접이고 멋대로 먹어도 좋으나 밥은 장인님이 한 사발 외엔 더 주지 말라고 해서 안 된다. 그런데 점순이가 그 상을 내 앞에 내려놓으며 제 말로 지껄이는 소리가,

"구장님한테 갔다 그냥 온담 그래!" 하고 엊그제 산에서와 같이 되우 쫑알거린다. 딴은 내가 더 단단히 덤비지 않고 만 것이 좀 어리석었다, 속으로 그랬다. 나도 저쪽 벽을 향하여 외면하면서 내 말로, "안 된다는

걸 그럼 어떡헌담!" 하니까,

"쉼을 잡아채지 그냥 둬, 이 바보야!" 하고 또 얼굴이 빨개지면서 성을 내며 안으로 샐죽하니 튀들어가지 않느냐, 이때 아무도 본 사람이 없었게 망정이지 보았다면 내 얼굴이 에미 잃은 황새 새끼처럼 가여웁다 했을 것이다.

사실 이때만치 슬펐던 일이 또 있었는지 모른다. 다른 사람은 암만 못생겼다 해두 괜찮지만 내 아내 될 점순이가 병신으로 본다면 참 신세는 따분하다. 밥을 먹은 뒤 지게를 지고 일터로 갈려 하다 도로 벗어던지고 바깥마당 공석 위에 드러누워서 나는 차라리 죽느니만 같지 못하다 생각했다.

내가 일 안 하면 장인님 저는 나이가 먹어 못하고 결국 농사 못 짓고 만다. 뒷짐으로 트림을 꿀꺽 하고 대문 밖으로 나오다 날 보고서,

"이 자식, 왜 또 이러니."

"관격[27]이 났어유, 아이구 배야."

"기껀 밥 처먹구 무슨 관격이야, 남의 농사 버려주면 이 자식 징역 간다 봐라!"

"가두 좋아유, 아이구 배야!"

참말 난 일 안 해서 징역 가도 좋다 생각했다. 일후 아들을 낳아도 그 앞에서 바보, 바보, 이렇게 별명을 들을 테니까 오늘은 열 쪽이 난대도 결정을 내고 싶었다.

장인님이 일어나라고 해도 내가 안 일어나니까 눈에 독이 올라서 저

----

27) 관격(關格) 급체(急滯).

편으로 힝 하게 가더니 지게막대기를 들고 왔다. 그리고 그걸로 내 허리를 마치 돌 떠넘기듯이 쿡 찍어서 넘기고 넘기고 했다.

밥을 잔뜩 먹어 딱딱한 배가 그럴 적마다 퉁겨지면서 밸창이 꼿꼿한 것이 여간 켕기지 않았다. 그래도 안 일어나니까 이번에는 배를 지게막대기로 위에서 쿡쿡 찌르고 발길로 옆구리를 차고 했다.

장인님은 원체 심청이 굳어서 그러지만 나도 저만 못하지 않게 배를 채었다. 아픈 것을 눈을 꽉 감고 넌 해라 난 재밌단 듯이 있었으나 볼기짝을 후려갈길 적에는 나도 모르는 결에 벌떡 일어나서 그 수염을 잡아챘다마는 내 골이 난 것이 아니라 정말은 아까부터 벽 뒤 울타리 구멍으로 점순이가 우리들의 꼴을 몰래 엿보고 있었기 때문이다.

가뜩이나 말 한마디 톡톡히 못한다고 바라보는데 매까지 잠자코 맞는 걸 보면 짜장 바보로 알 게 아닌가. 또 점순이도 미워하는 이까짓 놈의 장인님하곤 아무것도 안 되니까 막 때려도 좋지만 사정 보아서 수염만 채고(제 원대로 했으니까 이때 점순이는 퍽 기뻤겠지) 저기까지 잘 들리도록 '이걸 까셀라부다[28]!' 하고 소리를 쳤다.

장인님은 더 약이 바짝 올라서 잡은참 지게막대기로 내 어깨를 그냥 내려갈겼다. 정신이 다 아찔하다. 다시 고개를 들었을 때 그때엔 나도 온몸에 약이 올랐다. 이 녀석의 장인님을, 하고 눈에서 불이 퍽 나서 그 아래 밭 있는 넝알로[29] 그대로 떠밀어 굴려버렸다.

"부려만 먹구 왜 성례 안 하지유!"

나는 이렇게 호령했다. 허지만 장인님이 선뜻 오냐 닐이라두 성례시

---

28) 까셀라부다 까셀까 보다. 세차게 두들겨 팰까 보다.
29) 넝알로 넝 아래로. 둔덕 아래로.

켜주마, 했으면 나도 성가신 걸 그만두었을지 모른다. 나야 이러면 때린 건 아니니까 나중에 장인 쳤다는 누명도 안 들을 터이고 얼마든지 해도 좋다.

한번은 장인님이 헐떡헐떡 기어서 올라오더니 내 바짓가랑이를 요렇게 노리고서 단박 움켜잡고 매달렸다. 악, 소리를 치고 나는 그만 세상이 다 팽그르 도는 것이,

"빙장님! 빙장님! 빙장님!"

"이 자식! 잡아먹어라, 잡아먹어!"

"아! 아! 할아버지! 살려줍쇼, 할아버지!" 하고 두 팔을 허둥지둥 내절 적에는 이마에 진땀이 쭉 내솟고 인젠 참으로 죽나 보다 했다. 그래두 장인님은 놓질 않더니 내가 기어이 땅바닥에 쓰러져서 거진 까무러치게 되니까 놓는다. 더럽다, 더럽다. 이게 장인님인가? 나는 한참을 못 일어나고 쩔쩔맸다. 그러나 얼굴을 드니(눈엔 참 아무것도 보이지 않았다) 사지가 부르르 떨리면서 나도 엉금엉금 기어가 장인님의 바짓가랑이를 꽉 움키고 잡아낚았다.

내가 머리가 터지도록 매를 얻어맞은 것이 이 때문이다. 그러나 여기가 또한 우리 장인님이 유달리 착한 곳이다.

여느 사람이면 사경을 주어서라도 당장 내쫓았지, 터진 머리를 볼 솜으로 손수 지져주고, 호주머니에 희연 한 봉을 넣어주고 그리고, "올 갈엔 꼭 성례를 시켜주마. 암만 말구 가서 뒷골의 콩밭이나 얼른 갈아라" 하고 등을 뚜덕여줄 사람이 누구냐. 나는 장인님이 너무나 고마워서 어느덧 눈물까지 났다.

점순이를 남기고 인젠 내쫓기려니 하다 뜻밖의 말을 듣고,

"빙장님! 인제 다시는 안 그러겠어유!"

이렇게 맹세를 하며 부랴부랴 지게를 지고 일터로 갔다. 그러나 이때는 그걸 모르고 장인님을 원수로만 여겨서 잔뜩 잡아당겼다.

"아! 아! 이놈아! 놔라, 놔!"

장인님은 헛손질을 하며 솔개미에 챈 닭의 소리를 연해[30] 질렀다. 놓긴 왜, 이왕이면 호되게 혼을 내주리라 생각하고 짓궂이 더 댕겼다마는 장인님이 땅에 쓰러져서 눈에 눈물이 피잉 도는 것을 알고 좀 겁도 났다.

"할아버지! 놔라, 놔, 놔, 놔, 놔라!"

그래도 안 되니까,

"애 점순아! 점순아!"

이 악장[31]에 안에 있었던 장모님과 점순이가 헐레벌떡하고 단숨에 뛰어나왔다. 나의 생각에 장모님은 제 남편이니까 역성을 할는지도[32] 모른다. 그러나 점순이는 내 편을 들어서 속으로 고소해하겠지…….

대체 이게 웬 속인지(지금까지도 난 영문을 모른다) 아버질 혼내주기는 제가 내라 놓고 이제 와서는 달려들며,

"에그머니! 이 망할 게 아버지 죽이네!" 하고, 귀를 뒤로 잡아댕기며 마냥 우는 것이 아니냐.

그만 여기에 기운이 탁 꺾이어 나는 얼빠진 등신이 되고 말았다. 장모님도 덤벼들어 한쪽 귀마저 뒤로 잡아채면서 또 우는 것이다.

---

30) 연해 자꾸, 계속해서.
31) 악장 악을 쓰며 싸우는 것.
32) 역성을 하다 (옳고 그름에 상관없이 덮어놓고) 편을 든다.

이렇게 꼼짝도 못하게 해놓고 장인님은 지게막대기를 들어서 사뭇 내려조졌다[33]. 그러나 나는 구태여 피하려지도 않고 암만해도 그 속 알 수 없는 점순이의 얼굴만 멀거니 들여다보았다.

"이 자식! 장인 입에서 할아버지 소리가 나오도록 해?"

[33] 내려조지다 내려갈기다. 계속해서 몹시 때리다.

1 장인이 혼례를 미루는 이유는 무엇이며, 이에 대해 '나'는 어떤 태도를 가지고 있었나요?

점순이가 미처 자라지 않았으므로, 점순이의 키가 좀더 자라면 성례를 시켜주겠노라고 장인은 내내 '나'를 구슬려왔습니다. 애초에 계약을 할 때, '딸이 자라는 대로 성례를 시켜주겠다'는 장인의 말을 무턱대고 믿었던 것이 지금에 와서는 영 후회스럽기만 합니다. 3년이 넘도록 점순이의 키는 자랄 생각은 않고, 참새만 한 장모님을 닮았는지 붙박이 키에 모로만 벌어지는 점순이의 몸을 볼 때면 애만 탑니다. 물동이가 무거워서 키가 안 크는가 싶어 넌지시 그 물을 대신 길어준 적도 있었고, 나무를 하러 가면 서낭당에 돌을 올려놓고 점순이의 키를 크게 해 달라고 치성을 드린 것도 한두 번이 아니었습니다. '나'는 장인의 약속을 곧이곧대로 믿었던 것입니다.

2 장인의 인물 됨됨이를 짐작하게 해주는 부분을 찾고, 평가해보세요.

— 우리 장인님은 약이 오르면 이렇게 손버릇이 아주 못됐다.

— 조그만 아이들까지도 그를 돌아 세워놓고 욕필이 욕필이, 하고 손
  가락질을 할 만치 두루 인심을 잃었다.

— 장인에게 닭 마리나 좀 보내지 않는다든가 애벌논 때 품을 좀 안 준
  다든가 하면 그해 가을에는 영락없이 땅이 뚝뚝 떨어진다.

— 장인님은 빙장님, 해야 좋아하고 밖에 나와서 장인님, 하면 괜스레
  골을 내려고 든다.

— 장인님은 아들은 없고 딸만 있는 고로 그다음 딸을 데릴사위를 해
  올 때까지는 부려먹지 않으면 안 된다. 물론 머슴을 두면 좋지만 그
  건 돈이 드니까. 일 잘하는 놈을 고르느라고 연방 바꿔 들였다.

이상을 종합해보면, 장인은 욕을 잘하고 걸핏하면 폭력을 써서 마을 사
람들의 인심을 잃은 인물입니다. 그러나 마름이라는 신분상 위치 때문
에 사람들 앞에서 떵떵거리며 행세하며 살고 있지요. 가진 것이 많은
만큼 욕심도 많아서 돈을 주고 머슴을 들이지 않고 데릴사위를 받아들
여 머슴처럼 부려먹는 구두쇠입니다. 또한 데릴사위인 '나'를 사위로
대우해주지 않으면서도, 남들 앞에서는 장인으로 대우받기를 바라는
이중적인 잣대를 가진 이기적인 인물로 그려져 있습니다.

3 '나'의 성격을 짐작하게 해주는 부분을 찾아 정리하고, 과연 '나'를 바보로 단정지을 수 있는지에 대해서 생각해봅시다.

— 나의 상처를 만져주며 토닥거려주는 장인의 행동에 고마움의 눈물까지 흘리며, 다시는 안 그러겠다는 맹세를 하고 다시 일어나 일터로 향하는 부분.

— 장인의 바짓가랑이를 잡고 싸울 때, 점순이만은 '나'의 편을 들어줄 줄 알았는데, 내 귀를 뒤로 잡아당기며 우는 통에 어안이 벙벙해져 그만 얼빠진 등신이 되고 말았다는 부분.

위의 대표적인 두 장면을 통해 볼 때, '나'는 상황판단력이 떨어지며, 상대방의 행동과 말을 보고 들은 그대로 믿고 해석하는 단순한 면을 가지고 있습니다. 그렇다고 해서 상황판단력이 전혀 없는, 혹은 엉뚱하게 반응하는 바보로 단정지을 수는 없습니다. 장인이 자신을 부려먹고 있다는 것을 눈치 채고는 이를 이용해 배탈이 났다고 꾀병을 부려 장인을 당황스럽게 하는 장면에서는 의뭉스러운 면도 발견할 수 있습니다. 동리에선 쩔쩔매는 장인에게 대항하는 유일한 인물, 장인의 부도덕성을 딱 꼬집어 적나라하게 항의할 줄 아는 인물 역시 바로 '나'인 것입니다. 작가는 독자인 우리들을 한바탕 소동 속으로 이끎으로써, 어리숙해 보이는 '나'이기 때문에 가능한 저항을 통쾌한 웃음과 박수로 응원하도록 유도하고 있습니다.

4 장인이 '나'를 용서한 이유는 무엇이었을까요?

장인이 '나'를 용서한 것을 진심으로 '나'를 사위로 받아들이겠다는 의미로 해석해서는 곤란합니다. 조금 있으면 농사철이 시작되어 한창 바쁠 때이니만큼 장인 입장에서는 '나'를 구슬려 일을 계속하게 해야 손해를 안 본다는 계산이 나옵니다. 그래서 장인은 이렇게 얘기했지요. "올 갈엔 꼭 성례를 시켜주마, 암말 말구 가서 뒷골의 콩밭이나 얼른 갈아라." 물론 '나'는 사경도 못 받고 쫓겨날 줄만 알았는데 너그럽게 용서해주시는 장인에게 감사해하며 일터로 나갑니다.

5 '나'는 점순이가 자신의 편을 들어주지 않은 것에 대해 어안이 벙벙해져 버렸습니다. 점순이의 이런 행동을 과연 이중적이라고 판단할 수 있는지 생각해봅시다.

점순이는 바보같이 일만 하는 '나'가 못마땅했습니다. 그래서 '나'로 하여금 장인어른에게 성례를 시켜달라고 조르도록 부추기는 역할을 하게 되었던 것이지요. 점순이가 "쇰을 잡아채지 그냥 둬, 이 바보야!"라고 말을 할 때는 그것이 진심이라기보다는 어벙한 '나'의 태도를 책망하기 위함이 더 컸을 것입니다. '나'는 이것을 곧이곧대로 받아들이고 정말 장인의 수염을 점순이 보란 듯이 잡아채고 말았던 것이지요. '나'는 점순이가 장인을 미워한다고 믿고 용기를 내었던 것입니다. 하지만 남들이 다 손가락질을 하는 장인이라도 어디 딸인 점순이까지 자신의 아버지를 미워했겠습니까? 따라서 '나'가 장인의 바짓가랑이를 잡고 늘어지는 급박한 상황까지 이르자 보다못한 점순이도 뛰쳐나와 '나'의 귀를 뒤로 잡아채며 엉엉 울었던 것입니다. '나'의 입장에서 본다면 분명 점순이는 이중적인 태도를 보인 것이 맞습니다. 그렇다고 이런 점순이를 일방적으로 탓할 수는 없습니다. 문제는 사전에 사태를 눈치 채지 못한 '나'의 어리숙함에 있으니까요.

6 작가는 결말 부분에서 왜 시간적인 순서를 바꾸어놓았을까요?

작가는 좀더 극적인 효과를 만들어내기 위해서 이야기의 반전에 해당하는 가장 흥미진진한 절정 부분을 맨 마지막 장면으로 구성했을 것입니다. '나'가 장인어른에게 대들 수 있었던 것은 순전히 점순이의 응원에 힘입은 바 컸습니다. 그러나 편을 들어줄 것이라 기대했던 점순이의 행동이 예상을 빗나감으로써 싸움의 전세가 순간 뒤바뀌게 되었던 것이지요.

이와 같이 시간적인 순서를 바꿈으로써, 사건은 종결되었지만 '나'의 머릿속에는 여전히 점순이의 이해하기 어려운 행동에 대한 궁금증이 남아 있음을 알려주는 효과를 거두고 있습니다. 또한 마지막 장면은 '나'의 어리숙함과 무모함을 가장 극적으로 드러내주는 장면이면서 동시에 '나'에 대한 독자의 안쓰러운 감정을 자극시켜주는 부분이므로, 이 부분을 결말로 처리함으로써 강한 여운을 남기는 효과를 거두고 있습니다. 이 작품에서와 같은 결말의 반전은 작가의 다른 작품에서도 두루 발견되는 특징입니다.

7 왜 제목을 '봄봄'이라고 했을까요? '봄봄' 두 글자를 반복한 이유는 무엇일까요?

봄과 봄. 계속되는 봄의 반복, 계절의 순환으로 해석할 수 있습니다. 점순이의 키는 여전히 자라지 않고 그래서 '나'의 머슴살이도 해를 거듭해 반복되는 작품의 상황과 잘 어울리는 제목입니다. 일련의 반항사건을 겪은 후에도 달라진 것은 하나도 없이 또 이 봄을 보내야 하는 '나'의 신세가 제목에 함축적으로 표현되어 있습니다. '나'의 입장에서 본다면 앞뒤가 꽉 막힌 답답한 상황이긴 하지만, 삶의 문제를 심각한 문제로만 인식하지 않고 문제 자체를 통째로 끌어안는 포용감이 '봄'이라는 계절이 주는 이미지와 상당 부분 맞닿아 있습니다.

또한 '봄봄'을 겹쳐 발음할 때 느껴지는 발랄함은 이 작품의 분위기를 유쾌하게 만드는 데 한몫을 톡톡히 해내고 있습니다. 이야기의 시간적 배경이 여름 혹은 가을, 겨울이라고 했을 때, 작품의 분위기는 어떻게 달라질까를 생각해보면, 봄이라는 계절이 이 작품에서 하는 역할을 충분히 가늠해볼 수 있습니다.

만무방

성실한 농사꾼이었던 두 형제의 삶이 왜곡되어가는 모습을 통해,
1930년대 농촌의 비참한 현실을 날카롭게 표현한 작품.

"이 자식, 남우 벼를 훔쳐가니……"

응오 논의 벼를 훔친 사람은 과연 누구일까?

빚에 쪼들려 가족과 헤어져 지낸 지 5년째, 여기저기 유리걸식하며 만무방의 삶을 살던 형 응칠이는 동생 응오를 보고 싶은 마음에 동생이 사는 마을에 흘러들어오게 되었습니다. 응오를 성실한 농사꾼입니다. 하지만 올해는 때가 지났는데도 벼를 베지 않고 있습니다. 아내가 아프다는 것은 핑계일 뿐, 자식처럼 알뜰히 가꾸던 벼를 거두어들이는 기쁨도 잠시, 지주에게 도지를 제하고, 그동안 꾸어다 먹은 쌀을 갚다 보면 남는 것은 등줄기에 흐르는 식은땀뿐이었던 작년과 상황은 똑같았기 때문입니다. 벼를 거두었다가는 그날로 빚쟁이들이 우르르 몰려들어 남는 것은 아무것도 없을 것이 뻔하기 때문입니다.

이런 응오 논의 벼가 어느 날 갑자기 없어졌습니다! 그것도 알짜배기 이삭만 도둑을 맞은 것입니다. 사람들이 벼도둑으로 평소 만무방 노릇을 하는 응칠이를 의심할 것은 뻔하지요. 응칠이는 제가 나서서 도둑을 잡아 억울한 누명을 꼭 벗어야겠다고 다짐합니다. 우리들은 응칠이의 시선을 따라가며 '과연 응오네 벼를 훔친 사람은 누구일까?'를 작품의 결말까지 내내 추리하게 됩니다. 응칠이가 응오 논에서 감시를 하던 어느 날 밤, 바로 그 벼도둑과 맞닥뜨리게 되는데……

이 작품의 배경이 되는 때는 1930년대는 일제의 경제수탈이 극에 달하던 때입니다. 식민 지배하에서 우리 민족은 일제의 경제적인 수탈에 큰 고통을 받았는데 이 가운데에서 가장 큰 피해는 토지를 약탈당하는 것이었습니다. 일제는 우리의 국권을 빼앗은 직후 토지 약탈을 적극적으로 추진하였습니다. 총독부는 토지 소유 관계를 근대적으로 정리한다는 명분을 내세워 이른바 토지조사사업을 추진하였는데, 이 과정에서 조선 후기 이래 지속되어온 관습상의 경작권, 개간권 등 농민들이 주로 가지고 있던 각종 권리는 철저히 부정되었습니다. 즉 지주의 소유권만이 유일한 권리로 인정되고, 경작 농민의 토지에 대한 권리는 완전히 부정되었던 것입니다. 이로써 지주의 권한만 커지고 경작 농민의 권한이 없어져, 토지조사사업은 소수의 지주를 제외한 대다수 농민의 급속한 몰락을 가져오는 계기가 되었습니다. 또, 신고주의를 원칙으로 하였기 때문에 토지 신고를 제대로 하지 않은 많은 사람들이 피해를 입게 되었습니다. 신고 절차가 복잡하고 까다로웠으며, 일제가 실시하는 것이었으므로 반일 감정이 앞서 이에 따르지 않은 경우가 많았던 것이지요. 더구나 문중 토지나 마을 사람들의 공유지, 그리고 왕실이나 공공기관에 속하였던 많은 토지는 주인 없는 토지로 분류되어 총독부의 소유지가 되는 경우가 많았습니다. 조선총독부는 이렇게 약탈한 토지를 동양척식주식회사 등 일본인이 경영하는 토지 회사나 한국으로 건너오는 일본인에게 싼 값으로 넘겨주어, 일본인들이 많은 토지를 소유할 수 있는 여건을 마련해주었습니다. 이와 같은 배경 속에서 성실했던 농사꾼이었던 응칠이도 땅을 등지고 유랑하는 노름꾼과 절도범으로 전락하게 되었던 것입니다.

김유정은 이 소설 이외에도 농민들의 고단한 삶을 「금 따는 콩밭」 「가을」에서도 그려내고 있습니다. 일제식민지 상황 속에서 고통받았던 농민들의 삶을 다룬 다른 작가의 작품들에는 현진건의 「고향」, 전영택의 「화수분」, 김정한의 「사하촌」, 최서해의 「홍염」 「탈출기」 등이 있습니다. 하지만 김유정의 소설은 이들과는 구별되는 그 무엇이 있습니다. 바로 작품 안에 내내 흐르는 웃음입니다. 인물들이 보여주는 우스운 말과 행동, 웃음을 유발하는 상황의 아이러니가 비참한 현실을 비참하지 않게 만들어줌으로써 오히려 그 비참함이 독자들에게 전달되는 효과를 배가시켜줍니다. 웃음 뒤에 묻어나는 아린 통증과도 같다고 할 수 있습니다.

작가는 이 작품을 통해 사람은 모름지기 도덕적인 삶을 살아야 한다고 얘기하지 않습니다. 그렇다고 생존을 위해서는 도덕은 버려도 되는 하찮은 것이라고 말하지도 않습니다. 무겁지만 결코 무겁지 않은, 가볍지만 또 결코 가볍지 않은 응오와 응칠, 두 형제의 삶 속으로 들어가봅시다.

만무방[1]

산골에 가을은 무르녹았다.

아름드리 노송은 빽빽이 늘어박혔다. 무거운 송낙[2]을 머리에 쓰고 건들건들. 새새이[3] 끼인 도토리, 벚, 돌배, 갈잎들은 울긋불긋. 잔디를 적시며 맑은 샘이 쫄쫄거린다. 산토끼 두 놈은 한가로이 마주앉아 그 물을 할짝거리고. 이따금 정신이 나는 듯 가랑잎은 부수수 하고 떨린다. 산산한 산들바람. 귀여운 들국화는 그 품에 새뜩새뜩 넘논다. 흙내와 함께 향긋한 땅김이 코를 찌른다. 요놈은 싸리버섯, 요놈은 잎 썩은 내, 또 요놈은 송이…… 아니 아니, 가시넝쿨 속에 숨은 박하풀 냄새로군.

응칠이는 뒷짐을 딱 지고 어정어정 노닌다. 유유히 다리를 옮겨놓으

---

[1] 만무방 예의나 염치가 없이 제멋대로 되어먹은 사람.
[2] 송낙 소나무겨우살이로 만든, 여승(女僧)이 쓰는 모자.
[3] 새새이 사이사이.

며 이 나무 저 나무 사이로 호아든다[4]. 코는 공중에서 벌렸다 오므렸다 연방 이러며 훅, 훅. 구붓한[5] 한 송목 밑에 이르자 그는 발을 멈춘다. 이번에는 지면에 코를 얄게 갖다대고 한 바퀴 비잉, 나물 끼고 돌았다.

'아, 하, 요놈이로군!'

썩은 솔잎에 덮여 흙이 봉곳이 돋아올랐다.

그는 손가락을 꾸짖으며 정성스레 살살 헤쳐본다. 과연 귀여운 송이. 망할 녀석, 조금만 더 나오지. 그걸 뚝 따들곤 뒷짐을 지고 다시 어슬렁어슬렁. 가끔 선하품[6]은 터진다. 그럴 적마다 두 팔을 떡 벌리곤 먼 하늘을 바라보고 늘어지게도 기지개를 늘인다.

때는 한창 바쁠 추수 때이다. 농군치고 송이파적[7] 나올 놈은 생겨나도 않았으리라. 하나 그는 꼭 해야만 할 일이 없었다. 싶으면 하고 말면 말고 그저 그뿐. 그러함에는 먹을 것이 더러 있느냐면 있기는커녕 부쳐 먹을 농토조차 없는, 계집도 없고 집도 없고 자식도 없고. 방은 있대야 남의 곁방이요 잠은 새우잠이요. 하지만 오늘 아침만 해도 한 친구가 찾아와서 벼를 털 텐데 일 좀 와 해달라는 걸 마다하였다.

몇 푼 바람에 그까짓 걸 누가 하느냐. 보다는 송이가 좋았다. 왜냐면 이 땅 삼천리 강산에 늘여놓인 곡식이 말짱 뉘 것이람. 먼저 먹는 놈이 임자 아니야. 먹다 걸릴 만치 그토록 양식을 쌓아두고 일이 다 무슨 난장맞을[8] 일이람. 걸리지 않도록 먹을 궁리나 할게지. 하기는 그도 한 세

4) 호아들다 다가서다. 이리저리 왔다 갔다 하며 들어가거나 들어오다.
5) 구붓하다 조금 굽은 듯하다.
6) 선하품 흥미 없는 일을 할 때 나오는 하품.
7) 송이파적 송이를 캐는 일.

번이나 걸려서 구메밥으로 사관을 틀었다[9]마는 결국 제 밥상 위에 올라앉은 제 몫도 자칫하면 먹다 걸리긴 매일반……

올라갈수록 덤불은 우거졌다. 머루며 다래, 칡, 게다가 이름 모를 잡초. 이것들이 위아래로 이리저리 서리어 좀체 길을 내지 않는다. 그는 잔디길로만 돌았다. 넓적다리가 번죽이는 찢어진 고의 자락[10]을 아끼며 조심조심 사려 딛는다. 손에는 칡으로 엮어들은 일곱 개 송이. 늙은 소나무마다 가선 두리번거린다. 사냥개 모양으로 코로 쿡, 쿡, 내를 한다. 이것도 송이 같고 저것도 송이 같고. 어떤 게 알짜 송이인지 분간을 모른다. 토끼똥이 소보록한데 갈잎이 한 입 뚝 떨어졌다. 그 잎을 살며시 들어보니 송이 대구리[11]가 불쑥 올라왔다. 매우 큰 송이인 듯. 그는 반색하여 그 앞에 무릎을 털썩 꿇었다. 그리고 그 위에 두 손을 내들며 열 손가락을 다 펴 들었다. 가만가만히 살살 흙을 헤쳐본다. 주먹만 한 송이가 나타난다. 애 이놈 크구나. 손바닥 위에 딱 올려놓고 한참 들여다보며 싱글벙글한다. 우중충한 구석으로 바위는 벽같이 깎아질렀다. 그 중턱을 얽어나간 칡잎에서는 물이 쪼록쪼록 흘러내린다. 인삼이 썩어내리는 약수라 한다. 그는 돌 위에 걸터앉으며 또 한 번 하품을 하였다. 간밤 쓸데없는 노름에 밤을 팬[12] 것이 몹시 나른하였다. 다사로운 햇발이 숲에 새어든다. 다람쥐가 솔방울을 떨어치며, 어여쁜 할미새는 앞에

---

8) 난장맞다 '난장(亂杖)'이란 조선시대 고문의 하나로 신체의 부위를 가리지 않고 마구 치는 매를 뜻함. '난장을 맞을 만하다'의 뜻으로, 몹시 못마땅하여 저주하는 말임.

9) 사관을 틀다 사관(舍館)이란 하숙과 같은 뜻. 여기서는 징역살이를 한다는 뜻임.

10) 고의 자락 남자의 여름 홑바지가 아래로 드리운 넓은 조각.

11) 대구리 '대가리'의 방언.

12) 밤을 패다 잠을 자지 않고 밤을 꼬박 밝히다. 밤을 새우다.

서 알씬거리고. 동리에서는 타작을 하느라고 와글거린다. 흥겨워 외치는 목성, 그걸 억누르고 공중에 웅, 웅 진동하는 벼 터는 기계 소리. 맞은쪽 산속에서 어린 목동들의 노래는 처량히 울려온다. 산속에 묻힌 마을의 전경을 멀리 바라보다가 그는 눈을 찌긋하며 다시 한 번 하품을 뽑는다. 이 웬놈의 하품일까. 생각해보니 어제 저녁부터 여지껏 창주가 곱립든 것이다[13]. 불현듯 송이 꾸럼에서 그중 크고 먹음직한 놈을 하나 뽑아들었다.

응칠이는 그 송이를 물에 써억 써억 부벼서는 떡 벌어진 대구리부터 걸삼스레 덥석 물어 떼었다. 그리고 넓죽한 입이 움질움질 씹는다. 혀가 녹을 듯이 만질만질하고 향기로운 그 맛. 이렇게 훌륭한 놈을 입맛만 다시고 못 먹다니. 문득 추억이 혀끝에 뱅뱅 돈다. 이놈을 맛보는 것도 참 근자의 일이다. 감불생심[14]이지 어디 냄새나 똑똑히 맡아보리. 산속으로 쏘다니다 백판[15] 못 따기도 하려니와 더러 딴다는 놈은 행여 상할까봐 손도 못 대게 하고 집에서 내려다보고 보고 하는 것이다. 그러나 요행히 한 꾸러미 차면 금시로 장에 가져다 판다. 이틀 사흘씩 공들인 거로되 잘하면 40전, 못 받으면 25전. 저녁거리를 기다리는 아내를 생각하며 좁쌀 서너 되를 손에 사들고 어두운 고개를 터덜터덜 올라오는 건 좋으나 이 신세를 뭣에 쓰나 하고 보면 을프냥궂기가[16] 짝이 없겠고⋯⋯ 이까짓 걸 못 먹어 그래 홧김에 또 한 놈을 뽑아들고 이번엔 물에 흙도 씻

---

13) 창주가 곱립들다 창자를 곯리다. 먹는 것이 모자라서 늘 배가 고프다.
14) 감불생심(敢不生心) (힘이 부쳐) 감히 엄두도 내지 못함.
15) 백판 생판. 전혀.
16) 을프냥궂다 을씨년스럽다.

을 새 없이 그대로 텁석어린다[17]. 그러나 다른 놈들도 별수 없으렷다. 이 산골이 송이의 본 고향이로되 아마 일년에 한 개조차 먹는 놈이 드무리라.

'흥, 썩어진 두상들!'

그는 폭넓은 얼굴을 일그리며 남이나 들으란 듯이 이렇게 비웃는다. 썩었다 함은 데생겼다[18] 모멸하는 그의 언투였다. 먹다 나머지 송이 꽁댕이를 바로 자랑스러이 입에다 치뜨리곤[19] 트림을 섞어가며 우물거린다.

송이가 두 개가 들어가니 이제는 더 먹을 재미가 없다. 뭔가 좀 든든한 걸 먹었으면 좋겠는데. 떡, 국수, 말고기, 개고기, 돼지고기, 그렇지 않으면 쇠고기냐. 아따 궁한 판이니 아무거나 있으면 속종으로[20] 여러 가질 먹으며 시름없이 앉았다. 그는 눈꼴이 슬그머니 돌아간다. 웬놈의 닭인지 암탉 한 마리가 저 아래 무덤 앞에서 뺑뺑 맨다. 골골거리며 감도는 걸 보매 아마 알자리를 보는 맥이라. 그는 돌에서 궁뎅이를 들었다. 낮은 하늘로 외면하여 못 본 척하고 닭을 향하야 저켠으로 널찍이 돌아내린다. 그러나 무덤까지 왔을 때 몸을 돌리며,

"후, 후, 후, 이 자식이 어델 가 후!"

두 팔을 벌리고 쫓아간다. 산꼭대기로 치모니 닭은 허둥지둥 갈 길을 모른다. 요리 매낀 조리 매낀, 꼬꼬댁거리며 속만 태울 뿐. 그러나 바위

---

17) 텁석어리다 텁석거리다. 연하여 덥석 움켜 쥐거나 입에 물다.
18) 데생기다 생김새나 됨됨이가 덜 이루어져서 못나다.
19) 치뜨리다 내뜨리다. 힘껏 던져버리다.
20) 속종으로 속마음으로.

틈에 끼여 왁살스러운[21] 그 주먹에 모가지가 둘로 나기에는 불과 몇 분 못 걸렸다.

그는 으슥한 숲 속으로 찾아들었다. 닭의 껍질을 홀랑 까고서 두 다리를 들고 찢으니 배창이 옆구리로 꿰진다. 그놈을 긁어 뽑아서 껍질과 한데 뭉치어 흙에 묻어버린다.

고기가 생기고 보니 연하야 나느니 막걸리 생각. 이걸 부글부글 끓여놓고 한 사발 떡 겯으면 똑 좋을 텐데 제길! 응칠이의 고기는 어디 떨어졌는지 술집까지 못 가는 고기였다. 아무려나 고기 먹구 술 먹구 거꾸론 못 먹느냐. 그는 닭의 가슴패기를 입에 들이대고 죽죽 찢어가며 먹기 시작한다. 쫄깃쫄깃한 놈이 제법 맛이 들었다. 가슴을 먹고 넙적다리 볼기짝을 먹고 거반 반쪽을 다 해내고 나니 어쩐지 맛이 좀 적었다. 결국 음식이란 양념을 해야 하는군. 수풀 속으로 그냥 내던지고 그는 설렁설렁 내려온다.

솔숲을 빠져 화전[22]께로 내릴려고 할 때 별안간 등 뒤에서,

"여보게, 거 응칠이 아닌가!"

고개를 돌려보니 대장간하는 성팔이가 작달막한 체수[23]에 들갑작거리며[24] 고개를 넘어온다. 그런데 무슨 긴한 일이나 있는지 부리나케 달려들더니,

"자네 응고개 논의 벼 없어진 거 아나?"

---

21) 왁살스럽다 우악살스럽다. 밉살스럽고 보기에 모질고 우락부락하게 보이다.
22) 화전 산이나 들에 불을 지르고 그 자리를 파 일구어 만든 밭.
23) 체수 체구. 몸집.
24) 들갑작거리다 들깝작거리다. 방정맞게 몸을 위아래로 자꾸 흔들어대다.

응칠이는 고만 가슴이 덜컥 내려앉았다. 이 바쁜 때 농군의 몸으로 응고개까지 애써 갈 놈도 없으려니와 또한 하필 저를 보고 벼의 없어짐을 말하는 것이 여간 심상치 않은 일이었다.

잡담제하고 응칠이는,

"자넨 어째서 응고개까지 갔는가?" 하고 대담스레도 그 눈을 쏘아보았다. 그러나 성팔이는 조금도 겁먹는 기색 없이,

"아 어쩌다 지냈지 뭘 그래" 하며 도리어 얼레발25)을 치고 덤비는 수작이다. 고현 놈, 응칠이는 입때 다녀야 동무를 팔아 배를 채우는 그런 비열한 짓은 안 한다. 낯을 붉히자 눈에 물이 보이며,

"어쩌다 지냈다?"

응칠이가 이 동리에 들어온 것은 어느덧 달이 넘었다. 인제는 물릴 때도 되었고 좀 떠보고자 생각은 간절하나 아우의 일로 말미암아 망설이는 중이었다.

그는 오라는 데는 없어도 갈 데는 많았다. 산으로 들로 해변으로 발부리 놓이는 곳이 즉 가는 곳이었다.

그러다 저물면 그대로 쓰러진다. 남의 방앗간이고 헛간이고 혹은 강가, 시새장26). 물론 수가 좋으면 괴뙈기27) 위에서 밤을 편히 잘 적도 있었다. 이렇게 하여 강원도 어수룩한 산골로 이리 넘고 저리 넘고 못 간 데 별로 없이 유람 겸 편답하였다28).

---

25) 얼레발 엉너리. 남의 환심을 사기 위해 어벌쩡하게 서두르는 짓.
26) 시새장 모래톱.
27) 괴뙈기 짚북더미.
28) 편답하다(遍踏─) 편력하다. 이리저리 두루 돌아다니다.

그는 한구석에 머물러 있음은 가슴이 답답할 만치 되우[29] 괴로웠다. 그렇다고 응칠이가 본시 역마직성[30]이냐 하면 그런 것도 아니다. 그도 5년 전에는 사랑하는 아내가 있었고 아들이 있었고 집도 있었고, 그때야 어디 하루라도 집을 떨어져보았으랴. 밤마다 아내와 마주 앉으면 어찌하면 이 살림이 좀 늘어볼까 불어볼까, 애간장을 태이며 갖은 궁리를 더하고 더하였다마는 별 뾰족한 수는 없었다. 농사는 열심으로 하는 것 같은데 알고 보면 남는 건 겨우 남의 빚뿐. 이러다가는 결말엔 봉변을 면치 못할 것이다. 하루는 밤이 깊어서 코를 골며 자는 아내를 깨웠다. 밖에 나가 우리의 세간이 몇 개나 되는지 세어보라 하였다. 그리고 저는 벼루에 먹을 갈아 붓에 찍어 들었다. 벽에 바른 신문지는 누렇게 끄을렀다. 그 위에다 아내가 불러주는 물목[31]대로 일일이 내려 적었다. 독이 세 개, 호미가 둘, 낫이 하나로부터 밥사발, 젓가락, 짚이 석 단까지 그 다음에는 제가 빚을 얻어온 데, 그 사람들의 이름을 쭉 적어놓았다. 금액은 제각기 그 아래다 달아놓고. 그 옆으론 조금 사이를 떼어 역시 조선문으로 나의 소유는 이것밖에 없노라, 나는 54원을 갚을 길이 없으매 죄진 몸이라 도망하니 그대들은 아예 싸울 게 아니겠고 서로 의논하여 억울치 않도록 분배하여 가기 바라노라 하는 의미의 성명서를 벽에 남기자 안으로 문들을 걸어닫고 울타리 밑구멍으로 세 식구 빠져나왔다.

이것이 응칠이가 팔자를 고치던 첫날이었다.

그들 부부는 돌아다니며 밥을 빌었다. 아내가 빌어다 남편에게, 남편

---

29) 되우 아주 몹시. 매우 심하게. 된통.
30) 역마직성(驛馬直星) 늘 분주하게 이리저리 떠돌아다니는 사람을 가리킴.
31) 물목(物目) 물건의 목록.

이 빌어다 아내에게. 그러자 어느 날 밤 아내의 얼굴이 썩 슬픈 빛이었다. 눈보라는 살을 에인다. 다 쓰러져가는 물방앗간 한구석에서 섬[32]을 두르고 어린애에게 젖을 먹이며 떨고 있더니 여보게유, 하고 고개를 돌린다. 왜, 하니까 그 말이 이러다간 우리도 고생일뿐더러 첫째 어린애를 잡겠수, 그러니 서로 갈립시다 하는 것이다. 하긴 그럴 법한 말이다. 쥐뿔도 없는 것들이 붙어다닌댔자 별수는 없다. 그보담은 서로 갈리어 제 맘대로 빌어먹는 것이 오히려 가뜬하리라. 그는 선뜻 응낙하였다. 아내의 말대로 개가를 해 가서 젖먹이나 잘 키우고 몸 성히 있으면 혹 연분이 닿아 다시 만날지도 모르니깐. 마지막으로 아내와 같이 땅바닥에 나란히 누워 하룻밤을 떨고 나서 날이 훤해지자 그는 툭툭 털고 일어섰다.

매팔자[33]란 응칠이의 팔자이겠다.

그는 버젓이 게트림[34]으로 길을 걸어야 걸릴 것은 하나도 없다. 논 맬 걱정도, 호포[35] 바칠 걱정도, 빚 갚을 걱정, 아내 걱정, 또는 굶을 걱정도. 호동가란히[36] 털고 났으니 팔자 중에는 아주 상팔자다. 먹고만 싶으면 도야지구, 닭이구, 개구, 언제나 옆을 떠날 새 없겠지. 그리고 돈, 돈도…….

그러나 주재소[37]는 그를 노려보았다. 툭하면 오라, 가라, 하는데 학질이었다[38]. 어느 동리고 가 있다가 불행히 일만 나면 누구보다도 그부터

---

32) 섬 짚으로 성글게 엮은 가마니.
33) 매팔자 놀고먹는 팔자.
34) 게트림 거만스럽게 거드름을 피우며 하는 트림.
35) 호포 봄과 가을에 집집마다 물리던 세.
36) 호동가란히 홀가분하게. 홀홀 가볍게. 마음에 두지 않고 아주 조용히.
37) 주재소 일제 시대 순경이 파견되어 있던 곳.
38) 학질이다 질색이다.

붙들려간다. 왜냐면 그는 전과사범이었다. 처음에는 도박으로 다음엔 절도로 또 그다음에도 절도로, 절도로…….

그러나 이번 멀리 아우를 방문함은 생활이 궁하여 근대러[39] 왔다거나 혹은 일을 해보러 온 것은 결코 아니었다. 혈족이라곤 단 하나의 동생이요 또한 오래 못 본지라 때없이 그리웠다. 그래 모처럼 찾아온 것이 뜻밖에 덜컥 일을 만났다.

지금까지 논의 벼가 서 있으면 그것은 성한 사람의 짓이라 안 할 것이다. 응오는 응고개 논의 벼를 여태 베지 않았다. 물론 응오가 베야 할 것이나 누가 든든지 그 형 응칠이를 먼저 의심하리라. 그럼 여기에 따르는 모든 책임을 응칠이가 혼자 지지 않으면 안 될 것이다.

응오는 진실한 농군이었다. 나이 서른하나로 무던히 철났다 하고 동리에서 쳐주는 모범 청년이었다. 그런데 벼를 베지 않는다. 남은 다들 거둬들이고 털기까지 하련만 그는 벨 생각조차 않는 것이다.

지주든 혹은 그에게 장리[40]를 놓은 김참판이든 뻔찔[41] 찾아와 벼를 베라 독촉하였다.

"얼른 털어서 낼 건 내야지" 하면 그 대답은, "계집이 죽게 됐는데 벼는 다 뭐지유" 하고 한결같이 내뱉는 소리뿐이었다.

하기는 응오의 아내가 지금 사정이매 틈은 없었다 하더라도 돈이 놀아서 약을 못 쓰는 이판이니 진시[42] 벼라도 털어야 할 것이다.

39) 근대다 귀찮게 굴다.
40) 장리 곡식을 꾸어주고 받을 때에 본디 곡식의 절반을 받는 이자.
41) 뻔찔 자주.
42) 진시 진작에. 좀더 일찍.

그러면 왜 안 털었던가…….

그것은 작년 응오와 같이 지주 문전에서 타작을 했던 친구라면 묻지는 않으리라. 한 해 동안 애를 졸이며 홀자식 모양으로 알뜰히 가꾸던 그 벼를 거둬들임은 기쁨이 틀림없었다. 꼭두새벽부터 엣, 엣, 하며 괴로움을 모른다. 그러나 캄캄하도록 털고 나서 지주에게 도지[43]를 제하고, 장리쌀을 제하고, 색초[44]를 제하고 보니, 남는 것은 등줄기를 흐르는 식은땀이 있을 따름. 그것은 슬프다 하기보다 끝없이 부끄러웠다. 같이 털어주던 동무들이 뻔히 보고 섰는데 빈 지게로 덜렁거리며 집으로 돌아오는 건 진정 열없기 짝이 없는 노릇이었다. 참다참다 응오는 눈에 눈물이 흘렀던 것이다.

가뜩한데 엎치고 덮치더라고 올해는 그나마 흉작이었다. 샛바람과 비에 벼는 깨깨 비틀렸다. 이놈을 가을하다간[45] 먹을 게 남지 않음은 물론이요 빚도 다 못 가릴 모양. 에라 배라먹을[46] 거. 너들끼리 캐다 먹든 말든 멋대로 하여라, 하고 내던져두지 않을 수 없었다. 벼를 걷었다고 말만 나면 빚쟁이들은 우우 몰려들 거니깐…….

응칠이의 죄목은 여기에서도 또렷이 드러난다. 구구루 가만만 있었으면 좋을 걸 이 사품[47]에 뛰어들어 지주의 뺨을 제법 갈긴 것이 응칠

---

43) 도지(賭地) 도조를 물기로 하고 빌려 쓰는 논밭이나 집터. 여기서 '도조'는 남의 논밭을 빌려서 부치고 그 대가로 해마다 내는 벼임.
44) 색초 색조(色租). 나라에서 세곡(조세로 바치는 곡식) 또는 환곡(백성에게 꾸어주었다가 회수하는 곡식)을 받을 때나 지주가 도조 따위를 받을 때에 덧붙여 받는 곡식.
45) 가을하다 추수하다.
46) 배라먹을 빌어먹을. 일이 뜻대로 되지 않을 때 욕으로 하는 말.
47) 사품 어떠한 동작이나 일이 진행되는, 마침 그때(기회)를 뜻함.

이었다.

처음에야 그럴 작정이 아니었다. 그는 여러 곳 물을 마신 만큼 어지간히 속이 튄 건달이었다. 지주를 만나 까놓고 썩 좋은 소리로 의논하였다. 올 농사는 반실이니[48] 도지도 좀 감해주는 게 어떠냐고. 그러나 지주는 암말 없이 고개를 모로 흔들었다. 정 이러면 하여튼 일년 품은 빼야 할 테니 나는 그 논에다 불을 지르겠수, 하여도 잠자코 응하지 않는다. 지주로 보면 자기로도 그 벼는 넉넉히 거둬들일 수는 있다마는 한번 버릇을 잘못해놓으면 어느 작인[49]까지 행실을 버릴까 염려하여 겉으로 독촉만 하고 있는 터였다. 실상이야 그까짓 벼쯤 있어도 그만, 없어도 그만, 그 심보를 눈치 채고 응칠이는 화를 벌컥 낸 것만은 좋으나 저도 모르게 대뜸 주먹 뺨이 들어갔던 것이다.

이렇게 문제 중에 있는 벼인데 귀신의 놀음 같은 변괴가 생겼다. 다시 말하면 벼가 없어졌다. 그것도 병들어 쓰러진 쭉정이는 제쳐놓고 무얼로 그랬는지 알짱 이삭만 따갔다. 그 면적으로 어림하면 아마 못 돼도 한 댓 말가량은 될는지!

응칠이가 아침 일찍이 그 논께로 노닐자 이걸 발견하고 기가 막혔다. 누굴 성가시게 굴려고 그러는지. 산속에 파묻힌 논이라 아직은 본 사람이 없는 모양 같다. 하나 동리에 이 소문이 퍼지기만 하면 저는 어느 모로든 혐의를 받아 폐는 족히 입어야 될 것이다.

응칠이는 송이도 송이려니와 실상은 궁리에 바빴다. 속종으로 지목갈 만한 놈을 여럿 들어보았으나 이렇다 찍을 만한 증거가 없다. 어쩌면

48) 반실이다 절반가량이 축나다.
49) 작인 소작인. 소작료를 내고 남의 논밭을 빌려 농사를 짓는 사람.

재성이나 성팔이 이 둘 중의 짓이리라, 하고 결국 이렇게 생각이 든 것도 응칠이가 아니면 안 될 것이다.

원수는 외나무다리에서 만났다.

응칠이는 저의 짐작이 들어맞음을 알고 당장에 일을 낼듯이 성팔이의 눈을 드리 노렸다[50].

성팔이는 신이 나서 떠들다가 그 눈총에 어이가 질리어 그만 벙벙하였다. 그리고 얼굴이 해쓱하야 마주대고 처다보더니,

"그래 자네 왜 그케 노하나. 지내다 보니깐 그렇길래 일테면 자네보구 얘기지 뭐" 하고 뒷갈망을 못하여 우물쭈물한다.

"노하긴 누가 노해……."

응칠이는 뻐팅겼던 몸에 좀더 힘을 올리며,

"놀러갔다 오는 길인데 우연히……."

"놀러갔다, 거기가 노는 덴가?"

"글쎄, 그렇게까지 물을 게 뭔가, 난 응고개 아니라 서울은 못 갈 사람인가" 하다가 성팔이는 속이 타는지 코로 흐응, 하고 날숨을 길게 뽑는다.

이렇게 나오는 데는 더 물을 필요가 없었다. 성팔이란 놈도 여간내기가 아니요 구장네 솥인가 뭔가 떼다 먹고 한 번 다녀온 놈이었다. 많이 사귀지는 못했으나 동리 평판이 그놈과 같이 다니다가는 엉뚱한 일 만난다 한다. 이번에 응칠이 저역 그 섭수[51]에 걸렸음을 알고,

"그야 응고개라구 못 갈 리 없을 터……" 하고 한 번 엇먹다[52], 그러

---

50) 눈을 드리 노리다 눈을 들입다(세차게, 마구) 노려보다.
51) 섭수 꾀. 수단.

나 자네두 알다시피 거 어디야, 거기 바로 길이 있다든지 사람 사는 동리라면 혹 모른다 하지마는 성한 사람이야 응고개엘 뭘 먹으러 가나, 그렇지 자네야 심심하니까, 하고 앞을 꽉 눌러 등을 떠본다. 여기에는 대답 없고 성팔이는 덤덤히 쳐다만 본다. 무엇을 생각했는가 한참 있더니 호주머니에서 단풍갑[53]을 꺼낸다. 우선 제가 한 개를 물고 또 하나를 뽑아내 대며,

"권연 하나 피우게."

매우 듬직한 낯을 해보인다.

이놈이 이에 밝기가 몹시 밝은 성팔이다. 턱없이 권연 하나라도 선심을 쓸 궐자[54]가 아니리라, 생각은 하였으나 그렇다고 예까지 부르대는 건 도리어 저의 처지가 불리하다. 그것은 짜장 그 손에 넘는 짓이니,

"아 웬 권연은 이래……" 하고 슬쩍 눙치며,

"성냥 있겠나?"

일부러 불까지 꺼내게 하였다.

응칠이에게 액을 떠넘기어 이용하려는 그 야심을 생각하면 곧 달려들어 다리를 꺾어놔야 옳을 것이다. 그러나 이 마당에 떠들어대고 보면 저는 드러누워 침뱉기. 결국 도적은 뒤로 잡지 앞에서 어르는 법이 아니다. 동리에 소문이 퍼질 것만 두려워하며,

"여보게, 자네가 했건 내가 했건 간……" 하고 과연 정답게 그 등을 툭 치고 나서,

52) 엇먹다 사리에 맞지 않은 말과 행동으로 엇나가며 비꼬다.
53) 단풍갑 일제 시대에 나왔던 담배 상표.
54) 궐자 '그'를 홀대하여 부르는 말. 작자. 인간.

"우리 둘만 알고 동리에 말은 내지 말게" 하다가 성팔이가 이 말에 되우 놀라며 눈을 말뚱말뚱 뜨니,

"그까짓 벼쯤 먹으면 어떤가……" 하고 껄껄 웃어버린다.

성팔이는 한굽[55] 접히며 말문이 메었는지 얼뚤하여[56] 입맛만 다신다.

"아예 말은 내지 말게, 응 알지……" 하고 다시 다질 때에야 겨우 주저주저 입을 열어,

"내야 무슨 말을 내겠나" 하고 조금 사이를 떼어 또,

"내야 무슨 말을…… 그건 염려 말게" 하더니 비실비실 몸을 돌려 제 갈 길을 내걷는다. 그러나 저 앞고개까지 가는 동안에 두 번이나 돌아다보며 이쪽을 살피고 살피고 한 것만은 사실이었다.

응칠이는 그 꼴을 이윽히 바라보고 입 안으로 죽일놈, 하였다. 아무리 도적이라도 같은 동료에게 제 죄를 넘겨씌우려 함은 도저히 의리가 아니다.

그건 그렇다 치고 응오가 더 딱하지 않은가. 기껏 힘들여 지어놓았다 남 좋은 일한 것을 안다면 눈이 뒤집힐 일이겠다.

이래서야 어디 이웃을 믿어보겠는가…….

확적히[57] 증거만 있어 이놈을 잡으면 대번에 요절을 내리라 결심하고 응칠이는 침을 탁 뱉어 던지고 산을 내려온다. 그런데 그놈의 행티[58]로 가늠보면 응칠이 저만치는 때가 못 벗은 도적이다. 어느 미친놈이 논두

55) 한굽 한풀.
56) 얼뚤하다 얼떨떨하다.
57) 확적히 확실히.
58) 행티 심술을 부려 남을 해치는 버릇. 심술궂고 남을 못살게 구는 버릇.

렁에까지 가새[59]를 들고 오는가. 격식도 모르는 푸똥이[60]가 그럴려면 바로 조낟가리나 수수낟가리 말이지 그 속에 들어앉아 가새로 속닥거려야 들킬 리도 없고 일도 편하고 두 포대고 세 포대고 마음껏 딸 수도 있다. 그러나 틈 보고 집으로 나르면 고만이지만 누가 논의 벼를 다⋯⋯. 그렇게도 벼에 걸신이 들렸다면 바로 남의 집 머슴으로 들어가 한 달포 동안 주인 앞에 얼렁거리며 신용을 얻어놓았다가 주는 옷이나 얻어 입고 다들 잠들거든 벼 섬이나 두둑히 짊어메고 덜렁거리면 그뿐이다. 이건 맥도 모르는 게 남도 못살게 굴려구. 에이 망할 자식두. 그는 분노에 살이 다 부들부들 떨리는 듯싶었다. 그러나 이런 좀도적이란 뽕이 나기[61] 전에는 바짝 물고 덤비는 법이었다. 오늘밤에는 요놈을 지켰다 꼭 붙들어가지고 정강이를 분질러놓으리라, 밥을 먹고는 태연히 막걸리 한 사발을 껄떡껄떡 들이켜자,

"커! 가을이 되니깐 맛이 행결[62] 낫군!"

그는 주먹으로 입가를 쓱쓱 훔친 다음 송이 꾸러미에서 세 개를 뽑는다. 그리고 그걸 갈퀴같이 마른 주막 할머니 손에 내어주며,

"엤수, 송이나 잡숫게유!" 하고 술값을 치렀으나,

"아이 송이두 고놈 참⋯⋯."

간사[63]를 피우는 것이 겉으로는 반기는 척하면서도 좀 시쁜[64] 모양

---

59) 가새 가위.
60) 푸똥이 풋내기.
61) 뽕이 나다 탄로나다.
62) 행결 한결.
63) 간사 교활하게 거짓으로 남의 비위를 맞춤.
64) 시쁘다 마음에 차지 않아 시들하다. 대수롭지 않다.

이다. 제딴은 한 개에 3전씩 치더라도 9전밖에 안 되니깐······.

응칠이는 슬며시 화가 나서 그 얼굴을 유심히 들여다보았다. 옴폭 들어간 볼때기에 저건 또 왜 저리 멋없이 불거졌는지 톡 나온 광대뼈 하구 치마 아래로 남실거리는 발가락은 자칫 잘못 보면 황새 발목이니 이건 언제 잡아가려고 남겨두는 거야······ 보면 볼수록 하나 이쁜 데가 없다. 한두 번 먹은 것두 아니요 언젠간 울타리께 풀을 베어주고 술사발이나 얻어먹은 적도 있었다. 그렇게 야멸치게 따질 건 뭔가. 그는 눈살을 흘낏 맞히고는 하나를 더 꺼내어,

"옜수, 또 하나 잡숫게유······."

내던져 주곤 댓돌에 가래침을 탁 뱉었다. 그제야 식성이 좀 풀리는지 그 가축[65]으로 웃으며,

"아이구 이거 자꾸 주면 어떡해······."

"어떡허긴, 자꾸 살찌게유······" 하고 한마디 툭 쏘고 일어서다가 무엇을 생각함인지 다시 툇마루에 주저앉았다.

"그런데 참, 요즘 성팔이 보셨수?"

"아—니, 당최 볼 수가 없더구면."

"술두 안 먹으러 와유?"

"안 와" 하고는 입 속으로 뭐라구 중얼거리며 의아한 낯을 들더니,

"왜, 또 뭐 일이······?"

"아니유, 본 지가 하 오래니깐······."

응칠이는 말끝을 얼버무리고 고개를 돌리어 한데[66]를 바라본다. 벌

---

65) 가축 알뜰히 매만져 잘 지니는 것. 알뜰살뜰 잘 매만지는 것.
66) 한데 바깥.

써 점심때가 되었는지 닭들이 요란히 울어댄다. 논둑의 미루나무는 부하고 또 부, 하고 잎이 날리며 팔랑팔랑 하늘로 올라간다.

"성팔이가 이 말에서 얼마나 살았지유?"

"글쎄— 재작년 가을이지 아마……" 하고 장죽[67]을 빡빡 빨더니,

"근데 또 떠난대던걸, 홍천인가 어디 즈 성님한테로 간대" 하고 그게 옳지 여기서 뭘 하느냐. 대장간이라구 일이나 많으면 모르거니와 밤낮 파리만 날리는걸. 그보다는 제 형이 크게 농사를 짓는대니 그 뒤나 잘 들어주고 구구루[68] 얻어먹는 게 신상에 편하겠지. 그래 불일간[69] 처자식을 데리고 아마 떠나리라고 하고,

"농군은 그저 농사를 지야 돼."

"낼 술 먹으러 또 오지유……."

간단히 인사만 하고 응칠이는 다시 일어났다.

주막을 나서니 옷깃을 스치는 개운한 바람이다. 밭 둔덕의 대추는 척척 늘어진다. 머지않아 겨울은 또 오렷다. 그는 응오의 집을 바라보며 그간 죽었는지 궁금하였다.

응오는 봉당[70]에 걸터앉았다. 그 앞 화로에는 약이 바글바글 끓는다. 그는 정신없이 들여다보고 앉았다.

우중충한 방에서는 아내의 가쁜 숨소리가 들린다. 색, 색 하다가 아이구, 하고는 까우러지게[71] 콜록거린다. 가래가 치밀어 몹시 괴로운 모양

67) 장죽(長竹) 긴 담뱃대.
68) 구구루 구차하게나마. 떳떳하지 못하고 구차스럽게.
69) 불일간(不日間) 며칠 안.
70) 봉당(封堂) 재래식 한옥에서, 안방과 건넌방 사이의 마루를 놓을 자리를 흙바닥 그대로 둔 곳.
71) 까우러지다 까부라지다. 기운이 매우 빠져서 몸이 고부라지거나 착 늘어지다.

…… 뽑아줄 사이가 없어 풀들은 뜰에 엉켰다. 흙이 드러난 지붕에는 망초[72]가 휘어청 휘어청. 바람은 가끔 찾아와 싸리문을 흔든다. 그럴 적마다 문은 을씨년스럽게 삐이꺼 삐이꺽. 이웃의 발발이는 벽에서 한참 바쁘게 달그락거린다마는 아침에 아내에게 먹이고 남은 조죽밖에야. 아니 그것도 참 남편마저 굶었으니 사발에 붙은 찌꺽지뿐이리라…….

"거, 다 졸았나부다."

응칠이는 약이란 너무 졸면 못 쓰니 그만 짜먹이라, 하였다. 약이래야 어제 저녁 울 뒤에서 올가들인[73] 구렁이지만…….

그러나 응오는 듣고도 흘렸는지 혹은 못 들었는지 잠자코 고개도 안 든다.

"옜다, 송이 맛이나 봐라" 하고 형이 손을 내밀 때야 겨우 시선을 들었으나 술이 거나한 그 얼굴을 거북상스레[74] 훑어본다. 그리고 송이를 고맙지 않게 받아 방으로 치뜨리고는,

"이거나 먹어" 하다가,

"뭐?"

소리를 크게 질렀다. 그래도 잘 들리지 않으므로,

"뭐야 뭐야, 좀 똑똑히 하라니깐?" 하고 골피를 찌푸린다[75].

그러나 아내는 손짓만으로 무슨 소린지 알 수가 없다. 음성으로 치느니보다 종이 비비는 소리랄지, 그걸 듣기에는 기척도 멀었다. 가만히 보

---

72) 망초 풀 이름.
73) 올가들이다 옭아들인. 올가미 따위로 졸라매어 잡아들이다.
74) 거북상스레 거북살스레. 몹시 거북스럽게.
75) 골피를 찌푸리다 이맛살을 찌푸리다.

다 응칠이는 제가 다 불안하여,

"뒤보겠다는 게 아니냐……"

"그럼 그렇다 말이 있어야지."

남편은 이내 짜증을 내며 몸을 일으킨다. 병약한 아내의 음성이 날로 변하여 감을 시방[76] 안 것도 아니런만……

그는 방바닥에 늘어져 꼬치꼬치 마른 반송장을 조심히 일으켜 등에 업었다.

울 밖 밭머리에 잿간은 놓였다. 머리가 눌릴 만치 납작한 갑갑한 굴 속이다. 게다 거미줄은 예제 없이[77] 엉키었다. 부추돌[78] 위에 내려놓으니 아내는 벽을 의지하여 웅크리고 앉는다. 그리고 남편은 눈을 멀뚱멀뚱 뜨고 지키고 섰는 것이다.

이 꼴들을 멀거니 바라보다 응칠이는 마뜩찮게 코를 휑, 풀며 입맛을 다시었다. 응오의 짓이 어리석고 울화가 터져서이다. 요즘 응오가 형에게 잘 말도 않고 왜 어뜩비뜩하는지[79] 그 속은 응칠이도 모르는 바 아닐 것이다.

응오가 이 아내를 찾아올 때 꼭 3년간을 머슴을 살았다. 그처럼 먹고 싶던 술 한 잔 못 먹었고 그처럼 침을 삼키던 그 개고기 한 메 물론 못 샀다. 그리고 사경을 받는 대로 꼭꼭 장리를 놓았으니 후일 선채[80]로 썼

---

76) 시방 지금. 이제.
77) 예제 없이 여기저기 없이.
78) 부추돌 부싯돌. 뒷간 바닥에 부출(디디고 뒤를 보는 뒷간 바닥의 널빤지) 대신에 놓아 디디게 한 돌.
79) 어뜩비뜩하다 행동이 바르거나 단정하지 못하다.
80) 선채(先綵) 혼례 전에 신랑 집에서 신부 집으로 보내는 채단. 여기서 '채단'은 혼인때 신랑집에서 신부의 집으로 미리 보내는 청색·홍색의 치마 저고릿감.

던 것이다. 이렇게까지 근사[81]를 모아 얻은 계집이런만 단 두 해가 못 가서 이 꼴이 되고 말았다.

그러나 이 병이 무슨 병인지 도시 모른다. 의원에게 한 번이라도 변변히 뵈본 적이 없다. 혹 안다는 사람의 말인즉 뇌점[82]이니 어렵다 하였다. 돈만 있다면야 뇌점이고 염병[83]이고 알 바가 못 될 거로되 사날 전 거리로 쫓아나오며,

"성님……" 하고 팔을 챌 적에는 응오도 어지간히 급한 모양이었다.

"왜?"

응칠이가 몸을 돌리니 허둥지둥 그 말이 인제는 별 도리가 없다. 있다면 꼭 한 가지가 남았으나 그것은 엊그제께 산신을 부리는 노인이 이 마을에 오지 않았는가. 그 도인이 응오를 특히 동정하여 15원만 들여 산치성을 올리면 씻은 듯이 낫게 해주리라는데,

"성님은 언제나 돈 만들 수 있지유?"

"거 안 된다, 치성 드려 날 병이 그냥 안 낫겠니" 하여 여전히 딱 떼이고, 그러게 내 뭐래던, 예전에 계집 다 내버리고 날 따라나서랬지 하고,

"그래 농군의 살림이란 제 목매기라지!"

그러나 아우가 암말없이 몸을 홱 돌리어 집으로 들어갈 제 응칠이는 속으로 또 괜한 소리를 했구나, 하였다.

응오는 도로 아내를 업어다 방에 뉘었다. 약은 다 졸았다. 불이 삭기 전 짜야 할 것이다. 식기를 기다려 약사발을 입에 대어주니 아내는 군말

---

81) 근사(勤仕) 자기가 맡은 일에 부지런히 힘씀.
82) 뇌점 한방에서 말하는 폐결핵.
83) 염병 장티푸스.

없이 그 구렁이 물을 껄덕껄덕 들이마신다.

응칠이는 마당에 우두커니 앉았다. 사람의 목숨이란 과연 중하군, 하였다. 그러나 계집이라는 저 물건이 그렇게 떼기 어렵도록 중할까, 하니 암만해도 알 수 없고,

"너 참 요 건너 성팔이 알지?"

"……."

"너허구 친하냐?"

"……."

"성이 뭐래는데 거 대답 좀 하렴" 하고 소리를 빽 질러도 아우는 대답은 말고 고개도 안 든다.

그러나 응칠이는 하늘을 쳐다보고 트림만 끄윽, 하고 말았다. 술기가 코를 콱콱 찔러야 할 터인데 이건 풋김치 냄새만 코밑에서 뱅뱅 돈다. 공짜 김치만 퍼먹을 게 아니라 한 잔 더 했더라면 좋았을걸. 그는 일어서서 대를 허리에 꽂고 궁뎅이의 흙을 털었다. 벼 도적 맞은 이야기를 할까, 하다가 아서라 가뜩이나 울상이 속이 쓰릴 것이다. 그보다는 이놈을 잡아놓고 나중에 히짜[84]를 뽑는 것이 점잖겠지…….

그는 문밖으로 나와버렸다.

답답한 아우의 살림을 보니 역시 답답하던 제 살림이 연상되고 가슴이 두루 답답하였다. 이런 때에는 무가 십상이다. 사실 하느님이 무를 마련해낸 것은 참으로 은혜로운 일이다. 맥맥할[85] 때 한 개를 씹고 보면 꿀꺽 하고 쿡 치는 그 맛이 좋고.

84) 히짜 희떠운 짓거리.
85) 맥맥하다 갑갑하다.

남의 무밭에 들어가 하나를 쑥 뽑으니 가락무[86]. 이키, 이거 오늘 운수대통이로군. 내던지고 그다음 놈을 뽑아들고 개울로 내려온다. 물에 쓱쓱 닦아서는 꽁지는 이로 베어 던지고 어썩 깨물어붙인다.

개울 둔덕에 포플러는 호젓하게도 매출히[87] 컸다. 자갈돌은 그 밑에 옹기종기 모였다. 가생이[88]로 잔디가 소보록하다. 응칠이는 나가자빠져 마을을 건너다보며 눈을 멀뚱멀뚱 굴리고 누웠다. 산에 빵빵 둘리어 숨이 콕 막힐 듯한 그 마을…….

아리랑 아리랑 아라리요
아리랑 띄여라 노다 가세
증기차는 가자고 윈고동 트는데
정든 님 품 안고 낙루낙루
아리랑 아리랑 아라리요
아리랑 띄여라 노다 가세
낼 갈지 모레 갈지 내 모르는데
옥씨기[89] 강낭이는 심어 뭐 하리
아리랑 아리랑 아라리요
아리랑 띄여라……

86) 가락무 밑둥이 두셋으로 갈라진 무.
87) 매출히 곧게.
88) 가생이 가장자리.
89) 옥씨기 '옥수수'의 방언.

그는 콧노래를 이렇게 흥얼거리다 갑작스레 강릉이 그리웠다. 펄펄 뛰는 생선이 좋고 아침 햇발에 비끼어 힘차게 출렁거리는 그 물결이 좋고. 이까짓 둠 구석에서 쪼들리는 데 대다니. 그래도 제딴엔 뭐 농사 좀 지었답시고 악을 복복 쓰며 잘두 떠들어댄다. 하지만 그런 중에도 어딘가 형언치 못할 쓸쓸함이 떠돌지 않는 것도 아니다. 30여 년 전 술을 빚어놓고 쇠를 울리고 흥에 질리어 어깨춤을 덩실거리고 이렇든 가을과는 저 딴쪽이다. 가을이 오면 기쁨에 넘쳐야 될 시골이 점점 살기만 떠오름은 웬일일까.

이렇게 보면 재작년 가을 어느 밤 산중에서 낫으로 사람을 찍어 죽인 강도가 문득 머리에 떠오른다. 장을 보고 오는 농군을 농군이 죽였다. 그것도 많이나 되었으면 모르되 빼앗은 것이 한껏 동전 네 닢에 수수 일곱 되. 게다 흔적이 탄로날까 하여 낫으로 그 얼굴의 껍질을 벗기고 조깃대강이 이기듯 끔찍하게 남기고 조긴[90] 망나니다. 흉악한 자식. 그 알량한 돈 4전에 나 같으면 가여워 덧돈을 주고라도 왔으리라. 이번 놈은 그따위 깍따귀나 아닐는지 할 때 찬 김과 아울러 치미는 소름에 머리끝이 다 쭈뼛하였다.

그간 아우의 농사를 대신 돌봐주기에 이럭저럭 날이 늦었다. 오늘밤에는 이놈을 다리를 꺾어놓고 내일쯤은 봐서 설렁설렁 뜨는 것이 옳은 일이겠다. 이 산을 넘을까 저 산을 넘을까 주저거리며 점을 치다가 슬그머니 코를 골아버린다.

밤이 내리니 만물은 고요히 잠이 든다. 검푸른 하늘에 산봉우리는 울

---

90) 조기다 조지다. 호되게 때리다.

퉁불퉁 물결을 치고 흐릿한 눈으로 별은 떴다. 그러다 구름떼가 몰려 닥치면 캄캄한 절벽이 된다. 또한 마을 한복판에는 거친 바람이 오락가락 쓸쓸히 궁굴고 이따금 코를 찌르는 후련한 산사 내음새. 북쪽 산밑 미루나무에 싸여 주막이 있는데 유달리 불이 반짝인다. 노세, 노세, 젊어서 놀아, 노랫소리는 나직나직 한산히 흘러나온다. 아마 벼를 뒷심[91] 대고 외상이리라…….

응칠이는 잠자코 벌떡 일어나 바깥으로 나섰다. 그리고 다 나와서야 그 집 친구에게 눈치를 안 채이도록,

"내 잠깐 다녀옴세……."

"어딜 가나?"

친구는 웬 영문을 몰라서 뻔히 쳐다보다 밤이 이렇게 늦었으니 나갈 생각 말고 어여 이리 들어와 자라 하였다. 기껏 둘이 앉아서 개코쥐코 떠들다가[92] 급작히 일어서니깐 꽤 이상한 모양이었다.

"건넛말 가 담배 한 봉 사올라구."

"담배 여깄는데 또 사 뭐 하나?"

친구는 호주머니에서 굳이 연봉을 꺼내어 손에 들어 보이더니,

"이리 들어와 섬이나 좀 쳐주게."

"아참 깜빡……" 하고 응칠이는 미안스러운 낯으로 뒤통수를 긁죽긁죽한다. 하기는 섬을 좀 쳐달라고 며칠째 당부하는 걸 노름에 몸이 팔리어 그만 잊고 잊고 했던 것이다. 먹자고 이렇게 신세를 지면서 이건 썩

---

91) 뒷심 뒷셈. 어떤 일이 끝난 다음에 하는 셈.
92) 개코쥐코 떠들다 쓸데없는 말로 이러쿵저러쿵하다.

안됐다, 생각은 했지마는,

"내 곧 다녀올걸 뭐……."

어정쩡하게 한마디 남기곤 그 집을 뒤에 남긴다.

그러나 이 친구는,

"그럼 곧 다녀오게" 하고 때를 재치는 법은 없었다. 언제나 여일같이,

"그럼 잘 다녀오게."

이렇게 그 신상만 편하기를 비는 것이다.

응칠이는 모든 사람이 저에게 그 어떤 경의를 갖고 대하는 것을 가끔 느끼고 어깨가 으쓱거린다. 백판 모르던 사람도 데리고 앉아서 몇 번 말만 좀 하면 대번 구부러진다. 그렇게 장한 것인지 그 일을 하다가, 그 일 이래야 도적질이지만, 들어가 욕보던 이야기를 하면 그들은 눈을 커다랗게 뜨고,

"아이구, 그걸 어떻게 당하셨수!" 하고 적이 놀라면서도,

"그래 그 돈은 어떡했수?"

"또 그랠 생각이 납디까유?"

"참 우리 같은 농군에 대면 호강살이유!" 하고들 한편 썩 부러운 모양이었다. 저들도 그와 같이 진탕 먹고살고는 싶으나 주변 없어 못하는 그 울분에서 그런 이야기만 들어도 다소 위안이 되는 것이다. 응칠이는 이걸 잘 알고 그 누구를 논에다 거꾸로 박아놓고 달아나다가 붙들려 경 치던[93] 이야기를 부지런히 하며,

"자네들은 안적 멀었네 멀었어……" 하고 흰소리[94]를 치면 그들은,

---

93) 경 치다 몹시 호된 꾸지람을 듣거나 벌을 받다.
94) 흰소리 터무니없이 자랑으로 떠벌리거나 거들먹거리며 허풍을 떠는 말.

옳다는 뜻이겠지, 묵묵히 고개만 꺼떡꺼떡하며 속없이 술을 사주고 담배를 사주고 하는 것이다.

그런데 이번 벼를 훔쳐간 놈은 응칠이를 마구 넘보는 모양 같다.

이렇게 생각하면 응칠이는 더욱 괘씸하였다. 그는 물푸레 몽둥이를 벗삼아 논둑길을 질러서 산으로 올라간다.

이슥한 그믐은 칠야…….

길이 어둡고 흐릿한 언저리만 눈앞에 아물거린다.

그 논까지 7마장은 느긋하리라. 이 마을을 벗어나는 어구에 고개 하나를 넘는다. 또 하나를 넘는다. 그러면 그다음 고개와 고개 사이에 수목이 울창한 산중턱을 비겨대고 몇 마지기의 논이 놓였다. 응오의 논은 그중의 하나였다. 길에서 썩 들어앉은 곳이라 잘 뵈도 않는다. 동리에 그런 소문이 안 났을 때에는 천행으로 본 놈이 없을 것이니 반드시 성팔이의 성행임에는…….

응칠이는 공동묘지의 첫 고개를 넘었다. 그리고 다음 고개의 마루턱을 올라섰을 때 다리가 주춤하였다. 저 왼편 높은 산고랑에서 불이 반짝하다 꺼진다. 짐승 불로는 너무 흐리고…… 아하, 이놈들이 또 왔군. 그는 가던 길을 옆으로 새었다. 더듬더듬 나뭇가지를 짚으며 큰 산으로 올라탄다. 바위는 미끌려 내리며 발등을 찧는다. 딸기 가시에 종아리는 따갑고 엉금엉금 기어서 바위를 끼고 감돈다.

산, 거반 꼭대기에 바위와 바위가 어깨를 겯고 움쑥 들어간 굴이 있다. 풀들은 뻗치어 굴문을 막는다.

그 속에 돌아앉아서 다섯 놈이 머리들을 맞대고 수군거린다. 불빛이 샐까 염려다. 남폿불[95]을 얕게 달아놓고 몸들을 바싹바싹 여미어 가리운다.

"어서 후딱후딱 쳐, 갑갑해서 원……."

"이번엔 누가 빠지나?"

"이 사람이지 뭘 그래."

"다시 섞어, 어서 이따위 수작이야" 하고 한 놈이 골을 내고 화투를 빼앗어서 제 손으로 섞다가 깜짝 놀란다. 그리고 버썩 대드는 응칠이를 벙벙히[96] 쳐다보며 얼뜰한다.

그들은 응칠이가 오는 것을 완고척이[97] 싫어하는 눈치였다. 이런 애송이 노름판인데 응칠이를 들였다가는 맥을 못 쓸 것이다. 속으로는 되우 꺼렸다마는 그렇다고 응칠이의 비위를 건드림은 더욱 좋지 못하므로,

"아, 응칠인가, 어서 들어오게" 하고 선웃음을 치는 놈에,

"난 올 듯하기에 자넬 기다렸지" 하며 어수대는[98] 놈,

"하여튼 한케 떠보세[99]."

이놈들은 손을 잡아들이며 썩들 환영이었다.

응칠이는 그 속으로 들어서며 무서운 눈으로 좌중을 한번 훑어보았다.

그런데 재성이도 그 틈에 끼여 있는 것이 아닌가. 사날 전만 해도 응칠이더러 먹을 양식이 없으니 돈 좀 취하라던 놈. 의심이 부썩[100] 일었다. 도적이란 흔히 이런 노름판에서 씨가 퍼진다. 그 옆으로 기호도

---

95) 남폿불 석유를 연료로 하는 서양식 등잔불.
96) 벙벙하다 어쩔 줄 몰라 아무 말 없이 어리둥절하다. 얼빠진 사람처럼 아무 말 없다.
97) 완고척이 완고(頑固)스레. 성질이 완강하고 고루하게. 융통성이 없이 올곧고 고집이 세게.
98) 어수대다 우쭐대다.
99) 한케 떠보세 화투장을 들추어보세. 함께 화투를 하세.
100) 부썩 거침새 없이 갑자기. 나아가거나 늘거나 주는 모양.

앉았다. 이놈은 며칠 전 제 계집을 팔았다. 그 돈으로 영동 가서 장사를 하겠다던 놈이 노름을 왔다.

제깟 주제에 딸 듯싶은가. 하나는 용구. 농사엔 힘 안 쓰고 노름에 몸이 달았다. 시키는 부역도 안 나온다고 동리에서 손두를 맞은 놈이다. 그리고 남의 집 머슴 녀석. 뽐을 내고 멋없이 점잔을 피우는 중늙은이 상투쟁이. 이 물건은 어서 날라왔는지 보도 못하던 놈이다. 체, 이것들이 뭘 한다구…….

응칠이는 기호의 등을 꾹 찍어가지고 밖으로 나왔다.

외딴곳으로 데리고 와서,

"자네 돈 좀 없겠나?" 하고 돌아서다가,

"웬걸 돈이 어디……."

눈치만 남고 어름어름하니,

"아내와 갈렸다지, 그 돈 다 뭐 했나?"

"아, 이 사람아 빚 갚았지……."

기호는 눈을 내리깔며 매우 거북한 모양이다.

오른편 엄지로 한 코를 막고 흥 하고 내뽑더니, 이번 빚에 졸리어 죽을 뻔했네, 하고 묻지 않은 발뺌까지 얹어서 설대[101]로 등허리를 긁죽긁죽한다.

그러나 응칠이는 속으로 이놈, 하였다. 응칠이는 실눈을 뜨고 기호를 유심히 쏘아주었더니,

"꼭 사 원 남았네" 하고 선뜻 알리고,

---

101) 설대 담배설대. 담배통과 물부리 사이에 끼워 맞추는 가는 대.

"빚 갚고 뭣 하고 흐지부지 녹아서……."

어색하게도 혼잣말로 우물쭈물 웃어버린다. 응칠이는 퉁명스레,

"나 이 원만 최게[102]" 하고 손을 내대다 그래도 잘 듣지 않으매,

"따서 둘이 논을 테야[103], 누가 떼먹나……" 하고 소리가 한번 빽 아니 나올 수 없다.

이 말에야 기호도 비로소 안심한 듯, 저고리 섶을 쳐들고 흠칫거리다 주뼛주뼛 꺼내놓는다. 딴은 응칠이의 솜씨면 낙짜는 없을 것이다[104]. 설혹 재간이 모자라 잃는다면 우격이라도 도로 몰아갈 게니깐…….

"나도 한케 떠보세."

응칠이는 우좌스리[105] 굴로 기어든다. 그 콧등에는 자신 있는 그리고 흡족한 미소가 떠오른다. 사실이지 노름만치 그를 행복하게 하는 건 다시 없었다. 슬프다가도 화투나 투전장을 손에 들면 공연스레 어깨가 으쓱거리고 아무리 일이 바빠도 노름판은 옆에 못 두고 지난다. 그는 이놈 저놈의 눈치를 슬쩍 한번 훑고,

"두 패루 너누지?"

응칠이는 재성이와 용구를 데리고 한옆으로 비켜 앉았다. 그리고 신바람이 나서 화투를 섞다가 손을 딱 짚으며,

"튀전이래지 이깐 화투는 하튼 뭘 할 텐가, 녹뻐긴가, 켤텟가?"

"약단[106]이나 그저 보지!"

---

102) 최게 꾸어주게.
103) 논을 테야 나눌 테야.
104) 낙짜 없다 영락없다. 조금도 틀리지 않고 들어맞다.
105) 우좌스리 우자(愚者)스레. 보기에 어리석고 미련한 데가 있게.

사방은 매섭게 조용하였다. 바위 위에서 혹 바람에 모래 구르는 소리뿐이다. 어쩌다,

"옜다, 봐라" 하고 화투짝이 쩔걱, 한다. 그리고 다시 쥐 죽은 듯 잠잠하다.

그들은 이욕에 몸이 달아서 이야기고 뭐고 할 여지가 없다. 행여 속지나 않는가 하여 눈들이 빨개서 서로 독을 올린다. 어떤 놈이 뜯는 놈이고 어떤 놈이 뜯기는 놈인지 영문 모른다.

응칠이가 한 장을 내던지고 명월공산[107]을 보기 좋게 떡 젖혀놓으니,

"이거 왜 수짜질[108]이야!"

용구가 골을 벌컥 내며 쳐다본다.

"뭐가?"

"뭐라니, 아, 이 공산 자네 밑에서 빼내지 않았나?"

"봤으면 고만이지 그렇게 노할 건 또 뭔가!"

응칠이는 어설피 입맛을 쩍쩍 다시다,

"그럼 이번엔 파토[109]지?" 하고 손의 화투를 땅에 내던지며 껄껄 웃어버린다.

이때 한옆에서 별안간,

"이 자식 죽인다!"

악을 쓰는 것이니 모두들 놀라며 시선을 모은다. 머슴이 마주 앉은 상

---

106) 약단 화투놀이에서 '약'과 '단'을 아울러 이르는 말.
107) 명월공산 음력 8월 보름날 밤의 달과 그 아래 텅빈 산이 그려져 있는 화투짝. 8월이나 여덟 끗을 나타낸다.
108) 수짜질 수재질. '수재(手才)'는 손재주를 뜻함. 여기서는 놀음에서의 속임수를 뜻함.
109) 파토 파투. 화투 놀이에서 잘못되어 그 판이 무표가 되는 일.

투의 뺨을 갈겼다. 말인즉 매조 다섯 끗[110]을 엎어쳤다고…….

하나 정말은 돈을 잃은 것이 분한 것이다. 이 돈이 무슨 돈이냐 하면 일년 품을 판 피 묻은 사경이다. 이런 돈을 송두리 먹히다니…….

"이 자식, 너는 야마시꾼[111]이지. 돈 내라."

먹살을 움켜잡고 다시 두 번을 때린다.

"허, 이눔이 왜 이러누, 어른을 몰라보구."

상투는 책상다리를 잡숫고 허리를 쓰윽 펴더니 점잖이 호령한다. 자식뻘 되는 놈에게 뺨을 맞는 건 말이 좀 덜 된다. 약이 올라서 곧 일을 칠 듯이 엉덩이를 번쩍 들었으나 그러나 그대로 주저앉고 말았다. 악에 바짝 받친 놈을 건드렸다가는 결국 이쪽이 손해다. 더럽다는 듯이 허허 웃고,

"버릇없는 놈 다 봤고!" 하고 꾸짖은 것은 잘됐으나 기어이 어이쿠, 하고 그 자리에 푹 엎어진다. 이마가 터져서 피는 흘렀다. 어느 틈엔가 돌멩이가 날아와 이마의 가죽을 터뜨린 것이다.

응칠이는 싱글거리며 굴을 나섰다. 공연스레 쑥스럽게 일이나 벌어지면 성가신 노릇이다. 그리고 돈백이나 될 줄 알았더니 다 봐야 한 40원 될까 말까. 그걸 바라고 어느 놈이 앉았는가…….

그가 딴 것은 본밑을 알라 9원하구 80전이다. 기호에게 5원을 내주고,

"자, 반이 넘네, 자네 계집 잃고 돈 잃고 호강이겠네."

농담으로 비웃어 던지고는 숲으로 설렁설렁 내려온다.

---

110) 매조 다섯 끗 매조는 매화가 그려져 있는 화투짝.
111) 야마시꾼 '사기꾼'의 일본말.

"여보게, 자네에게 청이 있네."

재성이 목이 말라서 바득바득 따라온다. 그 청이란 묻지 않아도 알 수 있었다. 저에게 돈을 다 빼앗기곤 구문[112]이겠지. 시치미를 딱 떼고 나갈 길만 걷는다.

"여보게 응칠이, 아 내 말 좀 들어!"

그제서는 팔을 잡아 낚으며 살려 달라 한다. 돈을 좀 늘일까, 하고 벼열 말을 팔아 해보았더니 다 잃었다고. 당장 먹을 게 없어 죽을 지경이니 노름 밑천이나 하게 몇 푼 달라는 것이다. 그러나 벼를 털었으면 거저 먹을 게지 어쭙잖게 노름은…….

"그런 걸 왜 너보고 하랬어?" 하고 돌아서며 소리를 빽 지르다가 가만히 보니 눈에 눈물이 글썽하다. 잠자코 돈 2원을 꺼내 주었다.

응칠이는 돌에 앉아서 팔짱을 끼고 덜덜 떨고 있다.

사방은 뺑 돌리어 나무에 둘러싸였다. 거무투툭한 그 형상이 헐없이[113] 무슨 도깨비 같다. 바람이 불 적마다 쏴―, 하고 쏴― 하고 음충맞게[114] 건들거린다. 어느 때에는 찍, 찍, 하고 목을 따는지 비명도 올린다.

그는 가끔 뒤를 돌아보았다. 별일은 없을 줄 아나 혹 뭐가 덤벼들지도 모른다. 서낭당은 바로 등 뒤다. 족제비인지 뭔지, 요동통에 돌이 무너지며 바시락 바시락 한다. 그 소리가 묘하게도 등줄기를 쪼옥 긋는다. 어두운 꿈속이다. 하늘에서 이슬은 내리어 옷깃을 축인다. 공포도 공포려니와 냉기로 하여 좀체로 견딜 수가 없었다.

---

112) 구문 흥정을 붙여주고 그 보수로 받은 돈.
113) 헐없다 조금도 틀리지 않고 꼭 들어맞다.
114) 음충맞다 성질이 엉큼하고 불량한 데가 있다.

산골은 산신까지도 주렸으렷다. 아들 낳아달라고 떡 갖다바칠 리 없을 테니까. 이놈의 영감님 홧김에 덥석 달려들면. 앞뒤를 다시 한 번 휘돌아 본 다음 설대를 뽑는다. 그리고 오곰팽이[115]로 불을 가리고는 한 대 뻑뻑 피워 물었다. 논은 여남은 칸 떨어져 그 아래에 누웠다. 일심정기[116]를 다하여 나무 틈으로 뚫어보고 앉았다. 그러나 땅에 대를 털려니깐 풀숲이 이상스레 흔들린다. 뱀, 뱀이 아닌가. 구시월 뱀이라니 물리면 고만이다. 자리를 옮겨 앉으며 손으로 입을 막고 하품을 터친다.

아마 두어 시간은 더 넘었으리라. 이놈이 필연코 올 텐데 안 오니 이 또 무슨 조화일까. 이 짓이란 소문이 나기 전에 한 번 더 와 보는 것이 원칙이다.

잠을 못 자서 눈이 뻑뻑한 것이 제물에 슬금슬금 감긴다. 이를 악물고 눈을 딈쓰면[117] 이번에는 허리가 노글거린다[118]. 속은 쓰리고 골치는 때리고. 불꽃 같은 노기가 불끈 일어서 몸을 옥죈다. 이놈의 다리를 못 꺾어놓아도 애비 없는 호래자식이겠다.

닭들이 세 홰를 운다. 멀리 산을 넘어오는 그 음향이 퍽은 서글프다. 큰 비를 몰아드는지 검은 구름이 잔뜩 낀다. 하긴 지금도 빗방울이 뚝뚝 떨어진다.

그때 논둑에서 희끄무레한 허깨비 같은 것이 얼씬거린다. 정신을 바짝 차렸다. 영락없이 성팔이, 재성이, 그 둘 중의 한 놈이리라. 이 고생

115) 오곰팽이 무릎의 구부러지는 안쪽의 오목한 부분.
116) 일심정기 오직 한 군데에 마음을 두어 온 힘을 기울임.
117) 딈쓰다 부릅뜨다.
118) 노글거리다 몹시 피곤하여 나른해지다.

을 시키는 그놈! 이가 북북 갈리고 어깨가 다 식식거린다. 몽둥이를 잔뜩 우려쥐었다. 그리고 벌떡 일어나서 나무줄기를 끼고 조심조심 돌아내린다. 하나 도랑쯤 내려오다가 그는 멈씰하여 몸을 뒤로 물렀다. 늑대 두 놈이 짝을 짓고 이편 산에서 저편 산으로 설렁설렁 건너가는 길이었다. 배라먹을 늑대, 이것까지 말썽이람. 이마의 식은땀을 씻으며 도로 제자리로 돌아온다. 어쩌면 이번 이놈도 재작년 강도 짝이나 안 될는지. 금시로 불길한 예감이 뒤통수를 탁 치고 지나간다.

그는 옷깃을 여미며 한 대를 더 붙였다. 돌연히 풍세[119]는 심하여진다. 산골짜기로 몰아드는 억센 놈이 가끔 발광이다. 다시금 부르르 몸을 떨었다. 가을은 왜 이 지경인지. 여기에서 밤새울 생각을 하니 기가 찼다.

얼마나 되었는지 몸을 좀 녹이고자 일어나서 서성서성할 때였다. 논으로 다가오는 희미한 그림자를 분명히 두 눈으로 보았다. 그러고 보니 피로구, 한고[120]이구 다 딴소리다. 고개를 내대고 딱 버티고 서서 눈에 쌍심지를 올린다.

흰 그림자는 어느 틈엔가 어둠 속에 사라져 보이지 않는다. 그리고 다시 나올 줄을 모른다. 바람 소리만 웽웽 칠 뿐이다. 다시 암흑 속이 된다. 확실히 벼를 훔치러 논 속으로 들어갔을 것이다. 여깽이[121] 같은 놈이 궂은 날새[122]를 기회삼아 맘껏 하겠지. 의리 없는 썩은 자식, 경작에서 같이 굶는 터에…… 오냐 대거리만 있어라. 이를 한 번 부욱 갈아붙

---

119) 풍세(風勢) 바람의 기세.
120) 한고(寒苦) 추위로 인한 고생.
121) 여깽이 '여우'의 강원도 방언.
122) 날새 날씨.

이고 차츰차츰 논께로 내려온다.

응칠이는 논께로 바특이[123] 내려서서 소나무에 몸을 착 붙였다. 섣불리 서둘다간 낫의 횡액[124]을 입을지도 모른다. 다 훔쳐 가지고 나올 때만 기다린다. 몽둥이는 잔뜩 힘을 올린다.

한 식경쯤 지났을까, 도적은 다시 나타난다. 논둑에 머리만 내놓고 사면을 두리번거리더니 그제야 기어나온다. 얼굴에는 눈만 내놓고 수건인지 뭔지 헝겊이 가리었다. 봇짐을 등에 짊어메고는 허리를 구붓이 뺑손을 놓는다. 그러자 응칠이가 날쌔게 달려들며,

"이 자식, 남우 벼를 훔쳐가니……" 하고 대포처럼 고함을 지르니 논둑으로 그대로 데굴데굴 굴러서 떨어진다. 얼결에 호되게 놀란 모양이었다.

응칠이는 덤벼들어 우선 허리께를 내려 조겼다. 어이쿠쿠, 쿠―, 하고 처참한 비명이다. 이 소리에 귀가 뻔쩍 띄어 그 고개를 들고 필[125]부터 벗겨보았다. 그러나 너무나 어이가 없었음인지 시선을 치켜뜨며 그자리에 우두망찰한다[126].

그것은 무서운 침묵이었다. 살뚱맞은[127] 바람만 공중에서 북새를 논다[128].

한참을 신음하다 도적은 일어나더니,

---

123) 바특하다 두 물체의 사이가 조금 가깝다.
124) 횡액 뜻밖에 당하게 되는 불운.
125) 필 피륙. 천.
126) 우두망찰하다 정신이 얼떨떨해 어찌할 바를 몰라하다.
127) 살뚱맞다 당돌하고 생뚱맞다.
128) 북새를 논다 부산을 떨고 야단이다.

"성님까지 이렇게 못살게 굴기유?"

제법 눈을 부라리며 몸을 홱 돌린다. 그리고 느끼며 울음이 복받친다. 봇짐도 내버린 채,

"내 것 내가 먹는데 누가 뭐래?" 하고 데퉁스레[129] 내뱉고는 비틀비틀 논 저쪽으로 없어진다.

형은 너무 꿈속 같아서 멍하니 섰을 뿐이다.

그러다 얼마 지나서 한 손으로 그 봇짐을 들어본다. 가뿐하니 끽 말가웃[130]이나 될는지. 이까짓 걸 요렇게까지 해가려는 그 심정은 실로 알 수 없다. 벼를 논에다 도로 털어버렸다. 그리고 아내의 치마이겠지, 검은 보자기를 척척 개서 들었다. 내 걸 내가 먹는다…… 그야 이를 말이랴, 하나 내 걸 내가 훔쳐야 할 그 운명도 얄궂거니와 형을 배반하고 이 짓을 벌인 아우도 아우이렷다. 에이 고연놈, 할 제 보[131]를 적시는 것은 눈물이다. 그는 주먹으로 눈을 쓱 비비고 머리에 번쩍 떠오르는 것이 있으니 두레두레한[132] 황소의 눈깔. 시오 리를 남쪽 산속으로 들어가면 어느 집 바깥뜰에 밤마다 늘 매어 있는 투실투실한 그 황소. 아무렇게 따지든 70원은 갈데없으리라. 그는 부리나케 아우의 뒤를 밟았다.

공동묘지까지 거반 왔을 때에야 가까스로 만났다. 아우의 등을 탁 치며,

"얘, 좋은 수 있다, 네 원대로 돈을 해줄게 나하구 잠깐 다녀오지."

---

129) 데퉁스럽다 되퉁스럽다. 하는 짓이 찬찬하지 못하여 일을 잘 저지를 듯하다.
130) 가웃 되·말·자 따위로 잴 때, 그 단위의 절반가량에 해당하는, 남는 분량을 이르는 말.
131) 보 물건을 싸거나 씌우는 데 쓰는 옷감.
132) 두레두레하다 둥그렇고 보기 좋게 생기다.

씩씩한 어조로 기쁘도록 달랬다. 그러나 아우는 입 하나 열리지 않고 그대루 실쭉하였다. 뿐만 아니라 어깨 위에 올려놓은 형의 손을 부질없다는 듯이 몸으로 털어버린다. 그리고 삐익 달아난다. 이걸 보니 하 엄청나고 기가 콱 막혔다.

"이눔아!" 하고 악에 받치어,

"명색이 성이라며?"

대뜸 몽둥이는 들어가 그 볼기짝을 후려갈겼다. 아우는 모로 몸을 꺾더니 시나브로 찌그러진다. 뒤미처 앞 정강이[133]를 때렸다. 등을 팼다. 일어나지 못할 만큼 매는 내렸다. 체면을 불구하고 땅에 엎드려 엉엉 울도록 매는 내렸다.

홧김에 하긴 했으되 그 팔을 보니 또한 마음이 편할 수 없다. 침을 퉤, 뱉어 던지곤 팔자 드센 놈이 그저 그러지 별수 있냐. 쓰러진 아우를 일으켜 등에 업고 일어섰다. 언제나 철이 날는지 딱한 일이었다. 속 썩는 한숨을 후— 하고 내뿜는다. 그리고 어청어청 고개를 묵묵히 내려온다.

---

133) 정강이 다리 아랫마디의 앞 부분. 무릎 아래에서 앞뼈가 있는 부분

1 응오는 왜 벼를 베지 않고 있나요?

아내가 병에 걸려 죽게 되었기 때문에 벼베기를 미루고 있으나, 속사정은 딴 데 있습니다. 아내의 약값을 벌려면 하루라도 빨리 벼를 베어야 할 것이나, 지주에게 도지를 내고, 이래저래 세금을 제하고 보면 남는 것은 하나도 없기 때문에 차라리 벼를 베지 않고 있는 것입니다.

2 응칠이가 벼도둑을 애써 잡으려고 했던 이유는 무엇이었나요?

동생 응오네 벼가 도둑을 맞았습니다. 형으로서 어렵게 살아가고 있는 동생에게 닥친 곤란을 해결해주고 싶은 마음이 드는 것은 당연할 것입니다. 하지만 응칠에게는 반드시 벼도둑을 잡아야 하는 이유가 또 있습니다. 사람들이 한 달 전, 이 마을로 흘러들어온 만무방 응칠을 의심할 게 뻔하다는 것을 응칠도 모르지 않기 때문입니다. 따라서 벼도둑으로 의심받게 되기 전에, 자신이 먼저 이 괘씸한 벼도둑을 잡아야겠다고 마음먹게 되었던 것이지요.

도둑 잡을 궁리를 하면서 산속을 돌아다니던 중, 마침 성팔이를 만났습니다. 성팔이가 자신을 의심하는 말을 하자, 도둑을 잡고야 말겠다는 의지가 더욱 불타게 되었던 것입니다.

3 형 응칠이가 동생이 사는 동네에 흘러들어오기 전까지의 삶은 어떠했으며, 현재의 삶은 어떠한지 비교해서 서술해보세요.

응칠이가 자신의 과거를 회상하는 부분에서 그의 삶이 어떠했는지를 엿볼 수 있습니다. 5년 전에는 그에게도 남들처럼 집과 농사 지을 수 있는 논, 그리고 가족이 있었습니다. 그러나 열심히 농사를 지어도 남는 것은 결국 남의 빚뿐이던 어느 날, 아내와 아들을 데리고 도망쳐 나오게 되었습니다. 가족이 함께 생활하기 힘들게 되자 급기야는 뿔뿔이 흩어지게 되었고, 혼자 몸으로 떠돌아다니던 차에 한 달 전 응오네 동리로 들어오게 되었던 것입니다. 유랑하는 동안 도박과 절도로 전과 4범이 되었습니다. 그는 아무것도 소유한 것이 없기에 거리낄 것이 없는 삶을 삽니다. 이런 그를 동네 농사꾼들은 은근히 존경하며 부러워합니다. 그렇지만 응칠은 헤어진 아내와 다시 만나서 함께 살 희망을 버리지 않았습니다. 그는 30여 년 전에 풍요로웠던 가을과는 딴판으로 점점 살기만 오르는 지금의 농촌 모습을 생각하면서 형언치 못할 쓸쓸함을 느낍니다. 정착민에서 유랑민으로 신분이 변하기는 했지만, 응칠의 마음속에는 여전히 살맛나는 세상에 대한 그리움과 기대가 자리잡고 있는 것입니다.

4 응칠과 응오의 인물 대조표를 완성해봅시다.

	응칠	응오
성격	—도박과 절도 전과 4범 —집이 없어 떠돌아다니면서도 근심걱정이 없음 —사교성이 많고 호탕함 —다혈질임	—성실한 모범 농군 —아내를 무척 위함 —말수가 적음
과거의 생활	—과거에는 성실한 농군이었음	—3년간 머슴살이를 해서 아내를 맞이했음
가족관계	—25년 전부터 아내, 아들과 헤어져 지냄	—병든 아내를 수발하면서 지냄
서로에 대한 태도	—떠돌아다니며 하나뿐인 혈육인 동생을 그리워함 —동생이 철이 들지 않았다고 생각함	—형에게 퉁명스럽게 대하나, 한편으로 의지하는 마음도 있음
동네 사람들이 대하는 태도	—도적질로 감옥생활을 했던 응칠이의 과거의 삶을 부러워함 —그의 대범함에 경의를 품고 있음 —노름판에서는 그를 대적할 자가 없기 때문에 그가 노름판에 나타나는 것을 꺼려함 —응칠이의 비위를 함부로 건드리지 않으려고 함	—동네 사람들 모두 성실한 모범 청년으로 인정함

5 자기 논의 벼를 훔친 응오의 행동에 대해 어떤 가치판단을 내릴 수 있을까요?

응오는 자기가 애써 농사 지은 벼를 거둬들이는 대신 어쩔 수 없이 지주 몰래 훔칠 수밖에 없었습니다. 벼를 거두어봐야 남는 것이 하나도 없는 상황이었기 때문에 그렇게 하지 않으면 병든 아내의 약값을 구할 방법이 없었던 것이었지요. 자기 논의 벼를 자기가 훔치는 아이러니한 상황이 벌어진 것입니다. 하지만 응오의 이런 행동은 자기 것을 자기가 온전히 가지지 못하는 모순된 현실을 생각할 때 단순히 비도덕적인 행동이라고 말할 수 없다는 것에, 이 작품을 이해하는 열쇠가 있습니다. 모순된 현실 속에서 살아남기 위해서는 모순된 행동을 할 수밖에 없는 것. 따라서 응오의 도둑질은 도덕적인 가치판단 이전에 그것을 초월한, 생존을 위한 몸부림으로 보아야 할 것입니다. "내 것 내가 먹는데 누가 뭐래?"라는 응오의 말을 통해 우리는 삶을 영위하는 데 필요한 최소한의 조건이 보장되고 인정되는 사회 안에서 비로소 도덕적인 잣대가 정당성을 확보할 수 있게 된다는 지극히 기본적인 사실을 확인하게 됩니다.

6 두 형제는 이후 어떻게 살아가게 될지 상상해봅시다.

자신이 애써 가꾼 벼를 도둑질이 아니면 가질 수 없는 현실 앞에서 응오는 도둑질을 선택할 수밖에 없었습니다. 생존이 도덕보다 우선이었던 것이지요. 건실했던 농사꾼이었던 형 응칠이가 그랬듯이, 동생 응오 역시 점점 살기 힘들어지는 농촌을 버리고 만무방인 삶을 살아가게 될까요? 한 가지 확실한 것은, 황소를 훔치자는 형의 제안을 거절한 응오에게서 아직 도덕적인 판단 기준이 허물어지지 않았음을 확인할 수 있다는 것입니다.

아무리 만무방이라지만 응칠에게도 생명에 대한 경외감은 찾아볼 수 있습니다. 돈 몇 푼 때문에 사람을 죽이는 세태에 대해서는 경계심을 갖고 있기 때문입니다. 그는 동생의 곁을 떠나 자신이 그리던 강릉 바닷가로 갈지 모릅니다. 하지만 농군으로서의 삶, 정착에의 꿈을 버리지 못한 그의 마음속에는 여전히 쓸쓸함이 남아 있겠지요.

금 따는 콩밭

금을 캐기 위해 애써 가꾼 콩밭을 갈아엎는
주인공들의 모습을 연민 어린 시선으로 표현한 작품.

"금줄 잡았다, 금줄"

콩밭에서 금 따기

요행을 바라는 마음은 인간이면 누구나 가지고 있습니다. 하지만 생업을 포기하면서까지 요행을 좇아 살아가는 삶은 정상적인 사고방식에서는 빗나간 모습이기에 손가락질을 받게 되지요.

이 작품의 주인공 영식이 바로 이와 같은 유형의 인물입니다. 하지만 이런 영식을 손가락질하기에는 그를 둘러싼 상황이 그리 간단하지가 않습니다. 애써 가꾼 콩밭을 파헤치며 금줄을 찾는 영식과 그의 아내의 한쪽에는 지주와 마름, 동네 노인과 농부들로 이루어진 농업사회가 있고, 다른 한쪽에는 아내가 무척이나 부러워하는 양근댁으로 대표되는 금을 통해 돈을 모으는 광업사회가 있습니다. 현재 농업사회에 속해 있는 영식 부부는 광업사회로 진입하기를 바랍니다. 이 진입을 적극적으로 부추기면서 나선 인물, 수재의 말만 믿고 이들은 애써 가꾼 콩밭을 갈아엎게 됩니다.

　실제로 1930년대 일제에 의해 금광 개발이 본격화되면서 당시 농촌에도 금 바람이 불기 시작했습니다. 농사일을 포기하고 금을 캐는 광부로 나섰던 사람들, 몰래 감시를 피해 금점의 금덩이를 훔치려고 기회를 엿보는 사람들, 금줄을 잡기 위해 직접 나서는 사람들이 생겨나기 시작한 것입니다. 김유정의 다른 작품 「금」과 「노다지」에 이들의 삶이 고스란히 등장합니다. 모두가 정상에서 벗어난 삶을 사는 이들이지만, 우리들은 일확천금을 바라는 이들을 결코 손가락질할 수 없습니다. 왜냐하면 이들을 둘러싼 상황이 이들이 오늘을 살아가는 방식을 규정하고 있으며, 그것은 또한 불가항력의 것이기 때문입니다. 작가는 이들 편에 서서, 이들과 함께 호흡하고 있습니다.

　이제, 콩밭을 거의 다 갈아엎게 된 영식과 그의 아내는 예전처럼 농업사회로 돌아갈 수 없게 되었습니다. 또한 금이 나올 때까지는 광업사회로의 이동도 보류해두어야 하는 상황이 되었습니다. 두 사회 어디에도 소속되지 못한 이들에게 과연 콩밭에서는 금이 줄줄이 나와줄까요? 일확천금을 바라는 심정과 궁핍하기만 했던 이들의 삶이 만난 곳에 바로 '금 따는 콩밭'이 존재하고 있습니다. 흙구덩이에서 열심히 땅을 파는 영식이를 만나러 저 음침한 땅속으로 들어가봅시다.

금 따는 콩밭

땅속 저 밑은 늘 음침하다.

고달픈 간드렛불[1]. 맥없이 푸리끼하다[2].

밤과 달라서 낮엔 되우 흐릿하였다.

거친 황토 장벽으로 앞뒤 좌우가 콕 막힌 좁직한[3] 구덩이, 흡사히 무덤 속같이 귀중중하다[4]. 싸늘한 침묵, 쿠더브레한[5] 흙내와 징그러운 냉기만이 그 속에 자욱하다.

곡괭이는 뻗질 흙을 이르집는다[6]. 암팡스러이[7] 내리쪼며,

1) 간드렛불 광산의 갱내에서 켜들고 다니는 카바이드 등불.
2) 푸리끼하다 조금 푸른 빛을 띠다.
3) 좁직하다 상당히 좁다.
4) 귀중중하다 더럽고 지저분하다.
5) 쿠더브레하다 쿠더분하다. 냄새가 몹시 구리고 터분하다.
6) 이르집다 여러 겹으로 된 물건을 켜켜이 뜯어내다.

퍽 퍽 퍽……

이렇게 메떨어진[8] 소리뿐, 그러나 간간 우수수하고 벽이 헐린다.

영식이는 일손을 놓고 소맷자락을 끌어당기어 얼굴의 땀을 훑는다. 이놈의 줄이 언제나 잡힐는지 기가 찼다. 흙 한 줌을 집어 코밑에 바싹 들이대고 손가락으로 샅샅이 뒤져본다. 완연히 버력[9]은 좀 변한 듯싶다. 그러나 불통버력[10]이 아주 다 풀린 것도 아니었다. 밀똥버력이라야 금이 나온다는데 왜 이리 안 나오는지.

곡괭이를 다시 집어든다. 땅에 무릎을 꿇고 궁둥이를 번쩍 든 채 식식거린다. 곡괭이를 무작정 내려찍는다.

바닥에서 물이 스미어 무르팍이 흥건히 젖었다. 굿엎은[11] 천판에서 흙방울은 내리며 목덜미로 굴러든다. 어떤 때에는 윗벽의 한쪽이 떨어지며 등을 탕 때리고 부서진다.

그러나 그는 눈도 하나 깜짝하지 않는다. 금을 캔다고 콩밭 하나를 다 잡쳤다. 약이 올라서 죽을 둥 살 둥, 눈이 뒤집힌 이 판이다. 손바닥에 침을 탁 뱉고 곡괭이 자루를 한번 고쳐 잡더니 쉴 줄 모른다.

등 뒤에서는 흙 긁는 소리가 드윽드륵 난다. 아직도 버력을 다 못 친 모양. 이 자식이 일을 하나 시졸[12] 하나. 남은 속이 바직 타는데 웬 뱃심이 이리도 좋아.

---

7) 암팡스러이 앙칼지게.
8) 메떨어지다 모양·말·행동 등이 어울리지 않고 촌스럽다.
9) 버력 잡돌.
10) 불통버력 소용없는 잡돌.
11) 굿엎다 구덩이가 무너지지 않도록 벽과 천장에 기둥을 세워놓다.
12) 시졸 '시조를'을 줄여서 쓴 말.

영식이는 살기 띤 시선으로 고개를 돌렸다. 암말 없이 수재를 노려본다. 그제야 꾸물꾸물 바지게에 흙을 담고 등에 메고 사다리를 올라간다.

굿[13]이 풀리는지 벽이 우찔하였다. 흙이 부서져 내린다. 전날이라면 이곳에서 아내 한 번 못 보고 생죽음이나 안 할까 털끝까지 쭈뼛할 게다. 그러나 인젠 그렇게 되고 싶다. 수재란 놈하고 흙더미에 묻히어 한껍에[14] 죽는다면 그게 오히려 날 게다.

이렇게까지 몹시 미웠다.

이놈 풍치는[15] 바람에 애꿎은 콩밭 하나만 결딴을 냈다. 뿐만 아니라 모두가 낭패다. 세벌 논도 못 맸다. 논둑의 풀은 성큼 자란 채 어지러이 널려져 있다. 이 기미를 알고 지주는 대노하였다. 내년부터는 농사질 생각 말라고 발을 굴렀다. 땅은 암만을 파도 지수가 없다[16]. 이만해도 다섯 길은 훨씬 넘었으리라. 좀더 깊어야 옳을지 혹은 북으로 밀어야 옳을지 우두커니 망설거린다. 금점[17]일에는 푸뚱이다. 입때껏 수재의 지휘를 받아 일을 하여왔고 앞으로도 역시 그러해야 금을 딸 것이다. 그러나 그런 칙칙한 짓은 안 한다.

"이리 와, 이것 좀 파게."

그는 으쓱 위풍을 보이며 이렇게 분부하였다. 그리고 저는 일어나 손을 털며 뒤로 물어선다. 수재는 군말없이 고분하였다. 시키는 대로 땅에 무릎을 꿇고 벽채로 군버력[18]을 긁어낸 다음 다시 파기 시작한다.

13) 굿 무너지지 않도록 손을 보아놓은 구덩이.
14) 한껍에 한꺼번에.
15) 풍치다 허풍치다.
16) 지수가 없다 낌새가 없다.
17) 금점 금광.

영식이는 치다 나머지 버력을 짊어진다. 커단 걸대[19]를 뒤뚝거리며 사다리로 기어오른다. 굿문[20]을 나와 버력더미에 흙을 마악 내리려 할 제,

"왜 또 파. 이것들이 미쳤나 그래!"

산에서 내려오는 마름과 맞닥뜨렸다. 정신이 떠름하여[21] 그대로 벙벙히 섰다. 오늘은 또 무슨 포악을 들으려는가.

"말라니까 왜 또 파는 거야" 하고 영식이의 바지게 뒤를 지팡이로 콱 찌르더니,

"갈아 먹으라는 밭이지 흙 쓰고 들어가라는 거야, 이 미친 것들아. 콩밭에서 웬 금이 나온다고 이 지랄들이야 그래" 하고 목에 핏대를 올린다. 밭을 버리면 간수 잘못한 자기 탓이다. 날마다 와서 그 북새를 피우고 금하여도 담날 보면 또 여전히 파는 것이다.

"오늘로 이 구덩이를 도로 묻어놔야지 낼로 당장 징역 갈 줄 알게."

너무 감정에 격하여 말도 잘 안 나오고 떠듬떠듬거린다. 주먹은 곧 날아들 듯이 허구리께서 불불 떤다.

"오늘밤 좀 해보고 고만두겠어요."

영식이는 낯이 붉어지며 가까스로 한마디하였다. 그리고 무턱대고 빌었다.

마름은 들은 체도 안 하고 가버린다.

그 뒷모양을 영식이는 멀거니 배웅하였다. 그러나 콩밭 낯짝을 들여

---

18) 굿버력 광석이나 석탄을 캘 때 나오는, 광물이 섞이지 않은 작은 잡돌.
19) 걸대 사람의 몸집이나 체격.
20) 굿문 구덩이로 드나드는 문. 갱도(坑道)의 입구.
21) 떠름하다 얼떨떨하다.

다보니 무던히 화통 터진다. 멀쩡한 밭에 구멍이 사면 풍풍 뚫렸다.

예제 없이 버력은 무더기무더기 쌓였다. 마치 사태 만난 공동묘지와도 같이 귀살적고[22] 되우 을씨년스럽다.

그다지 잘되었던 콩 포기는 거반 버력더미에 다아 깔려버리고 군데군데 어쩌다 남은 놈들만이 고개를 나불거린다. 그 꼴을 보는 것은 자식 죽는 걸 보는 게 낫지 차마 못할 경상[23]이었다.

농토는 모조리 떨어질 것이다. 그러나 대관절 올 밭도지 벼 두 섬 반은 뭘로 해내야 좋을지. 게다 밭을 망쳤으니 자칫하면 징역을 갈는지도 모른다.

영식이가 구덩이 안으로 들어왔을 때 동두는 땅에 주저앉아 쉬고 있었다. 태연무심히 담배만 뻑뻑 피는 것이다.

"언제나 줄을 잡는 거야."

"인제 차차 나오겠지."

"인제 나온다?" 하고 코웃음을 치고 엇먹더니 조금 지나매,

"이 새끼."

흙덩이를 집어들고 골통을 내리친다.

수재는 어쿠 하고 그대로 푹 엎어진다. 그러나 뻘떡 일어선다. 눈에 띄는 대로 곡괭이를 잡자 대뜸 달려들었다. 그러나 강약이 부동[24], 왈살스러운 팔뚝에 퉁겨서 벽에 가서 쿵 하고 떨어졌다. 그 순간에 제가 빼앗긴 곡괭이가 정수리를 겨누고 날아드는 걸 보았다. 고개를 홱 돌린다.

---

22) 귀살적다 일이나 물건이 마구 뒤얽혀 정신이 뒤숭숭하다.
23) 경상 좋지 못한 꼴.
24) 강약이 부동 둘 사이의 힘이나 역량의 강하고 약함이 같지 않음 .

곡괭이는 흙벽을 퍽 찍고 다시 나간다.

수재 이름만 들어도 영식이는 이가 갈렸다. 분명히 홀딱 속은 것이다.

영식이는 본디 금점에 이력이 없었다. 그리고 흥미도 없었다. 다만 밭고랑에 웅크리고 땀을 흘려가며 꾸벅꾸벅 일만 하였다. 올엔 콩도 뜻밖에 잘 열리고 맘이 좀 놓였다.

하루는 홀로 김을 매고 있노라니까,

"여보게 덥지 않은가, 좀 쉬었다 하게."

고개를 들어보니 수재다. 농사는 안 짓고 금점으로만 돌아다니더니 무슨 바람에 또 왔는지 싱글싱글한다. 좋은 수나 걸렸나 하고,

"돈 좀 많이 벌었나. 나 좀 좨주게."

"벌구말구. 맘껏 먹고 맘껏 쓰고 했데."

술에 거나한 얼굴로 신껏[25] 주절거린다. 그리고 밭머리에 쭈그리고 앉아 한참 객설[26]을 부리더니,

"자네 돈벌이 좀 안 할려나, 이 밭에 금이 묻혔네 금이……."

"뭐?" 하니까,

바로 이 산 너머 큰골에 광산이 있다. 광부를 3백여 명이나 부리는 노다지판[27]인데 매일 소출되는 금이 70냥을 넘는다. 돈으로 치면 7천 원, 그 줄맥이 큰 산허리를 뚫고 이 콩밭으로 뻗어 나왔다는 것이다. 둘이서 파면 불과 열흘 안에 줄을 잡을 게고 적어도 하루 서 돈씩은 따리라. 우

---

25) 신껏 신명에 겨워서.

26) 객설 쓸데없는 말.

27) 노다지판 목적하는 광물이 막 쏟아져 나오는 판.

선 30원만 해두 얼마냐. 소를 산대두 반 필이 아니냐고.

그러나 영식이는 귀담아듣지 않았다. 금점이란 칼 물고 뜀뛰기다. 잘 되면 이어니와 못 되면 신세만 조진다. 이렇게 전일부터 들은 소리가 있어서였다.

그 담날도 와서 꾀송거리다[28] 갔다.

세 번째에는 집으로 찾아왔는데 막걸리 한 병을 손에 떡 들고 영을 피운다[29]. 몸이 달아서 또 온 것이었다. 봉당에 걸터앉아서 저녁상을 물끄러미 바라보더니 조당수[30]는 몸을 훑는다는 둥, 일꾼은 든든히 먹어야 한다는 둥 남들이 논을 사느니 밭을 사느니 떠드는데 요렇게 지내다 그만둘 테냐는 둥 일쩌웁게 지절거린다.

"아주머니, 이것 좀 먹게 해주시게유."

그리고 비로소 영식이 아내에게 술병을 내놓는다.

그들은 밥상을 끼고 앉아서 즐겁게 술을 마셨다. 몇 잔이 들어가고 보니 영식이의 생각도 적이 돌아섰다. 따은 일년 고생하고 기껏 콩 몇 섬 얻어먹느니보다는 금을 캐는 것이 슬기로운 짓이다. 하루에 잘만 캔다면 한 해 줄곧 공들인 그 수확보다 훨씬[31] 이익이다. 올봄 보낼 제 비료값 품삯, 빚진 7원 까닭에 나날이 졸리는 이 판이다. 이렇게 지지하게 살고 말 바에는 차라리 가로 지나 세로 지나[32] 사내 자식이 한번 해볼

28) 꾀송거리다 계속해서 꾀다.
29) 영을 피우다 기운을 내거나 기를 피다.
30) 조당수 좁쌀을 물에 불린 다음 갈아서 묽게 쑨 음식. 여기서 '당수'는 곡식 가루에 술을 넣어서 미음같이 쑨 전래(傳來)의 음식.
31) 훨씬 훨씬.
32) 가로 지나 세로 지나 이렇게 되거나 저렇게 되거나 (아무래도 상관없다).

것이다.

"낼부터 우리 파보세, 돈만 있으면야 그까짓 콩은……."

수재가 안달스리 재우쳐[33] 보챌 제 선뜻 응낙하였다.

"그래 보세, 배라먹을 거 안 됨 고만이지."

그러나 꽁무니에서 죽을 마시고 있던 아내가 허구리를 쿡쿡 찔렀게 망정이지 그렇지 않았다면 좀 주저할 뻔도 하였다.

아내는 아내대로의 셈이 빨랐다.

시체[34]는 금점이 판을 잡았다. 섣부르게 농사만 짓고 있다간 결국 비렁뱅이밖에는 더 못 된다. 얼마 안 있으면 산이고 논이고 밭이고 할 것 없이 다 금장이[35] 손에 구멍이 뚫리고 뒤집히고 뒤죽박죽이 될 것이다. 그때는 뭘 파먹고 사나. 자, 보아라. 머슴들은 짜기나 한 듯이 일하다 말고 후딱 하면 금점으로들 내빼지 않는가. 일꾼이 없어서 올핸 농사를 질 수 없느니 마느니 하고 동리에서는 떠들썩한다. 그리고 번동 포농이 좇아 호미를 내어던지고 강변으로 개울로 사금[36]을 캐러 달아난다. 그러나 며칠 뒤에는 다비신[37]에다 옥당목[38]을 떨치고 히짜를 뽑는 것이 아닌가.

아내는 콩밭에서 금이 날 줄은 아주 꿈 밖이었다. 놀라고도 또 기뻤다. 올해는 노상 침만 삼키면 그놈 코다리(명태)를 짜장 먹어보겠구나

---

33) 재우치다 빨리 몰아치다. 재촉하다.
34) 시체 당시 돌아가는 상황.
35) 금장이 금광에서 금을 캐는 일꾼.
36) 사금 금의 광맥이 침식·풍화 작용으로 분해되어 생긴 금의 작은 알갱이들이 물 또는 바람에 운반되어 강바닥이나 해안에 퇴적된 것.
37) 다비신 일본식 버선을 신은 신발. '다비' 는 일본어로 일본식 버선을 뜻함.
38) 옥당목 품질이 낮은 옥양목. 옥양목은 생목보다 발이 고운, 빛이 흰 무명을 말함.

만 하여도 속이 메질 듯이 짜릿하였다. 뒷집 양근댁은 금점 덕택에 남편이 사다 준 흰 고무신을 신고 나릿나릿 걷는 것이 무척 부러웠다. 저도 얼른 금이나 펑펑 쏟아지면 흰 고무신도 신고 얼굴에 분도 바르고 하리라.

"그렇게 해보지 뭐. 저 양반 하잔 대로만 하면 어련히 잘 될라구."

얼떨하여 앉았는 남편을 이렇게 추겼던 것이다.

동이 트기 무섭게 콩밭으로 모였다.

수재는 진언[39]이나 하는 듯이 이리 대고 중얼거리고 저리 대고 중얼거리고 하였다. 그리고 덤벙거리며 이리 왔다가 저리 갔다가 하였다. 제 딴은 땅속에 누운 줄맥을 어림하여 보는 맥이었다.

한참을 밭을 헤매다가 산쪽으로 붙은 한구석에 딱 서며 손가락을 펴 들고 설명한다. 큰 줄이란 본시 산운산[40]을 끼고 도는 법이다. 이 줄이 노다지임에는 필시 이켠으로 비듬히 누웠으리라. 그러니 여기서부터 파 들어 가자는 것이었다.

영식이는 그 말이 무슨 소린지 새기지 못했다마는 금점에는 난다는 수재이니 그 말대로 하기만 하면 영락없이 금퇴[41]야 나겠지 하고 그것만 꼭 믿었다. 군말없이 지시해 받은 곳에다 삽을 푹 꽂고 파헤치기 시작하였다.

금도 금이면 앨 써 키워온 콩도 콩이었다. 거진 다 자란 허울 멀쑥한 놈들이 삽 끝에 으스러지고 흙에 묻히고 하는 것이다. 그걸 보는 것은

---

39) 진언 주문.
40) 산운산 상원산. 광맥의 근원지가 되는 산.
41) 금퇴 금이 들어 있는 광석.

썩 속이 아팠다. 애틋한 생각이 물밀 때 가끔 삽을 놓고 허리를 구부려서 콩잎의 흙을 털어주기도 하였다.

"아, 이 사람아, 맥적게[42] 그건 봐 뭘 해, 금을 캐자니깐."

"아니야, 허리가 좀 아파서!"

핀잔을 얻어먹고는 좀 열적었다. 하기는 금만 잘 터져나오면 이까짓 콩밭쯤이야. 이 밭을 풀어 논도 만들 수 있을 것이다. 눈을 감아버리고 삽의 흙을 아무렇게나 콩잎 위로 휙휙 내어던진다.

"구구루 땅이나 파먹지 이게 무슨 지랄들이야!"

동리 노인은 뻔질 찾아와서 귀 거친 소리[43]를 하곤 하였다.

밭에 구멍을 셋이나 뚫었다. 그리고 대구 뚫는 길이었다. 금인가 난장을 맞을 건가 그것 때문에 농군은 버렸다. 이제 필연코 세상이 망하려는 징조이리라. 그 소중한 밭에다 구멍을 뚫고 이 지랄이니 그놈이 온전할 겐가.

노인은 제 울화에 지팡이를 들어 삿대짓을 아니할 수 없었다.

"벼락맞느니, 벼락맞어……."

"염려 말아유, 누가 알래지유."

영식이는 그럴 적마다 데퉁스리 쏘았다. 금점에 흙을 되는 대로 내꼰지고는 침을 탁 뱉고 구덩이로 들어간다. 그러나 마음 한구석에는 언제나 끈―하였다[44]. 줄을 찾는다고 콩밭을 통이[45] 뒤집어놓았다. 그리고

---

42) 맥적다 맥쩍다. 부끄럽고 쑥스럽다.
43) 귀 거친 소리 듣기 거북한 소리.
44) 끈―하다 마음이 개운하지 못하다. 꿍하다.

줄이 언제나 나올지 아직 가맣다. 논도 못 매고 물도 못 보고 벼가 어이 되었는지 그것조차 모른다. 밤에는 잠이 안 와 멀뚱하니 애를 태웠다.

수재는 낙담하는 기색도 없이 늘 하냥이었다[46]. 땅에 웅숭그리고[47] 시적시적 노량으로[48] 땅만 판다.

"줄이 꼭 나오겠나?" 하고 목이 말라서 물으면,

"이번에 안 나오거든 내 목을 비게."

서슴지 않고 장담을 하고는 꿋꿋하였다. 이걸 보면 영식이도 마음이 좀 뇌는 듯싶었다. 젠들 금이 없다면 무슨 멋으로 이 고생을 하랴. 반드시 금은 나올 것이다. 그제서는 이왕 손해는 하릴없거니와 고만두리라는 절망이 스스로 사라지고 다시금 주먹이 쥐어지는 것이었다.

캄캄하게 밤은 어두웠다. 어디선가 뭇 개가 요란히 짖어댄다.

남편은 진흙투성이를 하고 내려왔다. 풀이 죽어서 몸을 잘 가누지도 못하고 아랫목에 축 늘어진다.

이 꼴을 보니 아내는 맥이 다시 풀린다. 오늘도 또 글렀구나. 금이 터지면은 집을 한 채 사간다고 자랑을 하고 왔더니 이내 헛일이었다. 인제 좌지가 나서[49] 낯을 들고 나아갈 염의[50]조차 없어졌다.

남편에게 저녁을 갖다주고 딱하게 바라본다.

---

45) 통이 온통.
46) 하냥이다 한결같다.
47) 웅숭그리다 몸을 몹시 웅그리다.
48) 시적시적 노량으로 느릿느릿 놀 양으로.
49) 좌지가 나다 짜증이 나다.
50) 염의 염치와 의리.

"인제 꿔 온 양식도 다 먹었는데⋯⋯."

"새벽에 산제[51]를 좀 지낼 텐데 한 번만 더 꿔와."

남의 말에는 대답 없고 유하게 흘게늦은 소리뿐. 그리고 드러누운 채 눈을 지그시 감아버린다.

"죽거리두 없는데 산제는 무슨⋯⋯."

"듣기 싫어. 요망맞은 년 같으니."

이 호통에 아내는 고만 멈씰하였다. 요즘 와서는 무턱대고 공연스레 골만 내는 남편이 영 딱하였다. 환장을 하는지 밤잠도 아니 자고 소리만 빽빽 지르며 덤벼들려고 든다. 심지어 어린것이 좀 울어도 이 자식 갖다 내꿘지라고 북새를 피우는 것이다.

저녁을 아니 먹으므로 그냥 치워버렸다. 남편의 영을 거역키 어려워 양근댁한테로 또다시 안 갈 수 없다. 그간 양식은 줄곧 꾸어다 먹고 갚지 못하였는데 또 무슨 면목으로 입을 벌릴지 난처한 노릇이었다.

그는 생각다 끝에 있는 염치를 보째 쏟아 던지고 다시 한 번 찾아가는 것이다마는 딱 맞닥뜨리어 입을 열고,

"낼 산제를 지낸다는데 쌀이 있어야지유" 하자니 영 낯이 화끈하고 모닥불이 날아든다.

그러나 그들은 어지간히 착한 사람이었다.

"암 그렇지요. 산신이 벗나면 죽도 그릅니다" 하고 말을 받으며 그 남편은 빙그레 웃는다. 워낙 금점에 장구[52] 닳아난 몸인 만큼 이런 일에는 적잖이 속이 틔었다. 손수 쌀 닷 되를 떠다 주며,

51) 산제 산신제. 산신에게 지내는 제사.
52) 장구 오랫동안.

"산제란 안 지냄 몰라두 이왕 지낼려면 아주 정성껏 해야 됩니다. 산신이란 노하길 잘하니까유" 하고 비방까지 깨쳐 보낸다.

쌀을 받아 들고 나오며 영식이 처는 고마움보다 먼저 미안에 질리어 얼굴이 다시 빨갰다. 그리고 그들 부부 살아가는 살림이 참으로 참으로 몹시 부러웠다. 양근댁 남편은 날마다 금점으로 감돌며 버럭더미를 뒤지고 토록53)을 주워 온다. 그걸 온종일 장판돌에다 갈면은 수가 좋으면 2, 3원, 옥아도 70~80전 꼴은 매일 셈이 되는 것이었다. 그러면 쌀을 산다, 피륙을 끊는다, 떡을 한다, 장리를 놓는다……. 그런데 우리는 왜 늘 요 꼴인지. 생각만 하여도 가슴이 메는 듯 맥맥 한숨이 연발을 하는 것이었다.

아내는 집에 돌아와 떡쌀을 담그었다. 낼은 뭘로 죽을 쑤어 먹을는지. 윗목에 웅크리고 앉아서 맞은쪽에 자빠져 있는 남편을 곁눈으로 살짝 할퀴어 본다. 남들은 돌아다니며 잘두 금을 줏어 오련만 저 망나니 제 밭 하나를 다 버려도 금 한 톨 못 줏어 오나. 에에, 변변치도 못한 사나이. 저도 모르게 얕은 한숨이 거푸 두 번을 터진다.

밤이 이슥하여 그들 양주는 떡을 하러 나왔다. 남편은 절구에 쿵쿵 빻았다. 그러나 체가 없다. 동네로 돌아다니며 빌려오느라고 아내는 다리에 불풍이 났다54).

"왜 이리 앉았수, 불 좀 지피지."

떡을 찌다가 얼이 빠져서 멍하니 앉았는 남편이 밉살스럽다. 남은 이래저래 애를 죄는데 저건 무슨 생각을 하고 저리 있는 건지, 낫으로 삭

---

53) 토록 광맥의 원줄기에서 떨어져 다른 잡석과 함께 섞여 광맥 밖의 곁에 드러나 있는 광석.
54) 불풍이 나다 쥐가 나다. 경련이 일다.

정이를 탁탁 쪼개서 던져 주며 아내는 은근히 혹닥이었다[55].

닭이 두 홰를 치고 나서야 떡은 되었다.

아내는 시루를 이고 남편은 겨드랑이에 자리때기[56]를 꼈다. 그리고 캄캄한 산길을 올라간다. 비탈길을 얼마 올라가서야 콩밭은 놓였다. 전면이 우뚝한 점은 산에 둘리어 막힌 곳이었다. 가생이로 느티, 대추나무들은 머리를 풀었다.

밭머리 조금 못 미쳐 남편은 걸음을 멈추자 뒤의 아내를 돌아본다.

"인내, 그러구 여기 가만히 섰어."

시루를 받아 한 팔로 껴안고 그는 혼자서 콩밭으로 올라섰다. 앞에 쌓인 것이 모두가 흙더미, 그 흙더미를 마악 돌아서려 할 제 아마 돌을 찼나 보다. 몸이 쓰러지려고 우찔근하니, 아내는 기겁을 하여 뛰어오르며 그를 부축하였다.

"부정 타라구 왜 올라와, 요망맞은 년."

남편은 몸을 고루 잡자 소리를 뻑 지르며 아내 얼빰을 붙인다[57]. 가뜩이나 죽으라 죽으라 하는데 불길하게도 계집년이. 그는 마뜩찮게 투덜거리며 밭으로 들어간다.

밭 가운데다 자리를 펴고 그 위에 시루를 놓았다. 그리고 시루 앞에다 공손하고 정성스리 재배[58]를 커다랗게 한다.

"우리를 살펴줍시사. 산신께서 거들어주지 않으면 저희는 죽을밖에 꼼짝할 수 없습니다유."

55) 혹닥이다 다그치며 들볶다.
56) 자리때기 '자리'의 비속어.
57) 얼빰을 붙이다 얼떨결에 뺨을 때리다.
57) 재배(再拜) 두 번 절하는 것.

그는 손을 모으고 이렇게 축원하였다.

아내는 이 꼴을 바라보며 독이 뾰록같이 올랐다. 금점을 합네 하고 금 한 톨 못 캐는 것이 버릇만 점점 글러간다. 그전에는 없더니 요새로 건 듯하면 탕탕 때리는 못된 버릇이 생긴 것이다. 금을 캐랬지 뺨을 치랬나. 제발 덕분에 고놈의 금 좀 나오지 말았으면. 그는 뺨 맞은 앙심으로 맘껏 방자하였다[59].

하긴 아내의 말 고대로 되었다. 열흘이 썩 넘어도 산신은 깜깜 무소식 이었다. 남편은 밤낮으로 눈을 까뒤집고 구덩이에 묻혀 있었다. 어쩌다 집엘 내려오는 때이면 얼굴이 헐떡하고 어깨가 축 늘어지고 거반 병객[60] 이었다. 그러고서 잠자코 커단 몸집을 방고래[61]에다 쿵 하고 내던지곤 하는 것이다.

"제 에미 붙을, 죽어나 버렸으면······."

혹은 이렇게 탄식하기도 하였다.

아내는 바가지에 점심을 이고서 집을 나섰다. 젖먹이는 등을 두드리 며 좋다고 끽끽거린다.

이젠 흰 고무신이고 코다리고 생각조차 물렀다. 그리고 금 하는 소리 만 들어도 입에 신물이 날 만큼 되었다. 그건 고사하고 꿔다 먹은 양식 에 졸리지나 말았으면 그만도 좋으련마는.

가을은 논으로 밭으로 누렇게 내리었다. 농군들은 기꺼운 낯[62]을 하

---

59) 방자하다 남이 못 되기를 신에게 빌어 재앙이 내리게 하다.
60) 병객 늘 병을 지니고 있는 사람.
61) 방고래 방의 구들장 밑으로 나 있는, 불길과 연기가 통하여 나가는 길.
62) 기꺼운 낯 마음속으로 은근히 기뻐하는 얼굴.

고 서로 만나면 흥거운 농담, 그러나 남편은 앰한[63] 밭만 망치고 논조차 건살[64] 못하였으니 이 가을에는 뭘 거둬들이고 뭘 즐겨할는지. 그는 동네 사람의 이목이 부끄러워 산길로 돌았다.

솔숲을 나서서 멀리 밭에를 바라보니 둘이 다 나와 있다. 오늘도 또 싸운 모양. 하나는 이쪽 흙더미에 앉았고 하나는 저쪽에 앉았고 서로들 외면하여 담배만 뻑뻑 피운다.

"점심들 잡숫게유."

남편 앞에 바가지를 내려놓으며 가만히 맥을 보았다.

남편은 적삼이 찢어지고 얼굴에 생채기를 내었다. 그리고 두 팔을 걸고 먼 산을 향하여 묵묵히 앉았다.

수재는 흙에 박혔다 나왔는지 얼굴은커녕 귓속드리 흙투성이다. 코밑에는 피딱지가 말라붙었고 아직도 조금씩 흘러내린다. 영식이 처를 보더니 열적은 모양 고개를 돌리어 모로 떨어지며 입맛만 쩍쩍 다신다.

금을 캐라니까 밤낮 피만 내다 말라는가. 빚에 졸리어 남은 속을 볶는데 무슨 호강에 이 지랄들인구. 아내는 못마땅하여 눈가에 살을 모았다.

"산제 지낸다구 꿔온 것은 언제 갚는다지유……"

뚱 하고 있는 남편을 향하여 말끝을 꼬부린다. 그러나 남편은 눈썹 하나 까딱하지 않는다. 이번에는 어조를 좀 돋우며,

"갚지도 못할 걸 왜 꿔오라 했지유" 하고 얼추[65] 호령이었다.

이 말은 남편의 채 가라앉지도 못한 분통을 다시 건드린다. 그는 벌떡

---

63) 앰하다 애매하다. 애꿎다.
64) 건살 건사를. 여기서 '건사'는 간수하여 지키는 것을 말함.
65) 얼추 어떤 기준에 거의 가깝게.

일어서며 황밤주먹⁶⁶⁾을 쥐어 창망할⁶⁷⁾ 만큼 아내의 골통을 후렸다.

"계집년이 방정맞게……."

다른 것은 모르나 주먹에는 아찔이었다. 멋없게 덤비다간 골통이 부서진다. 암상⁶⁸⁾을 참고 바르르 하다가 이윽고 아내는 등에 업은 어린애를 끌러 들었다. 남편에게로 그대로 밀어 던지니 아이는 까르르 하고 숨 모으는 소리를 친다. 그리고 아내는 돌아서서 혼잣말로,

"콩밭에서 금을 딴다는 숙맥도 있담" 하고 빗대놓고 비양거린다.

"이년아, 뭐!"

남편은 대뜸 달려들며 그 볼치에다 다시 올찬 황밤을 주었다. 적이나 하면 계집이니 위로도 하여 주련만 요건 분만 폭폭 질러놓으려나. 예이 배라먹을 거, 이판사판이다.

"너허구 안 산다. 오늘루 가거라."

아내를 와락 떠다 밀어 논둑에 젖혀놓고 그 허구리를 발길로 퍽 질렀다. 아내는 입을 헉 하고 벌린다.

"네가 허라구 옆구리를 쿡쿡 찌를 제는 언제냐. 요 집안 망할년."

그리고 다시 퍽 질렀다. 연하여 또 퍽.

이 꼴을 보니 수재는 조바심이 일었다. 저러다가 그 분풀이가 다시 제게로 슬그머니 옮아올 것을 지레채었다⁶⁹⁾. 인제 걸리면 죽는다. 그는 비슬비슬하다 어느 틈엔가 구덩이 속으로 시나브로 없어져버린다.

---

66) 황밤주먹 힘주어 꼭 쥔 주먹 . 황밤은 밤을 말려 안팎 껍질을 벗긴 밤.
67) 창망하다 착란. 어지럽고 어수선하다.
68) 암상 미워하며 화를 내는 마음.
69) 지레채다 눈치를 채다. 알아채다.

볕은 다스로운 가을 향취를 풍긴다. 주인을 잃고 콩은 무거운 열매를 둥글둥글 흙에 굴린다. 맞은쪽 산밑에서 벼들을 베며 기뻐하는 농군의 노래.

"터졌네, 터져."

수재는 눈이 휘둥그렇게 굿문을 뛰어나오며 소리를 친다. 손에는 흙 한줌이 잔뜩 쥐였다.

"뭐?" 하다가,

"금줄 잡았다, 금줄."

"응!" 하고, 외마디를 뒤남기자 영식이는 수재 앞으로 살같이 달려들었다. 허겁지겁 그 흙을 받아 들고 샅샅이 헤쳐 보니 딴은 재래에 보지 못하던 불그죽죽한 황토이었다. 그는 눈에 눈물이 핑돌며,

"이게 원줄인가?"

"그럼, 이것이 곱색줄[70]이라네. 한 포에 댓 돈씩은 넉넉 잡히지."

영식이는 기쁨보다 먼저 기가 탁 막혔다. 웃어야 옳을지 울어야 옳을지. 다만 입을 반쯤 벌린 채 수재의 얼굴만 멍하니 바라본다.

"이리 와봐. 이게 금이래."

이윽고 남편은 아내를 부른다. 그리고 내 뭐랬어, 그러게 해보라고 그랬지 하고 설면설면[71] 덤벼오는 아내가 한결 예뻤다. 그는 엄지가락 으로 아내의 눈물을 지워주고 그러고 나서 껑충거리며 구덩이로 들어간다.

"그 흙 속에 금이 있지요?"

---

70) 곱색줄 붉은빛의 광맥.
71) 설면설면 슬금슬금.

영식이 처가 너무 기뻐서 코다리에 고래등 같은 집까지 연상할 제 수
재는 시원스러이,

"네, 한 포대에 오십 원씩 나와유" 하고 대답하고 오늘밤에는 정녕코
달아나리라 생각하였다.

거짓말이란 오래 못 간다. 뽕이 나서 뼈다귀도 못 추리기 전에 훨훨
벗어나는 게 상책이겠다.

1 언제 영식은 콩밭을 갈아엎어야겠다고 결심을 굳히게 되었나요?

처음부터 수재의 꼬임에 넘어갔던 것은 아니었습니다. 수재는 영식이네 마을 너머에 큰 광산이 있는데 그 줄맥이 영식이네 콩밭으로 뻗어 나왔다는 근거를 들면서 영식에게 다가와 밭에서 금을 캐자고 말합니다. 하지만 영식은 수재의 제안을 귓등으로 흘렸습니다. 그러나 수재가 세 번째 찾아와서, 금을 캐서 돈을 번 사람들이 논밭을 산다는 말을 하자, 빚에 쪼들리는 자신의 궁핍한 상황을 새삼 떠올리게 되고 풍요로운 삶을 꿈꾸면서 콩밭을 갈아엎겠다는 결심을 굳히게 되었던 것입니다. 이 과정에는 아내의 부추김도 한 몫을 하게 됩니다. 금점으로 돈을 모아 넉넉한 생활을 하는 양근댁을 부러워하던 아내는 남편에게 수재의 제안을 받아들일 것을 부추겼던 것입니다.

2 영식과 그의 아내가 금에 대한 집착을 버리지 못하는 이유는 무엇이었
나요?

영식 부부뿐만 아니라 다른 농사꾼들도 하나둘 금점에 열을 올리기 시
작했습니다. 섣불리 농사를 지으며 빚만 떠안느니, 금을 캐러 나서는
것이 슬기로운 선택이라고 영식은 생각하게 되었습니다. 하루에 잘만
캔다면 한 해 줄곧 공들인 콩의 수확보다 훨씬 이익일 거라는 셈을 하
게 된 것이었지요. 아내 역시 아내대로 금줄에 대한 집착을 버리지 못
합니다. 이웃집 아낙들이 금점 덕택에 흰 고무신을 신고 옥양목을 걸치
고 호강하는 것을 직접 눈으로 확인하게 되면서 금점에 대한 집착은 커
져가기만 했던 것이지요. 애초에 불가능한 상황이었다면 이들은 꿈조
차 꾸지 않았을 것입니다. 1퍼센트의 실낱같은 희망 때문에 99퍼센트
가꿔온 콩밭을 갈아엎은 이상, 이제 영식 부부에게 이 1퍼센트의 희망
은 100퍼센트로 바뀌게 되었던 것입니다.

3 수재가 도망간 후, 영식과 그의 아내는 어떻게 되었을까요?

일확천금을 바랐던 자신들의 꿈이 물거품이 되었다는 것을 비로소 확인하게 된 영식 부부는 수재에 대한 분노감에 사로잡혀 도망간 수재라도 잡아서 무슨 수를 내야 그나마 분이 풀리겠지요. 영식의 성미를 이미 알고 있기에 수재도 내뺐던 것입니다. 하지만 사기를 당한 것에 대해 분노하고, 한편 고래등 같은 집에 대한 기대가 깡그리 무너진 것에 대해 허탈해하는 것도 잠시, 지주의 만류에도 불구하고 멀쩡한 콩밭을 갈아엎은 이들 부부에게 남은 것은 엄청난 빚뿐일 것입니다. 어쩌면 남의 밭을 망친 벌로 징역을 가게 될지도 모를 일입니다. 앞으로 이들의 삶이 더욱 곤궁해질 것은 불을 보듯 뻔한 일입니다.

4 영식, 영식의 아내, 수재의 성격과 삶의 태도를 정리해봅시다.

영식 가난하지만, 궁핍한 현실을 개선시킬 의지가 없었던 것으로 보아, 현실순응적인 삶의 태도를 가지고 있었다고 판단할 수 있습니다. 그러나 한번 결심한 것에 대해서는 집착을 버리지 못하고 매진하는 성격을 강하게 보여주고 있습니다. 또한 아내를 위하는 마음은 있으나, 금줄이 잡힐 것이라는 기대가 점점 희박해지자 아내에 대해 난폭성과 공격성을 드러내 보입니다. 이를 통해 볼 때, 영식은 뚝심이 있고 적당한 선에서 포기할 줄 모르는 성격의 인물이라고 정리할 수 있습니다.

영식의 아내 평소 샘이 많고, 농사를 짓는 가난한 삶에 불만족스러워하며, 풍요로운 생활을 바라고 있습니다. 이 욕심 때문에 남편으로 하여금 콩밭을 갈아엎도록 부추기는 역할을 하게 되었던 것입니다. 남편에게 뺨을 맞은 것에 대한 복수로 산제를 지낼 때 남편이 금을 캐지 못하기를 마음속으로 빌 정도로 사고가 지극히 단순합니다. 콩밭을 거의 다 갈아엎도록 금이 나올 기미가 보이지 않자 노골적으로 남편의 행동을 비웃기까지 합니다. 이를 통해 볼 때, 영식의 아내는 자존심이 강하며 감정에 따라서 행동이나 태도가 쉽게 변하는 성격임을 알 수 있습니다.

수재 달콤한 말로 상대방을 설득시키는 재주가 있으며, 쉽게 포기하지 않는 끈질김도 소유하고 있습니다. 영식으로부터 불신을 받고 공격을 당하면서도 확신을 주는 말과 태도로 침착하게 상황을 끌고 갑니다. 한편, 전혀 금이 나올 기미가 보이지 않자, 금줄이 잡혔다는 금방 들통날 거짓말이라도 함으로써 위기로부터 모면하는 장면에서는 순발력과 얕은 꾀를 보여주고 있습니다.

5 결국 영식은 자신의 콩밭을 망치게 되었습니다. 비극적인 결말로 끝난 이야기지만, 이 소설을 읽으면서 웃음이 나오는 이유는 무엇 때문일까요?

등장인물들이 내뱉는 거친 말투와 투박한 사투리, 그리고 친구의 말만 믿고 수확할 때가 다 된 콩밭을 갈아엎는 우스운 상황 자체가 웃음을 유발하고 있습니다.

"줄이 꼭 나오겠나?" 영식의 의심 반 믿음 반, 그러나 "이번에 안 나오거든 내 목을 베게"라고 말하는 수재의 호언장담. 이와 같은 두 친구의 실랑이가 반복되면서 독자인 우리들도 언젠가는 금줄이 잡힐지도 모른다는 기대를 버릴 수가 없습니다. 하지만 아니나 다를까. 거짓말을 하고는 달아날 궁리를 하는 수재 앞에서 멋모르고 좋아하는 영식 부부의 모습을 지켜보면, 눈물 섞인 웃음이 나오게 됩니다.

드디어 그토록 바라던 금줄이 잡혔다는 반전, 그러나 그것이 수재의 도피용 거짓말이었음이 밝혀지는 반전이 순식간에 연결되어 진행되는 구조는, 영식 부부의 처참한 패배담으로 끝맺는 지루할 수도 있을 이 이야기에 생동감을 부여하고 있습니다. 즉 금줄이 잡혔다는 수재의 말로 인해 영식과 그의 아내의 대결구조가 순식간에 해소되고, 부정적인 인물인 수재마저도 거짓말이 들통나면 영식에게 맞아 뼈도 못 추리게 되는 상황 속에서는 손가락질 할 수 없는 약자로 그려짐으로써 수재와 영식 간의 대결구조의 맥이 풀리게 된 것입니다. 이같이 긴장의 줄이 탁 끊어진 그 자리에 웃음이 자리하고 있습니다.

6 영식이 비난받아야 하는지, 동정받아야 하는지 여러분의 입장을 정하고, 그렇게 생각하는 이유도 밝혀 쓰세요.

영식은 비난받아야 한다 애써 가꾼 콩밭을 수확하면 비록 남는 것이 없다고는 하지만, 그래도 금줄이 잡힌다는 확실한 증거도 없이 친구의 말에 속아 콩밭을 갈아엎은 것은 잘못된 결정이었습니다. 영식이의 어리석음을 무지함으로 덮어버리기엔 그의 결정으로 인해 발생하게 된 손실이 너무나 큽니다. 농사꾼이라는 자신의 본분을 망각하고 일확천금을 바란 영식은 자신의 섣부른 결정에 대한 책임을 스스로에게 물어야 할 것입니다.

영식은 동정받아야 한다 금을 찾아 나선 사람은 영식 혼자가 아니었습니다. 당시 농촌의 상황은 농사만으로는 도저히 먹고살기 힘들었습니다. 실제로 금점을 통해 농사를 지을 때보다 더 넉넉하게 사는 사람들을 눈으로 직접 확인하면서 일확천금을 바라지 않을 사람이 어디 있겠습니까? 또한 일확천금에 대한 기대는 우리들 모두에게 잠재되어 있는 것이 아닐까요? 친구의 꼬임에 넘어가 애꿎은 한 해 농사만 망친 영식은 동정받아야 합니다. 더군다나 처음부터 영식이 일확천금을 노리는 사람은 아니었습니다. 수재의 꼬임과 당시의 상황이 영식으로 하여금 콩밭을 갈아엎도록 했던 것입니다.

노다지

금광에서 금을 훔치려는 두 주인공을 통해
물질에 대한 욕망이 인간성을 왜곡해나가는
과정을 그려낸 작품.

노다지

그믐 칠야 캄캄한 밤이었다.

하늘에 별은 깨알같이 총총 박혔다. 그 덕으로 솔숲 속은 간신히 희미하였다. 험한 산중에도 우중충하고 구석배기 외딴 곳이다. 버석[1] 만 하여도 가슴 덜렁한다. 호랑이, 산골 호생원!

만귀(萬鬼)는 잠잠하다[2]. 가을은 이미 늦었다고 냉기는 모질다. 이슬을 품은 가랑잎은 바시락바시락 날아들며 얼굴을 추긴다.

꽁보는 바랑[3]을 모로 베고 풀 위에 꼬부리고 누웠다가 잠깐 깜빡하였다. 다시 눈이 띄었을 적에는 몸서리가 몹시 나온다. 형은 맞은편에 그저 웅크리고 앉아 있는 모양이다.

---

[1] 버석 가랑잎과 같은 잘 마른 물건을 밟을 때 나는 소리.
[2] 만귀(萬鬼)는 잠잠하다 깊은 밤, 모든 것이 자는 듯 고요하다.
[3] 바랑 배낭. 중이 등에 지는 긴 자루 같은 주머니.

"성님, 인저4) 시작해볼라우?"

"아직 멀었네. 좀 춥드라도 참참이5) 해야지……."

어둠 속에서 그 음성만 우렁차게 그러나 가만히 들릴 뿐이다. 연모6)를 고치는지 마치 쇠 부짓는7) 소리와 아울러 부스럭거린다. 꽁보는 다시 옹송그리고 새우잠으로 눈을 감았다. 야기8)에 옷은 젖어 후질근하다. 아랫도리가 척나간 듯이 감촉을 잃고 대구 쑤실 따름이다. 그대로 버뜩 일어나 하품을 하고는 으드들 떨었다.

어디서인지 자박자박 사라지는 발자국 소리가 들린다. 꽁보는 정신이 번쩍 나서 눈을 둥글린다.

"누가 오는 게 아뉴?"

"바람이겠지, 즈들이 설마 알라구!"

신청부 같은9) 그 대답에 적이 맘이 놓인다. 곁에 형만 있으면이야 몇 놈쯤 오기로서니 그리 쪼일10) 게 없다. 적삼의 깃을 여미며 휘돌아보았다.

감때사나운 큰 바위가 반득이는 하늘을 찌를 듯이 삐죽 솟았다. 그 양어깨로 자지레한 바위는 뭉글뭉글한 놈이 검은 구름 같다. 그러면 이번에는 꿈인지 호랑인지 영문 모를 그런 험상궂은 대구리가 공중에 불끈 나타나 두리번거린다. 사방은 모다 이따위 산에 돌렸다. 바람은 뻗찔 내

---

4) 인저 이제.
5) 참참이 이따금. 드문드문.
6) 연모 연장. 일할 때 쓰는 도구.
7) 부짓다 부딪히다.
8) 야기(夜氣) 밤 공기의 차고 눅눅한 기운.
9) 신청부 같다 걱정이 많아 사소한 것은 돌아볼 마음의 여유가 없다. 여기서 '신청부'는 사소한 일에 얽매이지 않고 시원스런 사람을 뜻함.
10) 쪼이다 남에게 위협을 당하거나 몹시 시달림을 받다.

리구르며 습기와 함께 낙엽을 풍긴다. 을씨년스런 샘물은 노냥 쫄랑쫄랑. 금시라도 시커먼 산중턱에서 호랑이 불이 보일 듯싶다. 꼼짝 못할 함정에 든 듯이 소름이 쭉 돋는다.

꽁보는 너무 서먹서먹하고 허전하여 어깨를 으쓱 올린다. 몹쓸 놈의 산골도 다 많으이. 산골마다 모조리 요지경이람. 이러고 보니 몹시 무서운 기억이 눈앞으로 번쩍 지난다.

바로 작년 이맘때이다. 그날도 오늘과 같이 밤을 도와[11] 잠채[12]를 하러 갔던 것이다. 회양 근방에도 가장 험하다는 마치 이렇게 휘하고[13] 낯선 산골을 기어올랐다. 꽁보에 더펄이, 그리고 또 다른 동무 셋과. 초저녁부터 내리는 부슬비가 웬일인지 그칠 줄을 모른다. 붕, 하고 난데없이 이는 바람에 안기어 비는 낙엽과 함께 몸에 부딪고 또 부딪고 하였다. 모두들 입 벌릴 기력조차 잃고 대구 부들부들 떨었다. 방금 넘어올 듯이 덩치 커다란 바위는 머리를 불쑥 내대고 길을 막고 막고 한다. 그놈을 끼고 캄캄한 절벽을 돌고 나니 땀이 등줄기로 쪽 내려 흘렀다. 게다 언제 호랑이가 내닫는지 알 수 없으매 가슴은 펄쩍 두근거린다.

그러나 하기는, 이제 말이지 용케도 해먹긴 하였다. 아무렇든지 다섯 놈이 서른 길이나 넘는 암굴에 들어가서 한 시간도 채 못 되자 감(광석)을 두 포대나 실히 따올렸다마는 문제는 논으맥이[14]에 있었다. 어떻게 이놈을 논으면 서로 억울치 않을까. 꽁보는 금점에 남다른 이력이 있느

---

11) 밤을 도와 밤을 타서. 밤을 이용해서.
12) 잠채 남의 광물을 몰래 들어가 채굴하는 일.
13) 휘하다 쓸쓸하고 적막하다.
14) 논으맥이 '나눠먹기'의 강원도 방언.

니 만치 제가 선뜻 맡았다. 부피를 대중하야 다섯 목에다 차례대로 메지메지[15] 골고루 논았던 것이다. 헌데 이런 우스꽝스러운 놈이 또 있을까⋯⋯.

"이게 일터면 논은 건가!"

어두운 구석에서 어떤 놈이 이렇게 쥐어박는 소리를 하는 것이다. 제 딴은 욱기를 보이노라고 가래침을 배앝는다.

"그럼?"

꽁보는 하 어이없어서 그쪽을 빤히 바라보았다. 이건 우리가 늘 하는 격식인데 이제 와서 새삼스럽게 게정[16]을 부릴 것이 아니다.

"아니, 요게 내 거야?"

"그럼, 누군 감벼락[17]을 맞았단 말인가?"

"아니, 이 구덩이를 먼저 낸 것이 누군데 그래?"

"누구고 새고 알 게 뭐 있나, 금 있으니 땄고 땄으니 논았지!"

"알 게 없다? 내가 없어도 느가 왔니? 이 새끼야!"

"이런 숭맥[18] 보래 꿀돼지 제 욕심 채기로 너만 먹자는 거야?"

바로 이 말에 자식이 욱하고 들이덤볐다. 무지한[19] 두 손으로 꽁보의 먹살을 잔뜩 움켜쥐고 흔들고 지랄을 한다. 꽁보가 체수가 작고 쳐들고 좀팽이[20]라 한창 얕본 모양이다.

---

15) 메지메지 큰 물건을 골고루 나누는 모양.
16) 게정 불평. 심술.
17) 감벼락 애꿎은 재난.
18) 숭맥 숙맥.
19) 무지하다 우악스럽다.
20) 좀팽이 체격이 작거나 성격이 좀스런 사람.

비를 맞아가며 숨이 콕 막히도록 시달리니 꽁보도 화가 안 날 수 없다. 저도 모르게 어느덧 감석²¹⁾을 손에 잡자 놈의 골통을 퍼트렸다²²⁾. 하니까 이놈이 꼭 황소같이 식, 하더니 꽁보를 피언한²³⁾ 돌 위에다 집어때렸다. 그리고 깔고 앉더니 대뜸 벽채²⁴⁾를 들어 곁갈비대를 힉, 하도록 아주 몹시 조겼다. 죽질 않기만 다행이지만 지금도 이게 가끔 도지어 몸을 못 쓰는 것이다. 담에는 왼편 어깨를 된통 맞았다. 정신이 다 아찔하였다. 험하고 깊은 산속이라 그대로 죽여버릴 작정이 분명하다. 세 번째에는 또다시 가슴을 겨누고 내려올 제 인제는 꼬박 죽었구나 하였다. 참으로 지긋지긋하고 아슬아슬한 순간이었다. 그때 천행이랄까 대문짝처럼 크고 억센 더펄이가 비호같이 날아들었다. 잡은참 그놈의 허리를 뒤로 두 손에 뀌어들더니 산비탈로 내던져버렸다. 그놈은 그때 살았는지 죽었는지 이내 모른다. 꽁보는 곧바로 감석과 한꺼번에 더펄이 등에 업혀 마을로 내려왔던 것이다.

현재 꽁보가 갖고 다니는 그 목숨은 즉 더펄이 손에서 명줄을 받은 그때의 끄트머리다. 더펄이를 형이라 불렀고 형우제공²⁵⁾을 깍듯이 하는 것도 까닭 없는 일은 아니었다.

이 산골도 그 녀석의 산골과 똑 헐없는 흉측스러운 낯짝을 가졌다. 한번 휘돌아보니 몸서리 치던 그 경상이 다시 생각나지 않을 수 없다. 꽁보는 담배만 빡빡 피우며 시름없이 앉았다.

21) 감석 감돌. 유용한 광물을 일정량 이상 지닌 돌.
22) 퍼트리다 깨뜨리다.
23) 피언하다 편평하다.
24) 벽채 광산에서 광석을 긁어모으거나 파내는 데 사용하는 연장.
25) 형우제공(兄友弟恭) 형제가 서로 우애를 다함.

"몸 좀 녹여서 인저 시적시적[26] 해볼까?"

더펄이도 추운지 떨리는 몸을 툭툭 털며 일어선다. 시작하도록 연모는 차비가 다 된 모양. 저편으로 가서 홈척홈척하더니 바랑에서 막걸리 병과 돼지 다리를 꺼내 들고 이리로 온다.

"그래도 줌[27] 거냉[28]은 해야 할걸!" 하고 그는 병마개를 이로 뽑더니,

"에이 그냥 먹세, 언제 데워 먹겠나?"

"데웁시다."

"글쎄 그것두 좋고, 근데 불을 났다가 들키면 어쩌나?"

"저 바위틈에다 가리고 피웁시다."

아우는 일어서서 가랑잎을 긁어모았다.

형은 더듬어가며 소나무 삭정이를 뚝뚝 꺾어서 한아름 안았다. 병풍과 같이 바위와 바위 사이에 틈이 벌었다. 그 속으로 들어가 그들은 불을 놓았다.

"커~, 그어 맛 조하이[29]."

형은 한잔을 쭉 켜고 거나하였다. 칼로 돼지고기를 저며 들고 쩍쩍 씹는다.

"아까 술집계집 봤나?"

"왜 그루?"

"어떠튼가?"

---

26) 시적시적 시적거리는 모양. 마음에 없이 억지로 느릿느릿 말이나 행동을 하는 모양.
27) 줌 약간.
28) 거냉 데워서 냉기를 없앰.
29) 조하이 좋아. 즐거움. 찬성. 결의 따위를 나타냄.

"……"

"아주 똑땄데[30], 고거 참!" 하고 그는 눈을 불빛에 끔벅거리며 싱글
싱글 웃는다. 일년이면 열두 달 줄청[31] 돌아만 다니는 신세이었다. 오늘
은 서로 내일은 동으로 조선 천지의 금점판치고 아니 찝쩍거린 데가 없
었다. 언제나 나도 그런 계집 하나 만나 살림을 좀 해보나 하면 무거운
한숨이 절로 안 날 수 없다.

"거, 계집 있는 게 한결 낫겠더군!" 하고 저도 열적을 만큼 시풍스러
운[32] 소리를 하니까,

"글쎄요……" 하고 꽁보는 그 얼굴을 빤히 쳐다보았다. 이날까지 같
이 다녀야 그런 법 없더니만 왜 별안간 계집 생각이 날까. 별일이로군!
하긴 저도 요즘으로 버썩 그런 생각이 무륵무륵[33] 안 나는 것도 아니지
만. 가을이 늦어서 그런지 두 홀아비 마주앉기만 하면 나는 건 그 생각
뿐.

"성님, 장가들라우?"

"어디 웬 계집이 있나?"

"글쎄?" 하고 꽁보는 그 말을 재치다가 언뜻 이런 생각을 하였다. 제
누이를 주면 어떨까. 지금 그 누이가 충주 근방 어느 농군에게 출가하야
자식을 둘씩이나 낳았다마는 매우 반반한 얼굴을 가졌다. 이걸 준다면 형
은 무척 반기겠고 또 한 목숨을 구해준 그 은혜에 대하여 손씨세[34]도 되

30) 똑땄데 사리에 밝고 분명하다.
31) 줄청 '줄창, 줄곧'의 강원도 방언. 끊임없이. 계속.
32) 시풍스럽다 건방지다.
33) 무륵무륵 무럭무럭.
34) 손씨세 '손씻이'의 강원도 방언. 은혜를 갚는 일.

리라.

"성님, 내 누이를 주라우?"

"누이?"

"썩 이뿌오, 성님이 보면 아마 담박[35] 반하리다."

더펄이는 다음 말을 기다리며 다만 벙벙하였다. 불빛에 이글이글하고 검붉은 그 얼굴에는 만족한 미소가 떠올랐다. 그 누이에 대해 칭찬은 전 일부터 많이 들었다. 그럴 적마다 속종으로는 슬며시 생각이 달랐으나 차마 이렇다 토설치는 못했던 터이었다.

"어떻수?"

"글쎄, 그런데 살림하는 사람을 그리 되겠나?" 하야 뒷심은 두면서도 어정쩡하게 물어보았다. 그리고 들껍쩍하고 술을 따라서 아우에게 권하다가 반이나 엎질렀다.

"그야, 돌려 빼면 고만이지 누가 뭐랠 테유."

꽁보는 자신이 있는 듯이 이렇게 선언하였다.

더펄이는 아주 좋았다. 팔짱을 딱 지르고는 눈을 감았다. 나도 이젠 계집 하나 안아보는구나! 아마 그 누이란 썩 이쁠 것이다. 오동통하고, 아양스럽고, 이런 계집에 틀림없으리라. 그럴 필요도 없건마는 그는 뻘 떡 일어서서 주춤주춤하다가 다시 펄석 앉는다.

"은제[36] 갈려나?"

"가만 있수. 이거 해가지구 낼 갑시다."

오늘 일만 잘되면 낼로 곳 떠나도 좋다. 충청도래야 강원도 역경[37]을

---

35) 담박 그 자리에서 바로. 단번에 곧. 한번에.
36) 은제 언제. 잘 모르는 때를 물을 때 쓰는 말. 어느 때에.

지나 70~80리 걸으면 고만이다. 낼 해껏[38] 걸으면 모레 아침에는 누이 집에 들러서 다른 금점으로 가리라 예정하였다. 그런데 이놈의 금을 언제나 좀 잡아볼는지 아득한 일이었다.

"배라먹을 거, 은제쯤 재수가 좀 터보나!"

꽁보는 뜯고 있던 돼지 뼈다귀를 내던지며 이렇게 한탄하였다.

"염려 말게 어떻게 되겠지. 오늘은 꼭 노다지가 터질 테니 두고 볼려나?"

"작히[39] 좋겠수, 그렇거든 고만 들어앉읍시다."

"이를 말인가, 이게 참 할 노릇을 하나, 이제 말이지."

그들은 몇 번이나 이렇게 짜위[40]했는지 그 수를 모른다. 네가 노다지를 만나든 내가 만나든 둘이 똑같이 나눠 가지고 집을 사고 계집을 얻고 술도 먹고 편히 살자고. 그러나 여지껏 한 번이라도 그렇게 돼본 적이 없으니 매양 헛소리가 되고 말았다.

"닭 울 때도 되었네. 인제 슬슬 가볼려나?"

더펄이는 선뜻 일어서서 바랑을 짊어메다가 꽁보를 바라보았다. 몸이 또 도지는지 불 앞에서 오르르 떨고 있는 것이 퍽이나 측은하였다.

"여보게, 내 혼자 해 가져올게 불이나 쬐고 거기 있을려나?"

"뭘, 갑시다."

꽁보는 꼬물꼬물 일어서며 바랑을 메었다.

---

37) 역경 지역을 나누는 경계.
38) 해껏 해가 질 때까지.
39) 작히 여북이나. 오죽이나. 얼마나. 추측이나 희망을 나타내는 말로 혼자 느끼거나 물을 때에 쓰는 말.
40) 짜위 둘이 짜고 하는 약속.

그들은 발로다 불을 비벼 끄고는 거기를 떠났다.

산에 골을 엇비슷이 돌아 오르는 샛길이 놓였다. 좌우로는 솔, 잣, 밤, 단풍, 이런 나무들이 울창하게 꽉 들어박혔다. 그 밑으로 재갈[41], 아니면 불퉁 바위[42]는 예제 없이 마냥 뒹굴었다. 한갓 시커먼 그 암흑 속을 그 둘은 더듬고 기어오른다. 풀숲의 이슬로 말미암아 고의는 축축이 젖었다. 다리를 옮겨놓을 적마다 철떡철떡 살에 붙으며 찬 기운이 쭉 끼친다. 그리고 모진 바람은 뻔질 불어 내린다. 붕 하고 능글차게 낙엽을 불어 내리다가는 빽 하고 되알지게 기를 복쓴다[43].

꽁보는 더펄이 뒤를 따라 오르며 달달 떨었다. 이게 지랄인지 난장인지. 세상에 짜장 못해 먹을 건 금점 빼고 다시 없으리라. 금이 다 무언지 요짓을 꼭 해야 한담. 게다 건뜻하면 서로 두들겨 죽이는 것이 일. 참말이지 금쟁이치고 하나 순한 놈 못 봤다. 몸이 저릴 적마다 지켜웠던 과거를 또 연상하며 그는 다시금 몸에 소름이 돋았다. 그러나 맞은편 산수풍에 큰 불이 어른하였다. 호랑이! 이렇게 놀라고 더펄이 허리에 가덥석 달리며[44],

"저게 뭐유?" 하고 다르르 떨었다.

"뭐?"

"저거, 아니 지금은 없어졌네."

"그게, 눈이 어려서 헷거지[45] 뭐야."

---

41) 재갈 자갈.
42) 불퉁 바위 울퉁불퉁하게 생긴 바위.
43) 기를 복쓰다 마음이나 힘을 쏟다.
44) 달리다 매달리다 .
45) 헷거 허깨비.

더펄이는 씀씀이[46) 대답하고 천연스리 올라간다. 다기진[47) 그 태도에 좀 안심이 되는 듯싶으나 그래도 썩 편치는 못하였다. 왜 이리 오늘은 대구 겁만 드는지 까닭을 모르겠다. 몸은 배시근하고[48) 열로 인하야 입이 바짝바짝 탄다. 이것이 웬만하면 그럴 리 없으련마는,

"자네, 안 되겠네, 내 등에 업히게!" 하고 더펄이가 등을 내대일 제 그는 잠자코 바람 위로 넙쭉 업혔다. 그래도 끽소리 없이 덜렁덜렁 올라가는 더펄이를 굽어보며 실팍한 그 몸이 여간 부러운 것이 아니었다.

불볕 내리는 복중처럼 씨근거리며 이마에 땀이 쫙 흘렀을 그때에야 비로소 더펄이는 산마루턱까지 이르렀다. 꽁보를 내려놓고 땀을 씻으며 후, 하고 숨을 돌린다. 인제 얼마 안 남았겠지. 조금 내려가면 요 아래에 있을 것이다.

그들이 이 마을에 들른 것은 바로 오늘 점심때이다. 지나서 그냥 가려 하다가 뜻하지 않은 주막 주인 말에 귀가 번쩍 띄었던 것이다. 저 산 너머 금점이 있는데 금이 푹푹 쏟아지는 화수분[49)이라고, 요즘에는 화약 허가를 내가지고 완전히 일을 하고자 하여 부득이 잠시 휴광중이고 머지않아 다시 시작할 게다. 그리고 금 도적을 맞을까 하여 밤낮 구별 없이 감시하는 중이라 하는 것이다.

그러나 이 밤중에 누가 자지 않고 설마, 하고 더펄이는 덜렁덜렁 내려간다. 꽁보는 그 꽁무니를 쿡쿡 찔렀다. 그래도 사람의 일이니 물은[50)

---

46) 씀씀이 쓸쓸히.
47) 다기지다 겁 없다.
48) 배시근하다 몸이 지쳐서 거북살스럽다.
49) 화수분 그 안에 온갖 물건을 넣어두면 새끼를 쳐서 끊임없이 나온다는 전설적인 보물 단지. 재물이 자꾸 생겨 아무리 써도 줄지 않음을 이르는 말.

모른다. 좌우 곁으로 살펴보며 살금살금 사리어 내려온다.

그들은 5분쯤 내리었다. 딴은 커다란 구덩이 하나가 딱 내다랐다.

산중턱에 짚더미 같은 바위가 놓였고 고 옆으로 또 하나가 놓여 가달이졌다[51]. 그 가운데다 뻐듬한[52] 돌 장벽을 끼고 구멍을 뚫은 것이다. 가루지[53]는 한 발 좀 못 되고 길벅지[54]는 약 서 발가량. 성냥을 거대보니[55] 깊이는 네 길이 넘겼다. 함부로 쪼아먹은 구덩이라 꺼칠한 놈이 군버력도 똑똑히 못 치웠다. 잠채를 염려하여 그랬으리라, 사다리는 모조리 떼어가고 밍숭밍숭한 돌벽이 있을 뿐이다.

그들은 다시 한 번 사방을 둘레둘레 돌아보았다. 지척을 분간키 어려우나 필경 사람은 없을 것이다. 마음을 놓고 바랑에서 광술[56]을 꺼내어 불은 대렸다[57]. 더펄이가 먼저 장벽에 엎디어 뒤로 기어내린다. 꽁보는 불을 들고 조심성 있게 참참이 내려온다. 한 길쯤 남았을 때 그만 발이 찍, 하고 더펄이는 떨어졌다. 꿍, 하고 무던히 골탕은 먹었으나 그대로 쓱싹 일어섰다. 동이 트기 전에 얼른 금을 따야 될 것이다.

"여보게 아우, 나는 어딜 따라나?"

"글쎄유…… 가만히 기슈."

아우는 불을 들이대고 줄맥[58]을 한 번 쭉 훑었다.

---

50) 물은 물론.
51) 가달이지다 가랑이지다. 아래쪽이나 한끝이 가랑이로 갈라지다.
52) 뻐듬하다 큰 물건이 날카롭거나 곧게 밖으로 조금 벌어지거나 뻗어 있다.
53) 가루지 '가로'의 강원도 방언. 가로로 넓은 조각.
54) 길벅지 '길이(세로)'의 강원도 방언.
55) 거대보다 그어대보다.
56) 광술 관솔. 소나무에서 송진이 많이 엉긴 부위.
57) 대리다 댕기다.
58) 줄맥 금맥. 금줄기.

금점일에는 난다 긴다 하는 아달맹이[59] 금쟁이었다. 썩 보더니 복판에는 동이 먹어 들어가고[60] 양편 가장자리로 차차 줄이 생기는 것을 알았다.

"성님은 저편 구석을 따우."

아우는 이렇게 지시하고 저는 이쪽 구석으로 왔다. 그러나 차마 그 틈새로 들어갈 생각이 안 난다. 한 길이나 실히 되도록 쌓아올린 동발[61]이 금방 넘어올 듯이 위험하였다. 밑에는 좀 잘은 돌로 쌓았으나 그 위에는 제법 굵직굵직한 놈들이 얹혔다. 이것이 무너지면 깩 소리도 못하고 치어 죽는다.

꽁보는 한참 생각했으되 별수 없다. 낯을 찌푸려가며 바랑에서 망치와 타래증[62]을 꺼내 들었다. 그런데 어떻게 파먹은 놈이게 움푹이 들어간 것이 일커녕 몸 하나 놓을 데가 없다. 마지못하여 두 다리를 동발께로 쭉 뻗고 몸을 그 홈패기[63]에 착 엎드려 망치질을 하기 시작하였다.

돌에 뚫린 석혈 구덩이라 공기는 더욱 켕하였다. 정 때리는 소리만 양쪽 벽에 무겁게 부딪친다.

팡! 팡!

이렇게 몹시 귀를 울린다.

거반 한 시간이 넘었다. 그들은 버력 같은 만감(萬感)[64] 이외에 아무 것도 얻지 못했다. 다시 5분이 지난다. 10분이 지난다. 딱 그때다.

---

59) 아달맹이 안성맞춤.
60) 동이 먹어 들어가다 금맥의 성분이 적다는 의미. 여기서 '동'은 쇠줄에 유용한 성분 함량이 적은 부분을 가리킴.
61) 동발 동바리. 갱도가 무너지지 않도록 받치는 기둥.
62) 타래증 타래정. 돌을 쪼거나 다듬는 연장.
63) 홈패기 오목하고 길게 패어진 자리.
64) 버력 같은 만감(萬感) 잡돌에 가까운 광석.

꽁보는 땀을 철철 흘리며 좁다란 그 틈에서 감[65] 하나를 손에 따들었다. 헐없이 적은 목침 같은 그런 돌팍[66]을. 엎드린 그채[67] 불빛에 비치어 가만히 뒤져보았다. 번들번들한 놈이 그 광채가 되우 혼란스럽다. 혹시 연철[68]이나 아닐까. 그는 돌 위에 눕혀놓고 망치로 두드리어 깨보았다. 좀체 하야서는 쪽이 잘 안 나갈 만치 쭌둑쭌둑한 금돌! 그는 다시 집어들고 눈앞으로 바싹 가져오며 실눈을 떴다. 얼마를 뚫어지게 노려보았다. 무작정으로 가슴은 뚝딱거리고 마냥 들렌다[69]. 이 돌에 박힌 금만으로도, 모르면 몰라도 하치[70] 열 냥쭝은 넘겠지. 천 원! 천 원!

"그 뭔가, 뭐야?"

더펄이는 이렇게 허둥지둥 달려들었다.

"노다지" 하고 풀죽은 대답.

"으~ㅇ, 노다지?" 하기 무섭게 더펄이는 우뻑지뻑[71] 그 돌을 받아들고 눈에 들이댄다. 척척 휠 만치 들어박힌 금. 우리도 이젠 팔자를 고치누나! 그는 껍쩍껍쩍 엉덩춤이 절로 난다.

"이리 나오게, 내 땀세."

그는 아우의 몸을 번쩍 들어 내놓고 제가 대신 들어간다. 역시 동발께로 다리를 쭉 뻗고는 그 틈새로 덥석 엎드렸다. 몸이 워낙 커서 좀 둥개이나[72] 아무렇게도 아우보다 힘이 낫겠지. 그 좁은 틈에 타래증을 꽂아

65) 감 감돌. 수지 계산을 할 수 있는 광석.
66) 돌팍 돌멩이.
67) 엎드린 그채 엎드린 그대로.
68) 연철 납과 철분이 섞여 있는 쇳돌.
69) 들레다 설레다.
70) 하치 같은 종류의 물건 중에서 가장 품질이 낮은 물건.
71) 우뻑지뻑 우적우적.

박고 식, 식, 하고 망치로 때린다.

꽁보는 그 앞에 서서 시무룩하니 흥이 지었다[73]. 금점일로 하자면 제가 선생이요 형은 제 지휘를 받아왔던 것이다. 뭘 안다고 푸뚱이가 어줍대는가, 돌쪽 하나 변변히 못 떼낼 것이…… . 그는 형의 태도가 심상찮음을 얼핏 알았다. 금을 보더니 완연히 변한다.

"저 고깽이 좀 집어주게."

형은 고개도 아니 들고 소리를 빽 지른다.

아우는 잠자코 대꾸도 아니 한다. 사람을 너무 얕보는 그 꼴이 썩 아니꼬웠다.

"아, 이 사람아! 고깽이 좀 얼른 집어줘. 왜 저리 정신없이 섰나?"

그리고 눈을 딱 부릅뜨고 쳐다본다. 아우는 암말 않고 저편 구석에 놓인 고깽이를 집어다 주었다. 그리고 우두커니 다시 섰다. 형이 무람없이[74] 굴면 굴수록 그것은 반드시 시위에 가까웠다. 힘이 좀 있다고 주제넘게 꺼떡이는 그 화상[75]이야 눈허리가 시면 시었지[76] 그냥은 못 볼 것이다.

"또 땄네, 내 기운이 어떤가?"

형은 이렇게 추적거리며[77] 고깽이를 연송[78] 내리찍는다. 마치 죽통

---

72) 둥개다 쩔쩔매다.
73) 흥이 지다 흥(즐거운 기분)이 떨어지다.
74) 무람없이 상대에게 격식을 차리지 않는 태도로.
75) 화상 형상. 모습.
76) 눈허리가 시다 금방 눈물이 흐를 듯한 느낌이 듦을 이르는 말. 원래 눈허리는 '코허리(콧등의 잘록한 부분)'를 잘못 쓴 말.
77) 추적거리다 아는 체하며 마구 떠들다.
78) 연송 연방.

에 덤벼드는 도야지 모양이다. 억척스럽게도 손벽[79]만 한 감을 두 쪽이나 따냈다. 인제는 악이 아니면 세상없어도 더는 못 딸 것이다.

엑! 엑! 엑!

그래도 억센 주먹엔 굳은동[80]이 다 벌컥벌컥 나간다.

제 힘을 되우 자랑하는 형을 이윽히 바라보니 또한 그 속이 보인다. 필연코 이 노다지를 혼자 먹으려고 하는 것이다. 하면 내가 있는 것을 몹시 꺼리겠지 하고 속을 태운다.

"이것봐, 자네 같은 건 골백 와야 소용없네" 하고 또 뽐낼 제 가슴이 섬뜩하였다. 앞서는 형의 손에 목숨을 구해 받았으나 이번에는 같은 산골에서 그 주먹에 명을 도로 끊을지도 모른다. 그는 형의 주먹을 가만히 내려보다가 가엾이도 앙상한 제 주먹에 대조하여 보지 않을 수 없다. 그러나 다만 손이 바르르 떨릴 뿐이다.

그러자 꽁보는 기겁을 하여 놀라며 뒤로 물러섰다. 어이쿠 하는 불시의 비명과 아울러 와그르 하였다. 쌓아올린 동발이 어찌하다 중툭[81]이 헐리었다. 모진 돌들은 더펄이의 장딴지며 넓적다리 엉덩이까지 고대로 엎눌었다. 살은 물론 으츠러졌으리라[82]. 그는 엎드린 채 꼼짝 못하고 아픈 데 못 이기어 끙끙거린다. 하나 죽질 않기만 요행이다. 바로 그 위의 공중에는 징그럽게 커다란 돌이 내려 구르자 그 밑을 받친 불과 조그만 조각 돌에 걸리어 미처 못 굴러내리고 간댕거리는 길이었다. 이 돌만 내

---

79) 손벽 손바닥.
80) 굳은동 일정한 광물이 들어 있는 굳은 바위. 여기서는 금이 들어박힌 감석, 곧 노다지를 의미함.
81) 중툭 중턱.
82) 으츠러지다 으스러지다. 부서지다.

려치면 그 밑에 그는 목숨은 고사하고 육살[83]이 될 것이다.

"여보게, 내 몸 좀 빼주게."

형은 몸은 못 쓰고 죽어가는 목소리로 애원한다. 그리고 또,

"아우, 나 죽네, 응?" 하고 거듭 애를 끊으며 빌붙는다. 고개만 겨우 들었을 따름 그 외에는 손조차 자유를 잃은 모양 같다.

아우는 무너지려는 동발을 쳐다보며 얼른 그 머리맡으로 다가선다. 발 앞에 놓인 노다지 세 쪽을 날쌔게 손에 잡자 도로 얼른 물러섰다. 그리고 눈물이 흐른 형의 얼굴은 돌아도 안 보고 그 발로 허둥지둥 장벽을 기어오른다.

"이놈아!"

너머 기어올라 벼락같이 악을 쓰는 호통이 들리었다. 또 연하야 우지끈둑딱, 하는 무서운 폭성이 들리었다. 그것은 거의 동시의 일이었다. 그러고는 좀 와스스 하다가 잠잠하였다.

그때는 벌써 두 길이나 넘어 아우는 기어올랐다. 굿문까지 다 나왔을 제 그는 머리만 내밀어 사방을 두리번거리다 그림자같이 사라진다.

더펄이의 형체는 보이지 않는다. 침침한 어둠 속에 단지 굵은 돌멩이만이 짝 흩어졌다. 이쪽 마구리[84]의 타다 남은 화롯불은 바야흐로 질듯 질듯 껌벅거린다. 그리고 된바람[85]이 애, 하고는 굿문께서 모래를 쫘륵, 쫘륵, 들이뿜는다.

---

83) 육살 짓눌려져서 바스러지는 것.
84) 마구리 막장의 뚫고 나가는 쪽의 문.
85) 된바람 몹시 빠르고 세차게 부는 바람.

1 꿍보와 더펄이는 어떤 관계에 있던 인물인가요?

꿍보와 더펄이는 의형제를 맺고 생사고락을 같이하며 몰래 금점을 캐러 떠돌아다니는 사이입니다. 작년 이맘때 이들과 또 다른 동무 셋이 잠채를 해 가지고 나와 각자의 몫을 계산하는 과정에서 분란이 생겨 큰 싸움이 벌어진 일이 있었습니다. 이때 한 동무에게 죽을 뻔한 꿍보를 힘센 더펄이가 살려준 후부터 꿍보는 더펄이를 형님으로 모시고 의지하며 살아오고 있습니다. 이런 더펄이에게, 시집간 제 누이를 몰래 빼내 와서 장가들여 주겠노라고 할 정도로 꿍보는 그에게 진 생명의 빚을 늘 생각하면서 고마워합니다. 누가 노다지를 만나든 둘이 똑같이 나눠서 편하게 살자고 미래를 약속한 동업자이자 의형제 사이입니다.

2 이들의 현재의 삶, 그리고 앞으로 꿈꾸는 미래의 삶은 어떠한지 정리해봅시다.

꽁보와 더펄이는 현재 비슷한 처지에 놓여 있으며, 동시에 비슷한 꿈을 꾸고 있습니다.

몰래 금점을 캐러 일년 내내 조선 천지의 금점판치고 아니 가본 데가 없을 정도로 이 일에는 이력이 난 인물들입니다. 현재는 이처럼 떠돌아다니는 생활을 하고 있으나, 하루빨리 이 상황에서 벗어나고 싶어합니다. 이 상황에서 벗어나기 위해 둘은 서로 힘을 합쳐 노다지를 찾아다니고 있는 것이지요. 또한 둘은 모두 아직 장가를 들지 않은 노총각입니다. 따라서 아내와 함께 살림을 차리고 사는 삶을 마냥 부러워하고 있습니다. 노다지를 캐 그것으로 집을 사고 아내도 얻고 술도 먹으며 편하게 살 꿈을 꾸고 있습니다. 이들에게 있어서 노다지는 단순한 일확천금의 대상을 뛰어넘는 존재입니다. 정상적인 삶을 가능하게 해주는 유일한 돌파구로 인식되고 있는 것이지요.

3 꽁보가 더펄이를 의심하게 되는 계기는 언제이며, 왜 이런 심리적인 변화를 겪게 되었을까요?

노다지를 먼저 발견한 것은 꽁보였습니다. 더군다나 더펄이에 비해 금점일의 경력도 많고 지금까지 더펄이는 그의 지휘를 받아 일을 해왔었습니다. 하지만 힘에서만큼은 꽁보는 더펄이를 따라가지 못합니다. 좁은 틈에서 연장을 때리던 더펄이가 소리를 지르며 자신에게 연장을 집어달라고 소리를 지를 때, 꽁보는 마음속으로 더펄이의 태도가 심상찮음을 느끼게 됩니다. 자신의 힘을 자랑하는 더펄이를 바라보노라니 필연코 이 노다지를 혼자 먹으려고 하는 것같이 생각되고, 그것이 명백하다면 자신이 있는 것을 몹시 꺼려 혹시 더펄이가 자신을 죽이지는 않을까 하는 의심까지 품게 되었던 것입니다.

4 금점 일의 고됨과 위험성을 알게 해주는 대목을 찾아 정리해봅시다.

이게 지랄인지 난장인지. 세상에 짜장 못해 먹을 건 금점 빼고 다시 없으리라. 금이 다 무언지 요짓을 꼭 해야 한담. 게다 건뜻하면 서로 두들겨 죽이는 것이 일. 참말이지 금쟁이치고 하나 순한 놈 못 봤다. 몸이 저릴 적마다 지겨웠던 과거를 또 연상하며 그는 다시금 몸에 소름이 돋았다.

이 대목은 꽁보가 더펄이를 따라 험한 바위를 기어오르며 속으로 하는 말입니다. 노다지를 캐기 위해 남의 눈을 피해 몰래 산에 올라 흙을 파고 돌을 캐는 육체적인 고생보다 꽁보가 더 경계하는 것이 바로 소유 및 분배 문제를 놓고 서로 두들겨 죽이는 폭력성임을 짐작할 수 있습니다. 예전에 한번 이 문제로 죽을 뻔했던 경험이 있는 꽁보인 만큼 금점을 하는 일의 위험성에 대해 누구보다도 절감하고 있는 것이지요. 이런 불안감은 내내 꽁보의 머릿속에 자리잡고 있습니다. 궁핍한 상황에서 노다지란 그야말로 삶을 단번에 바꾸어줄 수 있는 희망이기에, 집착이 강해질수록 그리고 경쟁자가 많아질수록 욕망은 배타적으로 변질됩니다. 그리하여 물질이 그 어떤 것보다도 우선시되는 물질숭배풍조가 만연하게 되었음은 더 말할 필요도 없을 것입니다.

5 결말 부분에서 더펄이를 배신한 꽁보의 행동을 어떻게 평가해야 할까요?

그들이 바라던 공통의 꿈이 실현되려는 순간, 그동안 끈끈했던 혈맹관계는 깨어지게 됩니다. 처음에 꽁보는 잘난 척하는 더펄이의 행동을 속으로 비아냥거립니다. 하지만 시간이 지날수록 자신이 더펄이에게 배신당하지나 않을까 하는 생각에 사로잡힙니다. 이런 생각에 빠져 있을 때쯤, 더펄이가 바위 밑에 깔리게 되고, 살려달라는 그의 말을 뒤로한 채 꽁보는 더펄이가 캔 금 덩어리만을 손에 쥐고 줄행랑을 칩니다. 자신에게 닥칠 위험의 예감—단지 꽁보만의 짐작과 공포감—때문에 더펄이의 죽음을 방조한 꽁보의 행위는 비난받아야 하지 않을까요?

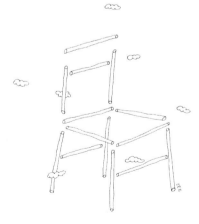

산골 나그네

들병이를 소재로 하여
농촌의 현실에 대한 문제의식을
애정 어린 시선으로 포착해낸 작품.

"어머니! 그거 달아났세유. 내 옷도 없구……"

사기 결혼극, 그녀를 믿지 마세요

　이 소설은 김유정의 초창기 작품으로, 그의 소설에서 흔히 찾아볼 수 있는 여성 매춘의 전형을 만든 시발점이 되는 작품입니다.

　주막을 하며 생계를 꾸려가는 덕돌네 모자의 집에 어느 날 아낙네가 찾아오면서 이야기가 시작됩니다. 이 아낙이 머물게 된 이후로 주막은 남정네들로 붐비게 됩니다. 집안일도 부지런히 잘하고, 주막일도 고분고분 잘 돕는 아낙이 덕돌어멈은 여간 사랑스럽지 않습니다. 차차 덕돌어멈은 이 아낙을 며느리로 삼고 싶어하게 됩니다. 마침내 덕돌네 모자의 의도대로 혼인을 치르게 되었습니다. 그러나 며칠 뒤 아낙은 예물로 받은 은비녀만 베개 밑에 놓아두고는 덕돌이의 새옷마저 훔쳐 달아나고 맙니다.

　김유정의 소설에는 들병이 생활을 하는 여성이 자주 등장합니다. 들병이 생활이란 남편 있는 여인이 시골 주막으로 돌아다니며 술과 몸을 파는 것을 가리키는 말입니다. 술을 병에 담아 팔았기 때문에 붙여진 이름이지요. 실제로 작가가 살던 농촌 마을에도 들병이가 많았다고 합니다. 그래서 자연스럽게 그들의 이야기가 김유정의 작품 속에도 등장하게 된 것입니다.

김유정의 수필 「조선의 집시 — 들병이 철학」을 보면 들병이의 생활에 대해 속속들이 알게 됩니다.

들병이가 되면 밥은 식성대로 먹을 수 있다는 것과 또는 그 준비에 돈 한 푼 안 든다는 이것에 그들—농사꾼—은 매혹된다. 아내의 얼굴이 수색이면 더욱 좋다. 그렇지 않더라도 농촌에서 항상 유행하는 가요나 몇 마디 반반히 가르치면 된다. 남편은 아내를 데리고 앉아서 소리를 가르친다. 재주 없으면 몇 달도 걸리고 총명하다면 한 달포 만에 끝이 난다. 이러면 그때에는 아내의 등에 자식을 업혀 가지고 이렇게 남편이 데리고 나간다. 밥 있는 곳이면 발길 닿는 대로 유랑하는 것이다.

촌의 술집에서는 어디고 들병이를 환영한다. 아무개 집에 들병이가 들었다 하면 그날 밤으로 젊은 축들이 몰려든다. 술집 주인으로 보면 두 가지의 이득을 보는 것이다. 들병이에게 술을 팔고 밥을 팔고…….들병이는 남의 술을 팔고 보수를 바라는 것이 아니라 주막 주인에게 막걸리를 됫술로 사면 팔 때에는 잔술로 환산한다. 소박한 농군들을 상대로 생활하는 들병이라 그 수단도 서울의 작부들과는 색채를 달리한다. 말하자면 작부들의 애교는 임시변통으로 족하나 그러나 들병이는 끈끈한 사랑 즉 사랑의 지속성을 요한다. 술값은 보통 외상이므로 떠날 때쯤 해야 집으로 찾아다니며 쌀이고 벼고, 팥, 조 이런 곡식을 되는 대로 수합함이 옳을 것이다. 그리고 두 내외 짊어지고 그다음 마을로 찾아간다.

들병이를 객관적으로 평가하여 빈궁한 농민들을 잠식하는 한 독충이라 할는지도 모른다. 사실 들병이와 관련되어 발생하는 춘사(椿事)가 비일비재하다. 풍기문란은 고사하고 유혹, 사기, 도난, 폭행, 주재소에서 보는 대로 축출을 명령하는 그 이유도 여기에 있을 것이다. 그러나 이것은 일면만을 관찰한 편견에 지나지 않는다.

들병이가 나면 그날 밤부터 동리의 청년들은 떼난봉이 난다. 그렇다고 무모히 산재(散財)를 한다든가 탈선은 아니다. 아무쪼록 염가로 향락하도록 강구하는 것이 그들의 버릇이다. 여섯이고 몇이고 작당하고 추렴을 하여 술을 먹는다. 그러나 들병이로 보면 빈농들만 상대로 하고 있는 것도 아니다. 때로는 지주댁 사랑에서 청할 적도 있다. 들병이가 큰돈을 잡는 것은 역시 이런 부잣집 사랑이다. 일단 농촌 부녀들이 들병이를 선망과 시기로 바라보는 까닭도 여기에 있다. 들병이가 들면 남자뿐 아니라 아낙네들이 수군거리며 마을에 묘한 분위기가 떠돈다.

들병이를 처음 만나면 우선 남편이 있느냐고 묻는 것이 술꾼의 상투적 인사다. 그러면 그 대답은 대개 전일에는 금슬이 좋았으나 생활난으로 말미암아 이혼했다 한다. 그러나 들병이에게는 언제나 남편이 수행하고 있는 것이다. 아내가 술을 팔고 있으면 남정은 그 근처에서 배회하고 있다. 들병이의 남편이라면 흔히 도박자요 불량하기로 정평이 났다. 그들은 아내의 밥을 무위도식하며 일종의 우월권을 주장한다. 아내가 돈을 벌어놓으면 가끔 달려들어 압수하여 간다. 그리고 그걸로 투전을 한다, 술을 먹는다, 이렇게 명색없이 소비되고 만다. 그러나 아내는 이에 불평을 품거나 남편을 힐책하지 않는다. 이러는 것이 남편의 권리요 또는 아내의 직무로 안다. 하기야 노름에 일확천금하면 남편뿐이 아니라 아내도 호사로운 생활을 가질 수 있다. 들병이가 유아를 데리고 다니는 것은 기이한 현상이 아니다. 대개 하나씩은 그 품에 붙어 다닌다. 고생스런 노동에도 불구하고 자식만은 극진히 보육하는 것이다. 그러다가도 춘궁 때가 돌아오면 들병이는 전혀 한가롭다. 그들은 고향으로 돌아가 옛집에 칩거한다. 품을 팔아먹어도 좋고 땅을 파도 좋다. 하여튼 다시 농민생활로 귀화하는 것이다. 그리고 그다음 가을을 기다린다.

―「조선의 집시―들병이 철학」 중에서

들병이 혹은 아내 매춘을 소재로 한 김유정의 또 다른 작품에는 「가을」 「안해」 「소낙비」 「솥」 「정조」 「총각과 맹꽁이」 「만무방」 「땡볕」 등이 있습니다. 이 소설에 등장하는 들병이들은 크게 두 유형으로 나눌 수 있습니다. 하나는 실제로 남편이 있으면서도 먹고살기 위해 스스로 선택해서 술장사로 나서는 경우이고, 다른 하나는 남편의 적극적인 권유나 남편의 매매행위로 인해 들병이로 나서게 되는 경우입니다. 들병이가 된 동기야 어찌 되었든, 그의 작품 속의 여성 인물들은 하나같이 매춘을 하고 있지만 매춘 과정에서 쾌락의 요소는 제거되어 있습니다. 그러면서 모두 남편의 생계를 책임지려는 강한 모성애와 애정을 가지고 있습니다. 김유정 소설의 기본적이고 공통적인 주제가 빈곤이듯 여기에서도 성에의 탐닉, 사랑의 갈등이 문제로 부각되지 않습니다. 생존, 그 자체가 문제가 되는 것이지요. 소작농에서 떨어져 나와 유랑걸식하게 되는 당시 사회의 구조적인 모순 속에서 성은 종족번식이나 쾌락추구의 수단이 아닌 생계유지의 한 방편으로 그 가치가 물질화되었음을 파악해야 합니다. 절박한 생존 앞에서 과연 윤리와 도덕이라는 잣대 하나만을 대는 것이 옳은 가치판단 기준인지, 이 작품을 읽으면서 깊이 있게 생각해 봅시다.

산골 나그네

밤이 깊어도 술꾼은 역시 들지 않는다. 메주 뜨는 냄새와 같이 쾨쾨한 냄새로 방 안은 괴괴하다[1]. 웃간에서는 쥐들이 찍찍거린다. 홀어머니는 쪽떨어진 화로를 끼고 앉아서 쓸쓸한 대로 곰곰 생각에 젖는다. 가뜩이나 침침한 반짝 등불이 북쪽 지게문에 뚫린 구멍으로 새드는[2] 바람에 반득이며 빛을 잃는다. 헌 버선 짝으로 구멍을 틀어막는다. 그리고 등잔 밑으로 반짇그릇을 끌어당기며 시름없이 바늘을 집어든다.

산골의 가을은 왜 이리 고적할까! 앞뒤 울타리에서 부수수 하고 떨잎은 진다. 바로 그것이 귀밑에서 들리는 듯 나직나직 속삭인다. 더욱 몹쓸 건 물소리, 골을 휘돌아 맑은 샘은 흘러내리고 야릇하게도 음률을 읊는다.

[1] 괴괴하다 아주 고요하고 잠잠하다.
[2] 새들다 비쳐 들어오다.

퐁! 퐁! 퐁! 쪼록 퐁!

바깥에서 신발 소리가 자작자작 들린다. 귀가 번쩍 띄어 그는 방문을 가볍게 열어젖힌다. 머리를 내밀며,

"덕돌이냐?" 하고 반겼으나 잠잠하다. 앞뜰 건너편 수퐁을 감돌아 싸늘한 바람이 낙엽을 훌뿌리며 얼굴에 부딪친다.

용마루가 쌩쌩 운다. 모진 바람소리에 놀라 멀리서 밤개가 요란히 짖는다.

"쥔 어른 계서유?"

몸을 돌리어 바느질거리를 다시 들려 할 제 이번에는 짜장 인끼[3]가 난다. 황급하게 "누구유?" 하고 일어서며 문을 열어보았다.

"왜 그리유?"

처음 보는 아낙네가 마루 끝에 와 섰다. 달빛에 비끼어 검붉은 얼굴이 해쓱하다. 추운 모양이다. 그는 한 손으로 머리에 둘렀던 왜수건[4]을 벗어들고는 다른 손으로 흩어진 머리칼을 씨담어 올리며 수줍은 듯이 주뼛주뼛한다.

"저어, 하룻밤만 드새고[5] 가게 해주세유."

남정네도 아닌데 이 밤중에 웬일인가, 맨발에 짚신 짝으로. 그야 아무렇든,

"어서 들어와 불 쬐게유."

나그네는 주춤주춤 방 안으로 들어와서 화로 곁에 도사려 앉는다. 낡

---

[3] 인끼 인기척.
[4] 왜수건 개량수건. 피륙 바닥에 무늬나 줄 따위를 넣어 보풀보풀하게 짠 수건을 가리킴.
[5] 드새다 길을 가다가 집이나 쉴 만한 곳에 들어가 밤을 지내다.

은 치맛자락 위로 비어지려는 속살을 아무리자 허리를 지그시 튼다. 그러고는 묵묵하다. 주인은 물끄러미 보고 있다가 밥을 좀 주려느냐고 물어보아도 잠자코 있다.

그러나 먹던 대궁[6]을 주워모아 짠지쪽[7]하고 갖다주니 감지덕지 받는다. 그리고 물 한 모금 마심 없이 잠깐 동안에 밥그릇의 밑바닥을 긁는다.

밥숟가락을 놓기가 무섭게 주인은 이야기를 붙이기 시작하였다. 미주알고주알 물어보니 이야기는 지수가 없다[8]. 자기로도 너무 지쳐 물은 듯싶은 만치 대구 추근거렸다. 나그네는 싫단 기색도 좋단 기색도 별로 없이 시나브로 대꾸하였다. 남편 없고 몸 붙일 곳 없다는 것을 간단히 말하고 난 뒤,

"이리저리 얻어먹고 단게유" 하고 턱을 가슴에 묻는다.

첫닭이 홰를 칠 때 그제야 마을 갔던 덕돌이가 돌아온다. 문을 열고 감사나운[9] 머리를 디밀려다 낯선 아낙네를 보고 눈이 휘둥그렇게 주춤한다. 열린 문으로 억센 바람이 몰아들며 방 안이 캄캄하다. 주인은 문 앞으로 걸어와 서며 덕돌이의 등을 뚜덕거린다. 젊은 여자 자는 방에서 떠꺼머리 총각을 재우는 건 상서롭지 못한 일이었다.

"애 덕돌아, 오늘은 마을 가 자고 아침에 온."

6) 대궁 먹다가 그릇 안에 남긴 밥.
7) 짠지쪽 짠지의 쪽. 짠지는 무를 통째로 절여서 묵혀두고 먹는 김치를 말함. 강원도 지역에서는 김치를 짠지로 통칭함.
8) 이야기는 지수가 없다 지시하여 가름처줌이 없다. 즉 이야기를 중구난방으로 하다.
9) 감사납다 억세고 사납다.

가을할 때가 지났으니 돈냥이나 좋이[10] 퍼질 때도 되었다. 그 돈들이 어디로 몰리는지 이 술집에서는 좀체 돈맛을 못 본다. 술을 판대야 한 초롱에 50~60전 떨어진다. 그 한 초롱을 잘 판대도 사날씩이나 걸리는 걸 요새 같아선 그 잘량한[11] 술꾼까지 씨가 말랐다. 어쩌다 전일에 펴놓았던 외상값도 갖다줄 줄을 모른다. 홀어미는 열벙거지가 나서 이른 아침부터 돈을 받으러 돌아다녔다. 그러나 다리품을 들인 보람도 없었다. 낼 사람이 즐겨야 할 텐데 우물쭈물하며 한단 소리가 좀 두고 보자고는 것이 고작이었다. 그렇다고 안 갈 수도 없는 노릇이다. 나날이 양식은 달리고 지점(支店) 집에서 집행을 하느니 뭘 하느니 독촉이 어지간치 않음에랴……

"저도 인젠 떠나겠세유."

그가 조반 후 나들이옷을 바꾸어 입고 나서니 나그네도 따라 일어서다 그의 손을 잔상히 붙잡으며 주인은,

"고달플 테니 며칠 더 쉬어가게유" 하였으나,

"가야지유, 너머 오래 신세를……"

"그런 염려는 말구"라고 누르며 집 지켜주는 셈 치고 방에 누웠으라, 하고는 집을 나섰다.

백두고개를 넘어서 안말로 들어가 해동갑으로 헤매었다. 헤실수[12]로 간 곳도 있기야 하지만 맑았다. 해가 지고 어두울 녘에야 그는 홀부들해서[13] 돌아왔다. 좁쌀 닷 되밖에는 못 받았다. 다른 사람들은 돈 낼 생각

---

10) 좋이 무던하게. 꽤. 충분히.
11) 잘량하다 알량하다.
12) 헤실수 헛수고.

은커녕 이러면 다시 술 안 먹겠다고 도리어 얼러보냈던[14] 것이다. 그러나 이만도 다행이다. 아주 못 받느니보다는 끼니때 가지었다. 그는 좁쌀을 씻고 나그네는 솥에 불을 지피어 부랴사랴 밥을 짓고 일변 상을 보았다.

밥들을 먹고 나서 앉았으려니까 갑자기 술꾼이 몰려든다. 이거 웬일인가. 처음에는 하나가 오더니 다음에는 세 사람, 또 두 사람. 모두 젊은 축들이다. 그러나 각각들 먹일 방이 없으므로 주인은 좀 망설이다가 그 연유를 말하였으나 뭐 한동리 사람인데 어떠냐, 한데서 먹게 해달라는 바람에 얼씨구나 하였다. 이제야 운이 트이나 보다. 양푼에 막걸리를 딸쿠어 나그네에게 주어 솥에 넣고 좀 속히 데워달라 하였다. 자기는 치마꼬리를 휘둘러가며 잽싸게 안주를 장만한다. 짠지, 동치미, 고추장, 특별안주로 삶은 밤도 놓았다. 사촌동생이 맛보라고 며칠 전에 갖다 준 것을 아껴둔 것이었다.

방 안은 떠들썩하다. 벽을 두드리며 〈아리랑〉 찾는 놈에, 건으로[15] 너털웃음 치는 놈, 혹은 수군숙덕하는 놈—가지각색이다. 주인이 술상을 받쳐들고 들어가니 짜기나 한 듯이 일제히 자리를 바로잡는다. 그중에 얼굴 넓적한 하이칼라[16] 머리가 야리가 나서[17] 상을 받으며 주인 귀에다 입을 비켜대인다.

13) 홀부들하다 기진맥진하다.
14) 얼러보내다 상대방이 겁을 먹도록 협박해서 보내다.
15) 건으로 건성으로.
16) 하이칼라 머리털을 밑의 가장자리만 깎고 윗부분은 남겨서 가르는 남자의 서양식 머리의 꾸밈새.
17) 야리가 나다 흑심을 품어 얄궂고 되바라지다.

"아주머니 젊은 갈보[18] 사왔다유? 보여주게유."

영문 모를 소문도 다 듣는다.

"갈보라니 웬 갈보?" 하고 어리뻥뻥하다 생각을 하니 턱없는 소리는 아니다. 눈치 있게 부엌으로 내려가서 보강지[19] 앞에 웅크리고 앉아 있는 나그네의 머리를 은근히 끌어안았다. 자, 저 패들이 새댁을 갈보로 횡보고[20] 찾아온 맥[21]이다. 물론 새댁 편으론 망측스러운 일이겠지만 달 포나 손님의 그림자가 드물던 우리 집으로 보면 재수의 빗발[22]이다. 술국[23]을 잡는다고 어디가 떨어지는 게 아니요, 욕이 아니니 나를 보아 오늘만 좀 팔아주기 바란다─이런 의미를 곰살궂게[24] 간곡히 말하였다. 나그네의 낯은 별반 변함이 없다. 늘 한 양으로 예사로이 승낙하였다.

술이 온몸에 돌고 나서야 뒷술이 잔풀이[25]가 난다. 한 잔에 5전, 그저 마시긴 아깝다. 얼간한[26] 상투박이[27]가 계집의 손목을 탁 잡아 앞으로 끌어당기며,

"권주가[28] 좀 해. 이건 꿰어온 보릿자룬가[29]."

"권주가? 뭐야유?"

"권주가? 아 갈보가 권주가도 모르나. 으하하하" 하고는 무안에 취하여 푹 숙인 계집 뺨에다 꺼칠꺼칠한 턱을 문질러본다. 소리를 암만 시켜도 아랫입술을 깨물고는 고개만 기울일 뿐 소리는 못하나 보다. 그러나 노래를 못하는 꽃도 좋다. 계집은 영 내리는 대로[30] 이 무릎 저 무릎으로 옮아앉으며 턱밑에다 술잔을 받쳐 올린다.

술들에 담뿍 취하였다. 두 사람은 곯아져서 코를 곤다. 계집이 칼라머리 무릎 위에 앉아 담배를 피워 올릴 때 코웃음을 흥 치더니 그 무지스러운 손이 계집의 아래 뱃가죽을 사양 없이 웅켜잡았다. 별안간 "아야" 하고 퍼들껑하더니[31] 계집의 몸뚱아리가 공중으로 도로 뛰어오르다 떨어진다.

"이 자식아, 너만 돈 내고 먹었니?"

한 사람 새두고[32] 앉았던 상투가 콧살을 찌푸린다. 그리고 맨발 벗은 계집의 두 발을 양손에 붙잡고 가랑이를 쩍 벌려 무릎 위로 지르르 끌어올린다. 계집은 앙탈을 한다. 눈시울에 눈물이 엉기더니 불현듯이 쪼록 쏟아진다.

방 안에서 왱마가리[33] 소리가 끓어오른다.

"저 잡놈 보게, 으하하하."

술은 연실 데워서 들여가면서도 주인은 불안하여 마음을 졸였다. 겨우 마음을 놓은 것은 훨씬 밝아서다.

---

30) 영 내리는 대로 명령하는 대로. 시키는 대로.
31) 퍼들껑하다 화다닥하다.
32) 새두다 사이에 두다.
33) 왱마가리 악머구리. 잘 우는 개구리라는 뜻으로 참개구리를 말함.

참새들은 소란하게 지저귄다. 지직[34] 바닥이 부스럼 자국보다 질배없다[35]. 술, 짠지쪽, 가래침, 담뱃재—뭣해 너저분하다. 우선 한 길치[36]에 자리를 잡고 계배(計杯)[37]를 대보았다. 마수거리[38]가 85전, 외상이 2원 각수[39]다. 현금 85전, 두 손에 들고 앉아 세고 또 세어보고…….

뜰에서는 나그네의 혀로 끌어올리는 인사.

"안녕히 가십시게유."

"입이나 좀 맞치고 뽀! 뽀! 뽀!"

"나두."

찌르쿵! 찌르쿵! 찔거러쿵!

"방아머리[40]가 무겁지유? ……고만 까불을까[41]."

"들 익었세유[42], 더 찧어야지유."

"그런데 얘는 어쩐 일이야……."

덕돌이를 읍에 보냈는데 날이 저물어도 여태 오지 않는다. 흩어진 좁쌀을 확[43]에 쓸어 넣으며 홀어미는 퍽이나 애를 태운다. 요새 날씨가 차지니까 늑대, 호랑이가 차차 마을로 찾아 내린다. 밤길에 고개 같은 데서 만나면 끽소리도 못하고 욕을 당한다.

---

34) 지직 돗자리.

35) 질배없다 진배없다. 못할 바 없다.

36) 길치 모퉁이.

37) 계배(計杯) 잔 수를 세어 술값을 계산함.

38) 마수거리 맨 처음으로 물건을 파는 일. 또는 거기서 얻은 소득.

39) 각수 '원' 단위 아래에 남는 몇 '전' 혹은 몇 십 '전'.

40) 방아머리 디딜방아의 공이가 있는 부분.

41) 까부르다 키 끝을 위아래로 흔들어 안에 든 곡식의 티나 검불 따위를 날려보내다.

42) 들 익다 방아가 충분히 찧어지지 못하다.

43) 확 절구.

나그네가 방아를 괴놓고 내려와서 키로 확의 좁쌀을 담아 올린다. 주인은 그 머리를 쓰담고 자기의 행주치마를 벗어서 그 위에 씌워준다. 계집의 나이 열아홉이면 활짝 필 때이건만 버케된[44] 머리칼이며 야윈 얼굴이며 벌써부터 외양이 시들어간다. 아마 고생을 진한 탓이리라.

날씬한 허리를 재빨리 놀려가며 일이 끊일 새 없이 다구지게[45] 덤벼드는 그를 볼 때 주인은 지극히 사랑스러웠다. 그리고 일변 측은도 하였다. 뭣하면 딸과 같이 자기 곁에서 길래[46] 살아주었으면 상팔자일 듯싶었다. 그럴 수 있다면 그 소 한 마리와 바꾼대도 이것만은 안 내놓으리라고 생각도 하였다.

아들만 데리고 홀어미의 생활은 무던히 호젓하였다. 그런 데다 동리에서는 속 모르는 소리까지 한다. 떡거머리[47] 총각을 그냥 늙힐 테냐고. 그러나 형세가 부치므로 감히 엄두도 못 내다가 겨우 올 봄에서야 다붙어 서둘게 되었다. 의외로 일은 손쉽게 되었다. 이리저리 언론이 돌더니 남촌 산에 사는 어느 집 둘째딸과 혼약하였다. 일부러 홀어미는 40리 길이나 걸어서 색시의 손등을 문질러보고는,

"참 애기 잘도 생곕세!"

좋아서 사돈에게 칭찬을 뇌고 뇌곤 하였다.

그런데 없는 살림에 빚을 내어가며 혼수를 다 꼬매놓은 뒤였다. 혼인날을 불과 이틀 격해놓고[48] 일이 고만 빗났다. 처음에야 그런 말이 없더

---

44) 버케되다 버캐는 액체 속에 들었던 염분이나 다른 성분이 엉겨 생긴 찌끼를 말하는데, 여기
    서는 영양상태가 좋지 않아 머릿결이 윤기가 없고 거친 상태를 말함.
45) 다구지다 야무지다. 당차다.
46) 길래 오래도록 길게.
47) 떡거머리 혼인할 나이가 지난 총각이나 처녀의 길게 땋아 늘인 머리.

니 난데없는 선채금 30원을 가져오란다. 남의 돈 3원과 집의 돈 5원으로 거추꾼[49)에게 품삯 노비 주고 혼수하고 단지 2원—잔치에 쓸 것밖에 안 남고 보니 30원이란 입내[50)도 못 낼 소리다. 그 밤, 그는 이리 뒤척 저리 뒤척 넋 잃은 팔을 던져가며 통밤을 새웠던 것이다.

"어머님! 진지 잡수세유."

새댁에게 이런 소리를 듣는다면 끔찍이 귀여우리라. 이것이 단 하나의 그의 소원이었다.

"다리 아프지유? 너머 일만 시켜서……."

주인은 저녁 좁쌀을 쓸어 넣다가 방아다리에 깝신대는[51) 나그네를 걸삼스럽게[52) 쳐다본다. 방아가 무거워서 껍적이며 잘 오르지 않는다. 가냘픈 몸이라 상혈이 되어 두 볼이 새빨갛게 색색거린다. 치마도 치마려니와 명지저고리는 어찌 삭았는지 어깨께가 손바닥만 하게 척 나갔다. 그러나 덕돌이가 왜포[53) 다섯 자를 바꿔오거든 첫 대 사발화통[54)된 속곳부터 해 입히고 차차 할 수밖엔 없다.

"같이 찝시다유."

주인도 남저지[55) 방아다리에 올라섰다. 그리고 찌껑[56) 위에 놓인 나

---

48) 격해놓다 사이를 두다.
49) 거추꾼 일을 주선하거나 뒤치다꺼리를 해주는 사람.
50) 입내 소리나 말로 내는 흉내. 여기서는 입속말을 의미함.
51) 깝신대다 깝신거리다. 까불거리다. 여기서는 방아다리를 밟느라고 몸을 쉬지 않고 움직이는 모습을 표현.
52) 걸삼스럽다 걸쌈스럽다. 탐스럽다.
53) 왜포 광목. 무명실로 당목보다 좀 거칠게 짠 폭이 넓은 베.
54) 사발화통 사팔허통(四八虛通). 주위가 막힌 곳이 없이 터져 있어서 허전하다. 휑하게 터지다.
55) 남저지 '나머지'의 강원도 방언.
56) 찌껑 방앗간 대들보에 매달린 손잡이.

그네의 손을 눈치 안 채게 살며시 쥐어보았다. 더도 덜도 말고 그저 요만한 며느리만 얻어도 좋으련만! 나그네와 눈이 그만 마주치자 그는 열적어서 시선을 돌렸다.

"퍽도 쓸쓸하지유?" 하며 손으로 울 밖을 가리킨다. 첫 밤 같은 석양판이다. 색동저고리를 떨쳐입고 산들은 거방진[57] 방아소리를 은은히 전한다. 찔그러쿵! 찌러쿵!

그는 나그네를 금덩이같이 위하였다. 없는 대로 자기의 옷가지도 서로서로 별러 입었다[58]. 그리고 잘 때에는 딸과 진배없이 이불 속에서 품에 꼭 품고 재우곤 하였다. 하지만 자기의 은근한 속심은 차마 입에 드러내어 말은 못 건넸다. 잘 들어주면이어니와 뭣하게 안다면 피차의 낯이 뜨뜻한 일이었다.

그러자 맘먹지 않았던 우연한 일로 인하여 마침내 기회를 얻게 되었다. 나그네가 온 지 나흘 되던 날이었다. 거문관이[59] 산기슭에 있는 영길네가 벼 방아를 좀 와서 찧어달라고 한다. 나그네는 줄밤을 새우므로 낮에나 푸근히 자라고 두고 그는 홀로 집을 나섰다.

머리에 겨를 뽀얗게 쓰고 맥이 풀려서 집에 돌아온 것은 이럭저럭 으스레하였다. 늙은 다리를 끌고 뜰 앞으로 향하다가 그는 주춤하였다. 나그네 홀로 자는 방에 덕돌이가 들어갈 리 만무한데 정녕코 그놈일 게다. 마루 끝에 자그마한 나그네의 짚세기가 놓인 그 옆으로 질목[60]째 벗은

57) 거방지다 점잖고 무게가 있다.
58) 별러 입다 서로 나누어 입다.
59) 거문관이 강원도 춘천시 증리(실레마을) 인근 지명. 현재 팔미리 지역.
60) 질목 길목 버선.

왕달짚세기[61]가 왁살스럽게 놓였다. 그리고 방에서는 수군수군 낮은 말소리가 흘러져 나온다. 그는 무심코 닫은 방문께로 귀를 기울였다.

"그럼 와 그러는 게유? 우리 집이 굶을까 봐 그리시유?"

"……."

"어머니도 사람은 좋아유…… 올해 잘만 하면 내년에는 소 한 마리 사놀 게구, 농사만 해두 한 해에 쌀 넉 섬, 조 엿 섬, 그만하면 고만이지유…… 내가 싫은 게유?"

"……."

"사내가 죽었으니 아무튼 얻을 게지유?"

옷 터지는 소리. 부스럭거린다.

"아이! 아이! 아이! 참! 이거 노세유."

쥐 죽은 듯이 감감하다. 허공에 아롱거리는 낙엽을 이윽히 바라보며 그는 빙그레 한다. 신발소리를 죽이고 뜰 밖으로 다시 돌쳐섰다[62].

저녁상을 물린 후 시치미를 딱 떼고 나그네의 기색을 살펴보다가 입을 열었다.

"젊은 아낙네가 홀몸으로 돌아다닌대두 고상일 게유. 또 어차피 사내는……."

여기서부터 사리에 맞도록 이 말 저 말을 주섬주섬 꺼내오다가 나의 며느리가 되어줌이 어떻겠느냐고 꽉 토파[63]를 지었다. 치마를 흡싸고 앉아 갸웃이 듣고 있던 나그네는 치마끈을 깨물며 이마를 떨어뜨린다.

61) 왕달짚세기 짚으로 두껍게 엮은 짚신.
62) 돌쳐서다 돌아서다.
63) 토파 허심탄회하게 말함.

그러고는 두 볼이 빨개진다. 젊은 계집이 나 시집가겠소, 하고 누가 나서랴. 이만하면 합의한 거나 틀림없을 것이다.

혼수는 전에 해둔 것이 있으니 한시름 잊었다. 그대로 이앙[64]이나 고쳐서 입히면 고만이다. 돈 2원은 은비녀, 은가락지 사다가 각별히 색시에게 선물 내리고…….

일은 밀수록 낭패가 많다. 급시로 날을 받아서 대례를 치렀다. 한편에서는 국수를 누른다. 잔치 보러 온 아낙네들은 국수 그릇을 얼른 받아서 후룩후룩 들여마시며 색시 잘났다고 추었다[65].

주인은 즐거움에 너무 겨워서 추배[66]를 은근히 들었다. 여간 경사가 아니다. 뭇 사람을 뼈집고 안팎으로 드나들며 분부하기에 손이 돌지 않는다.

"애 메누라! 국수 한 그릇 더 가져온."

어째 말이 좀 어색하구먼…… 다시 한 번,

"메누라, 애야! 얼른 가져와."

서른을 바라보자 동곳[67]을 찔러보니 제물에[68] 멋이 질려 비드름하다[69]. 덕돌이는 첫날을 치르고 부썩부썩 기운이 난다. 남이 두단을 털 제면 그의 볏단은 석 단째 풀쳐나간다. 연방 손바닥에 침을 뱉어 붙이며 어깨를 으쓱거린다.

---

64) 이앙 이음새. 여기서는 저고리 품을 고친다는 의미로 쓰임.
65) 추다 남을 일부러 칭찬하다.
66) 추배(祝杯) 축하의 술을 마시는 술잔.
67) 동곳 상투를 튼 뒤에 그것이 다시 풀어지지 않도록 꽂는 물건.
68) 제물에 제풀에.
69) 비드름하다 한쪽으로 조금 비뚤어져 있다.

"끅! 끅! 끌! 찍어라. 굴려라, 끅! 끅!"

동무의 품앗이 일이다. 거무투룩한 젊은 농군 댓이 볏단을 번차례로
집어든다. 열에 뜬 사람 같이 식식거리며 세차게 벼알을 절구통 배에서
주룩주룩 흘러내린다.

"얘! 장가들고 한턱 안 내니?"

"일색이드라. 단단히 먹자. 닭이냐? 술이냐? 국수냐?"

"웬 국수는? 너는 국수만 아나?"

저희끼리 찧고 까분다. 그들은 일을 놓으며 옷깃으로 땀을 씻는다. 골
바람70)이 벼깔치71)를 부옇게 풍긴다. 옆 산에서 푸드득 하고 꿩이 날며
머리 위를 지나간다. 갈퀴질을 하던 얼굴 넓적이가 갈퀴를 놓고 씽긋하
더니 달려든다. 장난꾼이다. 여러 사람의 힘을 빌리어 덕돌이 입에다 헌
짚신 짝을 물린다. 버들껑거린다72). 다시 양 귀를 두 손에 잔뜩 움켜잡
고 끌고와서는 털이 놓인 볏무더기 위에 머리를 틀어박으며 동서남북으
로 큰절을 시킨다.

"야아! 야아! 아!"

"아니다, 아니야. 장갈 갔으면 산신령에게 이러하다 말이 있어야지.
괜스레 산신령이 노하면 눈깔망난이73) 내려보낸다."

뭇 웃음이 터져오른다. 새신랑의 옷이 이게 뭐냐. 볼기짝에 구멍 다 다
뚫리고…… 빈정대는 사람도 있다. 그러나 덕돌이는 상투의 먼데기74)를

---

70) 골바람 골짜기에서 산 위로 부는 바람.
71) 벼깔치 벼까라기. 벼의 까라기. 즉 벼의 낱알 끝에 달려 있는 수염.
72) 버들껑거리다 버르적거리다. 고통이나 어려운 고비를 벗어나려고 팔다리를 함부로 내저으며
   큰 몸을 움직거리다.
73) 눈깔망난이 호랑이.

털고 나서 곰방대[75]를 피워 물고는 싱그레 웃어치운다. 좋은 옷은 집에 두었다. 인조견 조끼, 저고리, 새하얀 옥당목 겹바지, 그러나 아끼는 것이다. 일할 때엔 헌 옷을 입고 집에 돌아와 쉬일 참에나 입는다. 잘 때에는 모조리 벗어서 더럽지 않게 착착 개어 머리맡 위에 놓고 자곤 한다. 의복이 남루하면 인상이 추하다. 모처럼 얻은 귀여운 아내니 행여나 마음이 돌아앉을까 미리미리 사려두지[76] 않을 수도 없는 노릇이다. 그야말로 29년 만에 누런 이 조각에다 이제야 소금을 발라본 것도 이 까닭이었다.

덕돌이가 볏단을 다시 집어올릴 제 그 이웃에 사는 돌쇠가 옆으로 와서 품[77]을 앗는다.

"애 덕돌아! 어 내일 우리 조마댕이[78] 좀 해줄래?"

"뭐 어째?" 하고 소리를 뻑 지르고는 그는 눈 귀가 실룩하였다.

"누구보고 해라야? 응? 이 자식 까놀라[79]."

어제까지는 턱없이 지냈단대도 오늘의 상투를 못 보는가!

바로 그날이었다. 웃간에서 혼자 새우잠을 자고 있던 홀어미는 놀래어 눈이 번쩍 띄었다. 만뢰[80] 잠잠한 밤중이다.

"어머니! 그거 달아났세유. 내 옷도 없구······."

"응?" 하고 반마디 소리를 치며 얼떨김에 그는 캄캄한 방 안을 더듬어 아랫간으로 넘어섰다. 황망히 등잔에 불을 대리며,

---

74) 먼데기 먼지.
75) 곰방대 썬 담배를 피우는 데에 쓰는 짧은 담뱃대.
76) 사려두다 정신을 차리거나 가다듬다.
77) 품 자기가 제공한 품(노동력)에 대한 대가로 상대의 품을 받는 것.
78) 조마댕이 조마당질. 조 이삭을 털어 거두는 것.
79) 까놀라 '몹시 쳐서 상처를 내다'를 속되게 이르는 말.
80) 만뢰 온갖 물건에서 나는 소리.

"그래 어디로 갔단 말이냐?"

영산이 나서[81] 묻는다. 아들은 벌거벗은 채 이불로 앞을 가리고 앉아서 징징거린다. 옆 자리에는 빈 베개뿐 사람은 간 곳이 없다. 들어본즉 온종일 일하기에 피곤하여 아들은 자리에 들자 그만 세상을 잊었다. 하기야 그때 아내도 옷을 벗고 한자리에 누워서 맞붙어 잤던 것이다. 그는 보통 때와 조금도 다름없이 새침하니 드러누워서 천장만 쳐다보았다. 그런데 자다가 별안간 오줌이 마렵기에 요강을 좀 집어 달래려고 보니 뜻밖에 품안이 허룩하다. 불러보아도 대답이 없다. 그제서는 어레짐작으로 우선 머리맡 위에 놓았던 옷을 더듬어보았다. 딴은 없다.

필연 잠든 틈을 타서 살며시 옷을 입고 자기의 옷이며 버선까지 들고 내뺏음이 분명하리라.

"도적년!"

모자는 광솔불을 켜들고 나섰다. 부엌과 잿간[82]을 뒤졌다. 그리고 뜰 앞 수풀 속도 낱낱이 찾아봤으나 흔적도 없다.

"그래도 방 안을 다시 한 번 찾아보자."

홀어머니는 구태여 며느리를 도둑년으로까지는 생각하고 싶지 않았다. 거반 울상이 되어 허벙저벙[83] 방 안으로 들어왔다. 마음을 가라앉혀 둘쳐보니 아니면다르랴, 며느리 베개 밑에서 은비녀가 나온다. 달아날 계집 같으면 이 비싼 은비녀를 그냥 두고 갈 리 없다.

두말 없이 무슨 병폐가 생겼다. 홀어머니는 아들을 데리고 덜미를 잡

---

81) 영산이 나다 울컥 화가 치밀어다.
82) 잿간 거름으로 쓸 재를 모아놓은 헛간.
83) 허벙저벙 허둥지둥.

히는 듯 문밖으로 찾아 나섰다.

마을에서 산길로 빠져나온 어귀에 우거진 숲 사이로 비스듬히 언덕길이 놓였다. 바로 그 밑에 석벽을 끼고 깊은 푸른 웅덩이가 묻히고 넓은 그 물이 겹겹 산을 에돌아 약 10리를 흘러내리면 신연강 중턱을 뚫는다. 시새에 반쯤 파묻혀 번들대는 큰 바위는 내를 싸고 양쪽으로 질펀하다. 꼬부랑길은 그 틈바귀로 뻗었다. 좀체 걷지 못할 자갈길이다. 내를 몇 번 건너고 험상궂은 산들을 비켜서 한 5마장 넘어야 겨우 길다운 길을 만난다. 그리고 거기서 좀더 간 곳에 냇가에 외지게 잃어진 오막살이 한 칸을 볼 수 있다. 물방앗간이다. 그러나 이제는 밥을 찾아 흘러가는 뜬몸[84]들의 하룻밤 숙소로 변하였다.

벽이 확 나가고 네 기둥뿐인 그 속에 힘을 잃은 물방아는 을씨년 굿게 모로 누웠다. 거지도 그 옆의 홑이불 위에 거적을 덧쓰고 누웠다. 거푸진[85] 신음이다. 으! 으! 으홍! 서까래 사이로 달빛은 쌀쌀히 흘러든다. 가끔 마른 잎을 뿌리며……

"여보 자우? 일어나게유 얼핀[86]."

계집의 음성이 나자 그는 꾸물거리며 일어 앉는다. 그리고 너털대는 홑적삼 깃을 여며 잡고는 덜덜 떤다.

"인제 고만 떠날 테이야? 쿨룩……"

말라빠진 얼굴로 계집을 바라보며 그는 이렇게 물었다.

---

84) 뜬몸 거지.
85) 거푸지다 잦다.
86) 얼핀 얼른.

10분가량 지냈다. 거지는 호사하였다. 달빛에 번쩍거리는 겹옷을 입고서 지팡이를 끌며 물방앗간을 등졌다. 골골하는 그를 부축하여 계집은 뒤에 따른다. 술집 며느리다.

"옷이 너무 커, 좀 적었으면……."

"잔말 말고 어여 갑시다 펄쩍."

계집은 부리나케 그를 재촉한다. 그리고 연해 돌아다보길 잊지 않았다. 그들은 강길로 향한다. 개울 건너 불거져내린[87] 산모퉁이를 막 꼽뜨릴려[88] 할 제다. 멀리 뒤에서 사람 욱이는 소리[89]가 끊일 듯 날 듯 간신히 들려온다. 바람에 먹히어 말저[90]는 모르겠으나 재없이[91] 덕돌이의 목성임은 넉히 짐작할 수 있다.

"아 얼른 좀 오게유."

똥끝이 마르는 듯이 계집은 사내의 손목을 겁겁히[92] 잡아끈다.

병든 몸이라 끌리는 대로 뒤툭거리며[93] 거지도 으슥한 산 저편으로 같이 사라진다. 수은빛 같은 물방울을 품으며 물결은 산 벽에 부닥뜨린다. 어디선지 지정치 못할[94] 늑대 소리는 이 산 저 산에서 와글와글 굴러내린다.

---

87) 불거져내리다 위로 부어오르다. 둥글고 크게 툭 비어져 나오다.
88) 꼽뜨리다 굽어들다.
89) 욱이는 소리 안으로 우그러지는 소리. 여기서는 들릴 듯 말 듯 수군거리는 소리를 의미함.
90) 말저 말투. 말하는 데 드러난 독특한 투.
91) 재없이 근거는 없지만 틀림없이.
92) 겁겁하다 성미가 급하여 참을성이 적다.
93) 뒤툭거리다 기우뚱거리다.
94) 지정치 못하다 분명히 그렇게 가리켜 정하지 못하다.

1 덕돌네 모자에게 나그네는 어떤 존재였나요?

덕돌네 모자에게 나그네는 말 그대로 복덩어리였습니다. 나그네가 덕돌 어머니의 술집에 온 이후로 한 달 넘게 파리만 날리던 술집이 나그네를 보겠다는 손님들로 북적이게 되었습니다. 덕돌 어머니에게 간만에 돈을 만져볼 수 있게 해준 고마운 존재가 바로 나그네였습니다. 또한 부지런하고 일도 잘하는 나그네였기에 덕돌 어머니는 친딸처럼 아끼게 되었던 것입니다. 하지만 무엇보다도 덕돌 어머니는 며느리로부터 "어머님" 소리를 듣는 것이 가장 큰 소원이었습니다. 없는 살림에 빚까지 내가며 아들의 혼수를 준비했으나 혼인날을 불과 이틀 앞두고 새댁 집에서 난데없이 선채금 30원을 가져오라는 요구에 그만 파혼을 당하게 된 과거를 생각하면서, 선채금도 구할 일이 없는 나그네를 며느리로 삼고 싶은 마음이 새록새록 들게 되었습니다. 결혼할 길이 막막하기만 했던 노총각 덕돌이에게도 나이 어린 나그네는 더없이 예쁘고 고마운 색시였던 것입니다.

2 나그네가 혼수로 받은 은비녀를 두고 달아날 때의 심정을 추측해봅시다.

나그네가 혼수로 받은 은비녀를 두고 도망간 것은 자신에게 잘해준 덕돌이와 덕돌 어머니에 대해 최소한 염치를 차린 행동으로 생각할 수 있습니다. 두고 간 은비녀를 통해 나그네가 도망갈 당시 심정이 복잡했으리라는 것을 짐작해볼 수 있습니다.

나그네가 덕돌이와의 혼인을 목적으로 이들에게 접근했다고 쉽게 단정지을 수는 없습니다. 나그네 입장에서는 먹을 것을 얻기 위한 선택이었을 것입니다. 나그네는 병든 남편을 버리고 덕돌이와 남은 여생을 보낼수도 있었을 것입니다. 하지만 그녀는 남편을 버리고 정착을 선택하지 않았습니다. 그녀에게는 어떻게 해서든 가정을 지키려는 책임감이 강하게 남아 있었습니다. 그렇기 때문에, 덕돌이의 옷은 자신의 남편에게 입히기 위해 훔쳐 달아날 수 있었어도, 이들이 믿음의 징표로 준 은비녀만은 차마 가지고 달아날 수 없었던 것 아닐까요?

3 나그네의 삶의 방식에 대해 평가해봅시다. 나그네를 옹호하는 입장과 비판하는 입장, 둘 중 하나를 선택하여 그렇게 생각하는 이유를 말해봅시다.

나그네를 옹호하는 입장 나그네가 처음부터 덕돌네를 속일 작정으로 그 집에 머물렀던 것은 아닙니다. 덕돌 어머니의 적극적인 만류에 오래 머물게 되면서 결국 덕돌이와 혼인까지 하게 되었던 것입니다. 이는 병든 남편에게 먹을 것을 가져다주고 자신도 살아야 한다는 생존 본능, 그 이상도 그 이하도 아니라고 볼 수 있습니다. 나그네가 남편이 있다는 것도 속이고 덕돌이와 혼인을 한 것, 그리고 한밤중에 몰래 도망을 친 것은 비난받을 수 있으나, 나그네가 놓인 어려운 처지를 생각해보면 면죄부를 줄 수 있습니다.

나그네를 비판하는 입장 은비녀를 두고 갈 양심이 남아 있었더라면 애초에 덕돌이와 혼인을 해서는 안 되었을 것입니다. 사실대로 자신의 처지를 털어놓았다면, 덕돌 어머니와 덕돌이는 물론 실망했겠지만 심한 배신감과 상실감에는 빠지지 않았을 것입니다.

4 이 소설의 인물들을 통해 당시의 농촌 현실은 어떠했을지 짐작해봅시다.

돈이 없어서 장가를 못 든 덕돌이를 보면, 당시 농촌 총각의 혼인이 쉽지 않았음을 짐작할 수 있습니다. 덕돌 어머니가 근본도 알지 못하는 나그네를 덥석 며느리로 삼았던 것도 바로 이러한 어려운 세태를 반영한다고 볼 수 있습니다.

또한, 나그네와 그의 병든 남편의 삶을 통해서도 당시 빈민층의 삶을 엿볼 수 있습니다. 남편이 "인제 고만 떠날 테이야?"라는 말을 건네는 대목은 이들의 유랑이 매우 오래되었고, 앞으로도 돌파구를 찾지 못한 채 계속될 거라는 예상을 가능하게 합니다. 과거에 이들도 정착농민이었으나 「만무방」에서의 응칠이 가족처럼 해마다 늘어나는 빚 때문에 모든 것을 청산하고 유랑길에 올랐을지도 모를 일입니다.

소낙비

독자들로 하여금 가난한 농사꾼 부부가 살아가는
삶의 방식에 대해 다양한 가치판단을 내리도록 이끄는 작품.

"돈 좀 안 해줄 테여?"

이들 부부가 사는 법

　김유정 소설에 등장하는 주요 인물들은 농민, 유랑민, 도시하층민 등 주로 최하층의 빈민들입니다. 이들 중 부부의 모습을 살펴보면, 대개 남편은 무기력하고 무능한 인물로 자신의 무능에 대한 방어기제로서 아내에게 폭력성을 드러내는 인물로 그려집니다. 반면, 아내는 강한 생활력을 가지고 무능한 남편을 수발하거나, 가정 경제를 꾸려나가는 역할을 합니다. 그러면서도 남편의 힘에 종속되어 있으며 순종하는 모습을 보여줍니다. 이들은 순박하며 낙천적이며 천진스럽기까지 합니다.

　이 소설에 등장하는 춘호의 아내도 마찬가지입니다. 험한 바위산도 마다않고 도라지순을 캐다가 보리쌀로 바꾸거나, 남의 보리방아를 온종일 찧어준 대가로 보리밥 그릇을 얻어다가 농토를 못 얻어 뻔뻔히 노는 남편을 수발하며 하루하루 근근이 생활하고 있습니다. 이런 아내에게 남편 춘호는 툭하면 매질입니다. 그는 자신의 노름에 내조하지 못하는 아내를 닦달하며 은근히 아내의 매춘을 방조합니다.

　돈을 벌기 위해 성을 파는 행위, 그 자체만을 놓고 본다면 개인적인 도덕성 결함이나 도덕적 타락을 들어 충분히 손가락질할 수 있습니다. 하지만, 이 소설에서 춘호 처의 매춘은 생계유지의 한 방법으로 물질화되어 있어서 그 사이에 어떤 가치판단도 들어갈 틈이 없어 보입니다. 춘호 처에게 있어 매춘의 목적은 자신들의 팔자를 단번에 고쳐줄 수단으로서 남편의 노름돈을 마련하는 것이고, 이로 인해 남편의 사랑을 다시금 회복하는 데 있지, 성적인 쾌락이나 불순한 의도에 있지 않습니다. 단순한 수단으로서의 매춘이기에, 물건을 사고 파는 것처럼 춘호, 춘호 처, 이주사, 쇠돌 어멈 등 등장인물들에게는 죄의식이 없습니다. 춘호 처만이 어렴풋하게나마 수치심을 느끼나, 남편과의 화목을 위해서는 충분히 견딜 수 있는 것으로 치부해버리고 맙니다.

　이 소설을 단순히 도덕적인 잣대만을 가지고 감상한다면 매우 단조로운 결론밖에 얻을 수 없을 것입니다. 춘호 부부가 살아가는 삶의 방식과 이들을 둘러싼 상황을 살펴보고, 이들의 고된 삶을 지탱시켜주는 힘은 과연 무엇인가를 먼저 생각해본 후에 이들 부부의 사고방식과 선택에 대해 가치판단을 해도 늦지 않을 것입니다. '인생은 이것이다' 라고 단정적으로 말하기 쉽지 않듯이, 이들 부부가 사는 법에 대해서도 가치판단은 매우 어려워 보입니다. 가치판단 전에 '살아간다는 것' 그 자체에 우선 무게를 두고 이 소설을 감상해봅시다.

소낙비

음산한 검은 구름이 하늘에 뭉게뭉게 모여드는 것이 금시라도 비 한 줄기 할 듯하면서도 여전히 짓궂은 햇발은 겹겹 산속에 묻힌 외진 마을을 통째로 자실 듯이[1] 달구고 있었다. 이따금 생각나는 듯 살매들린[2] 바람은 논밭 간의 나무들을 뒤흔들며 미쳐 날뛰었다.

뫼 밖으로 농군들은 멀리 품앗이로 내보낸 안말[3]의 공기는 쓸쓸하였다. 다만 맷맷한[4] 미루나무 숲에서 거칠어가는 농촌을 읊는 듯 매미의 애끓는 노래~.

매움! 매애움!

---

1) 자실 듯이 잠수실 듯이.
2) 살매들리다 산도깨비가 몸에 들어붙다.
3) 안말 땅 이름. 강원도 춘천시 신동면 증1리. 실레마을에 딸린 마을.
4) 맷맷하다 미끈하다.

춘호는 자기집—올 봄에 5원을 주고 사서 든 묵삭은[5] 오막살이집—
방문턱에 걸터앉아서 바른 주먹으로 턱을 고이고는 봉당에서 저녁으로
때울 감자를 씻고 있는 아내를 묵묵히 노려보고 있었다. 그는 사날 밤이
나 눈을 안 붙이고 성화를 하는 바람에 농사에 고리삭은[6] 그의 얼굴은
더욱 해쓱하였다.

아내에게 다시 한 번 졸라보았다. 그러나 위협하는 어조로,

"이봐, 그래 어떻게 돈 이 원만 안 해줄 테여?"

아내는 역시 대답이 없었다. 갓 잡아온 새댁 모양으로 씻는 감자나 씻
을 뿐 잠자코 있었다.

되나 안 되나 좌우간 이렇다 말이 없으니 춘호는 울화가 터져서 죽을
지경이었다. 그는 타곳에서 떠들어온 몸이라 자기를 믿고 장리를 주는
사람도 없고 또는 그 알량한 집을 팔려 해도 단 2~3원의 작자도 내닫지
않으므로 앞뒤가 꼭 막혔다마는 그래도 아내는 나이 젊고 얼굴 똑똑하
겠다 돈 2원쯤이야 어떻게라도 될 수 있겠기에 묻는 것인데 들은 체도
안 하니 썩 괘씸한 듯싶었다.

그는 배를 튀기며 다시 한 번,

"돈 좀 안 해줄 테여?" 하고 소리를 빽 질렀다.

그러나 대꾸는 역시 없었다.

춘호는 노기 충천하여 불현듯 문지방을 떠다밀며 벌떡 일어났다. 눈
을 흡뜨고 벽에 기대인 지게 막대를 손에 잡자 아내의 옆으로 바람같이
달려들었다.

[5] 묵삭다 일정한 기간이 지나 오래되어 썩은 것처럼 되다.
[6] 고리삭다 늙은이처럼 성질이 삭고 맥이 없다.

"이년아, 기집 좋다는 게 뭐여. 남편의 근심도 덜어주어야지, 끼고 자자는 기집이여?"

지게 막대는 아내의 연한 허리를 모질게 후렸다. 까부러지는 비명은 모지락스레[7] 찌그러진 울타리 틈을 벗어나간다. 잽쳐[8] 지게 막대는 앉은 채 고꾸라진 아내의 발뒤축을 얼러 볼기를 내리갈겼다.

"이년아, 내가 언제부터 너에게 조른 게여?"

범같이 호통을 치며 남편이 지게 막대를 공중으로 다시 올리며 모질음[9]을 쓸 때 아내는,

"에그머니!" 하고 외마디를 질렀다. 연하여 몸을 뒤치자 거반 엎어질 듯이 싸리문 밖으로 내달렸다. 얼굴에 눈물이 흐른 채 황그리는[10] 걸음으로 문 앞의 언덕을 내리어 개울을 건너고 맞은쪽에 뚫린 콩밭 길로 들어섰다.

"너, 네가 날 피하면 어딜 갈 테여?"

발길을 막는 듯한 의미 있는 호령에 달아나던 아내는 다리가 멈칫하였다. 그는 고개를 돌리어 싸리문 안에 아직도 지게 막대를 들고 서 있는 남편을 바라보았다. 어른에게 죄진 어린애같이 입만 종깃종깃 하다가 남편이 뛰어나올까 겁이 나서 겨우 입을 열었다.

"쇠돌 엄마 집에 좀 다녀올게유."

쭈볏쭈볏 변명을 하고는 가던 길을 다시 힝하게 내걸었다. 아내라고

---

7) 모지락스럽다 모질고 억센 데가 있다.
8) 잽쳐 재차.
9) 모질음 고통을 이기려고 모질게 쓰는 힘.
10) 황그리다 다급하게 허둥거리다.

요사이 돈 2원이 급시로 필요함을 모르는 바도 아니었다마는, 그의 자격으로나 노동으로나 돈 2원이란 감히 땅뗌도 못해볼 형편[11]이었다. 벌이래야 하잘것없는 것—아침에 일어나기가 무섭게, 남에게 뒤질까 영산이 올라 산으로 빼는 것이다. 조그만 종댕이[12]를 허리에 달고 거한[13] 산중에 드문드문 박혀 있는 도라지, 더덕을 찾아가는 것이었다. 깊은 산속으로, 우중충한 돌 틈바귀로 잔약한[14] 몸으로 맨발에 짚신 짝을 끌며 강파른 산등을 타고 돌려면 젖 먹던 힘까지 녹아내리는 듯 진땀이 머리로부터 발끝까지 쭉 흘러내린다.

아랫도리를 단 외겹으로 두른 낡은 치맛자락은 다리로, 허리로 척척 엉기어 걸음을 방해하였다. 땀에 불은 종아리는 거친 숲에 긁혀메어[15] 그 쓰라림이 말이 아니다. 게다 무거운 흙내는 숨이 탁탁 막히도록 가슴을 찌른다. 그러나 삶에 발버둥치는 순직한 그의 머리는 아무 불평도 일지 않았다.

가물에 콩나기로 어쩌다 도라지순이라도 어지러운 숲 속에 하나 둘 뾰족이 뻗어 오른 것을 보면 그는 그래도 기쁨에 넘치는 미소를 띠었다. 때로는 바위도 기어올랐다. 정히 못 기어오를 그런 험한 곳이면 칡덩쿨에 매어달리기도 하는 것이었다. 땟국에 절은[16] 무명 적삼은 벗어서 허리춤에다 죽찌르고는 호랑이 숲이라 이름난 강원도 산골에 매어달려 기

---

11) 땅뗌도 못해볼 형편 감히 생각조차 못해볼 형편. 여기서 '땅뗌'이란 무거운 물건을 들어서 땅에서 뜨게 함을 뜻함.
12) 종댕이 대나 싸리로 만든 작은 바구니.
13) 거하다 (산이) 크고 웅장하다. (나무나 풀이) 우거지다.
14) 잔약하다 가냘프고 매우 약하다.
15) 긁혀메다 긁혀서 다치다.
16) 땟국에 절다 때가 찌들다.

를 쓰고 허비적거린다. 골바람은 지날 적마다 알몸을 두른 치맛자락을 공중으로 날린다. 그제마다 검붉은 볼기짝을 사양 없이[17] 내보이는 칡 덩쿨이 그를 본다면, 배를 움켜쥐어도 다 못 볼 것이다마는 다행히 그윽한 산골이라 그 꼴을 비웃는 놈은 뻐꾸기뿐이었다.

이리하여 해동갑[18]으로 헤갈[19]을 하고 나면 캐어 모은 도라지, 더덕은 얼러[20] 사발 가웃, 혹은 두어 사발 남짓하게 되는 것이다. 그러면 동리로 내려와 주막거리에 가서 그걸 내주고 보리쌀과 사발 바꿈을 하였다. 그러나 요즘엔 그나마도 철이 겨워 소출이 없다. 그 대신 남의 보리 방아를 온종일 찧어주고 보리밥 그릇이나 얻어다가는 집으로 돌아와 농토를 못 얻어 뻔뻔히 노는 남편과 같이 나누는 것이 그날 하루하루의 생활이었다. 그러고 보니 돈 2원커녕 당장 목을 딴대도 피도 나올지가 의문이었다.

만약 돈 2원을 돌린다면 아는 집에서 보리라도 꾸어 파는 수밖에는 다른 도리가 없다. 그리고 온 동리의 아낙네들이 차맛바람에 팔자 고쳤다고 쑥덕거리며 은근히 시새우는[21] 쇠돌엄마가 아니고는 노는 벌이를 가진 사람이 없다. 그런데 도둑이 제발 저린다고 그는 자기 꼴 주제에 재물에 눌려서 호사로운 쇠돌 엄마에게는 죽어도 가고 싶지 않았다. 쇠돌 엄마도 처음에야 자기와 같이 천한 농부의 계집이련만 어쩌다 하늘이 도와 동리의 부자 양반 이주사와 은근히 배가 맞은 뒤로는 얼굴도 모

17) 사양 없이 결백하고 정직하며 부끄러움을 아는 마음이 없이.
18) 해동갑 해가 질 때까지의 동안.
19) 헤갈 허둥지둥 헤맴.
20) 얼르다 합하다.
21) 시새우다 (자기보다 나은 사람을) 공연히 미워하고 싫어하다.

양내고, 옷치장도 하고, 밥걱정도 안 하고 하여 아주 금방석에 뒹구는 팔자가 되었다. 그리고 쇠돌 아버지도 이게 웬 땡이냔 듯이 아내를 내어 놓은 채 눈을 살짝 감아버리고 이주사에게서 나는 옷이나 입고, 주는 쌀이나 먹고 연년이 신통치 못한 자기 농사에는 한 손을 떼고는 히짜를 뽑는 것이 아닌가!

사실 말인즉, 춘호 처가 쇠돌 엄마에게 죽어도 아니 가려는 그 속 까닭은 정작 여기 있었다.

바로 지난 늦은 봄, 달이 뚫어지게 밝은 어느 밤이었다. 춘호가 보름 계추[22]를 보러 산모퉁이로 나간 것이 이슥하여도 돌아오지 않으므로 집에서 기다리던 아내가 인젠 자고 오려나 생각하고는 막 드러누워 잠이 들려니까 웬 난데없는 황소 같은 놈이 뛰어들었다. 허둥지둥 춘호 처를 마구 깔다가 놀라서 으악 소리를 치는 바람에, 그냥 달아난 일이 있었다. 어수룩한 시골일이라 별반 풍설도 아니 나고 쓱싹되었으나[23] 며칠이 지난 뒤에야 그것이 동리의 부자 이주사의 소행임을 비로소 눈치채었다.

그런 까닭으로 해서 춘호 처는 쇠돌 엄마와 직접 관계는 없단대도 그를 대하면 공연스리 얼굴이 뜨뜻하여지고 몹시 어색하였다. 죄나 진 듯이…….

그리고 더욱이 쇠돌 엄마가,

"새댁, 나는 속옷이 세 개구, 버선이 네 벌이구 행" 하며, 아주 좋다고

---

22) 보름 계추 계추는 계취, 즉 계원들의 모임을 말함. 보름 계추란 매달 보름마다 한 번씩 계원들이 갖는 모임을 의미함.
24) 쓱싹되다 옳지 않은 일이나 잘못을 슬쩍 얼버무려 아무 일도 없는 것처럼 하다.

핸들대는[24] 그 꼴을 보면 혹시 자기에게 함정을 두고서 비양거리는 거나 아닌가 하는 옥생각[25]으로 무안해서 고개도 못 들었다.

한편으로는 자기도 좀만 잘했다면 지금쯤은 쇠돌 엄마처럼 호강할 수 있었을 그런 갸륵한 기회를 깝살려버린[26] 자기 행동에 대한 후회와 애탄으로 말미암아 마음을 괴롭히는 그 쓰라림도 적지 않았다. 그러나 아무러한 욕을 보더라도 나날이 심해가는 남편의 무지한 매보다는 그래도 좀 헐할 게다[27]. 오늘은 한맘 먹고 쇠돌 엄마를 찾아가려는 것이었다.

춘호 처는 이번 걸음이 헛발이나 안 칠까 일념으로 심화[28]를 하며 수양버들이 쭉 늘여 박힌 논두렁길로 들어섰다.

그는 시골 아낙네로는 용모가 매우 반반하였다. 좀 야윈 듯한 몸매는 호리호리한 것이 소위 동리의 문자대로 외입[29]깨나 하얌직한 얼굴이었으되 추레한 의복이며 퀴퀴한 냄새는 거지를 볼지른다[30]. 그는 왼손 바른손으로 겨끔내기로[31] 치맛귀를 여며가며 속살이 삐질까 조심조심 걸었다. 감사나운 구름송이가 하늘 신폭[32]을 휘덮고는 차츰차츰 지면으로 처져내리더니 그예 산봉우리에 엉기어 살풍경[33]이 되고 만다. 먼 데서 개 짖는 소리가 앞뒷산을 한적하게 울린다. 빗방울은 하나 둘 떨어지기

24) 핸들대다 한들대다. 가볍게 자꾸 이리저리 연해 흔들다.
25) 옥생각 옹졸한 생각.
26) 깝살려버리다 찾아온 사람을 따돌려 보내다.
27) 헐하다 일 따위가 생각한 것보다는 힘이 들지 않다.
28) 심화 근심. 걱정.
29) 외입 제 아내 아닌 딴 여자와 정을 통하는 것.
30) 볼지르다 못지않다.
31) 겨끔내기로 번갈아가며.
32) 신폭 한 끝에서 다른 한 끝까지의 거리.
33) 살풍경 아주 보잘것없거나 쓸쓸한 풍경.

시작하더니 차차 굵어지며 무더기로 퍼부어 내린다.

춘호 처는 길가에 늘어진 밤나무 밑으로 뛰어들어가 비를 거니며[34] 쇠돌 엄마 집을 멀리 바라보았다. 북쪽 산기슭 높직한 울타리로 뺑 돌려 두르고 앉았는 오목하고 맵시 있는 집이 그 집이었다. 그런데 싸리문이 꼭 닫힌 걸 보면 아마 쇠돌 엄마가 농군청에 저녁 제누리[35]를 나르러 가서 아직 돌아오지 않은 모양이었다.

그는 쇠돌 엄마 오기를 지켜보며 우두커니 서서 기다리고 있었다.

나뭇잎에서 빗방울은 뚝뚝 떨어지며 그의 빰을 흘러 젖가슴으로 스며든다. 바람은 지날 적마다 냉기와 함께 굵은 빗발을 몸에 들이친다.

비에 쪼로록 젖은 치마가 몸에 찰싹 감기어 허리로, 궁둥이로, 다리로, 살의 윤곽이 그대로 비쳐 올랐다.

무던히 기다렸으나 쇠돌 엄마는 오지 않았다. 하도 진력[36]이 나서 하품을 하여가며 정신없이 서 있노라니 왼편 언덕에서 사람 오는 발자취 소리가 들린다. 그는 고개를 돌려보았다. 그러나 날쌔게 나무 틈으로 몸을 숨겼다.

동이배[37]를 가진 이 주사가 지우산[38]을 닫쳐 쓰고는 쇠돌네 집으로 향하여 웅덩이를 껍쭉거리며 내려가는 길이었다. 비록 키는 작달막하나 숱 좋은 수염이든지 온 동리를 털어야 단 하나뿐인 탕건이든지, 썩 풍채 좋은 50 전후의 양반이다. 그는 싸리문 앞으로 가더니 자기 집처럼 거침

---

34) 비를 거니며 비를 피하며.
35) 제누리 샛밥.
36) 진력 싫증.
37) 동이배 불룩하게 부푼 배.
38) 지우산 한지에 기름을 먹여 만든 종이우산.

없이 문을 떠다밀고는 속으로 버젓이 들어가버린다.

이것을 보니 춘호 처는 다시금 속이 편치 않았다. 자기는 개돼지같이 무시로, 매만 맞고 돌아 치는 천덕군[39]이다. 안팎으로 겹귀염을 받으며 간들대는[40] 쇠돌 엄마와 사람된 치수가 두드러지게 다름을 그는 알 수 있었다. 쇠돌 엄마의 호강을 너무나 부럽게 우러러보는 반동으로 자기도 잘했다면 하는 턱없는 희망과 후회가 전보다 몇 갑절 쓰린 맛으로 그의 가슴을 찌푸뜨렸다. 쇠돌네 집을 하염없이 건너다보다가 어느덧 저도 모르게 긴 한숨이 굴러 내린다.

언덕에서 쓸려 내리는 사태물[41]이 발등까지 개흙으로 덮으며 소리쳐 흐른다. 빗물에 폭 젖은 몸뚱아리는 점점 떨리기 시작한다.

그는 가벼웁게 몸서리를 쳤다. 그리고 당황한 시선으로 사방을 경계하여 보았다. 아무도 보이지 않았다. 다시 시선을 돌리어 그 집을 쏘아보며 속으로 궁리하여보았다. 안에는 확실히 이주사뿐일 게다. 그때까지 걸렸던 싸리문이라든지 또는 울타리에 넌 빨래를 여태 안 걷어들이는 것을 보면 어떤 맹세를 두고라도 분명히 이주사 외의 다른 사람은 하나도 없을 것이다.

그는 마음 놓고 비를 맞아가며 그 집으로 달려들었다. 봉당으로 선뜻 뛰어오르며,

"쇠돌 엄마 기슈?" 하고, 인기를 내보았다.

물론 당자[42]의 대답은 없었다. 그 대신 그 음성이 나자 안방에서 이

---

39) 천덕군 천덕꾸러기. 천대받는 사람이나 물건.
40) 간들대다 간들거리다. 사람이 예쁘고 부드러운 태도로 되바라지게 행동하는 것을 표현한 말.
41) 사태물 산비탈이나 언덕 등이 무너지면서 흘러내리는 물.

주사가 번개같이 머리를 내밀었다. 자기 딴은 꿈밖이란 듯, 눈을 두리번 두리번하더니 옷 위로 볼가진 춘호 처의 젖가슴, 아랫배, 넓적다리로 발등까지 슬쩍 음흉히 훑어보고는 거나한 낯으로 빙그레한다. 그리고 자기도 봉당으로 주춤주춤 나오며,

"쇠돌 엄마 말인가? 왜 지금 막 나갔지. 곧 온댔으니 안방에 좀 들어가 기다렸으면……" 하고 매우 일이 딱한 듯이 어름어름한다[43].

"이 비에 어딜 갔에유?"

"지금 요 밖에 좀 나갔지, 그러나 곧 올걸……."

"있는 줄 알고 왔는디……."

춘호 처는 이렇게 혼잣말로 낙심하며 섭섭한 낯으로 머뭇머뭇하다가 그냥 돌아갈 듯이 봉당 아래로 내려섰다. 이주사를 쳐다보며 물 차는 제비같이 산드러지게[44],

"그럼 요담에 오겠에유, 안녕히 계시유" 하고 작별의 인사를 올린다.

"지금 곧 온댔는데, 좀 기다리지……."

"담에 또 오지유?"

"아닐세, 좀 기다리게. 여보게, 여보게, 이봐!"

춘호 처가 간다는 바람에 이주사는 체면도 모르고 기가 올랐다. 허둥거리며 재간껏 만류하였으나 암만해도 안될 듯싶다. 춘호 처가 여기엘 찾아온 것도 큰 기적이려니와 뇌성벽력[45]에 구석진 곳이겠다 이렇게 솔

---

42) 당자(當者) 바로 그 사람.
43) 어름어름하다 말이나 행동을 똑똑히 하지 않고 우물쭈물하다.
44) 산드러지다 간드러지다.
45) 뇌성벽력 천둥 소리와 벼락.

깃한 기회는 두 번 다시 못 볼 것이다. 그는 눈이 뒤집히어 입에 물었던 장죽을 쭉 뽑아 방 안으로 치뜨리고는 계집의 허리를 뒤로 다짜고짜 끌어안아서 봉당 위로 끌어올렸다.

계집은 몹시 놀라며,

"왜 이러서유, 이거 놓세유" 하고, 몸을 뿌리치려는 앙탈을 한다.

"아니 잠깐만."

이 주사는 그래도 놓지 않으며 허겁스러운 눈짓으로 계집을 달래인다. 흘러내리는 고이춤[46]을 왼손으로 연신 치우치며[47] 바른팔로는 계집을 잔뜩 움켜잡고는 엄두를 못 내어 짤짤매다가 간신히 방 안으로 끙끙 몰아넣었다. 안으로 문고리는 재빠르게 채이었다.

밖에서는 모진 빗방울이 배춧잎에 부딪치는 소리, 바람에 나무 떠는 소리가 요란하다. 가끔 양철통을 내려 굴리는 듯 거푸진 천둥소리가 방고래를 울리며 날은 점점 침침하여갔다.

얼마쯤 지난 뒤였다. 이만하면 길이 들었으려니 안심하고 이주사는 날숨을 후우, 하고 돌린다. 실없이 고마운 비 때문에 발악도 못 치고 앙살도 못 피우고 무릎 앞에 고분고분 늘어져 있는 계집을 대견히 바라보며 빙긋이 얼려보았다[48]. 계집은 온몸에 진땀이 쭉 흐르는 것이 꽤 더운 모양이다. 벽에 걸린 쇠돌 어멈의 적삼을 꺼내어 계집의 몸을 말쑥하게 훌닦기 시작한다. 발끝서부터 얼굴까지⋯⋯.

"너, 열아홉이지?" 하고 이 주사는 취한 얼굴로 얼간히 물어보았다.

46) 고이춤 허리춤.
47) 치우치다 걷어붙이다.
48) 얼려보다 '어르다'는 어린아이를 귀여워하여, 여러 가지 말이나 동작 따위로 기쁘게 하여 주는 것을 의미함.

"니에" 하고, 메떨어진 대답.

계집은 이주사 손에 눌리어 일어나도 못하고 죽은 듯이 가만히 누워 있다.

이주사는 계집의 몸을 다 씻고 나서 한숨을 내뿜으며 담배 한 대를 턱 피워 물었다.

"그래, 요새도 서방에게 주리경을 치느냐?" 하고, 묻다가 아무 대답도 없으매,

"원 그래서야 어떻게 산단 말이냐, 하루 이틀이 아니고. 사람의 일이란 알 수 있는 거냐? 그러다 혹시 맞아 죽으면 정장 하나 해볼 곳 없는 거야. 허니, 네 명이 아까우면 덮어놓고 민적을 가르는 게[49] 낫겠지" 하고, 계집의 신변을 위하여 염려를 마지않다가 번뜻 한 가지 궁금한 것이 있었다.

"너 참, 아이 낳았다 죽었다구나?"

"니에."

"어디 난 듯이나 싶으냐?"

계집은 얼굴이 홍당무가 되어지며 아무 말 못하고 고개를 외면하였다.

이주사도 그까짓 것 더 묻지 않았다. 그런데 웬 녀석의 냄새인지 무생채 썩는 듯한 시크무레한 악취가 불시로 코청을 찌르니 눈살을 찌푸리지 않을 수 없다. 처음에야 그런 줄은 소통[50] 몰랐더니 알고 보니까 비위가 좋이 역하였다. 그는 빨고 있는 담배통으로 계집의 배꼽께를 똑똑히 가리키며,

49) 민적을 가르다 호적을 정리하다. 이혼하다.
50) 소통 온통.

"얘 이 살의 때꼽 좀 봐라. 그래 물이 흔한데 이것 좀 못 씻는단 말이냐?" 하고, 모처럼의 기분을 상한 것이 앵하단[51] 듯이 꺼림한 기색으로 혀를 채었다. 하지만 계집이 참다참다 이내 무안에 못 이기어 일어나 치마를 입으려 하니 그는 역정을 벌컥 내었다. 옷을 빼앗아 구석으로 동댕이를 치고는 다시 그 자리에 끌어 앉혔다. 그리고 자기 딸이나 책하듯이 아주 대범하게 꾸짖었다.

"왜 그리 계집이 달망대니[52]? 좀 듬직지가 못하구……."

춘호 처가 그 집을 나선 것은 들어간 지 약 한 시간 만이었다. 비가 여전히 쭉쭉 내린다. 그는 진땀을 있는 대로 흠뻑 쏟고 나왔다. 그러나 의외로, 아니 천행으로 오늘 일은 성공이었다. 그는 몸을 솟치며 생긋하였다. 그런 모욕과 수치는 난생처음 당하는 봉변으로, 지랄 중에도 몹쓸 지랄이었으나 성공은 성공이었다. 복을 받으려면 반드시 고생이 따르는 법이니 이까짓 거야 골백번 당한대도 남편에게 매나 안 맞고 의좋게 살 수만 있다면 그는 사양치 않을 것이다. 이 주사를 하늘같이, 은인같이 여겼다. 남편에게 부쳐먹을 농토를 줄 테니 자기의 첩이 되라는 그 말도 죄송하였으나 더욱이 돈 2원을 줄 테니 내일 이맘때 쇠돌네 집으로 넌지시 만나자는 그 말은 무엇보다도 고마웠고 벅찬 짐이나 푼 듯 마음이 홀가분하였다. 다만 애키는[53] 것은 자기의 행실이 만약 남편에게 발각되는 나절에는 대매에 맞아죽을 것이다. 그는 일변 기뻐하며 일변 애를 태우며 자기 집을 향하여 세차게 쏟아지는 빗속을 가분가분[54] 내려 달

51) 앵하다 짜증나다.
52) 달망대다 달랑대다.
53) 애키다 켕기다.

228

렸다.

춘호는 아직도 분이 못 풀리어 뿌루퉁하니 홀로 앉았다. 그는 자기의 고향인 인제를 등진 지 벌써 3년이 되었다. 해를 이어 흉작에 농작물은 말 못 되고 따라[55] 빚쟁이들의 위협과 악다구니[56]는 날로 심하였다. 마침내 하릴없이 집세간을 그대로 내버리고 알몸으로 밤도주하였던 것이다. 살기 좋은 곳을 찾는다고 나이 어린 아내의 손목을 끌고 이 산 저 산을 넘어 표랑하였다. 그러나 우정[57] 찾아든 곳이 고작 이 마을이나 살속[58]은 역시 일반이다. 어느 산골엘 가 호미를 잡아보아도 정은 조그만치도 안 붙었고, 거기에는 오직 쌀쌀한 불안과 굶주림이 품을 벌려 그를 맞을 뿐이었다. 터무니없다 하여 농토를 안 준다. 일구멍이 없으매 품을 못 판다. 밥이 없다. 결국에 그는 피폐하여 가는 농민 사이를 감도는 엉뚱한 투기심에 몸이 달떴다. 요사이 며칠 동안을 두고 요 너머 뒷산 속에서 밤마다 큰 노름판이 벌어지는 기미를 알았다. 그는 자기도 한몫보려고 끼룩거렸으나 좀체로 밑천을 만들 수가 없었다.

2원! 수나 좋아서 이 2원이 조화만 잘한다면 금시발복[59]이 못 된다고 누가 단언할 수 있으랴! 30~40원 따서 동리의 빚이나 대충 가리고 옷 한 벌 지어 입고는 진저리 나는 이 산골을 떠나려는 것이 그의 배포였다. 서울로 올라가 아내는 안잠[60]을 재우고 자기는 노동을 하고, 둘이

54) 가분가분 말이나 행동이 가벼운 모양.
55) 따라 따라서.
56) 악다구니 서로 욕하며 성내고 싸우는 것.
57) 우정 일부러.
58) 살속 세상 살아가는 형편.
59) 금시발복(今時發福) 어떤 일을 한 뒤에 이내 좋은 수가 트여 부귀를 이루게 됨을 이르는 말.
60) 안잠 식모 노릇.

서 다구지게 벌면 안락한 생활을 할 수가 있을 텐데, 이런 산구석에서 굶어죽을 맛이야 없었다. 그래서 젊은 아내에게 돈 좀 해오라니까 요리 매낀 조리 매낀[61] 매만 피하고 곁들어주지 않으니 그 소행이 여간 괘씸한 것이 아니다.

아내가 물에 빠진 생쥐 꼴을 하고 집으로 달려들자 미처 입도 벌리기 전에 남편은 이를 악물고 주먹 뺨을 냅다 붙인다.

"너 이년, 매만 살살 피하고 어디 가 자빠졌다 왔니?"

볼치 한 대를 얻어맞고 아내는 오기가 걸리어[62] 벙벙하였다. 그래도 식성이 못 풀리어 남편이 다시 매를 손에 잡으려 하니 아내는 질겁을 하여 살려달라고 두 손으로 빌며 개신개신[63] 입을 열었다.

"낼 돼유…… 낼, 돈, 낼 돼유……" 하며 돈이 변통됨을 삼가아뢰는 그의 음성은 절반이 울음이었다. 남편은 반신반의하여 눈을 찌긋하다가,

"낼?" 하고, 목청을 돋았다.

"네, 낼 된다유……."

"꼭 되여?"

"네. 낼 된다유……."

남편은 시골 물정에 능통하니 만치 난데없는 돈 2원이 어디서 어떻게 되는 것까지는 추궁해 물으려 하지 않았다. 그는 적이 안심한 얼굴로 방 문턱에 걸터앉으며 담뱃대에 불을 그었다. 그제야 비로소 아내도 마음

61) 요리 매낀 조리 매낀 요리 피하고 조리 피하는 모양.
62) 오기가 걸리다 남에게 지기 싫어하는 마음이 생기다.
63) 개신개신 힘없이.

을 놓고 감자를 삶으려 부엌으로 들어가려 하니 남편이 곁으로 걸어오며 측은한 듯이 말리었다.

"병 나, 방에 들어가 어여 옷이나 말리여. 감자는 내 삶을게."

먹물같이 짙은 밤이 내리었다. 비는 더욱 소리를 치며 앙상한 그들의 방벽을 앞뒤로 울린다. 천장에서 비는 새이지 않으나 집 지은 지가 오래되어 고래가 물러앉았다시피 된 방이라 도배를 못한 방바닥에는 물이 스며들어 귀죽죽하다[64]. 거기다 거적[65] 두 잎만 덩그렇게 깔아놓은 것이 그들의 침소였다. 석유불은 없어 캄캄한 바로 지옥이다. 벼룩이는 사방에서 마냥 스물거린다.

그러나 등걸잠[66]에 익달한[67] 그들은 천연덕스럽게 나란히 누워 줄기차게 퍼붓는 밤 빗소리를 귀담아듣고 있었다. 가난으로 인하여 부부간의 애틋한 정을 모르고 나날이 매질로 불평과 원한 중에서 복대기는[68] 그들도 이 밤에는 불시로 화목하였다. 단지 남의 품에 든 돈 2원을 꿈꾸어보고도…….

"서울 언제 갈라유?"

남편의 왼팔을 베고 누웠던 아내가 남편을 향하여 응석 비슷이 물어보았다. 그는 남편에게 서울의 화려한 거리며, 후한 인심에 대하여 여러 번 들은 바 있어 일상 안타까운 마음으로 몽상은 하여보았으나 실지 구

---

64) 귀죽죽하다 구질구질하고 축축하다.
65) 거적 짚을 두툼하게 엮거나 또는 새끼로 날을 하여 짚으로 쳐서 자리처럼 만든 물건. 자리 대신 쓰며, 밖에 있는 물건을 덮는 것으로도 쓰임.
66) 등걸잠 이부자리 없이 입은 옷 그대로 자는 잠.
67) 익달하다 익숙하다.
68) 복대기다 갑자기 몰아쳐서 정신을 못 차리다.

경은 못하였다. 얼른 이 고생을 벗어나 살기 좋은 서울로 가고 싶은 생각이 간절하였다.

"곧 가게 되겠지, 빚만 좀 없어도 가뿐하련만."

"빚은 낭종[69] 갚더라도 얼핀 갑세다유."

"염려 없어. 이 달 안으로 꼭 가게 될 거니까."

남편은 썩 쾌히 승낙하였다. 딴은 그는 동리에서 일컬어주는 질군[70]으로 투전장의 가보쯤은 시루에서 콩나물 뽑듯 하는 능수였다. 내일 밤 2원을 가지고 벼락같이 노름판에 달려가서 있는 돈이란 깡그리 모집어[71] 올 생각을 하니 그는 은근히 기뻤다. 그리고 교묘한 자기의 손재간을 홀로 뽐내었다.

"이번이 서울 첨이지?" 하매, 그는 서울 바람 좀 한번 쐬었다고 큰체[72]를 하며 팔로 아내의 머리를 흔들어 물어보았다. 성미가 워낙 겁겁한지라[73] 지금부터 서울 갈 준비를 착착 하고 싶었다. 그가 제일 걱정되는 것은 둠 구석[74]에서 내자라먹은[75] 아내를 데리고 가면 서울 사람에게 놀림도 받을 게고 거리끼는 일이 많을 듯싶었다. 그래서 서울 가면 꼭 지켜야 할 필수조건을 아내에게 일일이 설명치 않을 수도 없었다.

첫째, 사투리에 대한 주의부터 시작되었다. 농민이 서울 사람에게 '꼬라리'라는 별명으로 감잡히는[76] 그 이유는 무엇보다도 사투리에 있

69) 낭종 나중에.
70) 질군 노름을 잘하는 사람. 전문적인 노름.
71) 모집다 모조리 집다.
72) 큰체 잘난 체.
73) 겁겁하다 성미가 급하다.
74) 둠 구석 두메산골 구석.
75) 내자라먹다 구속 없이 자유롭게 자라다.

을지니 사투리는 쓰지 말며 '합세'를 '하십니까'로, '하게유'를 '하오'로 고치되 말끝을 들지 말지라, 또 거리에서 어릿어릿하는 것은 내가 시골뜨기요 하는 얼뜬 짓이니 갈 길은 재게[77] 가고 볼 눈은 또릿또릿히 볼지라…… 하는 것들이었다. 아내는 그 끔찍한 설교를 귀담아들으며 모기 소리로 "네, 네"를 하였다.

남편은 두어 시간가량을 샐 틈 없이 꼼꼼하게 주의를 다져놓고는 서울의 풍습이며 생황방침 등을 자기의 의견대로 그럴싸하게 이야기하여 오다가 말끝이 어느덧 화장술에 이르게 되었다. 시골 여자가 서울에 가서 안잠을 잘 자주면 몇 해 후에는 집까지 얻어 갖는 수가 있는데, 거기에는 얼굴이 예뻐야 한다는 소문을 일찍 들은 바 있어 하는 소리였다.

"그래서 날마다 기름도 바르고, 분도 바르고, 버선도 신고 해서 쥔[78] 마음에 썩 들어야……."

한참 신바람이 올라 주워섬기다가 옆에서 쌔근쌔근 소리가 들리므로 고개를 돌려보니 아내는 이미 곯아져 잠이 깊었다.

"이런 망할 거, 남 말하는데 자빠져 잔담."

남편은 혼자 중얼거리며 바른팔을 들어 이마 위로 흐트러진 아내의 머리칼을 뒤로 쓰담아 넘긴다. 세상에 귀한 것은 자기 아내! 명색이 남편이며 이날까지 옷 한 벌 변변히 못해 입히고 고생만 짓시킨 그 죄가 너무나 큰 듯 가슴이 뻐근하였다. 그는 왈살스러운 팔로 아내의 허리를 꼭 껴안아 자기의 앞으로 바특이 끌어당겼다.

76) 감잡히다 (남과 다툴 때) 약점을 잡히다.
77) 재다 발걸음이 빠르다.
78) 쥔 '주인'의 줄임말.

밤새도록 줄기차게 내리던 빗소리가 아침에 이르러서야 겨우 그치고 점심때에는 생기로운 볕까지 들었다. 쿨렁쿨렁 논물 나는 소리는 요란히 들린다. 시내에서 고기 잡은 아이들의 고함이며, 농부들의 희희낙락한 미나리[79]도 기운 차게 들린다. 비는 춘호의 근심도 씻어간 듯 오늘은 그에게도 즐거운 빛이 보였다.

"저녁 제누리[80] 때 되었을걸, 얼른 빗고 가봐……."

그는 갈증이 나서 아내를 대구 재촉하였다.

"아직 멀었어유."

"뭘!"

아내는 남편의 말대로 벌써부터 머리를 빗고 앉았으나 원체 달포나 아니 가리어[81] 엉클은 머리가 시간이 꽤 걸렸다. 그는 호랑이 같은 남편과 오랜만에 정다운 정을 바꾸어보니 근래에 볼 수 없는 화색이 얼굴에 떠돌았다. 어느 때에는 매적하게[82] 생글생글 웃어도 보았다.

아내가 꼼지락거리는 것이 보기에 퍽이나 갑갑하였다. 남편은 아내 손에서 얼레빗을 쑥 뽑아들고는 시원스리 쭉쭉 내려 빗긴다. 다 빗긴 뒤, 옆에 놓인 밥사발의 물을 손바닥에 연실 칠해가며 머리에다 번지르하게 발라놓았다. 그래놓고 위서부터 머리칼을 재워가며[83] 맵시 있게 쪽을 딱 찔러주더니 오늘 아침에 한사코 공을 들여 삼아놓았던 짚신을 아내의 발에 신기고 주먹으로 자근자근 골을 내주었다[84].

<hr>

79) 미나리 메나리. 농부들이 논일을 하며 부르는 농요의 하나.
80) 제누리 곁두리. 새참.
81) 가리다 머리를 애벌로 대강 빗다.
82) 매적하다 맥적다. 멋쩍다. 동작이나 모양이 격에 맞지 않다.
83) 재워가다 더부룩하거나 푸슬푸슬한 것을 착 붙어 자리가 잡히게 해가다.

"인제 가봐!" 하다가,

"바루 곧 와, 응?" 하고 남편은 그 2원을 고이 받자고 손색없도록, 실패 없도록 아내를 모양내 보냈다.

84) 골을 내다 짚세기의 모양이 맵시 있게 보이도록 발에 맞추어 일정한 모양을 내는 것을 의미함.

1 춘호 부부의 과거의 삶은 어떠했는지 현재의 삶에 견주어 생각해봅시다.

춘호 부부는 해를 이은 흉작과 빚쟁이들의 위협으로 살던 세간을 모두 버리고 한밤중에 도망쳐 나왔습니다. 살기 좋은 곳을 찾아 나이 어린 아내를 데리고 여기저기 떠돌아다니다가 이 마을에 흘러들어와 살게 된 것입니다. 그러나 부칠 땅을 얻는 것은 하늘의 별 따기요, 아내가 어렵게 마련해오는 양식으로 하루하루를 '산 입에 거미줄 치랴'라는 심정으로 살아오고 있습니다.

과거에 춘호는 성실한 농군이었을 것입니다. 그러나 지금은 일확천금을 바라며 노름판을 기웃거리는 처지로 전락했습니다. 이들의 삶의 변화는 갑갑한 현실에서 벗어날 돌파구를 찾는 여정이라고 볼 수 있습니다.

2 춘호와 아내의 꿈은 무엇이며, 이들은 이 꿈을 어떻게 실현시키려 하고 있나요?

빚을 다 갚고, 서울로 가는 것이 이들 부부의 꿈입니다. 춘호가 그의 아내에게 서울에 가면 조심해야 할 것들을 미리부터 일러두는 장면을 통해 이들이 그리는 미래의 삶을 엿볼 수 있습니다. 춘호는 '시골 여자가 서울에 가서 안잠을 잘 자주면 몇 해 후에는 집까지 얻어 갖는 수가 있는데, 거기에는 얼굴이 예뻐야 한다는 소문을 일찍 들은 바' 있어서 아내에게 화장술에 대해서도 일러둡니다. 서울 갈 밑천을 노름을 통해 마련하기 위해 아내의 매춘을 종용하는 것이나, 서울 가서도 아내를 통해 한 밑천 잡아보겠다고 마음을 먹는 것을 볼 때, 아내의 매춘을 수단으로 행복한 부부의 미래를 설계하려는 춘호의 계획을 엿볼 수 있습니다. 아내 역시 그런 남편의 계획에 동조하고 있습니다. 즉 아무것도 가진 것이 없는 이들 부부에게 아내의 매춘은 돈벌이의 수단이지, 그 이상도 그 이하도 아닌 것입니다.

3   매춘에 대한 아내의 태도는 시간이 지남에 따라 어떻게 바뀌어갔나요? 바뀌게 된 원인에 대해서도 생각해봅시다.

처음에 남편이 돈 2원만 어떻게 해서든 마련해달라고 성화를 하며 화를 낼 때는 남편의 제안을 한 귀로 듣고 한 귀로 흘렸습니다. 하지만 한편으로 이주사에게 잘 보여서 호강하며 사는 쇠돌 엄마를 부러워하기도 하고, 예전에 자신에게도 한 번 찾아왔던 기회를 멋모르고 놓쳤던 것에 대해 후회하기도 합니다. 그러던 차에 남편의 폭력을 피해 찾아간 쇠돌 엄마네 빈집에서 이주사를 만났을 때는 용기를 내어 이주사와 대면할 기회를 만드는 적극성을 보일 정도로 태도의 변화를 보이게 됩니다. 힘들이지 않고도 돈 2원을 쉽게 마련하게 된 춘호 처는 남편을 내조할 수 있게 되었다는 기쁨에 오히려 이주사에게 당한 봉변을 고마워하기에 이릅니다.

자신의 매춘에 대한 심리적인 변화는 남편의 달라진 태도에도 큰 원인이 있습니다. 전날과 달리 한결 정답게 자신을 대하는 남편을 보면서 아내는 자신의 행동에 대한 수치심도 씻어버릴 수가 있었던 것입니다. 즉 아내에게 있어 매춘은 남편의 사랑을 다시 얻게 해주었던 아이러니한 선택이었던 것입니다.

4 아내의 매춘에 대한 춘호의 태도는 어떠한가요?

춘호가 적극적으로 나서서 아내의 매춘을 강요하지는 않았지만, 암묵적으로 아내로 하여금 매춘을 하도록 종용하였습니다. 춘호는 아내가 자신의 뜻에 잘 따라오자 아내에 대한 정이 새록새록 각별해져옴을 느끼게 됩니다. 그래서 아내가 이주사를 만나러 가는 날 아침, 곱게 머리를 단장시켜주면서까지 아내의 매춘을 지지해주는 태도를 보였던 것입니다. 시종일관 춘호는 정상적인 방법으로는 도저히 찾을 수 없는 탈출구를, 아내를 통해 비정상적인 방법으로 찾으려 하고 있습니다. 하지만 부부를 둘러싼 환경 자체가 비정상적인 상태에서, 이들이 택한 비정상적인 해결책은 어쩌면 당시에는 정상적인 방법의 하나로 여겨질 수도 있었을 것입니다.

5 이 소설에서 그려지고 있는 남편과 아내의 관계를 평가해봅시다.

무능력하고 강압적인 남편과 억척스러우면서도 순종적인 아내. 무척이나 불공평하고 문제가 많아 보이는 관계로 보입니다. 만약 순종적이지 않은 아내였다면 부부 사이의 갈등의 골은 매우 깊어져갔을 것입니다. 그런데 이들 사이에 전혀 정이 없느냐, 그것은 아니라는 데 이들 부부의 희망이 자리하고 있습니다. 비록 돈을 구해오겠다는 아내의 다짐 때문이기도 했지만, 춘호의 마음속 깊은 곳에는 '세상에 귀한 것이 자기 아내!' 라는 생각이 자리하고 있습니다. 이들 부부의 관계는 비정상적이면서도 정상적인 관계, 이런 측면에서 볼 때 매우 아이러니한 관계라고 할 수 있습니다.

가을

인신매매를 소재로 하여, 힘겹게 살아가는
빈곤층의 삶의 애환을 담담하게 표현한 작품.

"여보게 자네 기약서 쓸 줄 아나?"

복만, 소장사에게 아내를 팔아먹다

복만이는 제 아내를 제 손으로 직접 소장사에게 판 것이다.

내가 그 아내를 유인해다 팔았거나 혹은 내가 복만이를 꼬여서 서로 공모하고 팔아먹은 것은 절대로 아니었다.

이 소설의 처음부터 우리들은 놀라움을 금치 못하게 됩니다. 인신매매, 그것도 제 아내를 팔다니……. 하지만 이 이야기를 전달하는 '나'의 목소리에는 아내 매매라는 비상식적이며 부도덕적인 행위에 대한 질책이나 비판이 많이 섞여 있지는 않습니다. 오히려 그것은 기정사실로 제쳐두고, 자신이 주재소에 가게 될 때에는 다소 책임이 있을지 모르나 절대로 복만이가 아내를 소장사한테 판 사건에 대하여 책임이 있는 것이 아니라는 점에 독자의 시선을 붙잡아두고 있습니다. 돈 한 푼 받지 않고 매매계약서를 대신 써 주고, 더군다나 복만의 아내가 팔려갈 때 배웅까지 해주었던 것도 '나'였습니다. 소장사에게 팔려 떠나던 날, 마땅히 제 갈 길을 떠나는 듯이 서두르며 조금도 섭섭한 빛을 보이지 않는 복만이의 아내를 보며, 그리고 십 년 동안 소같이 부려먹던 아내에게 잘 가라는 말 한마디 없는 복만이를 보며 실로 놀랐던 것도 '나'였습니다.

아내를 팔아먹은 복만이, 복만이처럼 내다팔 아내가 없음을 섭섭해하며 먹고살 일을 걱정하는 '나', 그리고 돈을 주고 아내를 맞이하여 술장사를 해서 먹고살 궁리를 했던 홀아비 소장사. 모두가 정상적인 가치관을 가지고 삶을 살아가는 인물들은 아닙니다. 비난받기에 충분한 이유를 가진 인물들이지요. 하지만 이 소설 어디에서도 이들을 향한 날카로운 공격은 찾아볼 수 없습니다. 만약 해학적인 상황으로 사건이 서술되지 않았다면, 아내 매매라는 소재 그 자체로서도 이미 이 소설은 혐오스럽고 부도덕한 것으로 성격이 규정되었을 것입니다. 또한 매매계약서를 대신 써준 죄밖에 없다는 '나'의 변명은 심각한 조롱거리나 날카로운 비판거리가 되었을 것입니다.

작가 김유정은 작중화자인 '나'를 통해 인신매매 현장을 제시하고는 있지만 여기에 비판이나 공격의 목소리를 전혀 담지 않았습니다. 그런 현장의 모습과 인물들의 성격을 웃음으로 받아들일 수 있도록, 마치 가벼운 촌극을 보는 것처럼 이야기를 서술해나가는 마술을 부렸습니다. 작품의 밑바탕에는 어려운 상황 속에서도 삶을 포기하지 않고 살아가는 하층민들의 생명력이 녹아 흐르고 있기 때문에 도덕적인 잣대도 무색해져버릴 수밖에 없습니다. 그 자리에 대신 웃음과 포용만이 남아 있을 뿐입니다.

가을

내가 주재소에까지 가게 될 때에는 나에게도 다소 책임이 있을는지 모른다. 그러나 사실 아무리 고쳐 생각해봐도 나는 조금치도 책임이 느껴지지 않는다. 복만이는 제 아내를(여기가 퍽 중요하다) 제 손으로 직접 소장사에게 판 것이다. 내가 그 아내를 유인해다 팔았거나 혹은 내가 복만이를 꼬여서 서로 공모하고 팔아먹은 것은 절대로 아니었다.

우리 동리에서 일반이 다 알다시피 복만이는 뭐 남의 꼬임에 떨어지거나 할 놈이 아니다. 나와 저와 비록 격장[1]에 살고 숭허물없이[2] 지내는 이런 터이지만 한 번도 저의 속을 터 말해본 적이 없다. 하기야 나뿐이랴, 어느 동무고 간 무슨 말을 좀 묻는다면 잘해야 세 마디쯤 대답하

---

1) 격장(隔墻) 담을 사이에 두고 서로 이웃해 사는 것.
2) 숭허물없이 흉허물없이. 서로 매우 가깝고 친하게.

고 마는 그놈이다. 이렇게 귀찮은 얼굴에 내천자를 그리고[3] 세상이 늘 마땅치 않은 놈이다. 오죽하여 요전에는 지 아내가 우리에게 와서 울며 불며 하소를 다 하였으랴. 그 망할 건 먹을 게 없으면 변통을 할 생각은 않고 부처님같이 방구석에 우두커니 앉았기만 한다고. 우두커니 앉아 있는 것보다 실은 말 한마디 속선히[4] 안 하는 그 뚱보가 미웠다마는 그 러면서도 아내는 돌아다니며 양식을 꾸어다 여일히 남편을 공경하고 하 는 것이다.

이런 복만이를 내가 꼬였다 하는 것은 본시가 말이 안 된다. 다만 한 가지 나에게 죄가 있다면 그날 매매계약서를 내가 대서[5]로 써준 그것뿐 이다.

점심을 먹고 내가 봉당에 앉아서 새끼를 꼬고 있노라니까 복만이가 찾아왔다. 한 손에 바람에 나부끼는 인찰지[6] 한 장을 들고 내 앞에 와 딱 서더니,

"여보게 자네 기약서[7] 쓸 줄 아나?"

"기약서는 왜?"

"아니 글쎄 말이야!" 하고 놈이 어색한 낯으로 대답을 주저하는 것이 아니냐. 아마 곁에 다른 사람이 여럿이 있으니까 말하기가 거북했을지 도 모른다.

---

[3] 얼굴에 내천자를 그리다 눈살을 찌푸리다.
[4] 속선히 속시원히.
[5] 대서(代書) 대필. 남이 대신하여 글씨나 글을 쓰는 것.
[6] 인찰지(印札紙) 미농지에 세로로 여러 줄을 쳐서 칸을 만들어 인쇄한 종이. 흔히 공문서를 작 성하는 데 쓰임.
[7] 기약서 계약서. 약속한 내용을 서면으로 작성해놓은 것.

그러나 나는 사날 전에 놈에게 조용히 들은 말이 있어서 오, 아내의 일인가 보다 하고 얼른 눈치채었다. 싸리문 밖으로 놈을 끌고 나와서 그 귀밑에다,

"자네 여편네 어떻게 됐나?"

"응."

놈이 단마디[8] 이렇게만 대답하고는 두레두레한 눈을 굴리며 뭘 잠깐 생각하는 듯하더니,

"저 물 건너 사는 소장사에게 팔기로 됐네. 재순네(술집)가 소개를 해서 지금 주막에 와 있는데 자꾸만 기약서를 써야 한다구 그래. 그러나 누구 하나 쓸 줄 아는 사람이 있어야지. 그래 자네게 써가주 올 테니 잠깐 기다리라고 하고 왔어. 자넨 학교 좀 다녔으니까 쓸 줄 알겠지?"

"그렇지만 우리 집에 먹이 있나, 붓이 있나?"

"그럼 하여튼 나하고 같아 가세."

맑은 시내에 붉은 잎을 담그며 일쩌운 바람[9]이 오르내리는 늦은 가을이다. 시들은 언덕 위를 복만이는 묵묵히 걸었고 나는 팔짱을 끼고 그 뒤를 따랐다. 이때 적으나마 내가 제 친구니까 되든 안 되든 한번 말려보고도 싶었다. 다른 짓은 다 할지라도 영득이(다섯 살 된 아들이다)를 생각하여 아내만은 팔지 말라고 사실 말려보고 싶지 않은 것은 아니다. 그러나 내가 저를 먹여주지 못하는 이상 남의 일이라고 말하기 좋아 이러쿵저러쿵 지껄이기도 어려운 일이다. 맞붙잡고 굶느니 아내는 다른 데 가서 잘 먹고 또 남편은 남편대로 그 돈으로 잘 먹고 이렇게 일이 필 수

8) 단마디 한두 마디의 짧은 말.
9) 일쩌운 바람 스산한 바람.

도 있지 않느냐. 복만이의 뒤를 따라가며 나는 도리어 나의 걱정이 더 큰 것을 알았다. 기껏 한 해 동안 농사를 지었다는 것이 털어서 쪼개고 보니까 나의 몫으로 겨우 벼 두 말 가웃이 남았다. 물론 털어서 빚도 다 못 가린 복만이에게 대면 좀 날는지 모르지만 이걸로 우리 식구가 한겨울을 날 생각을 하니 눈앞이 고대로¹⁰⁾ 캄캄하다. 나도 올 겨울에는 금점이나 좀 해볼까, 그렇지 않으면 투전¹¹⁾을 좀 배워서 노름판으로 쫓아다닐까. 그런대로 밑천이 들 터인데 돈은 없고 복만이같이 내다팔 아내도 없다. 우리 집에는 여편네라군 병들은 어머니밖에 없으나 나이도 늙었지만(좀 부끄럽다) 우리 아버지가 있으니까 내 맘대론 못하고…….

이런 생각에 잠기어 짜장 나는 복만이더러 네 아내를 팔지 마라 어째라 할 여지가 없었다. 나도 일찍이 장가나 들어두었더라면 이런 때 팔아먹을 걸 하고 부지러운¹²⁾ 후회뿐으로.

큰길로 빠져나와서,

"그럼 자네 먼저 가 있게. 내 먹붓을 빌려 가지구 곧 갈게."

"벼루서껀 있어야 할걸……."

나 혼자 밤나무 밑 술집으로 터덜터덜 찾아갔다. 닭의 똥들이 한산히 늘려놓인 뒷마루로 조심스리 올라서며 소장사란 놈이 대체 어떻게 생긴 놈인가 하고 퍽 궁금하였다. 소도 사고 계집도 사고 이럴 때에는 필연 돈도 상당히 많은 놈이리라.

---

10) 고대로 '그대로'를 얕잡거나 귀엽게 일컫는 말.
11) 투전 두꺼운 종이로 손가락 너비만 하게 만들어, 그림으로 끗수를 나타낸 노름 제구의 하나. 또는 그것으로 하는 노름.
12) 부지러운 부질없는.

지게문을 열고 들어서니 첫째 눈에 띈 것이 밤볼[13]이 지도록 살이 디룩디룩한 그리고 험상궂게 생긴 한 애꾸눈이다. 이놈이 아랫목에 술상을 놓고 앉아서 냉수 마신 상으로 나를 쓰윽 쳐다보는 것이다. 바지저고리에는 때가 쭈루룩 묻은 것이 게다 제딴에는 모양을 낸답시고 누런 병정 각반[14]을 치올려 쳤다.

이놈과 그 옆 한구석에 쪼그리고 앉았는 영득 어머니와 부부가 되는 것은 아무리 봐도 좀 덜 맞는 듯싶다마는 영득 어머니는 어떻게 되든지 간 그 처분만 기다린단 듯이 잠자코 아이에게 젖이나 먹일 뿐이다. 나를 쳐다보고 자칫 낯이 붉는 듯하더니,

"아제 내려오슈!" 하고는 도로 고개를 파묻는다.

이때 소장사에게 인사를 붙여준 것이 술집 할머니다. 사흘이 모자라서 여우가 못 됐다니 만치 수단이 능글차서,

"둘이 인사하게. 이게 내 먼 조칸데 소장사구 돈 잘 쓰구" 하다가 뼈만 남은 손으로 내 등을 뚜덕이며,

"이 사람이 아까 그 기약서 잘 쓴다는 재봉이야."

"거 뉘댁인지 우리 인사합시다. 이 사람은 물 건너 사는 황 거풍이라 부루."

이놈이 바로 우좌스럽게[15] 큰 소리로 인사를 거는 것이다. 나는 저 못지않게 떡 버티고 앉아서 이 사람은 하고 이름을 댔다. 그리고 울 아버

---

13) 밤볼 입속에 밤을 문 것처럼 볼록하게 된 볼.
14) 병정 각반 군사 훈련이나 전투용 각반. '각반'은 걸음을 걸을 때 가뜬하게 하려고 발목에서 무릎 아래까지 감는 띠.
15) 우좌스럽다 우악스럽다. 바보스럽다.

지도 10년 전에는 땅마지기나 좋이 있었던 것을 명백히 일러주니까 그건 안 듣고 하는 수작이,

"기약서를 써달라고 불렀는데 수고러우나 하나 잘 써주시유."

망할 자식, 이건 아주 딴소리다. 내가 친구 복만이를 위해서 왔지 그래 제깟 놈의 명령에 왔다 갔다 할 겐가. 이 자식 무척 시큰둥하구나 생각하고 낯을 찌푸려 모로 돌렸으나,

"우선 한잔 하시유" 함에는 두 손으로 얼른 안 받지도 못할 노릇이었다.

복만이가 그 웃음 잊은 얼굴로 씨근거리며 달려들 때에는 벌써 나는 석 잔이나 얻어먹었다. 얼근한 손에 다 모지라진[16] 붓을 잡고 소장사의 요구대로 그려놓았다.

　매매계약서

　일금 오십 원야라

　우금[17]은 내 아내의 대금으로 정히 영수합니다.

　갑술년 시월 이십일

　조복만

　황거풍 전

여기에 복만이의 지장을 찍어주니까 어디 한번 읽어보오 한다. 그리고 한참 의심스리 바라보며 뭘 생각하더니 "그거면 고만이유. 만일 나중

---

16) 모지라지다 끝이 닳아 없어지다.
17) 우금 오른쪽에 씌어 있는 금액.

에 조상이 돈을 해 가져와서 물려달라면 어떡허우?" 하고 눈이 둥그레서 나를 책망을 하는 것이다. 이놈이 소장에서 하던 버릇을 여기서 하는 것이 아닌가. 하도 어이가 없어서 나도 벙벙히 쳐다만 보았으나 옆에서 복만이가 그대로 써주라 하니까,

'어떠한 일이 있더라도 내 아내는 물러달라지 않기로 맹세합니다.'

그제서야 조끼 단춧구멍에 굵은 쌈지끈으로 목에 매달린 커다란 지갑이 비로소 움직인다. 1원짜리 때문은 지전 뭉치를 꺼내 들더니 손가락에 연심 침을 발라가며 앞으로 세어보고 뒤로 세어보고 그리고 이번에는 거꾸로 들고 또 침을 발라가며 공손히 세어본다. 이렇게 후줄근히[18] 침을 발라 세건만 복만이가 또다시 공손히 바르기 시작하니 아마 지전은 침을 발라야 장수를 하나보다.

내가 여기서 구문을 한 푼이나마 얻어먹었다면 참이지 성을 갈겠다. 5원씩 안팎 구문으로 10원을 답센[19] 것은 술집 할머니요 나는 술 몇 잔 얻어먹었다. 뿐만 아니라 소장사를, 아니 영득 어머니를 오리 밖 공동묘지 고개까지 전송을 나간 것도 즉 내다.

고갯마루에서 꼬불꼬불 돌아내린 산길을 굽어보고 나는 마음이 적이 언짢았다. 한 마을에 같이 살다가 팔려가는 걸 생각하니 도시 남의 일 같지 않다. 게다 바람은 매우 차건만 입때 홑적삼으로 떨고 섰는 그 꼴이 가엾고!

"영득 어머니! 잘 가게유."

---

18) 후줄근하다 종이 · 피륙 따위가 몸에 척척 감기거나 풀기가 없어져 아주 보기 흉하게 축 늘어져 있다.
19) 답세다 가로채다.

"아재[20] 잘 기슈."

이 말 한마디만 남길 뿐 그는 앞장을 서서 사랫길[21]을 살랑살랑 달아
난다. 마땅히 저 갈 길을 떠나는 듯이 서둘며 조금도 섭섭한 빛이 없다.

그리고 내 등 뒤에 섰는 복만이조차 잘 가라는 말 한마디 없는 데는
실로 놀라지 않을 수 없다. 장승같이 삐적 서서는 눈만 끔벅끔벅 하는
것이 아닌가. 개자식. 하루를 살아도 제 계집이런만 근 십 년이나 소같
이 부려먹던 이 아내다. 사실 말이지 제가 여지껏 굶어 죽지 않은 것은
상냥하고 돌림성 있는 이 아내의 덕택이었다. 그런데 인사 한마디 없다
니 개자식, 하고 여간 밉지가 않았다.

영득이는 지 아버지 품에 잔뜩 붙들리어 기가 올라서 운다. 멀리 간
어머니를 부르고 두 주먹으로 아버지의 복장을 들이 두드리다간 한 번
쥐어박히고 멈씰한다. 그리고 조금 있으면 다시 시작한다.

소장사는 얼굴에 술이 잔뜩 올라서 제멋대로 한참 지껄이더니,

"친구! 신세 많이 겼수, 이담 갚으리다" 하고 썩 멋들어지게 인사를
한다. 그리고 뒤툭뒤툭 고개를 내리다가 돌부리에 채키어 뚱뚱한 몸뚱
아리가 그대로 떼굴떼굴 굴러버렸다. 중턱에 내뻗은 소나무에 가지가
없었다면 낭떠러지로 떨어져 그만 터져버릴 걸 요행히 툭툭 털고 일어
나서 입맛을 다신다. 놈이 좀 무색한지 우리를 돌아보고 한번 빙긋 웃고
다시 내걸을 때에는 영득 어머니는 벌써 산 하나를 꼽들었다.

이렇게 가던 소장사 이놈이 닷새 후에는 날더러 주재소로 가자고 내
끄는 것이 아닌가. 사기는 복만이한테 사고 내게 찌다우를 붙는다. 그것

20) 아재 '아저씨'의 낮춤말.
21) 사랫길 밭이랑 사이로 난 길.

도 한가로운 때면 혹 모르지만 남 한창 바쁘게 거름쳐 내는 놈을 좋도록 말을 해서 듣지 않으니까 나도 약이 안 오를 수 없고 골김에 놈의 복장을 그대로 떼다 밀어버렸다. 풀밭에 가 털벅 주저앉았다 일어나더니 이번에는 내 멱살을 바싹 조여잡고 소 다루듯 잡아끈다.

내가 구문을 받아먹었다든가 또는 복만이를 내가 소개했다든가 하면 혹 모르겠다. 계약서 써주고 술 몇 잔 얻어먹은 것밖에 나에게 무슨 죄가 있느냐. 놈의 말을 들어보면 영득 어머니가 간 지 나흘 되는 날 즉 그저께 밤에 자다가 어디로 없어졌다. 밝은 날에는 들어올까 하고 눈이 빠지도록 기다렸으나 영 들어오지 않는다. 오늘은 꼭두새벽부터 사방으로 찾아다니다 비로소 우리들이 짜고 사기를 해먹은 것을 깨닫고 지금 찾아왔다는 것이다. 제 아내 간 곳을 가르쳐주어야지 그러지 않으면 너와 죽는다고 애꾸 낯짝을 들이대고 이를 북, 갈아 보인다.

"내가 팔았단 말이유? 날 붙잡고 이러면 어떡할 작정이지요?"

"복만이는 달아났으니까 너는 간 곳을 알겠지? 느들이 짜고 날 고랑때[22]를 먹였어. 이놈의 새끼들!"

"아니 복만이가 달아났는지 혹은 볼일이 있어서 다니러 갔는지 지금 어떻게 안단 말이유?"

"말 말아, 술집 아주머니에게 다 들었다, 또 속일려고 요 자식!"

그리고 나를 논둑에다 한번 메다꼰자서는 흙도 털 새 없이 다시 끌고 간다. 술집 아주머니가 복만이 간 곳은 내가 알겠으니 가보라 했다나. 구문 먹은 걸 도로 돌려놓기가 아까워서 제 책임을 내게로 떠민 것이 분

[22] 고랑때 골탕.

명하다. 이렇게 되면 소장사 듣기에는 내가 마치 복만이를 꼬여서 아내를 팔게 하고 뒤고 은근히 구문을 뗀 폭[23]이 되고 만다.

하기는 복만이도 그 아내가 없어졌다는 날 그저께 어디로인지 없어졌다. 짜장 도망을 갔는지 혹은 볼일이 있어서 일갓집 같은 데 다니러 갔는지 그건 자세히 모른다. 그러나 동리로 돌아다니며 아내가 꾸어온 양식, 돈푼, 이런 자지레한 빚냥을 다 돈으로 갚아준 그다. 달아나기에 충분할 아무 죄도 그는 갖지 않았다. 영득이가 밤마다 엄마를 부르며 악장을 치더니 보기 딱하여 지 큰집으로 맡기러 갔는지도 모른다.

복만이가 저녁에 우리 집에 왔을 때에는 어서 먹었는지 술이 거나하게 취했다. 안뜰로 들어오더니 막걸리를 한 병 놓으며,

"이거 자네 먹게."

"이건 왜 사와. 하여튼 출출한데 고마우이" 하고 나는 부엌에 나가 술잔과 짠지 쪼가리를 가져왔다. 그리고 둘이 봉당에 걸터앉아 마시기 시작하였다.

술 한 병을 다 치고 나서 그는 이런 이야기, 저런 이야기를 지껄이더니 내 앞에 돈 1원을 꺼내놓는다.

"저번 수굴 끼쳐서 그 옐세."

"예라니?"

나는 눈을 둥그렇게 뜨고 그 얼굴을 이윽히 들여다 보았다마는 속으로 요건 대서료로 주는구나, 하고 이쯤 못 깨달은 바도 아니었다. 남의 아내를 판 돈에서 대서료를 받는 것이 너무 무례한 일인 것쯤은 나도 잘

---

23) 폭 셈.

안다. 술을 먹었으니까 그만해도 좋다 하여도,

"두구 술 사먹게. 난 이거 말구두 또 있으니까!" 하고 굳이 주머니에까지 넣어주므로 궁하기도 하고 그대로 받아두었다. 그리고 그 담부터는 복만이도 영득이도 우리 동리에서 볼 수가 없고 그뿐 아니라 어디로 가는 걸 본 사람조차 하나도 없다.

이런 복만이를 소장사 이놈이 날더러 찾아놓으라고 명령을 하는 것이다. 먹살을 숨이 갑갑하도록 바짝 매달려서 끌려가자니 마을 사람들은 몰려서 구경을 하고 없는 죄가 있는 듯이 얼굴이 확확 단다. 큰 개울께까지 나왔을 적에는 놈도 좀 열적은지 슬며시 놓고 그냥 걸어간다. 내가 반항을 하든지 해야 저도 독을 올려서 욕설을 하고 겯고 틀고 할 텐데 고분히 달려가니까 그럴 필요가 없다. 저의 원대로 주재소까지 가기만 하면 고만이니까.

우리는 아무 말없이 앞서고 뒤서고 10리 길이나 걸었다. 깊은 산길이라 사람은 없고 앞뒤 산들은 울긋불긋 물들어 가끔 쏴 하고 낙엽이 날린다. 뉘엿뉘엿 넘어가는 석양에 먼 봉우리는 자줏빛이 되어가고 그 반영에 하늘까지 불그레하다. 험한 바위에서 이따금 돌은 굴러내려 웅덩이의 맑은 물을 휘저어놓고 풍 하는 그 소리는 실로 쓸쓸하다. 이 산서 수꿩이 푸드득 저 산서 암꿩이 푸드득 그리고 그사이로 소장사 이놈과 나와 노량으로 허위적허위적.

또 한 고개를 놈이 뚱뚱한 몸집으로 숨이 차서 씨근씨근 올라오니 그때는 노기는 완전히 사라졌다. 풀밭에 펄쩍 주저앉아서는 숨을 돌리고 담배를 꺼내고 그리고 무슨 마음이 내켰는지 날더러,

"다리 아프겠수, 우리 앉아서 쉽시다" 하고 친절히 말을 붙인다. 나도

그 옆에 앉아서 주는 궐련을 피워 물었다. 인제도 주재소까지 시오리가 남았으니 어둡기 전에는 못 갈 것이다.

"아까는 내 퍽 잘못했수."

"별말 다 하우."

"그런데 참 복만이 간 데 짐작도 못하겠수?"

"아마 모름 몰라두 덕냉이 지 큰집에 갔기가 쉽지유."

이 말에 놈이 경풍[24]을 하도록 반색하며 애꾸눈을 바싹 들이대고 끔벅거린다. 그리고 우는 소리가 잃어버린 돈이 아까운 게 아니라 그런 계집을 다시 만나기가 어려워서 그런다. 번이 홀아비의 몸으로 얼굴 똑똑한 아내를 맞다가 술장사를 시켜보자고 벼르는 중이었다. 그래 이번에 해보니까 장사도 잘할뿐더러 아내로 훌륭한 계집이다. 참이지 며칠 살아봤지만 남편에게 그렇게 착착 부닐고[25] 정이 붙는 계집은 여지껏 내 보지 못했다. 그러기에 나도 저를 위해서 인조견으로 옷을 해 입힌다, 갈비를 들여다 구워 먹인다, 이렇게 기뻐하지 않았겠느냐. 덧돈을 들여가면서라도 찾으려 하는 것은 저를 보고 싶어서 그럼이지 내가 결코 복만이에게 돈으로 물러달랄 의사는 없다. 그러니 아무 염려 말고,

"복만이 갈 듯한 곳은 다 좀 가르쳐주." 놈의 말투는 또 이상스리 꾀는 걸 알고 불쾌하기가 짝이 없다. 아무 대답도 않고 묵묵히 앉아서 담배만 빠니까,

"같은 날 같이 없어진 걸 보면 둘이 짜구서 도망간 게 아니유?"

"사십 리씩 떨어져 있는 사람이 어떻게 짜구 말구 한단 말이유?"

---

24) 경풍 뇌척수 질환·발열 등으로 깜짝깜짝 놀람.
25) 부닐다 붙임성 있다.

내가 이렇게 펄쩍 뛰며 핀잔을 줌에는 그도 잠시 낙망하는 빛을 보이며,

"아니 일텀 말이지! 내가 복만이면 지 아내가 어디 간 것쯤은 알게 아니유?" 하고 꾸중 만난 어린애처럼 어리광조로 빌붙는다. 이것도 사랑병인지 아까는 큰체를 하던 놈이 이제 와서는 나에게 끽소리도 못한다. 행여나 여망 있는[26] 소리를 들을까 하여 속달게 나의 눈치만 그리다가[27],

"덕냉이 큰집이 어딘지 아우?"

"우리 삼촌댁도 덕냉이에 있지유."

"그럼 우리 오늘은 도로 내려가 술이나 먹고 낼 일찍이 같이 떠납시다."

"그러지유."

더 말하기가 싫어서 나는 코대답[28]으로 치우고 먼 서쪽 하늘을 바라보았다. 해가 마악 떨어지니 산골은 오색영롱한 저녁 노을로 덮인다. 산봉우리는 숫제 이글이글 끓는 불덩어리가 되고 노기 가득 찬 위엄을 나타낸다. 그리고 나직이 들리느니 우리 머리 위에 지는 낙엽 소리……

소장사는 쭈그리고 눈을 감고 앉았는 양이 내일의 계획을 세우는 모양이다마는 나는 아무리 생각하여도 복만이는 덕냉이 지 큰집에 있을 것 같지 않다.

---

26) 여망 있다 아직 희망이 남아 있다.
27) 눈치만 그리다가 눈치만 살피다가.
28) 코대답 탐탁지 않게 여기어 건성으로 하는 대답.

1 '나'의 처지와 복만이와의 관계를 정리해봅시다.

'나'는 성실한 농사꾼입니다. 한 해 농사를 성실하게 지었으나, 남은 것은 겨울을 나기에도 턱없이 부족한 벼 두 말뿐입니다. 열심히 노력해도 정당한 대가가 주어지지 않는 현실 앞에서 '올 겨울에는 금점이나 좀 해볼까, 그렇지 않으면 투전을 좀 배워서 노름판으로 쫓아다닐까' 하는 궁리도 해봅니다. 하지만 밑천도 없고 복만이같이 내다 팔 아내도 없습니다. '나도 일찍이 장가나 들어두었으면 이런 때 팔아먹을걸' 하고 후회하는 부분에서 비정상적인 방법으로도 돌파구를 찾을 수 없는 막막한 처지에 놓여 있음을 알 수 있습니다.

'나'와 복만이는 담을 사이에 두고 살면서 흉허물없이 가깝게 지내는 이웃사촌이기도 하지만 복만이는 '나'에게 한 번도 자신의 속마음을 터놓고 말해본 적이 없습니다. 그만큼 속을 알 수 없는 친구라고 '나'는 생각합니다. '나'는 복만이가 제 아내를 소장사에게 판다고 했을 때, 매매계약서를 대신 써달라는 부탁을 뿌리치지 못하고 대신 써주었습니다. 한편으로는 내다 팔 아내가 있는 복만이를 부러워하면서도, 아내와의 이별 장면에서 전혀 감정의 동요를 보이지 않는 복만이를 속으로 나무라며 복만이의 아내에게 연민을 보내는 따뜻한 인간성을 보여주고 있습니다.

2 '나'의 눈에 비친 복만이 부부의 처지와 생활은 어떠했나요?

'나'의 눈에 복만이는 세상이 늘 못마땅하고, 매사가 귀찮다는 표정으로 지내며, 방구석에 우두커니 앉아 있기만 할 뿐 살아갈 궁리를 하지 않는 무능한 인물로 보입니다. 반면 복만이의 아내는 떨어진 양식을 꾸러 여기저기 돌아다니며 집안의 생계를 근 십 년 넘게 유지해온 강인한 여성으로 그려집니다. 아내에 비해 무력한 인물인 복만이지만 그렇다고 해서 그가 영 사람이 안 되었는가 하면 그렇지도 않다고 '나'는 말합니다. '우리 동리에서 일반이 다 알다시피 복만이는 뭐 남의 꼬임에 떨어지거나 할 놈이 아니다'라는 대목은 복만이가 그래도 똑똑한 구석은 있는 사람이라는 추측을 가능하게 합니다. 아울러 그가 아내를 판 돈으로 그동안 동네 사람들에게 진 빚을 모두 갚은 사실은 '나'로 하여금 복만이가 절대 동네에서 도망칠 이유가 없으며 죄를 지을 위인이 아님을 확신하게 만드는 근거가 됩니다.

3 복만이와 그의 아내가 함께 도망갔음을 짐작하게 해주는 장면을 찾아봅시다.

아내를 소장수에게 팔아먹을 때의 복만이의 예사로운 태도와 아내의 무덤덤한 작별인사 장면을 보면서 '나'는 이것이 정상적인 부부의 이별 모습이 아니라고 의아하게 생각합니다. 하지만 복만이가 아내를 판 돈으로 그동안 진 빚을 모두 청산한 다음 그의 아들을 데리고 동리에서 사라지기 전날, '나'에게 술을 사주며 매매계약서를 써준 고마움의 대가로 돈을 찔러 넣어준 행동을 종합해볼 때 복만이와 그의 아내가 미리 짜고 소장수를 속였음을 짐작할 수 있습니다. 아울러 그의 아내가 매우 살가운 태도로 성실하게 소장수의 아내 역할을 한 것은 소장수를 안심시키고 도망치기 위해 미리부터 계획한 행동이었다는 것 또한 어렵지 않게 추측할 수 있습니다.

4 이 소설은 1인칭 관찰자 시점으로 되어 있습니다. 이 같은 시점이 주는 효과에 대해 말해봅시다.

주인공의 심리를 깊이 파악할 수 없다는 1인칭 관찰자 시점의 한계가 이 소설에서는 작품을 읽는 재미를 더해주는 역할을 하고 있습니다. 애초에 복만이와 그의 아내가 소장수를 속이고 매매금을 받아 도망칠 계획이었다는 것을 '나'는 전혀 알지 못했고, 소장수가 찾아와 공범으로 '나'를 몰아세울 때에도 그 사실을 믿으려고 하지 않았습니다. 하지만 독자인 우리들은 '나'가 들려주는 이야기를 통해, 아이러니하게도 '나'보다는 정보에 있어서 우위에 서게 됩니다. 작품의 초반에는 '나'의 이야기만을 토대로 사태를 파악해가다가 어느 순간 '나'보다 먼저, 독자인 우리들은 사건의 내막을 어렵지 않게 해석해내게 되고 다음부터는 독자가 관찰자가 되어 '나'의 심리와 행동을 따라가게 되는 재미있는 역전현상이 벌어지게 됩니다.

총각과 맹꽁이

돈이 없어 장가를 못 간 노총각이
들병이에게라도 장가들기 위해 눈물나게
애쓰는 모습을 해학적으로 표현한 작품.

총각과 맹꽁이

잎잎이 비를 바라나 오늘도 그렇다. 풀잎은 먼지가 보얗게 나풀거린다. 말뚱한 하늘에는 불더미 같은 해가 눈을 크게 떴다.

땅은 닳아서 뜨거운 김을 턱밑에다 풍긴다. 호미를 옮겨 찍을 적마다 무더운 숨을 헉헉 뿜는다. 가물에 조잎은 앤생이다[1]. 가끔 엎드려 김매는 이의 코며 눈퉁이를 찌른다. 호미는 퉁겨지며 쨍 소리를 때때로 낸다. 곳곳이 박힌 돌이다. 예사밭이면 한 번 찍어 넘길 걸 서너 번 안 하면 흙이 일지 않는다.

콧등에서, 턱에서 땀은 물 흐르듯 떨어지며 호미자루를 적시고 또 흙에 스민다. 그들은 묵묵하였다. 조밭 고랑에 쭉 늘어 박혀서 머리를 숙이고 기어갈 뿐이다. 마치 땅을 파는 두더치처럼……

---

1) 앤생이 변변치 못한 물건.

입을 벌리면 땀 한 방울이 더 흐를 것을 염려함이다. 그러자 어디서 말을 붙인다.

"어이 뜨거, 돌을 좀 밟았다가 혼났네."

"이놈의 것도 밭이라고 도지를 받아 처먹나."

"이제는 죽어도 너와는 품앗이 안 한다"고 한 친구가 열을 내더니,

"씨값으로 골치기[2]나 하자구 도루 줘버려라."

"이나마 없으면 먹을 게 있어야지!"

덕만이는 불안스러웠다. 호미를 놓고 옷깃으로 턱을 훑는다. 그리고 그 편으로 물끄러미 고개를 돌린다. 가혹한 도지다. 입쌀 석 섬. 보리, 콩, 두 되[3]의 소출은 근근 댓 섬. 나눠먹기도 못 된다. 본디 밭이 아니다. 고목 느티나무 그늘에 가리어 여름날 오고가는 농군이 쉬던 정자 터이다. 그것을 지주가 무리로 갈아 도지를 놓아먹는다. 콩을 심으면 잎 나기가 고작이요 대부분이 열지를 않는 것이었다. 친구들은 일상 덕만이가 사람이 병신스러워, 하고 이 밭을 침 뱉어 비난하였다. 그러나 덕만이는 오히려 안 되는 콩을 탓할 뿐 올해는 조로 바꾸어 심은 것이었다.

"좀 쉐서들 하세[4]!"

한 고랑을 마치고 덕만이는 일어서 고목께로 온다. 뒤묻어 땀바가지들이 옹기종기 모여든다. 돌 위에 한참 앉아 쉬더니 겨우 생기가 좀 돌았다. 곰방대들을 꺼내 문다. 혹은 대를 들고 담배 한 대 달라고 돌아치며 수선을 부린다.

2) 골치기 골칫거리.
3) 되 곡식의 용량을 재는 그릇이나 그 단위. 말의 10분의 1. 약 1.8 리터. '홉'의 열 배.
4) 쉐서들 하세 쉬어가면서들 하세.

"북새[5]가 드네. 올 농사 또 헛하나보다."

여러 눈이 일제히 말하는 시선을 더듬는다. 바람에 아른거리는 저편 버덩이 파란 볏잎을 이윽히 바라보았다. 염려스러이……

젊은 상투는 무척 시장하였다. 따로 떨어져 쭈그리고 앉았다. 고개를 푹 기울이고는 불평이 요만이 아니다.

"제미붙을, 배고파 일 못하겠네!"

"허기져 죽겠는걸, 허리가 착 까부러지는구나!"

옆에서 받는다.

"이 땀을 흘리고 에누리[6] 없이 일할 수 있나? 진흥회 아니라 제 할아비가 온대두!" 하고 또 뇌더니 아무도 대답이 없으매,

"개×두 없는 놈에게 호포는 올려두 곁두리만 안 먹으면 산담 그래!"

어조를 높여 일동에게 맞장을 청한다.

"너는 그래두 괜찮아, 덕만이가 다 호포를 낼라구."

뚝건달[7] 뭉태는 콧살을 찡긋이 비웃으며 바라본다. 네나 내가 촌뜨기들이 떠들어 뭣하리 그보다,

"여보게들, 오늘 참 들병이 온 것을 아나?"

이 말에 나이 찬 총각들은 귀가 번쩍 띄었다. 기쁜 소식이다. 그 입을 뻔히 쳐다보며 뒷말을 기다린다. 반갑기도 하려니와 한편으로는 의아하였다. 한참 바쁜 농시방극[8]에 뭘 바라고 오느냐고 다 같은 질문이다.

---

5) 북새 북쪽에서 불어오는 바람.
6) 에누리 물건 값을 받을 값보다 더 많이 부르는 일.
7) 뚝건달 늘 건달 노릇을 하는 사람.
8) 농시방극(農時方劇) 농사철이 되어 한참 바쁨.

그것은 들은 체 만 체 뭉태는 나무에 비스듬히 자빠져서 하늘로 눈만 껌벅인다.

그리고 홀로 침이 말라 칭찬이다.

"말같고 살집 좋아라. 내려썹어두 비린내두 없을걸! 제일 그 볼기짝 두두룩한 것이……."

"나이는?"

"스물둘, 한창 폈더라!"

"놈팽이 9) 있나?"

예제서 슬근슬근 죄어들며 묻는다.

"없어, 남편을 잃고서 홧김에 들병으로 돌아다니는 판이라네!"

"그럼 많이 돌아먹었구면?"

"뭘 나이를 봐야지 숫배기 10)더라."

"애 좋구나, 한잔 먹어보자."

이쪽저쪽서 수군거린다. 풍년이나 만난 듯이 야단들이다. 한구석에 앉았던 덕만이가 일어서 오더니 뭉태를 꼭 찍어간다. 느티나무 뒤로 와서,

"성님, 남편 없수?"

"그럼 정말이지!"

"나 좀 장가 들여주. 한턱내리다."

뭉태의 눈치를 훑는다. 의형이라 못할 말 없겠지만 그래도 어쩐지 얼굴이 후끈하였다.

9) 놈팽이 여자의 상대가 되는 남자를 얕잡아 이르는 말.
10) 숫배기 순진하고 어리숙한 사람.

"염려 말게, 그러나 돈이 좀 들걸!"

개울 건너서 덕만 어머니가 온다. 점심 광주리를 이고 더워서 허덕인다. 농군들은 일어서 소리치며 법석이다. 호미자루를 뽑아 호미등에다 길군악[11]을 치는 놈도 있다.

"점심, 점심이다. 먹어야 산다!"

저녁이 들자 바람은 산들거린다. 뭉태는 제 집 바깥뜰에 보릿짚을 깔고 앉아서 동무 오기를 고대하였다. 덕만이가 제일 먼저 부리나케 내달았다. 뭉태 옆에 와 궁둥이를 내려놓으며 좀 머뭇거리더니,

"아까 말이 실토유. 꼭 장가 좀 들여줘겨유."

"글쎄 나만 믿어. 설사 자네게 거짓말하겠나."

"성님만 믿우, 꼭 해줘겨우." 하고 다지고,

"내, 내 닭 팔거든 호미씨셋날[12] 단단히 한턱하리다" 하고 또 한 번 굳게 다진다.

낮에 귀띔해왔던 젊은 축들이 하나 둘 모인다. 약속대로 고스란히 여섯이 되었다. 모두들 일어서서 한 덩어리가 되어 수군거린다. 큰일이나 치러 가는 듯 이러자 저러자 의견이 분분하여 끝이 없다. 어떻게 해야 돈이 덜 들까가 문제다. 우리가 막걸리 석 되만 사 가지고 가자, 그래 계집더러 부으라고, 나중에 얼마간 주면 고만이다. 하니까 한편에선 그러지 말고 그 집으로 가서 술을 대구 퍼먹자, 그리고 시치미 딱 떼고 나오면 하고 우기는 친구도 있다. 그러나 뭉태는 말하였다. 계집을 우리 집으로 부르자. 소주 세 병만 가져오래서 잔풀이로 시키는 것이 제일 점잖

11) 길군악 행군악. 조선 시대 12가사 중의 하나. 작자·연대 미상. 『청구영언』에 실려 전함.
12) 호미씨셋날 호미씻이날. 김매기를 끝낸 음력 7월경에 하루 날을 받아 즐겁게 노는 날.

아······.

술값은 각추렴[13]으로 할까 혹은 몇 사람이 술을 맡고 그 나머지는 안주를 할까를 토의할 제 덕만이는 선뜻 대답하였다. 오늘밤 술값은 내 혼자 전부 물겠다고. 그리고 닭도 한 마리 내겠으니 아무쪼록 힘써 잘해달라고 뭉태에게 다시 당부하였다.

뭉태는 계집을 데리러 거리로 나갔다. 덕만이는 조금도 지체없이 오라고 경계하였다[14]. 그리고 제 집을 향하여 개울언덕으로 올라섰다.

산기슭에 내를 앞두고 놓았다. 방 한 칸, 부엌 한 칸, 단 두 칸을 돌로 쌓아올려 이엉[15]으로 덮은 집이었다. 식구는 모자뿐. 아들이 일을 나가면 어머니도 따라 일찍 나갔다. 동네로 돌아다니며 일자리를 찾았다. 그리고 온종일 방아품을 팔아 밥을 얻어다가 아들을 먹여 재우는 것이 그들의 살림이었다.

딸은 선채(先綵)를 받고 놓았다. 아들 장가들일 예정이던 것이 빚구멍 갚기에 시나브로 녹여버리고,

"그까짓 며느리쯤은 시시하다유" 하고 남들에는 겉을 꺼리지만,

"언제나 돈이 있어 며느리를 좀 보나!"

돌아서 자탄을 마지않는 터이다. 반드시 장가는 들어야 한다.

덕만이는 언덕 밑에다 신을 벗었다. 그리고 큰 몸집을 사리어 사뿐사뿐 집엘 들어섰다. 방문이 벌떡 나가떨어지고 집안이 휑하다. 어머니는 자는 모양 닭장 문을 조심해 열었다. 손을 집어넣어 손에 닿는 대로 허

구리께를 슬슬 긁어주었다. 팔아서 등걸[16] 잠방이[17] 해입는다는 닭이었다. 한 손이 재빠르게 모가지를 움켜잡자 다른 손이 날갯죽지를 움키려할 제 그만 빗났다. 한 놈이 풍기니까[18] 뭇 놈이 푸드득하며 대구 골골거린다. 별안간,

"훼! 훼! 이 망할 년의 ×으로 난 놈의 고양이!" 하고 줴박는 듯이 방에서 튀어나오는 기색이더니,

"다 쫓았어유. 염려 말구 주무시여유!" 하니까,

"닭장 문 좀 꼭 얽어라[19]."

소리뿐으로 다시 조용하다.

그는 무거운 숨을 돌렸다. 닭을 옆에 감추고 나는 듯 튀어나왔다. 그리고 뭉태 집으로 내달으며 그의 머리에 공상이 한두 가지가 아니었다. 뭉태가 예쁘달 때엔 어지간히 출중한 계집일 게다. 이런 걸 데리고 술장사를 한다면 그 밖에 더 큰 수는 없다. 두어 해만 잘하면 소 한 마리쯤은 낙자없이[20] 떨어진다. 그리고 아들도 곧 낳아야 할 텐데 이게 무엇보다 큰 걱정이었다.

뭉태는 얼간하였다. 들병이를 혼자 껴안고 물리도록 시달린다. 두터운 입술을 일그리며,

"요것아, 소리 좀 해라, 아리랑 아리랑."

16) 등걸 등만 덮을 만하게 걸쳐 입는 홑옷.
17) 잠방이 가랑이가 무릎까지 내려오게 지은, 짧은 남자 홑바지.
18) 풍기다 (모여 있던 닭이) 놀라서 흩어지다.
19) 얽다 (끈으로) 이리저리 걸어서 묶다.
20) 낙자없다 영락없다.

고갯짓으로 계집의 엉덩이를 두드린다. 좁은 봉당이 꽉 찼다. 상 하나 희미한 등잔을 복판에 두고 취한 얼굴이 청승궂게 죄어 앉았다. 다 같이 눈들은 계집에서 떠나지 않는다. 공석에서 벼룩은 들끓으며 등허리 정강이를 대구 뜯어간다. 그러나 긁는 것은 사내의 체통이 아니다. 꾹 참고 제 차지로 계집 오기만 눈이 빨개 손꼽는다.

"술 좀 천천히 붓게유."

"그럼 일루 밤새유? 없으면 같이는 자지유!"

계집은 곁눈을 주며 생긋 웃어 보인다. 덩달아 맹입[21]이 맥없이 그리고 슬그머니 뺑긴다[22].

얼굴 까만 친구가 얼마 벼르다가 마코[23] 한 개를 피워 올린다. 그리고 우격으로 끌어당겨 남 보란 듯이 입을 맞춘다. 계집은 예사로 담배를 받아 피우고는 생글거린다. 좌중은 밸이 상했다[24]. 양궐련 바람이 시다는 둥 이왕이면 속곳 밑 들고 인심 쓰라는 둥 별별 핀퉁이가 다 들어온다.

"돌려라 돌려, 혼자만 주무르는 게야?"

목이 마르듯 사방에서 소리를 지르며 눈을 지릅 뜬다. 이 서슬에 계집은 일어서서 어디로 갈지를 몰라 술병을 들고 갈팡거린다. 덕만이는 따로 떨어져 봉당 끝에 구부리고 앉았다. 애꿎은 담배통만 돌에다 두드린다. 암만 기다려도 뭉태는 저만 놀 뿐 인사를 아니 붙인다. 술은 제가 내련만 계집도 시시한지 눈을 들떠 보지 않는다. 그래 입때 말 한마디 못

---

21) 맹입 맨입.

22) 뺑긴다 뺑긋하다.

23) 마코 일제 시대에 있던 담배 상표.

24) 밸이 상하다 배알은 '창자'를 비속하게 이르는 말. 여기서는 언짢은 일 등으로 아니꼽거나 분한 마음이 생긴다는 뜻.

건네고 홀로 끙끙 앓는다.

봉당 아래 하얀 귀여운 신이 납죽 놓였다. 덕만이는 유심히 보았다. 돌아앉아서 남이 혹시 보지나 않나 살핀다. 그리고 퍼드러진 시커먼 흙발에다 그 신을 뀌고는 눈을 지그시 감아보았다. 계집의 신이다. 다시 벗어 제 발에 뀌고는 짝 없이[25] 기뻐한다.

약물같이 개운한 밤이다. 버들 사이로 달빛은 해맑다. 목이 터지라고 맹꽁이는 노래부른다. 암수 놈이 의좋게 주고받는 사랑의 노래였다. 이 소리를 들으매 불현듯 울화가 터졌다. 여지껏 누르고 눌러오던 총각은 쿠더분한 울분이 모조리 폭발하였다. 에이 하치못한[26] 인생! 하고 제 몸을 책하고 난 뒤 계집의 앞으로 달려들어 무릎을 꿇었다. 두 손을 공손히 무릎 위에 얹었다. 그 행동이 너무나 쑥스럽고 남다르므로 벗들은 눈이 컸다.

"뵈기는 아까부터 봤으나 인사는 처음 여쭙니다" 하고 죽어가는 음성으로 억지로 봉을 뗐다[27]. 그로는 참으로 큰 용기다.

"저는 강원두 춘천군 신면 중리 아랫말에 사는 김덕만입니다. 울 아버지가 성이 광산 김갑니다."

두 손을 자꾸 비비더니,

"어머니하구 단 두 식굽니다. 하치못한 사람을 찾아주셔서 너무 고맙습니다. 저는 서른넷인데두 총각입니다."

"?"

<hr />

25) 짝 없다 더할 나위 없다.
26) 하치못하다 하찮다.
27) 봉을 떼다 말문을 열다.

계집은 영문을 몰라 어안이 벙벙하다가,

"고만이올시다" 하며 이마를 기울여 절하는 것을 볼 때 참았던 고개가 절로 돌았다. 그리고 터지려는 웃음을 깨물다 재채기가 터져버렸다.

"일테면 인사로군? 뭘 고만이야, 더 허지."

여기저기서 키키거린다. 그런 인사는 좀 됐다 하자고 핀잔이 들어온다. 모처럼 한 인사가 실패다. 그는 그 자리에서 일어나지도 못하고 얼굴이 벌게서 고개를 숙인 채 부처가 되었다.

새벽녘이다. 달이 지니 바깥은 검은 장막이 내렸다.

세 친구는 봉당에 곯아떨어졌다. 술에 취한 게 아니라 어찌 지껄였던지 흥에 취하였다. 뭉태, 덕만이, 까만 얼굴, 세 사람이 마주보며 앉았다. 제가끔 기회를 엿보나 맘대로 안 되매 속만 탈 뿐이다.

뭉태는 계집의 어깨를 잔뜩 부여잡고 부라질[28]을 한다.

실상은 안 취했건만 독단 주정이요 발광이다. 새매같이 쏘다가 계집 귀에다 눈치 빠르게 수군거리곤 그 옆구리를 꾹 찌르고,

"어이 술 췌. 소피 좀 보고 옴세."

벌떡 일어서 비틀거리며 싸리문 밖으로 나간다. 좀 있더니 계집이 마저 오줌 좀 누고 오겠노라고 나가버린다. 덕만이는 실쭉허니 눈만 둥글린다. 일이 내내 마음에 어그러지고 말았다. 그다지 믿었던 뭉태도 저놀 구멍만 찾을 뿐으로 심심하다. 그리고 오줌은 만드는지 여태들 안 들어온다. 수상한 일이다. 그는 벌떡 일어서 문밖으로 나왔다.

---

28) 부라질 몸을 좌우로 흔드는 행동.

발밑이 캄캄하다. 더듬어가며 잿간, 낟가리, 나뭇더미 틈바귀를 샅샅이 내려 뒤졌다. 다시 발길을 돌리어 근방의 밭고랑을 뒤지기 시작하였다. 눈에서 불이 난다.

차차 동이 튼다. 젖빛 맑은 하늘이 품을 벌린다. 고운 봉우리, 험상궂은 봉우리, 이쪽저쪽서 하나 둘 툭툭 불거진다. 손뼉 같은 콩잎은 이슬을 머금고 우거졌다. 스칠 새 없이 다리에 척척 엉기며 물을 뿜는다. 한동안 해갈을 하고서 밭 한복판 고랑에 콩잎에 가린 옷자락을 보았다. 다짜고짜로 달려들었다. 그러나,

"이게 무슨 짓이지유? 아까 뭐라고 마럿지유²⁹⁾?" 하고는 저로도 창피스러워 두어 칸 거리에서 다리가 멈칫하였다. 의형이라고 믿었던 게 불찰이다. 뭉태는 조금도 거침없었다. 고개도 안 돌리며,

"저리 가. 왜 사람이 눈치를 못 차리고 저 뻔새³⁰⁾야."

화를 천둥같이 내지른다. 도리어 몰리니 기가 안 막힐 수 없다. 말문이 막혀 먹먹하다.

"그래 철석같이 장가들여주마 할 제는 언제유?" 하고 지지 않게 목청을 돋았다.

"술값 내슈 가게유!"

손을 벌릴 때,

"나하고 안 살면 술값 못 내겠시우" 하고는 끝대로 배를 튀겼다. 눈은 눈물이 어리어 야속한 듯이 계집을 쏘았다.

---

29) 마쿠다 말하다. 약속하다. 따라서 '마럿지유?'는 '약속했지요?'의 의미이다.
30) 뻔새 본새.

계집은 술 먹고 술값 안 내는 경우가 뭐냐고 중언부언[31] 떠든다. 나중에는 내가 술 팔러 왔지 당신의 아내가 되러 온 것이 아니라고 좋게 타이르기까지 되었다. 뭉태는 시끄러웠다. 술값은 내가 주마고 계집의 팔을 이끌어 콩포기를 헤집고 길로 나가버린다.

시위도 좀 해봤으나 최후의 계획도 틀렸다. 덕만이는 아주 낙담하고 콩밭 복판에 멍하니 서서 그들의 뒷모양만 배웅한다. 계집이 길로 나서자 눈이 빠지게 기다리던 깜둥이 총각이 또 달려든다.

이것을 보니 가슴은 더욱 쓰라렸다. 동무가 빤히 지키고 서 있는데도 끌고 들어가는 그런 행세는 또 없을 게다. 눈물은 급기야 꺼칠한 웃수염을 거쳐 발등으로 줄줄 흘렀다.

이 집 저 집서 일꾼 나오는 것이 멀리 보인다. 연장을 들고 밭으로 논으로 제각기 흩어진다. 아주 활짝 밝았다.

덕만이는 금시로 콩밭을 튀어나왔다. 잿간 옆으로 달려들며 큰 돌맹이를 집어들었다마는 눈을 얼마 감고 있는 동안 단념하였는지 골창으로 던져버렸다. 주먹으로 눈물을 비비고는,

"살재두 나는 인전 안 살터이유!" 하고 잿간을 향하여 소리를 질렀다.

그리고 제 집으로 설렁설렁 언덕을 내려간다.

그러나 맹꽁이는 여전히 소리를 끌어올린다. 골창에서 가장 비웃는 듯이 음충맞게 "맹!" 던지며 "꽁!" 하고 간드러지게 받아넘긴다.

---

31) 중언부언(重言復言) 이미 한 말을 자꾸 되풀이함.

1 덕만이의 처지는 어떠한가요?

가혹한 도지에도 불구하고 덕만은 지주가 시키는 대로 본디 밭이 아닌 정자터를 개간해 콩을 심고 가꾸었습니다. 콩이 열리지 않아도 오히려 콩만 탓하는 그를 친구들은 늘상 사람이 병신스럽다고 비난하여 왔습니다. 우직한 성격의 노총각 덕만이에게 농사 못지않게 큰 소원은 빛을 내서라도 반드시 장가를 들어 아들을 낳아야 한다는 것이었습니다. 그래서 마을에 들병이가 들었을 때, 창피함을 무릅쓰고 뭉태에게 들병이와 다리를 놓아줄 것을 부탁했던 것입니다. 들병이라도 개의치 않고 아내로 삼을 수밖에 없는 덕만이의 절박하면서도 딱한 처지를 엿볼 수 있습니다. 하지만 애초부터 불가능한 꿈을 꾸고 그것의 실현가능성을 굳게 믿은 덕만이의 어리석음은 독자로 하여금 연민을 갖게 하는 동시에 웃음을 유발시킵니다. 계집의 하얗고 귀여운 신을 유심히 보고는 자신의 시커먼 흙발에다 그 신을 꿰고 기뻐하는 그의 천진난만한 모습을 보면, 웃음이 절로 나오면서도, 가슴 한편이 먹먹해져옴을 느끼게 됩니다.

2 현실 대응의 측면에서 덕만이의 성격과 행동을 평가해봅시다.

두 눈 꼭 감고 계집 앞에 달려들어 무릎을 꿇고 무조건 통성명부터 시도할 때는 덕만이의 기대가 한껏 부풀어 있었을 시점입니다. 어안이 벙벙해진 계집은 터지려는 웃음을 깨물다 재채기를 터뜨리고, 주위 친구들은 키키거리는 것을 덕만이는 전혀 눈치 채지 못했습니다. 그러나 점차 시간이 흐를수록 자신과 계집을 엮어줄 기미를 전혀 보이지 않는 뭉태를 보며, 자신의 계획이 어긋나감을 눈치 채기 시작합니다. 결국에는 뭉태와 계집이 함께 있는 것을 목격하고 달려든 덕만이를 눈치 없다고 도리어 뭉태가 꾸짖을 때, 덕만이는 "나하고 안 살면 술값 못 내겠시유" 하며 술값을 내라는 계집을 쏘아보았습니다. 또한 계집을 다른 총각들이 희롱하는 것을 또 한 번 목격하고는 "살재두 나는 인전 안 살터이유!"라고 말하며 포기하고 맙니다.

이처럼 덕만이는 자신의 욕망 이외에는 다른 정황을 살피지 못하는 대응방식을 보여줍니다. 욕망이 좌절되는 순간조차도 여전히 사태를 객관적으로 인식하지 못하고 자신의 잣대에서 판단하고 결론을 짓게 됩니다.

3 뭉태의 인물됨을 평가해봅시다.

자신을 의형으로 믿고 따르는 덕만이의 부탁에 "글쎄, 나만 믿어. 설사 자네에게 거짓말하겠나" 하면서 뭉태는 덕만이의 기대를 한껏 부풀려 놓았습니다. 그러나 애초에 그는 덕만이와의 약속을 지킬 생각은 눈꼽 만치도 없었을 것이 분명합니다. 술집계집이 농사꾼에게 시집올 리 만무하다는 것을 알면서도 바보같이 순진하기만 한 덕만이에게 술이라도 얻어 먹을 요량으로 철석같이 거짓 약속을 해버린 것입니다. 이렇게 해서 뭉태는 덕만이에게 배신감을 안겨 준 인물이 되었습니다. 술값은 자신이 내면 그만이라는 그의 말 어디에서도 덕만이에 대한 미안함을 찾아볼 수가 없습니다.

4 이 소설의 결말 부분에는 맹꽁이 암수의 주고받는 울음소리가 가득합니다. 맹꽁이 소리가 이 소설 전체에서 하는 역할은 무엇일지 생각해봅시다.

결말 부분뿐만 아니라, 작품의 중간에도 맹꽁이 울음소리는 자주 등장합니다. 덕만이는 봉당에서 계집의 신발을 보고 기뻐하다가는 목이 터져라 부르는 맹꽁이 울음소리를 듣게 됩니다. 이 소리를 '암숫놈이 의좋게 주고받는 사랑의 노래'라고 생각하니 '여지껏 눌러오던 총각의 쿠더분한 울분이 모조리 폭발'하여 체면 불구하고 계집의 앞으로 달려들어 무릎을 꿇었던 것입니다. 여기서의 맹꽁이 노랫소리는 덕만이의 주체할 수 없는 욕정·본능을 자극시키는 소리로서, 계집 앞에 나설 수 있는 용기를 북돋아주는 계기를 부여하고 있습니다. 하지만, 자신의 소원이 무너져내린 것을 알고 났을 때 들려오는 암수의 "맹—", "꽁—" 화답 소리는 이제 덕만이를 비웃고 야유하는 소리로 바뀌어 들리게 됩니다.

이와 같이, 맹꽁이 소리는 작품 전체를 통해 내내 울리면서 덕만이의 심정을 자극하기도 하고 대변하기도 하는 역할을 하고 있습니다.

5 「금 따는 콩밭」의 영식 · 수재의 관계와 이 소설에서 덕만 · 뭉태의 관계를 비교해봅시다.

		금 따는 콩밭	총각과 맹꽁이
		영식과 수재의 관계	덕만과 뭉태의 관계
차이점	누가 먼저 적극적인 태도를 보이면서 접근했는가?	수재	덕만
	둘 사이의 친밀도는 어떠한가?	친구 사이이나, 수재가 일방적으로 자신의 이익을 위해 영식에게 접근했다. 감정적인 친밀함은 찾아보기 힘들다	─덕만과 뭉태는 의형제 간이다 ─덕만이는 뭉태를 믿고 따른다
	바라던 것이 이루어질 수 없게 된 상황에서 대응 태도는 어떻게 했는가?	─영식이는 수재에게 속은 것을 알고는 수재를 몹시 미워한다. 그렇지만 여전히 포기하지 못한다 ─수재는 금줄이 잡혔다고 거짓말을 하고는 영식에게 맞을 것이 두려워 내뺀다	─뭉태는 오히려 눈치없는 덕만을 야단친다 ─덕만이는 자신을 방해하고 약속을 안 지키는 뭉태에게 항의하지만 딱히 뭉태에 대해 별수를 쓸 수 없다
	사건이 진행되는 동안 영식과 덕만의 태도는 어떻게 변해갔는가?	영식이는 금줄이 잡힐 기미가 안 보이자, 대놓고 수재를 몰아세우며 타박한다	덕만이는 자신이 속았다는 것을 어렴풋이 알았음에도 자신의 고집을 꺾지 않는다
	속았다는 것을 안 이후 태도는 어떻게 다른가?	결말 부분에 나와 있지는 않지만, 영식은 분명히 수재를 잡으려고 혈안이 되어 찾아다닐 것이다	눈물을 흘리면서도 자신의 자존심을 끝내 지키려 한다
공통점	─속고(영식, 덕만) 속이는(수재, 뭉태) 관계 ─갈등의 소재가 되는 것은 각각 '금'과 '계집'으로 이들의 삶을 지탱하는 데 중요한 요소라 할 수 있다.		

옥토끼

부모님의 반대를 무릅쓰고, 사랑하는 사람을
기필코 아내로 맞이하고 말겠다는 가난한 청년의
다짐을 신선하고 유쾌하게 그려낸 작품.

옥토끼

나는 한 마리 토끼 때문에 자나깨나 생각하였다. 어떻게 하면 요놈을 얼른 키워서 새끼를 낳게 할 수 있을까 이것이었다.

이 토끼는 하나님이 나에게 내려주신 보물이었다.

몹시 춥던 어느 날 아침이었다. 내가 아직 꿈속에서 놀고 있을 때 어머니가 팔을 흔들어 깨우신다. 아침잠이 번이 늦은 데다가 자는데 깨우면 괜스레 약이 오르는 나였다. 팔꿈치로 그 손을 툭 털어버리고,

"아이 참 죽겠네!"

골을 이렇게 내자니까,

"너 이 토끼 싫으냐?" 하고 그럼 고만두란 듯이 은근히 나를 댕기고 계신 것이다.

나는 잠결에 그럼 아버지가 아마 오랜만에 고기 생각이 나서 토끼고기를 사오셨나, 그래 어머니가 나를 먹이려고 깨우시는 것이 아닐까 하

였다. 그리고 고개를 돌리어 뻑뻑한 눈을 떠보니 이게 다 뭐냐, 조막만 하고도 아주 하얀 옥토끼 한 마리가 어머니 치마 앞에 폭 싸여 있는 것이 아닌가.

나는 눈곱을 비비고 허둥지둥 다가앉으며,

"이거 어서 났수?"

"이쁘지?"

"글쎄 어서 났냔 말이야?" 하고 조급히 물으니까,

"아침에 쌀을 씻으러 나가니까 우리 부뚜막 위에 올라앉아서 웅크리고 있더라. 아마 누 집에서 기르는 토낀데 빠져나왔나 봐."

어머니는 얼른 두 손을 화로 위에 비비면서 무척 기뻐하였다. 그 말씀이 우리가 이 신당리로 떠나온 뒤로는 이날까지 지지리지지리 고생만 하였다. 이렇게 옥토끼가, 그것도 이 집에 네 가구가 있으련만 그중에서 우리를 찾아왔을 적에는 새해부터는 아마 운수가 좀 펼려는 거나 아닐까 하며 고생살이에 찌든 한숨을 내쉬고 하시었다. 그러나 나는 나대로의 딴 희망이 있지 않아선 안 될 것이다. 이런 귀여운 옥토끼가 뭇 사람을 제치고 나를 찾아왔음에는 아마 나의 심평이 차차 펼려나 보다 하였다. 그리고 어머니 치마 앞에서 옥토끼를 끄집어 내 들고 고놈을 입에 대보고 뺨에 문질러보고 턱에다 받쳐도 보고 하였다.

참으로 귀엽고도 아름다운 동물이었다. 나는 아침밥도 먹을 새 없이 그리고 어머니가 팔을 붙잡고,

"너 숙이 갖다줄려구 그러니? 내 집에 들어온 복은 남 안 주는 법이야. 인내라 인내."

이렇게 굳이 말리는 것도 듣지 않고 덜렁거리고 문밖으로 나섰다. 뒷

골목으로 들어가 숙이를 문간으로 (불러 만나보면 물론 둘이 떨고 섰는 것이나, 그 부모가 무서워서 방에는 못 들어가고) 넌지시 불러내다가,

"이 옥토끼 잘 길루" 하고 두루마기 속에서 고놈을 꺼내주었다.

나의 예상대로 숙이는 가선진 그 눈을 똥그랗게 뜨더니 두 손으로 답싹 집어다가는 저도 역시 입을 맞추고 뺨을 대보고 하는 것이 아닌가. 하지만 가슴에다 막 부둥켜안는 데는 나는 고만 질색을 하며,

"아아, 그렇게 하면 뼈가 부서져 죽우. 토끼는 두 귀를 붙들고 이렇게······" 하고 토끼 다루는 법까지 가르쳐주지 않을 수 없었다. 하라는 대로 두 귀를 붙잡고 섰는 숙이를 가만히 바라보며 나는 이 집이 내 집이라 하고 숙이가 내 아내라 하면 얼마나 좋을까 하였다. 숙이가 여자 양말 하나 사달라고 부탁하고 내가 그래라고 승낙한 지가 달장근이 되려만 그것도 못하는 걸 생각하니 내 자신이 불쌍도 하였다.

"요놈이 크거든 짝을 채워서 우리 새끼를 자꾸 받읍시다. 그 새끼를 팔구 팔구 하면 나중에는 큰 돈이······."

그러고 토끼를 쳐들고 암만 들여다보니 대체 수놈인지 암놈인지 분간을 모르겠다. 이게 적이 근심이 되어,

"그런데 뭔지 알아야 짝을 채지!" 하고 혼자 투덜거리니까,

"그건 인제······."

숙이는 이렇게 낯을 약간 붉히더니 어색한 표정을 웃음으로 버무리며,

"나중 커야 알지요!"

"그렇지! 그럼 잘 길루" 하고 집으로 돌아와서는 그 담날부터 매일 한 번씩 토끼 문안을 가고 하였다. 토끼가 나날이 달라간다는 숙이의 말을

듣고 나는 퍽 좋았다.

"요새두 잘 먹우?" 하고 물으면,

"네. 물 찌꺼기만 주다가 오늘은 배추를 주었더니 아주 잘 먹어요" 하고 숙이도 대견한 대답이었다. 나는 이렇게 병이나 없이 잘만 먹으면 다 되려니 생각하였다. 아니나다르랴 숙이가,

"인젠 막 뛰다니구 똥두 밖에 가 누구 들어와요" 하고 까만 눈알을 뒤굴릴 적에는 아주 휜칠한 어른 토끼가 다 되었다. 인제는 짝을 채줘야 할 터인데, 하고 나는 돈 없음을 걱정하며 집으로 돌아왔다. 그러나 아무리 생각하여도 돈을 변통할 길이 없어서 내가 입고 있는 두루마기를 잡힐까, 그러면 뭘 입고 나가냐, 이렇게 양단을 망설이다가 한 닷새 동안 토끼에게 가질 못하였다. 그러자 하루는 저녁을 먹다가 어머니가,

"금철 어매게 들으니까 숙이가 그 토끼를 잡아먹었다더구나!" 하고 역정을 내는 바람에 깜짝 놀랐다.

우리 어머니는 싫다는 걸 내가 디리졸라서 한번 숙이네한테 통혼을 넣다가 거절을 당한 일이 있었다. 겉으로는 아직 어리다는 것이나 그 속살은 돈 있는 집으로 딸을 내놓겠다는 내숭이었다. 이걸 어머니가 아시고 모욕을 당한 듯이 그들을 극히 미워하므로,

"그럼 그렇지! 그것들이 김생[1] 구여운 줄이나 알겠니?"

"그래 토끼를 먹었어?"

나는 이렇게 눈에 불이 번쩍 나서 밖으로 뛰어나왔으나 암만해도 알 수 없는 일이다. 제 손으로 색동조끼까지 해 입힌 그 토끼를 설마 숙이

[1] 김생 '짐승'의 방언.

가 잡아먹을 성싶지는 않았다.

그러니 숙이를 불러내다가 그 토끼를 좀 잠깐만 뵈달라 하여도 아무 대답이 없이 얼굴만 빨개져서 서 있는 걸 보면 잡아먹은 것이 확실하였다. 이렇게 되면 이놈의 계집애가 나에게 벌써 맘이 변한 것은 넉넉히 알 수 있다. 나중에 같이 살자고 우리끼리 맺은 그 언약을 잊지 않았다면 내가 위하는 그 토끼를 제가 감히 잡아먹을 리가 없지 않은가.

나는 한참 도끼눈으로 노려보다가,

"토끼 가질러 왔우. 내 토끼 도루 내수."

"없어요."

숙이는 거반 울 듯한 상이더니 이내 고개를 떨어치며,

"아버지가 나두 모르게……" 하고는 무안에 취하여 말끝도 다 못 맺는다.

실상은 이때 숙이가 한 사날 동안이나 밥도 안 먹고 대단히 앓고 있었다. 연초 회사에 다니며 벌어들이는 딸이 이렇게 밥도 안 먹고 앓으므로 그 아버지가 겁이 버쩍 났다. 그렇다고 고기를 사다가 몸보신시킬 형편도 못 되고 하여 결국에는 딸도 모르게 그 옥토끼를 잡아서 먹여버리고 말았던 것이다.

그러나 나는 그런 속은 모르니까 남의 토끼를 잡아먹고 할 말이 없어서 벙벙히 섰는 숙이가 다만 미웠다. 뭘 못 먹어서 옥토끼를, 하고 다시,

"옥토끼 내놓우. 가져갈 테니" 하니까,

"잡아먹었어요."

그제야 바로 말하고 언제 그렇게 고였는지 눈물이 뚝 떨어진다. 그리고 무엇을 생각했음인지 허리춤을 뒤지더니 그 지갑(은 우리가 둘이 남몰

래 약혼을 하였을 때 금반지 살 돈은 없고 급하긴 하고 해서 내가 야시에서 15전 주고 사 넣고 다니던 돈지갑을 대신 주었는데 그것)을 내놓으며 새침히 고개를 트는 것이다.

망할 계집애, 남의 옥토끼를 먹고 요렇게 토라지면 나는 어떡하란 말인가. 하나 여기서 더 지껄였다가는 나만 앵한 것을 알았다. 숙이의 옷가슴을 부랴사랴 헤치고 허리춤에다 그 지갑을 도로 꾹 찔러주고는 쫓아올까 봐 집으로 힝하게 달아왔다. 제가 내 옥토끼를 먹었으니까 암만즈 아버지가 반대를 한다더라도, 그리고 제가 설혹 마음이 없더라도 인제는 하릴없이 나의 아내가 꼭 되어주지 않을 수 없을 것이다.

이렇게 나는 생각하고 이불 속에서 잘 따져보다 그 옥토끼가 나에게 참으로 고마운 동물임을 비로소 깨달았다.

'인제는 틀림없이 너는 내 거다!'

1 '나' 와 숙이의 관계와 처지는 어떠한가요?

'나' 와 숙이는 서로 사랑하는 사이지만, '숙이' 의 부모님이 무서워 '숙이' 를 몰래 만나고 있는 처지입니다. 전에 싫다는 어머니를 졸라 숙이네에 통혼을 넣었다가 거절을 당한 일이 있은 후로 '나' 의 어머니는 숙이네를 몹시 미워하고 있으며, '나' 또한 숙이와의 만남을 반대하는 숙이 부모님을 매우 무서워하며 지내오고 있습니다.

숙이 부모님은 돈 있는 집으로 딸을 시집보내고 싶어했기에, 숙이네 부모님 눈에 '나' 는 성이 차지 않은 사윗감임을 '나' 역시 잘 알고 있습니다. 숙이가 양말 하나 사다 달라고 부탁한 지 한 달이 가까워지련만 돈이 없어 부탁을 들어주지 못하고 있는 '나' 의 한심한 처지를 자책할 뿐 어찌할 도리가 없는 처지에 놓여 있습니다.

2 '옥토끼'가 상징하는 것은 무엇이며, 결말 부분에서 '옥토끼'가 하는 역할에 대해 생각해봅시다.

'나'의 어머니는 옥토끼가 제 발로 집으로 찾아들어온 것은 새해부터는 운수가 트일 징조로 생각하고 있습니다. 지금 살고 있는 마을로 들어와서는 고생만 한 우리 집에 행운을 가져다 줄 귀한 선물로 여기고 있는 것이지요. '나' 역시 옥토끼로 인해 '나'의 생활 형편이 펼 것이라는 희망을 가져봅니다. 그래서 이 귀한 것을 가장 사랑하는 사람인 '숙이'에게 어머니 몰래 선물하게 됩니다.

옥토끼를 기르는 과정은 '나'와 숙이와의 교감을 한층 두터워지게 해줌으로써 둘 사이를 계속적으로 이어주는 매개체 역할을 톡톡히 하였습니다. 그러던 중, 다른 사람도 아닌 숙이가 옥토끼를 잡아먹었다는 상상할 수조차 없는 큰 사건이 발생하면서 '나'의 희망도 함께 사라져 버린 듯 싶었습니다. 하지만 이 옥토끼 때문에 이제 저의 아버지의 반대에도 불구하고 숙이는 꼼짝없이 '나'의 아내가 될 수밖에 없으리라는 것을 생각해내고 '나'는 오히려 기뻐합니다. 어찌 되었든 옥토끼는 '나'에게 있어 희망이며 참으로 고마운 존재인 것만은 확실합니다.

3 '나'의 생각대로 이야기가 전개될지 추측해보고, 이 이야기가 우리에게 전달하는 바가 무엇일지 생각해봅시다.

'나'의 생각대로 과연 '숙이' 아버지가 결혼을 승낙할까요? 숙이 아버지에게 옥토끼는 딸이 한 사날 동안이나 앓는 것을 보고 고기를 사다가 몸보신시킬 형편이 못 되기에 대신 잡아서 먹인 '보신용 고기' 그 이상도 그 이하도 아니었습니다. 따라서 옥토끼를 잡아먹었으니 '인제는 틀림없이 너는 내 거다!'라는 '나'의 생각은 그야말로 자신만의 착각으로 끝날 것이 뻔합니다. 옥토끼를 잡아먹었다고 해서 반드시 옥토끼를 선물한 사람까지도 책임져야 한다는 발상은 매우 엉뚱하며 우스꽝스럽습니다. 이처럼 '나'는 객관적인 상황파악 능력이 결여된 인물로 그려지고 있습니다. 이 이야기는 자신의 무능력함을 우연히 찾아온 옥토끼를 통해 극복할 수 있다고 믿고, 옥토끼를 수단으로 목적을 달성하려 하는 어리석음을 과장해서 보여주는 동시에, 우리의 마음속 어딘가에도 이와 같은 비합리적인 신념과 소망이 얼마든지 존재할 수 있다는 공감대를 형성시켜줍니다.

4 읽으면서 웃음을 유발시키는 장면은 어디이며, 이 웃음이 유발되는 원인에 대해 생각해봅시다.

— 옥토끼를 도로 내놓으라는 '나'의 요구에 '숙이'가 "잡아먹었어요" 라고 대답한 대목이 특히 재미있게 다가옵니다. 마치 한 편의 코미디드라마를 보고 있는 듯한 기분이 들 정도입니다. 작가는 전혀 예상하지 못했던 우스꽝스러운 상황을 보여줌으로써 독자들로 하여금 폭소를 터뜨리게 하고 있습니다.

— 자신의 귀한 토끼를 먹었으므로 결국 자신의 아내가 될 수밖에 없다는 '나'의 단순한 논리에 웃음이 유발됩니다. 상식에서 벗어난 자신만의 착각 속에서 흐뭇해하는 주인공의 모습을 보면서 주인공보다는 판단력에 있어 월등한 위치에 있는 독자들에게 통쾌하면서도 허탈한 웃음을 터뜨리게 합니다. 하지만 한편으로는 옥토끼를 빌미로 해서라도 사랑을 얻고자 하는 '나'의 처지 때문에 연민의 정이 느껴지기도 합니다.

따라지

도시 하층민들의 일상의 삶과 갈등을
생동감 있게 그려냄으로써,
따뜻한 인간애를 표현한 작품.

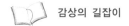

"방 빼!" "못 빼!"
한 지붕 아래 모여 사는 따라지들이 벌이는 한낮의 소동

　주로 농촌에서 벌어지는 에피소드를 다루었던 김유정의 다른 작품들과 달리 이 소설은 도시빈민층의 삶을 다루고 있습니다. 농촌소설에서 그랬던 것처럼 인물들을 향한 작가의 시선은 언제나 따뜻하기만 합니다.

　이 소설은 제복공장 직공, 버스 걸, 카페 여급 등의 직업을 가지고 한 집에 세들어 살아가는 억척스러운 여성들의 모습을 그려내고 있는 작품입니다. 주인집 노파의 눈에는 이 여성들은 모두 팔자가 사납고 몹쓸 것들로 비쳐질 뿐입니다. 특히 카페 여급인 아키코는 주인집 노파에게 눈엣가시 같은 존재입니다. 아키코는 방세를 내지 못해 쫓겨날 위기에 처한 옆방 총각의 편에 서서 주인집 노파와 조카를 상대로 육탄전을 벌일 정도로 억척스러우며, 순사에게 잡혀가면서도 태연함을 잃지 않을 정도로 능글맞고 당찬 여성입니다. 반면에 이 집에 함께 세들어 사는 남성들은 하나같이 생업이 없이 여성들에게 빌붙어서 살아가는 무기력한 존재로 그려져 있습니다. 아키코가 톨스토이라는 별명을 짓고 몰래 짝사랑하는 옆방 총각이 바로 그 대표적인 인물입니다.

이 소설의 제목 '따라지' 란, 보잘것없거나 하찮은 처지에 놓인 사람이나 물건을 속되게 이르는 말입니다. 톨스토이와 변덕쟁이, 버스 걸과 김마까, 아키코와 영애의 삶은 모두 '따라지' 의 삶입니다. 하지만 작가는 이들의 삶을 비참하거나 연민을 담은 시선으로 그려내지 않습니다. 아키코와 영애네 방문에 뚫린 구멍을 통해 몰래 관찰되는 이들 따라지들의 생활모습은 한편 비밀스럽고, 또 한편 코미디극을 보는 것처럼 유쾌하기만 합니다.

작가는 어느 봄날 벌어진 따라지들의 한바탕 소동을 필름에 포착했습니다. 세들어 사는 사람들을 내쫓으려는 주인집 노파와 이에 맞서 대결하는 셋방 따라지들의 유쾌한 한판 승부는 어떻게 끝이 날까요?

따라지

쪽대문을 열어놓으니 사직공원이 환히 내려다보인다.

인제는 봄도 늦었나 보다. 저 건너 돌담 안에는 사쿠라[1]꽃이 벌겋게 벌어졌다. 가지가지 나무에는 싱싱한 싹이 돋고, 새침히 옷깃을 핥고 드는 요놈이 꽃샘이겠지. 까치들은 새끼 칠 집을 장만하느라고 가지를 입에 물고 날아들고…….

이런 제길헐, 우리 집은 언제나 수리를 하는 겐지. 해마다 고친다, 벼르기는 연신 벼르면서 그렇다고 사직골 꼭대기에 올라붙은 깨웃한[2] 초가집이라서 싫은 것도 아니다. 납작한 처마 끝에 비록 묵은 이엉이 무더기무더기 흘러내리건 말건, 대문짝 한 짝이 빼뚜로[3] 박히건 말건 장독

[1] 사쿠라 '벚꽃'의 일본말.
[2] 깨웃하다 한쪽으로 조금 기울다.
[3] 빼뚤다 삐딱하다.

뒤의 판장[4]이 아주 벌컥 나자빠져도 좋다. 참말이지 그놈의 부엌 옆에 뒷간만 좀 고쳤으면 원이 없겠다. 밑둥의 벽이 확 나가서 어떤 게 부엌이고 뒷간인지 분간을 모르니. 게다 여름이 되면 부엌 바닥으로 구더기가 슬슬 기어들질 않나. 이걸 보면 고대 먹었던 밥풀이 그만 곤두서고 만다. 에이 추해, 추해, 망할 녀석의 영감쟁이 그것 좀 고쳐달라고 그렇게 성화를 해도…….

쪽대문이 도로 닫겨지며 소리를 요란히 내인다. 아침 설거지에 젖은 손을 치마로 닦으며 주인 마누라는 오만상이 찌푸려진다.

그러나 실상은 사글세를 못 받아서 악이 오른 것이다. 영감더러 받아달라면 마누라에게 밀고 마누라가 받자니 고분히 내질 않는다.

여지껏 미뤄왔지만 너들 오늘은 안 될라, 마음을 아주 다부지게 먹고 건넌방 문을 홱 열어젖힌다.

"여보! 어떻게 됐소?"

"아 이거 참 미안합니다. 오늘두…….

덥수룩한 칼라 머리를 이렇게 긁으며 역시 우물쭈물이다.

"오늘두라니 그럼 어떡헐 작정이오?" 하고 눈을 한번 무섭게 떠 보였다마는 이 위인은 암만 얼러도 노할 주변도 못 된다.

나이가 새파랗게 젊은 녀석이 왜 이리 할 일이 없는지, 밤낮 방구석에 팔짱을 지르고 멍하니 앉아서는 얼이 빠졌다. 그렇지 않으면 이불을 뒤쓰고는 줄창같이 낮잠이 아닌가. 햇빛을 못 봐서 얼굴이 누렇게 시들었다. 경부과 제복 공장의 직공으로 다니는 즈 누이의 월급으로 둘이 먹고

---

[4] 판장 널빤지를 대어 만든 울타리.

지낸다. 누이가 과부기에 망정이지 서방이라도 해가면 이건 어떡헐라고 이러는지 모른다. 제 신세 딱한 줄은 모르고 맨날,

"돈은 우리 누님이 쓰는데요…… 누님 나오거든 말씀하십시오."

"당신 누님은 밤낮 사날만 참아달라는 게 아니오. 사날 사날 허니 그래 언제가 돼야 사날이란 말이오?"

"미안스럽습니다. 그러나 이번엔 사날 후에 꼭 드리겠습니다. 이왕 참아주시던 길이니……."

"글쎄 언제가 사날이란 말이오" 하고 주름 잡힌 이맛살에 화가 다시 치밀지 않을 수가 없다. 이놈의 사날이란 석 달인지 3년인지 영문을 모른다. 그러나 저쪽도 쾌쾌히[5] 들어 덤벼야 말하기가 좋을 텐데, 울 가망으로 한풀 꺾이어 들옴에는 더 지껄일 맛도 없는 것이다.

"돈두 다 싫소. 오늘은 방을 내주."

그는 말 한마디 또렷이 남기고 방문을 탁 닫아버렸다. 그리고 서너 발 뚜덜거리며[6] 물러서자 다시 가서 문을 열어 잡고,

"오늘 우리 조카가 이리 온다니까 어차피 방은 있어야 하겠소."

장독 옆으로 빠진 수채[7]를 건너서면 바로 아랫방이다. 본시는 광[8]이었으나 셋방 놓으려고 싱둥겅둥[9] 방을 들인 것이다. 흙질한 것도 위채보다는 아직 성하고 신문지로 처덕이었을망정 제법 벽도 번뜻하다.

비바람이 들이치어 누렇게 들뜬 미닫이였다. 살며시 열고 노려보니

---

5) 쾌쾌하다 무척 즐겁다. 씩씩하고 시원스럽다.
6) 뚜덜거리다 투덜거리다. 불평하는 말로 혼자 중얼거리다.
7) 수채 허드렛물이나 빗물이 흘러 나가도록 만든 시설. 허드렛물을 버리는 곳.
8) 광 세간 따위의 물건을 넣어 두는 곳간.
9) 싱둥겅둥 건성건성. 대충.

망할 노랑퉁이가 여전히 이불을 쓰고 끙, 끙, 누웠다. 노란 낯짝이 광대뼈가 툭 불거진 게 어제만도 더 못한 것 같다. 어쩌자고 저걸 들였는지 제 생각을 해도 소갈찌[10]는 없었다. 돈도 좋거니와 팔자에 없는 송장을 칠까 봐 애간장이 다 졸아든다.

하기야 처음 올 때에 저 병색을 모른 것도 아니고,

"영감님! 무슨 병환이슈?" 하고 겁을 먹으니까,

"감기를 좀 들렸더니 이러우."

이런 굴치[11] 같은 영감쟁이가 또 있으랴. 그리고, 그날부터 뒷간에다 피똥을 내깔기며 이 앓는 소리로 쩔쩔매는 것이다. 보기에 추하기도 할뿐더러 그 신음 소리를 들을 적마다 사지가 으스러지는 것 같다.

그러나 더 얄미운 것은 이걸 데리고 온 그 딸이었다. 버스 걸[12] 다니니까 아마 가진말이 심한 모양이다. 부족증[13]이라고 한마디만 했으면 속이나 시원할 걸 여태도 감기가 쉐서[14] 그렇다고 빠득빠득 우긴다. 방을 안 줄까 봐 속인 그 행실을 생각하면 곧 눈에 불이 올라서,

"영감님! 오늘은 방셀 주셔야지요?"

"시방 내 몸이 아파 죽겠소."

영감님은 괜한 소리를 한단 듯이 썩 귀찮게 벽 쪽으로 돌아눕는다. 그리고 어그머니 끙, 옴츠라드는 소리를 친다.

"아니 영 방세는 안 내실 테요?" 하고 소리를 빽 지르지 않으려야 않

10) 소갈찌 소갈머리.
11) 굴치 골칫덩어리. 골칫거리.
12) 버스 걸(bus girl) 버스 안내양.
13) 부족증 한방에서 '폐결핵'을 이르는 말.
14) 감기가 쉐다 감기가 점점 더 심해지다.

을 수 없다.

"내 시방 죽는 몸이오. 가만있수."

"글쎄 죽는 건 죽는 거고 방세는 방세가 아니오. 영감님 죽기로서 어째 내 방세를 못 받는단 말이오?"

"내가 죽는데 어째 또 방세는 낸단 말이오?"

영감님은 고개를 돌리어 눈을 부릅뜨고 마나님 못지않게 호령이었다. 죽을 때가 가까워오니까 악이 받칠 대로 송두리 받친 모양이다.

"정 그렇거든 내 딸 오거든 받아 가구려."

"이건 누구에게 찌다운가 원, 별일두 다 많어이" 하고 홀로 입 속으로 중얼거리며 물러가는 것도 상책일는지 모른다. 괜스레 병든 것과 겯고틀고 이러단 결국 이쪽이 한급 죄인다[15]. 그보다는 딸이나 오거든 톡톡히 따져서 내쫓는 것이 일이 쉬우리라.

그 옆으로 좀 사이를 두고 나란히 붙은 미닫이가 또 하나 있다. 열고자 문설주에 손을 대다가 잠깐 멈칫하였다. 툇마루 위에 무람없이 올려놓은 이 구두는 분명히 아키코의 구두일 게다. 문 열어볼 용기를 잃고 그는 부엌 쪽으로 돌아가며 쓴 입맛을 다셨다.

카펜가 뭔가 다니는 계집애들은 죄다 그렇게 망골[16]들인지 모른다. 영애하고 아키코는 아무리 잘 봐도 씨알[17]이 사람 될 것 같지 않다. 아래위턱도 몰라보는 애들이 난봉질[18]에 향수만 찾고 그래도 영애란 계집

---

15) 한급 죄이다 한 수 수그리고 들어간다. 남에게 허물이나 약점이 잡히어 기를 펴지 못하게 되었다는 뜻.
16) 망골 주책스런 사람.
17) 씨알 씨알머리. 사람의 종자(種子)를 욕으로 이르는 말.
18) 난봉질 방탕한 짓을 함부로 하는 일.

애는 비록 심술은 내고 내댈망정 뭘 물으면 대답이나 한다. 요 아키코는 방세를 내래도 입을 꼭 다물고는 안차게도 대꾸 한마디 없다. 여러 번 듣기 싫게 조르면 그제서는 이쪽이 낼 성을 제가 내가지고,

"누가 있구두 안 내요? 좀 편히 계서요. 어련히 낼라구, 그런 극성 첨 보겠네."

이렇게 쥐어박는 소리를 하는 것이 아닌가. 좀 편히 계시라는 이 말에는 하 어이가 없어서도 고만 찔끔 못한다.

"망할년! 은젠 병이 들었었나?"

쓸 방을 못 쓰고 사글세를 논 것은 돈이 아쉬웠던 까닭이었다. 두 영감 마누라가 산다고 호젓해서 동무로 모은 것도 아니다. 그런데 팔자가 사나운지 모두 우거지상, 노랑퉁이, 말괄량이, 이런 몹쓸 것들뿐이다. 이 망할 것들이 방세를 내는 셈도 아니요, 그렇다고 아주 안 내는 것도 아니다. 한 달치를 비록 석 달에 별러 내는 한이 있더라도 역시 내는 건 내는 거였다. 저들끼리 짜기나 한 듯이 80전 70전 그저 1원, 요렇게 짤 끔짤끔거리고 만다.

오늘은 크게 얼를 줄 알았더니 하고 보니까 역시 어저께나 다름이 없다. 방의 세간을 마루로 내가며 세를 들인 보람이 무엇인지. 그는 마루 끝에 걸터앉아서 화풀이로 담배 한 대를 피워 문다.

그러나 아무리 생각하여도 내 방 빌리고 내가 말 못하는 것은 병신스러운 짓임에 틀림이 없다. 담뱃대를 마루에 내던지고 약을 좀 올려가지고 다시 아래채로 내려간다. 기세 좋게 방문이 홱 열리있다.

"아키코! 이봐! 자?"

아키코는 네 활개를 벌리고 아키코답게 무사태평히 코를 골아 올린

다. 젖퉁이를 풀어헤친 채 부끄럼 없고, 두 다리는 이불 싼 위로 번쩍 들어올렸다. 담배 연기 가득 찬 방 안에는 분내가 홱 끼치고…….

"이봐! 아키코! 자?"

이번에는 대문 밖에서도 잘 들릴 만큼 목청을 돋았다. 그러나 생시에도 대답 없는 아키코가 꿈속에서 대답할 리 없음을 알았다. 그저 겨우 입 속으로,

"망할 계집애두, 가랑머릴 쩍 벌리고 저게 원…… 쩨쩨."

미닫이가 딱 닫겨지는 서슬에 문틀 위의 안약 병이 떨어진다.

그제야 아키코는 조심히 눈을 떠보고 일어나 앉았다. 망할년, 저보구 누가 보랬나, 하고 한옆에 놓인 손거울을 집어든다. 어젯밤 잠을 설친 바람에 얼굴이 부석부석하였다. 권연에 불이 붙는다.

그는 천장을 향하여 연기를 내뿜으며 가만히 바라본다. 뾰족한 입에서 연기는 고리가 되어 한 둘레 두 둘레 새어나온다. 고놈을 하나씩 손가락으로 꼭 찔러서 터치고 터치고.

아까부터는 영애를 기다렸으나 오정이 가까워도 오질 않는다. 단성사엘 갔는지 창경원엘 갔는지, 그래도 저 혼자는 안 갈걸, 이런 때이면 방 좁은 것이 새삼스레 불편하였다. 햇빛이 안 들고 늘 습한 건 말고, 조금만 더 넓었으면 좋겠다. 영애나 아키코나 둘 중의 누가 밤의 손님이 있으면 하나는 나가 잘 수밖에 없다. 둘이 자도 어깨가 맞부딪는데 그런데 셋이 눕기에는 너무 창피하였다. 나가서 자면 숙박료는 50전씩 받기로 하였으니까 못 잘 것도 아니다마는 그 담날 밝은 낮에 여기까지 허덕허덕 찾아오는 것은 어째 좀 어색한 일이었다.

어제도 카페서 나오다가 골목에서 영애를 꾹 찌르고,

"애! 너 오늘 어디서 자구 오너라" 하고 귓속을 하니까,

"또? 애 너는 좋구나!"

"좋긴 뭐가 좋아? 애두!"

아키코는 좀 수줍은 생각이 들어 쭈뼛쭈뼛 그 손에 돈 80전을 쥐여주었다. 여느 때 같으면 50전이지만 그만치 미안하였다. 마는 영애는 지루퉁한[19] 낯으로 돈을 받아 넣으며 또 하는 소리가,

"애! 인젠 종로 근처로 우리 큰 방을 얻어오자."

"그래 가만 있어…… 잘 가거라. 그리고 낼 일찍 와!"

남 인사하는 데는 대답 없고,

"나만 밤낮 나와 자는구나!"

이것은 필시 아키코에게 엇먹는 조롱이겠지. 망할 애두 저더러 누가 뚱뚱하고 못생기게 나랬나, 그렇게 빼지게[20] 하지만 영애가 설마 아키코에게 빼지거나 엇먹지는 않았으리라.

아키코는 베개로 허리를 펴며 손목시계를 다시 본다. 오정하고 15분 또 3분, 영애가 올 때가 되었는데, 망할 거 누가 채갔나. 기지개를 한 번 늘이고 드러누우며 미닫이께로 고개를 가져간다. 문 아랫도리에 손가락 하나 드나들 만한 구멍이 뚫리었다. 주인 마누라가 그제야 좀 화가 식었는지 안방으로 휘젓고 들어가는 치마 꼬리가 보인다. 그리고 마루 뒤주 위에는 언제 꺾어다 꽂았는지 정종 병에 엉성히 뻗은 꽃가지. 붉게 핀 것은 복숭아꽃일 게고, 노랗게 척척 늘어진 저건 개나리다. 건넌방 문은 여전히 꼭 닫혔고 뒷간에 가는 기색도 없다. 저 속에는 지금 제가 별명

---

19) 지루퉁하다 못마땅하게 시무룩하다.
20) 빼지다 삐치다.

지은 톨스토이가 책상 앞에 웅크리고 앉아서 눈을 감고 앉았으리라. 올라가서 이야기나 좀 하고 싶어도 구렁이 같은 주인 마누라가 지키고 앉아서 감히 나오지를 못한다.

이것은 아키코가 안채의 기맥[21]을 정탐하는 썩 필요한 구멍이었다. 뿐만 아니라 저녁나절에는 재미스러운 연극을 보는 한 요지경도 된다. 어느 때에는 영애와 같이 나란히 누워서 베개를 베고 하나에 한 구멍씩 맡아가지고 구경을 한다. 왜냐면 다섯 점 반쯤 되면 완전히 히스테리인 톨스토이의 누님이 공장에서 나오는 까닭이었다.

그 누님은 성질이 어찌 괄괄한지 대문간서부터 들어오는 기색이 난다. 입을 다물고 눈살을 접은 그 얼굴을 보면 일상 마땅찮은, 그리고 세상의 낙을 모르는 사람 같다. 어깨는 축 늘어지고 풀없어 보이면서 게다 걸음만 빠르다. 들어오면 우선 건넌방 툇마루에다 빈 벤또[22]를 쟁그렁, 하고 내다 붙인다. 이것은 아우에게 시위도 되거니와 이래야 또 직성도 풀린다.

그리고 그는 눈을 휘둥그렇게 뜨고 사면의 불평을 찾기 시작한다마는 아우는 마당도 쓸어놓고, 부뚜막의 그릇도 치우고, 물독의 뚜껑도 잘 덮어놓았다. 신발장이라도 잘못 놓여야 트집을 걸 텐데 아주 말쑥하니까 물바가지를 땅으로 동댕이친다. 이렇게 불평을 찾다가 불평이 없어도 또한 불평이었다.

"마당을 쓸면 잘 쓸든지, 그릇에다 흙칠을 온통 해놨으니 이게 뭐냐?"

21) 기맥 분위기. 낌새.
22) 벤또 '도시락'의 일본말.

끝이 꼬부라진 그 책망, 아우는 속에서 끽소리 없다.

"밥을 얻어먹으면 밥값을 해야지, 늘 부처님같이 방구석에 꽉 앉았기만 하면 고만이냐?"

이것이 하루 몇 번씩 귀 아프게 듣는 인사이었다. 눈을 흡뜨고 서서, 문 닫은 건넌방을 향하여 퍼붓는 포악이었다. 그런 때면 야윈 목에 굵은 핏대가 불끈 솟고, 구부정한 허리로 게거품까지 흐른다. 그러나 이건 보통 때의 말이다. 어쩌다 공장에서 뒤를 늦게 본다고 감독에게 쥐어박히거나, 혹은 재봉침에 엄지손톱을 박아서 반쯤 죽어오는 적도 있다. 그러면 가뜩이나 급한 그 행동이 더욱 불이야 불이야 한다. 손에 잡히는 대로 그릇을 내던져 깨치며,

"왜 내가 이 고생을 해가며 널 먹이니 응 이놈아?"

헐없이 미친 사람이 된다. 아우는 마당에 내려와서 누님의 어깨를 두 손으로 붙잡고,

"누님, 다 내가 잘못했수 그만두" 하고 달래지 않을 수 없다.

"네가 이놈아! 내 살을 뜯어먹는 거야."

"그래 알았수, 내가 다 잘못했으니 그만둡시다."

"듣기 싫어, 물러나" 하고 벌컥 떠다밀면 땅에 펄썩 주저앉는 아우다. 열적은 듯, 죄송한 듯 얼굴이 벌게서 털고 일어나는 그 아우를 보면 우습고도 일변 가여웠다.

그러나 더 우스운 것은 마루에서 저녁을 먹을 때의 광경이다. 누님이 밥을 퍼 가지고 올라와서는 암말 없이 아우 앞으로 한 그릇을 쭉 밀어놓는다. 그리고 자기는 자기대로 외면하여 푹푹 퍼 먹고 일어선다. 물론 반찬도 각각 먹는 것이다. 아우는 군말없이 두 다리를 세우고, 눈을 내

리깔고는 그 밥을 떠먹는다. 방에 앉아서, 주인 마누라는 업신여기는 눈으로 은근히 흘겨준다.

영애는 톨스토이가 너무 병신스러운 데 골을 낸다. 암만 얻어먹더라도 씩씩하게 대들질 못하고 저런, 저런. 그러나 아키코는 바보가 아니라 사람이 너무 착해서 그렇다고 우긴다.

하긴 그렇다고 누님이 자기 밥을 얻어먹는 아우가 미워서 그런 것도 아니다. 나뭇잎이 둥금둥금 날리던 작년 가을이었다. 매일같이 하 들볶이니까 온다간다 말없이 하루는 아우가 없어졌다. 이틀이 되어도 없고 사흘이 되어도 없고 일주일이 썩 지나도 영 들어오지를 않는다.

누님은 아우를 찾으러 다니기에 눈이 뒤집혔다. 그렇게 착실히 다니던 공장에도 며칠씩 빠지고, 혹은 밥도 굶었다. 나중에는 아우가 한을 품고 죽었나 보다고 집에 들어오면 마루에 주저앉아서 통곡이었다. 심지어 아키코의 손목을 다 붙잡고,

"여보! 내 아우 좀 찾아주, 미치겠수."

"그렇지만 제가 어딜 간 줄 알아야지요."

"아니 그런 데 놀러가거든 좀 붙들어주. 부모 없이 불쌍히 자란 그놈이……."

말끝도 다 못 마치고 이렇게 울던 누님이 아니었던가. 아흐레 만에야 아우를 남대문 밖 동무 집에서 찾아왔다. 누님은 기뻐서 또 울었다. 그리고 그 다음 날부터 다시 들볶기 시작하였다.

이 속은 참으로 알 수 없고, 여북해야[23] 아키코는 대문 소리만 좀 다

---

23) 여북해야 기껏해야 .

르면,

"애 영애야! 변덕쟁이 온다. 어서 이리 와" 하고 잇속 없이 신이 오른다.

아키코는 남모르게 톨스토이를 맘에 두었다. 꿈을 꾸어도 늘 울가망으로 톨스토이가 나타나곤 한다. 꼭 발렌티노[24]같이 두 팔을 떡 벌리고 하는 소리가 오! 저는 당신을 사랑합니다. 이 가슴에 안겨주소서. 그러나 생시에는 이놈의 톨스토이가 아키코의 애타는 속도 모르고 본 둥 만둥이 아닌가. 손님에게 꼭 답장을 할 필요가 있어서,

"선생님! 저 연애편지 하나만 써주셔요."

아키코가 톨스토이를 찾아가면,

"저 그런 거 못 씁니다."

"소설 쓰시는 이가 그래 연애편지를 못 써요?" 하고 어안이 벙벙해서 한참 쳐다본다. 책상 앞에서 늘 쓰고 있는 것이 소설이란 말은 여러 번이나 들었다. 그래 존경해서 선생님이라고 톨스토이로 받치는데 그래 연애편지 하나 못 쓴다니 이게 말이 되느냐 하도 기가 막혀서,

"선생님! 연애 해보셨어요?" 하면 무안당한 계집애처럼 그만 얼굴이 벌게진다.

"전 그런 거 모릅니다."

아키코는 톨스토이가 저한테 흥미를 안 갖는 걸 알고 좀 샐쭉하였다[25]. 카페서 구는 여급이라고 넘보는 맥인지 조선말로 부르면 숭해서 아키코로 행세는 하지만 영영 아키코인 줄 아나 보다. 어쩌면 톨스토이가 숭칙

24) 발렌티노 이탈리아 출신의 미국 영화배우. 영화 〈춘희〉에서 주역을 맡음.
25) 샐쭉하다 마음에 차지 않아 약간 고까워하는 태도를 드러내다.

스럽게 아랫방 버스 걸과 눈이 맞았는지도 모른다. 왜냐면 버스 걸이 나갈 때 그때쯤 해서 톨스토이가 세수를 하러 나오고 하는 것을 보았다. 그리고 옥생각인지 몰라도 버스 걸도 요즘엔 부쩍 모양을 내기에 몸이 달았다. 며칠 전에는 버스 걸이 거울과 가위를 손에 들고서 아키코의 방엘 찾아왔다.

"언니! 나 이 머리 좀 잘라주."

"건 왜 자를려고 그래? 그냥 두지."

"날마다 머리 빗기가 구찮아서 그래." 하고 좀 거북한 표정을 하더니,

"난 언니 머리가 좋아 뭉툭한 게!" 웃음으로 겨우 버무린다.

하 조르므로 아키코도 그 좋은 머리를 아니 자를 수 없다. 가위에 힘을 주어 그 중턱을 툭 끊었다. 버스 걸은 손으로 만져보더니 재겹게 기쁜 모양이다. 확 돌아앉아서 납죽한 주둥이로 해해 웃으며,

"언니 머리같이 더 좀 들여잘라주어요."

"더 자르면 못써. 이만하면 좋지 않어?"

대구 졸랐으나 아키코는 머리를 버려놓을까 봐 더 응칠 않았다. 여기서 성이 바르르 나서 버스 걸은 제 방으로 가서는 제 손으로 더 몽총이 잘라버렸다. 그 뜯어논 머리에다 분을 하얗게 바르고는 아주 좋다고 다니는 계집애다. 양말 뒤축에 빵꾸가 좀 나도 제 방 들어갈 제 뒤로 기어든다.

아침에 나갈 제 보면 버스 걸은 커다란 책보를 옆에 끼고 아주 버젓하다. 처음에 아키코가 고등과에 다니는 학생인가, 한 것도 무리는 아니었다. 왜냐면 그 책보가 고등과에 다니는 책보같이 그렇게 탐스럽고 허울이 좋았다. 그러나 차차 알고 보니 보지도 않은 헌 잡지를 그렇게 포개

고, 사이에 벤또를 꼭 물려서 싼 책보이었다. 벤또 하나만 싸면 공장의 계집애나 버스 걸로 알까 봐서 그 무거운 잡지책을 힘드는 줄도 모르고 들고 왔다 갔다 하는 것이 아니냐. 그래놓고는 저녁에 돌아올 때면 웬 도둑놈 같은 무서운 중학생 놈이 쫓아오고 한다고 늘 성화다.

"그눔 다리를 꺾어놓지."

이렇게 딸의 비위를 맞추어 병든 아버지는 이불 속에서 큰소리다. 그리고 아침마다 딸 맘에 떡 들도록 그 책보를 싸는 것도 역시 그의 일이었다. 정성스레 귀를 내어 문밖으로 두 손으로 내바치며,

"애! 일찌감치 돌아오너라, 감기 들라."

이런 걸 보면 영애는 또 마음이 마뜩치 않았다. 딸에게 구리칙칙이[26] 구는 아버지는 보기가 개만도 못하다 했다. 그래 아키코와 쓸데 적게 주고받고 다툰 일까지 있다.

"그럼 딸의 거 얻어먹구 그렇지도 않어?"

"그러니 더 든적스럽지[27] 뭐냐?"

"든적스럽긴 얻어먹는 게 든적스러, 몸에 병은 있구 그럼 어떡허니? 애두! 너무 빠장빠장[28] 우기는구나!"

아키코는 샐쭉 토라지다 고개를 다시 돌리어 웅크려 뜯는 소리로,

"너 느 아버지가 팔아먹었다지, 그래 네 맘에 좋냐?"

"애두! 절더러 누가 그런 소리 하라나?" 하고 영애는 더 덤비지 못하고 그제서는 눈으로 치마를 걷어올린다. 이렇게까지 영애는 그 병쟁이

---

26) 구리칙칙하다 구리터분하다
27) 든적스럽다 던적스럽다. 하는 짓이 매우 치사하고 더럽게 보인다는 뜻.
28) 빠장빠장 무리하게 자꾸 우기거나 조르는 모양.

가 몹시 싫었다. 누렇게 말라붙은 그 얼굴을 보고 김마까라는 별명을 지을 만치 그렇게 밉살스럽다. 왜냐면 어느 날 '김마까'가 영애의 영업을 방해하였다.

그날은 어쩐 일인지 김마까가 초저녁부터 딸과 싸운 모양이었다. 새로 두 점쯤 해서 영애가 들어오니까 둘이 소곤소곤하고 싸우는 맥이다. 가뜩이나 엄살을 부리는 데다 더 흉측을 떨며,

"어이쿠! 어이쿠! 하나님 맙시다!"

그렇지 않으면,

"하나님! 날 잡아가지 왜 이리 남겨두슈!"

아래윗간을 흙벽으로 막았으면 좋을 걸 얇은 빈지[29]를 들고 종이로 발랐다. 위칸에서 부스럭 소리만 나도 아래칸까지 고대로 흘러든다. 그 벽에다 머리를 쾅쾅 부딪치며,

"어이구! 이놈의 팔자두!"

제깐에는 딸 앞에서 죽는다고 결기를 날이는 꼴이다. 그러면 딸은 표독스러운 음성으로,

"누가 아버지보고 돌아가시랬어요? 괜히 남의 비위를 긁어놓구 그러시네!"

"늙은이보구 담밸 끊으라는 게 죽으라는 게지 뭐야!"

"그게 죽으라는 거야요? 남 들으면 정말로 알겠네."

딸이 좀더 볼멘소리로 쏘아박으니 또다시,

"어이구! 이놈의 팔자두!"

---

29) 빈지 널빤지.

벽에 머리를 부딪치며 어린애같이 깩깩 울고 앉았다. 질긴 귀로도 못 들을 징그러운 그 울음소리……

가물에 빗방울같이 모처럼 끌고 왔던 영애의 손님이 이마를 접는다. 그리고 아무 말 없이 취한 걸음으로 비틀비틀 쪽마루로 내걷는다. 되는 대로 구두짝이 끌린다.

"왜 가셔요?"

"요담 또 오지."

"여보세요! 이 밤중에 어딜 간다구 그러셔요?" 하고 대문간서 그 양복을 잡아채인다마는 허황한 손이 올라와 툭툭 털어버리고,

"요담 또 오지."

그리고 천변을 끼고 비틀거리는 술 취한 걸음이다. 영애는 눈에 독이 잔뜩 올라서 한 전등이 둘 셋씩 보인다. 빈방 안에 홀로 누워서 입 속으로 김마까를 악담하며 눈물이 핑 돈다.

벌써 한 점 사십오 분. 영애는 디툭디툭 들어오며 살집 좋은 얼굴이 싱글벙글이다. 손에는 통통한 과자봉지. 미닫이를 여니 윗목 구석에 쓸어박은 헌 양말짝, 때 전 속옷, 보기에 어수선산란하다.

"벌써 오니? 좀더 있지……."

"애두! 목욕허구 온단다."

"목욕은 혼자 가니?" 하고 좀 삐지려 한다.

"그래 너 줄려구 과자 사왔어요……."

"그럼 그렇지 우리 영애가."

요강에서 손을 뽑으며 긴히 달려든다. 아키코는 오줌을 눌 적마다 요강에 받아서는 이 손을 담그고 한참 있고 저 손을 담그고. 그러나 석 달

이나 넘어 그랬건만 손결이 별로 고와진 것 같지 않다. 그 손을 수건에 닦고 나서,

"모두 나마까시30)만 사왔구나?"

우선 하나를 덥썩 물어 뗀다.

"그 손으로 그냥 먹니? 얘! 난 싫단다!"

"뭐 드러워? 저두 오줌은 누면서 그래."

"그래도 먹는 것하구 같으냐?" 하지만 영애는 아키코보다 마음이 훨씬 눅었다. 더 화내지 않고 그런 양으로 앉아서 같이 집어 먹는다. 그의 마음에는 아키코의 생활이 몹시 부러웠다. 여러 손님의 사랑에 고이며 이쁜 얼굴을 자랑하는 아키코. 영애 자신도 꼭 껴안아주고 싶은, 아담스러운 그런 얼굴이다.

"그인 은제 갔니?"

"새벽녘에 내뺐단다. 아주 숫배기야."

"넌 참 좋겠다. 나두 연애 좀 해봤으면!"

"허려므나, 누가 허지 말라니?"

"아니 너 같은 연애 싫어. 정신으로만 허는 연애 말이지" 하고 어딘가 좀 뒤둥그러진 소리.

"오! 보구만 속 태우는 연애 말이지?" 하긴 했으나 아키코는 어쩐지 영애에게 너무 심하게 한 듯싶었다. 가뜩이나 제 몸 못난 걸 은근히 슬퍼하는 애를……

"얘! 별소리 말아요. 연애두 몇 번 해보면 다 시들해지는 걸 모르니?

---

30) 나마까시 생과자.

난 일상 맘 편히 혼자 지내는 네가 부럽드라!" 하고 슬그머니 한번 문질 러주면,

"뭐가 부러워? 애두! 괜히 저러지."

영애는 이렇게 부인은 하면서도 벙싯 하고 짜장 우월감을 느껴보려 한다. 영애도 한때에는 주체궂은 살을 말리고자 아편도 먹어봤다. 남의 말대로 듬뿍 먹었다가 꼬박 이틀 동안을 일어나지 못하고 고생하던 생 각을 하면 시방도 등허리가 선뜻하다. 그러나 영애에게도 어쩌다 엽서 가 오는 것은 참 신통한 일이라 아니할 수 없다.

"또 뭐 뒤져갔니?" 하고 영애는 의심이 나서 제 경대[31] 서랍을 뒤져 본다. 과연 며칠 전 어떤 전문학교 학생에게 받은, 끔찍이 귀한 연애편 지가 또 없어졌다. 사내들은 어째서 남의 계집애 세간을 뒤져가기 좋아 하는지 그 심사는 참으로 알 수 없다.

"또 집어갔구나? 이럼 난 모른단다!"

영애는 그만 울상이 된다.

"뭐?"

"편지 말이야!"

"무슨 편지를?"

"왜 요전에 받은 그 연애편지 말이야."

"저런! 그 망할 자식이 그건 뭣 하러 집어가, 난 통히[32] 보덜 못했는 데, 수줍은 척하더니 아주 숭악한 자식이로군!"

아키코는 가는 눈썹을 더욱이 잰다. 그리고 무색한 듯이 영애의 눈치

31) 경대 화장대.
32) 통히 도무지.

만 한참 바라보더니,

"내 톨스토이보고 하나 써달라마. 그럼 이담 연애편지 쓸 때 그거 보구 쓰면 고만 아냐" 하고 곱게 달랜다. 그러나 과연 톨스토이가 하나 써주는지 그것도 의문이다. 영애가 벌써 전부터 여기를 떠나자고 졸라도 좀좀, 하고 망설이고 있는 아키코! 그런 성의를 모르고 톨스토이는 아키코를 보아도 늘 한양으로 대단치 않게 지나간다. 그렇다고 한때는 버스걸에게 맘을 두었나, 하고 의심을 해봤으나 실상은 그런 것도 아닐 것이다. 낮에 사직원 산으로 올라가면 아키코는 가끔 톨스토이를 만난다. 굵은 소나무 줄기에 등을 비겨대고 먼 하늘만 정신없이 바라보고 섰는 톨스토이다. 아키코가 그 앞을 지나가도 못 본 척하고 들떠보도 않는다. 약이 올라서 속으로 망할 자식, 하고 욕도 하여본다. 그러나 나중 알고 보면 못 본 척이 아니라 사실 눈 뜨고 못 보는 것이다. 그렇게 등신같이 한눈을 팔고 섰는 톨스토이다. 이걸 보면 아키코는 여자고보를 중도에 퇴학하던 저의 과거를 연상하고 가엾은 생각이 든다. 누님에게 얻어먹고 저러고 있는 것이 오죽 고생이랴. 그리고 학교 때 수신 선생이 이야기하던 착하고 바보 같던 그 톨스토이가 과연 저런 건지, 하고 객쩍은[33) 조바심도 든다.

아키코는 기침을 캑, 하고 그 앞으로 다가선다. 눈을 깜박깜박하며,

"선생님! 뭘 그렇게 생각하셔요?" 하고 불쌍한 낯을 하면,

"아니오" 하고 어색한 듯이 어물어물하고 만다.

"그렇게 섰지 마시고 좀 운동을 해보셔요."

---

33) 객쩍다 언행 따위가 쓸데없이 실없고 싱겁다.

하도 딱하여 아키코는 이렇게 권고도 하여본다.

"오늘은 방을 좀 치워야 하겠소. 여기 내 조카도 지금 오고 했으니까."

주인 마누라는 약이 바짝 올라서 매섭게 쏘아본다. 방에서만 꾸물꾸물 방패막이를 하고 있는 톨스토이가 여간 밉지 않다.

"아 여보! 방의 세간을 좀 치워줘요. 그래야 오는 사람이 들어가질 않소?"

"사날만 더 참아줍쇼. 이번엔 꼭 내겠습니다."

"아니 뭐 사글세를 안 낸대서 그런 게 아니오. 내가 오늘부터 잘 데가 없고 이 방을 꼭 써야 하겠기에 그래서 방을 내달라는 것이지……."

양복 바지를 거반 엉덩이에 걸친 버드렁니[34]가 이렇게 허리를 쓱 편다. 주인 마누라가 툭하면 불러온다던 즈 조카라는 놈이 필연 이걸 게다. 혼자 독학으로 부청[35]에까지 출세를 한 굉장한 사람이라고 늘 입의 침이 말랐다. 그러나 귀처진 눈은 말고, 헤벌어진 입과 양복 입은 체격하고 별로 굉장한 것 같지 않다. 게다 얼짜[36]가 분수 없이 뻐팅기려고,

"참아주시던 길이니 며칠만 더 참아주십시오."

이렇게 애걸하면,

"아 여보! 당신도 그래 사람이오?" 하고 제법 삿대질까지 할 줄 안다.

"저런 자식두! 못두 생겼다. 저게 아마 경성부 고쓰깽인[37] 거지?"

---

34) 버드렁니 버드러진 이. 밖으로 뻗은 이.
35) 부청 일제 때 부(府)의 행정 사무를 다루던 관청.
36) 얼짜 상공업에 종사하는 사람을 낮추어 부르는 말.
37) 고쓰깽이 고쓰카이. '사환'의 일본말.

"글쎄, 그래도 제법 넥타일 다 잡숫구" 하고 손가락이 들어가 문의 구멍을 좀더 후벼판다마는 아키코는 구렁이(주인 마누라)의 속을 빤히 다안다. 인젠 방세도 싫고 셋방 사람을 다 내쫓으려 한다. 김마까나 아키코는 겁이 나서 차마 못 건드리고 제일 만만한 톨스토이부터 우선 몰아내려는 연극이었다.

"저 구렁이 좀 봐라, 옆에 서서 눈짓을 쳐가며 자꾸 시키지."

"글쎄 자식도 얼간이가 아냐? 즈 아즈멈 시키는 대로 놀구 섰게."

"어쭈 얼짜가 뻐팅긴다. 지가 우와기를 벗어놓으면 어쩔 테야 그래? 자식두!"

"톨스토이가 잠자코 앉았으니까 약이 올라서 저래, 맛부리는[38] 게 밉살머리궂지? 자식 그저 한 대 앵겨줬으면[39]."

"내가 한 대 먹이면 저거 고택골[40] 간다. 그러니깐 아키코한테 감히 못 오지 않어?"

주먹을 이렇게 들어 뵈다가 고만 영애의 턱을 처질렀다. 영애는 고개를 저리 돌리어 또 빼쭉하고,

"애 이럼 난 싫단다!"

"누가 뭐 부러 그랬니 또 빼쭉하게?" 하고 아키코도 좀 빼쭉하다가 슬슬 눙치며,

---

38) 맛부리다 맛없이 싱겁게 굴다.
39) 앵겨주다 안겨주다.
40) 고택골 지금의 서울 은평구 신사동에 해당하는 옛 마을 이름. 이곳에 처형장이 있었음. 고택골로 간다는 의미는 죽는다는 의미.

"그래 잘못했다. 고만두자! 쐭쐭쐭—"

영애의 턱을 손등으로 문질러주고,

"재! 저것 봐라, 놈은 팔을 걷고 구렁이는 마루를 구르고 야단이다."

"애 재밌다, 구렁이가 약이 바짝 올랐지?"

"저 자식 보게, 제 맘대로 남의 방엘 막 들어가지 않아?"

아키코가 영애에게 눈을 크게 뜨니까,

"뭐 일을 칠 것 같지? 병신이 지랄한다더니 정말인가 베!"

"저 자식이 남의 세간을 제 맘대로 내놓질 않나? 경을 칠 자식!"

"그건 나무래 뭘 해, 그저 톨스토이가 바보야! 그래도 부처같이 잠자코 앉았지 않아. 세상엔 별 바보두 다 많어이!"

아키코는 그건 들은 체도 안 하고 대뜸 일어선다. 미닫이가 열리자 우람스러운 걸음. 한숨에 툇마루로 올라서며 볼멘소리다.

"아이 여보슈! 남의 세간을 그래 맘대로 내놓는 법이 있소?"

"당신이 웬 참견이오?"

얼짜는 톨스토이의 책상을 들고 나오다 방문턱에 우뚝 멈춘다. 눈을 휘둥그렇게 뜨고 주저주저하는 양이 대담한 아키코에 적이 놀란 모양……

"오늘부터 내가 여기서 자야 할 테니까…… 그래서…… 방을 치는데."

얼짜는 주변성 없는 말로 이렇게 굳다가,

"당신 맘대로 방은 치는 거요?"

"그럼 내 방 내 맘대로 치지 누구에게 물어본단 말이유?" 하고 제법 을딱딱이긴[41] 했으나 뒷갈망은 구렁이에게 눈짓을 슬슬 한다.

"그렇지 내 방 내가 치는데 누가 뭐랄 턱 있나?"

"당신 맘대룬 안 되우, 그 책상 도루 저리 갖다놓우, 사글세를 내란다든지 하는 게 옳지, 등을 밀어 내쫓는 경우가 어디 있단 말이오?"

"아니 아키코는 제 거나 낼 생각하지 웬 걱정이야? 저리 비켜서!"

구렁이는 문을 막고 섰는 아키코의 팔을 잡아당긴다. 여편네는 찍소리 없이 눌려왔지만 오늘은 얼짜를 잔뜩 믿는 모양이다. 이걸 보고 옆에 섰던 영애가 또 아니꼬와서,

"제 거라니? 누구보구 저야? 이 늙은이가 눈깔이 뼜나!" 하고 그 팔을 뒤로 홱 잡아챈다. 늙은 구렁이와 영애는 몸 중량의 비례가 안 된다. 제풀에 비틀비틀 돌더니 벽에 가 쿵 하고 쓰러진다. 그러나 눈을 감고 턱이 떨리는 아이고 소리는 엄살이다.

얼짜가 문턱에 책상을 떨구더니 용감히 홱 넘어 나온다. 아키코는 저 자식이 달마찌[42]의 흉내를 내는구나, 할 동안도 없이 영애의 뺨이 쩔꺽—

"이년아! 늙은이를 처?"

"아 이 자식 보레! 누기 뺨을 때려?"

아키코는 악을 지르자 그 혁대를 뒤로 잡아서 낚아친다. 마루 위에 놓였던 다듬잇돌에 걸리어 얼짜는 엉덩방아가 쿵 하고. 잡은참 날아드는 숯보구니[43]는 독 오른 영애의 분풀이다.

그러자 또 아랫 방문이 확 열리고 지팡이가 김마까를 끌고나온다.

"이 자식이 웬 자식인데 남의 계집애 뺨을 때려? 원 이런 망하다 판이

---

41) 을딱딱이다 으르딱딱하다. 무서운 말로 위협하여 을러대다.
42) 달마찌 1930년대 미국 영화배우.
43) 숯보구니 숯 바구니.

날 자식이, 눈에 아무것도 뵈질 않나…… 세상이 망한다 망한다 한대두 만 이런 자식은……."

김마까는 뜰에서부터 사방이 들으라고 와짝 떠들며 올라온다. 구렁이 한테 늘 쪼여 지내던 원한의 복수로 아키코와 서로 멱살잡이로 섰는 얼 짜의 복장을 지팡이로 내지른다.

"이런 염병을 하다 땀통[44]이 끊어질 자식이 있나!"

그와 동시에 김마까는 검불[45]같이 뒤로 벌렁 나자빠졌다. 내댔던 지 팡이가 도로 물러오며 빠짝 마른 허구리를 쳤던 것이다. 개신개신 몸을 일으집으며 김마까는 구시월 서리 맞은 독사가 된다.

"이 자식아! 너는 니 애비두 없니?"

대뜸 지팡이는 날아들어 얼짜의 귓바퀴를 내리갈긴다. 딱 하고 뼈 닿 는 무딘 소리. 얼짜는 고개를 푹 꺾고 귀에 두 손을 들이대자 죽은 듯이 꼼짝 못한다.

아키코도 얼짜에게 뺨 한 개를 얻어맞고 울고 있었다. 이 좋은 기회를 타서 얼짜의 등 뒤로 빨간 얼굴이 달려든다. 이걸 권투식으로 집어셀까 하다 그대로 그 어깻죽지를 뒤로 물고늘어진다. 아, 아, 이렇게 외마디 소리로 아가리를 딱딱 벌린다. 그리고 뒤통수로 암팡스레 날아든 것은 영애의 주먹이다.

톨스토이는 모두가 미안쩍고, 따라 제풀에 지질려서[46] 어쩔 줄을 모 른다. 옆에서 눈을 흘기는 영애도 모르고,

---

44) 땀통 '땀샘'의 속된 말.
45) 검불 마른 풀이나 가랑잎·지푸라기를 통틀어 이르는 말.
46) 지르다 기세나 의견 따위를 꺾어 누르다.

"놓세요, 고만 놓세요. 어떡헙니까?" 하며 아키코의 등을 두 손으로 흔든다. 구렁이도 벌벌 떨어가며,

"이년이 사람을 뜯어먹을 텐가, 안 놓니 이거 안 놔?"

아키코를 대구 잡아당기며 얼른다. 그러나 잡아당기면 당길수록 얼짜는 소리를 더 지른다. 이러다간 일만 더 크게 벌어질 걸 알고 구렁이는 간이 고만 달룽한다. 이 사품에 안방 미닫이는 설쭉이[47] 부러지고 뒤주 위에 얹었던 대접이 둘이나 떨어져 깨졌다. 잔뜩 믿었던 조카는 저렇게 죽게 되고. 이러다간 방은커녕 사람을 잡겠다 생각하고 그는 온몸이 덜덜 떨리었다. 게다 모지게 내려치는 김마까의 지팡이—

구렁이는 부리나케 대문 밖으로 나왔다. 골목길을 내려오며 뒤에 날리는 치맛자락에 바람이 났다.

"사글세를 내랬으면 좋지, 내쫓을려구 하니까 그렇게 분란이 일구 하는 게 아니야?"

"아닙니다. 누가 내쫓을려구 그래요, 세를 내라구 그러니깐 그렇게 아키코란 년이 올라와서 온통 사람을 뜯어먹고 그러는군요!"

"말 마라, 내쫓으려구 헌 걸 아는데 그래, 요전에도 또 한 번 그런 일이 있었지?"

순사는 노파의 뒤를 따라오며 나른한 하품을 주먹으로 끈다. 푹하면 와서 찐대[48]를 붙는 노파의 행세가 여간 귀찮지 않다. 조그맣게 말라붙은 노파의 센 머리쪽을 바라보며,

"올에 몇 살이나?"

---

47) 설쭉 설주. '문설주'의 준말로, 문짝을 끼워 달기 위하여 문의 양편에 세운 기둥.
48) 찐대 찌그렁이. 남에게 기대어 억지를 쓰다시피 하여 괴롭히는 짓.

"그년 열아홉이죠. 그런데 그렇게⋯⋯."

"아니 노파 말이야?"

"네, 제 나이요? 왜 쉰일곱이라구 저번에 여쭸지요. 그러데 이 고생을 하는군요" 하고 궁상스레 우는소리다.

노파는 김마까보다도 톨스토이보다도 누구보다도 아키코가 가장 미웠다. 방세를 받으려 해도 중뿔나게[49] 가로맡아서 지랄하기가 일쑤요 또 밤낮 듣기 싫게 창가질[50]이요, 게다 세숫물을 버려도 일부러 심청궂게 안마루 끝으로 홱 끼얹는 아키코. 이년을 이번에는 경을 흠씬 쳐놓고 말리라고 속이 간질대서 그는 총총걸음을 치다가 돌부리에 채여 고만 나가둥그러진다. 그 바람에 쓰레기통 한 귀에 내뻗은 못에 가서 치맛자락이 찌익 하고 찢어진다.

"망할 자식 같으니, 씨레기통의 못두 못 박았나!" 하고 흙을 털고 일어나며 역정이 난다. 그 꼴을 보고 순사는 손으로 웃음을 가린다.

"그봐! 이젠 다시 오지 마라, 이번엔 할 수 없지만 또다시 오면 그땐 노파를 잡아갈 테야?"

"네— 다시 갈 리 있겠습니까. 그저 이번에 그 아키코란 년만 흠씬 버릇을 가르쳐주십시오. 늙은이보구 욕을 않나요, 사람을 치질 않나요! 그리고 아직 핏대도 다 안 마른 년이 서방이 몇인지 수가 없어요⋯⋯."

순사는 코대답을 해가며 귓등으로 듣는다. 너무 많이 들어서 이제는 흥미를 놓친 까닭이었다. 갈팡질팡 문지방을 넘다 또 고꾸라지려는 노

---

[49] 중뿔나다 주제넘다.
[50] 창가질 곡조에 맞추어 노래를 부르는 짓.

파를 뒤로 부축하며 눈살을 찌푸린다. 알고 보니 짐작대로 노파 허풍에 또 속은 모양이었다. 살인이 났다고 짓떠들더니[51] 임장하여[52] 보니까 조용한 집안에 웬 낯선 양복쟁이 하나만 마루 끝에서 천연스레 담배를 피울 뿐이다. 그러고는 장독 사이에서 왔다 갔다 하며 뭘 주워먹는 생쥐가 있을 뿐 신발짝 하나 놓이지 않았다. 하 어처구니가 없어서,

"어서 죽었어?"

"어이구 분해! 이것들이 또 저를 고랑땡[53]을 먹이는군요! 입때까지 저 마루에서 치고 깨물고 했답니다."

노파는 이렇게 주먹으로 복장을 찧으며 원통한 사정을 하소한다. 왜냐면 이것들이 이 기맥을 벌써 눈치 채고 제각기 헤어져서 아주 얌전히 박혀 있다. 아키코는 문을 닫고 제 방에서 콧노래를 부르고, 지팡이를 들고 날뛰던 김마까는 언제 그랬더냔 듯이 제 방에서 끙, 끙, 여전한 신음 소리. 이렇게 되면 이번에도 또 자기만 나무리키게 될 것을 알고,

"어이구 분해! 어이구 분해!"

주먹으로 복장을 연방 두들기다 조카를 보고,

"애, 넌 어떻게 돼서 이렇게 혼자 앉았니?"

"뭘 어떻게 돼요, 되긴" 하고 눈을 지릅뜨는 그 대답은 썩 퉁명스럽고 걱세다[54]. 이런 화중으로 끌고온 아즈멈이 몹시도 밉고 원망스러운 눈치가 아닌가. 이걸 보면 경은 무던히 치고 난 놈이다.

"어이구 분해! 너꺼정 이러니!"

51) 짓떠들다 몹시 시끄럽게 마구 떠들다.
52) 임장하다 어떤 일이나 문제가 일어난 그 현장에 나오다.
53) 고랑땡 골탕.
54) 걱세다 억세다.

"뭘 분해? 이 망할 것아!"

순사는 소리를 빽 지르고 도로 돌아서려 한다.

"나리! 저 좀 보세요. 문 부서진 것하구 대접 깨진 걸 보셔두 알지 않어요?"

"어떤 조카가 죽었어, 그래?"

"이것이 그렇게 죽도록 경을 치고도 바보가 돼서 이래요!"

"바보면 죽어두 사나?" 하고 순사는 고개를 디밀어 마루께를 살펴보니 딴은 그릇은 깨지고 문은 부서졌다. 능글맞은 노파가 일부러 그런 줄은 아나, 그렇다고 책임상 그냥 가기도 어렵다. 퍽도 극성스러운 늙은이라 생각하고,

"누가 그랬어 그래?"

"저 아키코가 혼자 그랬어요!"

"아키코! 고반55)까지 같이 가."

"네! 그러세요."

하고 여러 번 겪는 일이라 이제는 아주 익숙하다. 저고리를 갈아입으며 웃는 얼굴로 내려온다. 그런 순사를 따라 대문을 나설 적에는 고개를 모로 돌리어 구렁이에게 몹시 눈총을 준다.

순사는 아키코를 데리고 느른한 걸음으로 골목을 꼽든다. 쪽다리를 건너서 화창한 사직원 마당, 봄이라고 땅의 잔디는 파릇파릇 돋았다. 저 위에선 투덕거리는 빨래 소리. 한옆에선 풋볼을 차느라고 날뛰고 떠들고 법석이다. 부웅, 하고 음충맞게 내대는 자동차의 사이렌. 남치마에

---

55) 고반 일제 시대의 파출소.

연분홍 저고리가 버젓이 활을 들고 나온다. 그리고 키 훌쩍 큰 놈팽이는 돈지갑을 내든다.

"너 왜 또 말썽이냐?" 하고 순사는 고개를 돌리어 아키코를 씽긋이 흘겨본다. 그는 노파가 왜 그렇게 아키코를 못 먹어서 기를 쓰는지 영문을 모른다. 노파의 눈에도 아키코가 좀 귀여울 텐데 그렇게 미울 때에는 아마 아키코가 뭘 좀 먹이질 않아 그랬는지 모른다. 그렇지 않으면 다른 사람 다 젖혀놓고 아키코만 씹을 리가 없다 생각하다가,

"뭘 말썽이유, 내가?"

"네가 뭐 쥔 마누라를 깨물고 사람을 죽이구 그런다며? 그리구 요전에도 카페서 네가 손님을 쳤다는 소문도 들리지 않니?" 하고 눈살을 접고 웃어버린다. 얼굴 똑똑한 것이 아주 할 수 없는 계집애라고 돌릴 수밖에 없다.

"난 그런 거 몰루!"

아키코는 땅에 침을 탁 뱉고 아주 천연스레 대답한다. 그리고 사직원의 문간쯤 와서는,

"이담 또 만납시다."

제멋대로 작별을 남기고 저는 저대로 산 쪽으로 올라온다.

활턱길로 올라오다 아키코는 궁금하여 뒤를 한번 돌아본다. 너무 기가 막혀서 벙벙히 바라보고 있다가 다시 주먹으로 나른한 하품을 끄는 순사. 한편에선 날뛰고 자빠지고 쾌활히 공을 찬다. 아키코는 다시 올라가며 저도 남자가 됐더라면 풋볼을 차볼걸 하고 후회가 막급이다. 그리고 산을 한 바퀴 돌아 내려가서는 이번엔 장독대 위에 요강을 버리리라 결심을 한다. 구렁이는 장독대 위에 오줌을 버리면 그것처럼 질색이

322

없다.

　"망할년! 이번에 봐라! 내 장독 위에 오줌까지 깔길 테니!"

　이렇게 아키코는 몇 번 몇 번 결심을 한다.

1 등장인물들을 분석해서 정리해보세요.

	주인마누라	아키코	영애	총각	총각의 누이	버스 걸	버스 걸 아버지	주인집 조카
별명	구렁이 우거지상			톨스토이	변덕쟁이		김마까 노랑퉁이	버드렁니
직업	집주인	카페 종업원	카페 종업원	무직	공장여공	버스 안내양	무직	공무원
과거의 삶		여자고보 중퇴했음	아버지가 팔아먹음					독학으로 출세함
현재의 삶	─셋방 사람을 내쫓을 궁리로 골머리를 썩고 있음	─아키코의 예쁘고 날씬한 외모를 부러워함 ─연애를 동경함	낮잠을 즐기며, 혼자 멍하니 있을 때가 많음 ─말수가 많음	─히스테리를 자주 부림 ─동생을 몹시 미워하나 속으로는 위함	─낮잠을 즐기며, 혼자 멍하니 있을 때가 많음 ─말수가 많음	─자신의 직업을 창피하게 생각하고 감추고 싶어 함	─폐결핵을 앓고 있음 ─딸에게 의지해서 살고 있음	
성격	억척스러움	영악하고 억척스러움	순정적 생활력이 강함	내성적 심약하고 무기력함	신경질적 억척스러움	새침하고 순진함	의뭉스럽고 엄살을 잘 부림	

2 주인마누라가 셋방 사람들을 싫어하는 이유는 무엇이며, 그중에서도 특히 싫어하는 인물은 누구인가요?

셋방 사는 사람들이 하나같이 방세를 꼬박꼬박 기일에 맞추어 내는 것도 아니고, 아주 안 내고 버티는 것도 아니기에 주인마누라는 약이 오르고 괘씸해서 분통이 터집니다. 더군다나 폐결핵을 앓는 사람, 하루종일 방 안에 처박혀 있는 사람, 술집 손님을 방까지 끌고 들어오는 사람…… 하나같이 맘에 드는 사람이 없습니다. 그래서 하루라도 조용하게 지나갈 리 없는 불쾌한 동거생활을 빨리 청산하고 싶어합니다. 특히 위아래도 모르고 쌈닭처럼 대드는 아키코는 특히 눈엣가시 같은 존재입니다. 그래서 늘 싸움은 주인마누라와 아키코의 대결로 치닫게됩니다.

3 주인마누라와 셋방 사람들 사이의 싸움은 어떻게 시작되었고 어떻게 종결되었나요?

방세를 둘러싸고 벌어지는 싸움에서 그동안 주인마누라가 늘 수세에 몰려왔습니다. 주인마누라는 싸움이 벌어질 때마다 순사를 불러 허풍을 떨며 도움을 요청하지만 정작 순사는 한 귀로 듣고 한 귀로 흘려버리기 일쑤였습니다.

주인마누라가 조카를 핑계 삼아 톨스토이와 누이가 살고 있는 셋방을 비우라고 이야기를 꺼내면서 잠시 잠잠했던 갈등이 또다시 일어납니다. 이로써 주인마누라와 조카 대 아키코, 영애, 김마까의 한판 몸싸움이 벌어지게 된 것입니다. 이날의 싸움은 그동안 있어온 수많은 싸움 가운데 하나일 것입니다. 주인마누라는 이번만은 기필코 본때를 보여주리라는 오기로 조카까지 동원해보지만, 기가 세고 버릇없는 아키코, 도무지 병자임이 믿기지 않는 오기를 발동하는 김마까의 반격으로 별 소득도 없이 다시 예전처럼 휴전상태로 돌아가고 말았습니다. 아키코가 여전히 주인마누라를 약올릴 생각을 하며 반격을 준비하고 있는 결말 부분을 통해 볼 때, 이들의 싸움은 쉽게 끝날 것 같지가 않습니다.

이와 같은 일련의 대결과 싸움이 작가의 카메라 앞에서 유쾌하게 그려지고 있는 것이 이 소설의 특징입니다. 삶의 공간, 즉 생존의 문제가 걸린 싸움이지만 이것을 '가진 자'와 '못 가진 자'와의 첨예한 갈등구도로 그려내지 않았습니다. 즉, 가해자와 피해자, 선인과 악인을 구별 짓는 것이 애초에 불가능하게끔 사건을 전개시킴으로써 결국에는 등장인물들 모두에게 연민의 웃음을 던질 수 있도록 한 작가의 솜씨에서 진한 따스함이 묻어납니다.

4 반전의 효과를 거두고 있는 부분은 어디이며, 이 부분을 반전으로 처리함
으로써 드러내고자 했던 효과는 무엇일지 생각해봅시다.

주인마누라가 순사를 데리고 집에 도착했을 때, 아무 일도 없었다는 듯
이 고요하기만 한 집안의 풍경이 이 작품의 반전에 해당합니다. 경제력
에서 주도권을 가진 자(주인마누라)와 그렇지 못한 자(셋방 사람들)의 대
립에서 주인마누라가 처음에는 강자의 위치를 점하였으나, 차차 약자
들의 결집으로 수세에 몰리게 됩니다. 그러다가 순사를 데리고 집에 도
착했을 때 그의 예상과는 정반대로 주인마누라가 불쌍하게 느껴지리만
큼 어처구니없는 패배를 맞게 됩니다.

갈등이 더 이상 크게 증폭되지 않고, 하나의 에피소드로 마무리됨으로
써 선악의 대결구도는 한순간에 해소되고 그 자리를 웃음이 대신하게
되는 것입니다. 가해자와 피해자를 구분하기 어려운 상태를 반전을 통
해 어색하지 않게 끌어넘으로써 따라지들의 삶의 모습을 구태의연하지
않고 생동감 있게 그려내는 효과를 거두고 있습니다.

5 작가는 작품 속에 등장하는 따라지들의 삶을 어떻게 형상화하고 있나요?

도시 빈민인 셋방 사람들이 주인마누라의 구박에도 굴하지 않고 꿋꿋하고 태연하게, 오히려 큰소리를 치며 뻔뻔하게 살아가는 모습이 작가의 따뜻한 시선으로 유쾌하게 형상화되었습니다. 등장인물 중에서 주인마누라는 그나마 가진 자에 속한다고 볼 수 있지만, 주인집 내외 역시 결코 넉넉한 살림살이는 아니라는 것을 생각한다면, 작품 속에 등장하는 인물들은 모두 따라지들의 삶을 살고 있다고 해석할 수 있습니다. 가진 것이 없는 사람들이 한 지붕 아래 모여 나름대로의 미운 정, 고운 정을 나누어가며 살아가는 모습이 그려지고 있습니다. 심지어는 주인마누라마저 연민의 정을 느낄 수밖에 없는 인물로 그려냄으로써 인물들 간의 대결구도를 단순한 선악, 궁핍의 문제로 전락시키지 않았다는 점에서 작가의 따뜻한 인간애를 느낄 수 있습니다.

이런 음악회

한 음악회에서 있었던 웃지 못할 일화를 통해
집단적인 힘의 허실에 대한
통쾌한 결론을 제시한 작품.

이런 음악회

내가 저녁을 먹고서 종로 거리로 나온 것은 그럭저럭 여섯 점 반이 넘었다. 너펄대는 우와기 주머니에 두 손을 꽉 찌르고 그리고 휘파람을 불며 올라오자니까,

"얘!" 하고 팔을 뒤로 잡아채며,

"너 어디 가니?"

이렇게 황급히 묻는 것이다.

나는 삐끗하는 몸을 고르잡고 돌려보니 교모[1]를 푹 눌러쓴 황철이다. 번이 성미가 겹겹한 놈인 줄은 아나 그래도 이토록 씨근거리고 긴히 달려듦에는, 하고,

"왜 그러니?"

---

[1] 교모 학교에서 정하여 학생들에게 쓰게 하는 모자.

"너 오늘 콩쿨음악대횐 거 아니?"

"콩쿨음악대회?" 하고 나는 좀 떠름하다가 그제서야 그 속이 뭣인 줄을 알았다. 이 황철이는 참으로 우리 학교의 큰 공로자이다. 왜냐하면 학교에서 무슨 운동시합을 하게 되면 늘 맡아놓고 황철이가 응원대장으로 나선다. 뿐만 아니라 제 돈을 들여가면서 선수들을(학교에서 먹여야 번이 옳을 건데) 제가 꾸미꾸미[2] 끌고 다니며 먹이고 놀리고 이런다. 그리고 시합 그 이튿날에는 목에 붕대를 칭칭하게 감고 와서 똑 벙어리 소리로,

"어떠냐? 내 어제 응원을 잘해서 이기지 않았니?" 하고 잔뜩 뽐을 내고는,

"그저 시합엔 응원을 잘해야 해!"

그러니까 이런 사람은 영영 남 응원하기에 목이 잠기고 돈을 쓰고 이래야 되는, 말하자면 팔자가 응원대장일지도 모른다. 이번에도 콩쿨음악대회에 우리 반 동무가 나갔고 또 요행히 예선까지 붙기도 해서 놈이 어제부터 응원대 모으기에 바빴다. 그러나 나에게는 아무 말도 없더니 왜 붙잡나 싶어서,

"그럼 얼른 가보지, 왜 이러구 있니?"

"다시 생각해보니까 암만해도 사람이 부족하겠어" 하고 너도 같이 가자고 팔을 막 잡아끄는 것이다.

"너나 가거라, 난 음악회 싫다."

나는 이렇게 그 손을 털고 옆으로 떨어지다가,

2) 꾸미꾸미 구메구메. 남 몰래 틈틈이.

"쟤! 쟤! 내 이따 나오다가 돼지고기 만두 사주마" 함에는 어쩔 수 없이 고개를 모도 돌리어,

"대관절 몇 시간이나 하나?" 하고 묻지 않을 수 없다. 그러나 그 대답이 끽 두 시간이면 끝나리라 하므로 나는 안심하고 따라섰다.

둘이 음악회장 입구에 헐레벌떡하고 다다랐을 때는 우리 반 동무 열세 명은 벌써 와서들 기다리고 섰다. 저희끼리 낄낄거리고 수군거리고 하는 것이 아마 한창들 흉계가 벌어진 모양이다.

황철이는 우선 입장권을 사 가지고 와 우리에게 한 장씩 나누어주며 명령을 하는 것이다. 즉 우리들이 네 무더기로 나누어서 회장의 전후좌우로 한구석에 한 무더기씩 앉고 시치미를 딱 떼고 있다가 우리 악사만 나오거든 덮어놓고 손바닥을 치며 재청[3]이라고 악을 쓰라는 것이다. 그러면 암만 심사원이라도 청중을 무시하는 법은 없으니까 일등은 반드시 우리의 손에 있다고. 하나 다른 악사가 나올 적에는 손바닥커녕 아예 끽소리도 말라 하고 하나씩 붙들고는 그 위에다,

"알았지, 응?"

그리고 또,

"알았지, 재청?" 하고 꼭꼭 다진다.

"그래그래 알아!"

나도 쾌히 깨닫고 황철이의 뒤를 따라서 회장으로 올라갔다.

새로 건축한 넓은 대강당에는 벌써 사람들 머리로 까맣게 깔리었다. 시간을 기다리다 지루했는지 고개들을 길에 뽑고 수선스레 들어가는 우

---

[3] 재청 다시 청함. 앙코르.

리를 돌아본다. 우리는 황철이의 명령대로 덩어리 덩어리 지어 사방으로 헤어졌다. 나는 황철이와 또 다른 동무 하나와 셋이서 왼쪽으로 뒤 한구석에 자리를 잡았다.

일곱 점 정각이 되자 북적거리던 장내가 갑자기 조용하여진다. 모두들 몸을 단정히 갖고 긴장된 시선을 모았다.

제일 처음이 순서대로 성악이었다. 작달막한 젊은 여자가 나와 가냘픈 음성으로 노래를 부르는데 귀가 간지럽다. 하기는 노래보다도 조고만 두 손을 가슴께 고부려 붙이고 고개를 개웃이⁴⁾ 앵앵거리는 그 태도가 나는 가엾다 생각하고 하품을 길게 뽑았다. 나는 성악은 원 좋아도 안 하려니와 일반 음악에도 씩씩한 놈이 아니면 귀가 가려워 못 듣는다.

그담에도 역시 여자의 성악, 그리고 피아노 독주, 다시 여자의 성악 ―그러니까 내가 앞의 사람 의자 뒤에 고개를 틀어박고 코를 곤 것도 그리 무리는 아닐 듯싶다.

얼마쯤이나 잤는지는 모르나 옆의 황철이가 흔들어 깨우므로 고개를 들어보니 비로소 우리 악사가 등장한 걸 알았다. 중학 교복으로 점잖이 바이올린을 켜고 섰는 양이 귀엽고도 한편 앙증해 보인다. 나도 졸음을 참지 못하여 눈을 감은 채 손바닥을 서너 번 때렸으나 그러나 잘 생각하니까 다른 동무들은 다 가만히 있는데 나만 치는 것이 아닌가. 게다 황철이가 옆을 콱 치면서,

"이따 끝나거든" 하고 주의를 시켜주므로 나도 정신이 좀 들었다.

나는 그 바이올린보다도 응원에 흥미를 갖고 얼른 끝나기만 기다렸다.

⁴⁾ 개웃이 갸웃이.

연주가 끝나기가 무섭게 우리들은 목이 마른 듯이 손바닥을 치기 시작하였다. 이렇게 치고도 손바닥이 안 해지나 생각도 하였지만 이쪽에서,

"재청이요!" 하고 악을 쓰면,

"재청! 재청!" 하고 고함을 냅다 지른다.

나도 두 귀를 막고 "재청!"을 연발했더니 내 앞에 앉은 여학생 계집애가 고개를 뒤로 돌리어 딱한 표정을 하는 것이 아닌가.

이렇게 우리들은 기가 올라서 응원을 하려만 황철이는 시무룩하니 좋지 않은 기색이다. 그 까닭은 우리 10여 명이 암만 악장을 쳐도 쿵하게 넓은 그 장내, 그 청중으로 보면 어디서 떠드는지 알 수 없을 만치 우리들의 존재가 너무 희미하였다. 그뿐 아니라 재청을 요구함에도 불구하고 이번에는 말쑥이 차린 신사 한 분이 바이올린을 옆에 끼고 나오는 것이다.

신사는 예를 멋지게 하고 또 역시 멋지게 바이올린을 턱에 갖다대더니 그 무슨 곡조인지 아주 장쾌한 음악이다. 그러자 어느 틈에 그는 제 멋에 질리어 팔 뿐 아니라 고개며 어깨까지 바이올린 채를 따라다니며 꺼떡꺼떡 하는 모양이 애, 이놈 참 진짜로구나, 하고 감탄 안 할 수 없다. 더구나 압도적 인기로 청중을 매혹케 한 그것을 보더라도 우리 악사보다 몇 배 뛰어남을 알 것이다.

그러나 내가 더 놀란 것은 넓은 강당을 뒤엎는 듯한 그 환영이다. 일반 군중의 시끄러운 박수는 말고 위층(한 30~40명 되리라)에서 떼를 지어 악을 쓰는 것이 아닌가. 재청 소리에 귀청이 터지지 않은 것도 다행은 허나 손뼉이 모자랄까 봐 발까지 굴러가며 거기에 장단을 맞추어 부르는 재청은 참으로 썩 신이 난다. 음악도 이만하면 나는 얼마든지 들을

수 있다 생각하였다. 그리고 저도 모르게 어깨가 실룩실룩하다가 급기야엔 나도 따라 발을 구르며 재청을 청구하였다. 실상 바이올린도 잘했거니와 그러나 나는 바이올린보다 씩씩한 그 응원을 재청한 것이다. 그랬더니 황철이가 불끈 일어서며 내 어깨를 잡고,

"이리 좀 나오너라."

이렇게 급히 잡아끈다. 그리고 아무도 없는 변소로 끌고 와 세워놓더니,

"너 누굴 응원하러 왔니?" 하고 해쓱한 낯으로 입술을 바르르 떤다. 이놈은 성이 나면 늘 이 꼴이 되는 것을 잘 알므로,

"너 왜 그렇게 성을 내니?"

"아니, 너 뭐하러 예 왔냐 말이야?"

"응원하러 왔지?" 하니까 놈이 대뜸 주먹으로 내 복장을 콱 지르며,

"예이 이 자식! 우리 건 고만 납작했는데 남을 응원해줘?"

그리고 또 주먹을 내대려 하니 암만 생각해도 아니꼽다. 하여튼 잠깐 가만히 있으라고 손으로 주먹을 막고는,

"너 왜 주먹을 내대니, 말루 못해?" 하다가,

"이놈아! 우리 얼굴에 똥칠한 것 생각 못허니?" 하고 또 주먹으로 대들려는 데는 더 참을 수 없다.

"돼지고기 만두 안 먹으면 고만이다!"

이렇게 한마디 내뱉고는 나는 약이 올라서 부리나케 층계로 내려왔다.

1 '나'의 행동 중에서 웃음을 유발하는 행동을 찾아봅시다.

　— 황철이가 흔들어 깨우기에 응원을 해야 할 때가 왔다고 판단하고는 눈을 감은 채 손바닥을 서너 번 때렸으나 다른 동무들은 다 가만히 있는데 '나'만 쳤다는 것을 알았다는 대목.

　— 연주가 끝나기가 무섭게 동무들은 손바닥을 치며, 악을 썼습니다. '나'도 두 귀를 막고 "재청!"을 연발했더니, 앞에 앉은 여학생이 고개를 돌려 딱한 표정을 지었다는 대목.

2 황철이는 어떤 성격의 인물인지 말해봅시다.

황철이는 앞에 나서서 사람들을 모으고, 끌고 다니고, 지시하고 명령하고 것을 좋아합니다. 따라서 학교에서 무슨 운동시합을 하게 되면 늘 맡아놓고 응원대장으로 나섭니다. 시합에 이긴 다음 날에는 자신의 응원 덕에 이긴 것이라며 잔뜩 뽐을 내기에 '나'는 그가 응원대장 팔자를 타고난 것이 아닌가 의심스러울 정도로 응원에 열성인 모습을 의아하게 생각합니다. 황철이에게는 자신의 존재감을 사람들에게 과시할 수 있는 썩 매력적인 수단이 바로 응원이 아니었을까요? 자신의 돈을 써가면서까지 동무들을 끌고 다니며 먹이고 놀리고 할 수 있는 이유가 여기에 있었을 것입니다.

또한 성미가 급하고 참을성이 없는 성격인 데다 자신의 맘에 안 들면 말보다는 주먹을 먼저 들어 사람을 위협하는 것이 버릇이 된 인물임을 화장실로 '나'를 불러 몰아세워놓고 윽박을 지르던 모습에서 충분히 짐작할 수 있습니다.

3 '나' 는 돼지고기 만두에 솔깃하여 응원을 하러 왔던 것입니다. 그럼에도 황철이에게 "돼지고기 만두 안 먹으면 그만이다!"라고 말했던 이유는 무엇이 었을까요?

사실상 '나' 는 애초부터 황철이가 열을 올리는 응원이라는 것에 별 흥미가 없었습니다. 돼지고기 만두를 먹게 해준다는 말에 그만 솔깃해서 황철이를 따라오긴 했으나, 연주보다도 응원이 얼른 끝나기만을 기다리며 지루해했지요. 그러던 차에, 다른 연주자의 흥을 돋우는 장쾌한 바이올린 소리에 매료되고, 우렁찬 응원소리에 신이 나서 연주가 끝날 때에는 저도 모르게 재청을 요구하게 되었던 것입니다.

애초 '나' 와 황철이의 목적은 각기 달랐고, '나' 는 돼지고기 만두를 포기하기만 하면 아쉬울 게 없는 입장이었기에 황철이에게 당당할 수 있었던 것입니다. '나' 는 화풀이의 대상으로 자신을 지목하여 화를 내는 황철이의 입장을 무색하게 할 정도로 아주 간단하게 돼지고기 만두를 포기함으로써 상황을 역전시켰습니다. 아주 가볍게 갈등 상황을 정리한 것이지요.

4 이 소설이 전달하고 있는 주제는 무엇일까요?

황철이는 자청해서 응원을 맡을 정도로 적극적이며 지도력도 갖춘 인물로 그려집니다. 이에 반해 '나'는 황철이의 꼬드김에 넘어가 하기 귀찮은 일을 어쩔 수 없이 하게 되는 소극적인 인물로 그려져 있지요. 하지만 황철이가 목적을 달성하기 위해 수단과 방법을 가리지 않고 정당하지 않은 방법을 동원하였던 반면, '나'는 그것과는 상관없이 진정한 실력에 찬사를 보냈습니다. 실력이 뒷받침되지 않았을 때 진정한 실력 앞에서는 얕은 꾀나 집단적인 힘의 논리는 무력해질 수밖에 없다는 것을 이 소설은 말하고 있습니다.

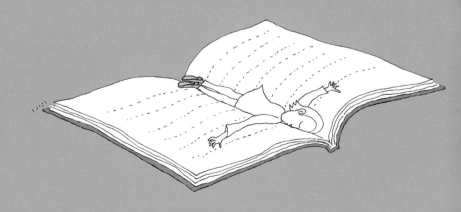

돈과 사랑, 현실과 이상의 대립

돈과 사랑에 궁핍했던 김유정. 그가 이상과 현실 사이의 갈등과 모순, 대립을
어떻게 극복해나갔는가를 살피는 여정은
우리에게 작가 김유정을 만나러 가는 길만이 아니라
인간 김유정을 만나러 가는 길로도 의미가 있다.

김유정은 1908년 1월 11일 아버지 김춘식과 어머니 심씨 사이에서 8남
매 중 일곱째로 태어났다. 첫아들을 낳고 내리 딸 다섯을 둔 뒤에 얻은 귀
한 아들이기에 온 집안 식구들의 특별한 관심과 사랑 속에서 유년 시절을
보냈다. 김유정의 집안은 몇 대째 춘천 실레마을(증리)의 천석을 웃도는
부자로 부유한 어린 시절을 보낼 수 있었다. 집안 어른들은 김유정에게
오래 살라고 '먹서리'(먹서리란 곡식을 담는 데 쓰는 짚으로 만든 그릇으로, 곡
식이 쌓이듯이 재산과 복도 쌓이라는 의미로 해석할 수 있다)라는 아명도 지어
주었다. 그러나 '먹서리'는 횟배를 자주 앓아 집안 사람들의 근심거리가
되기도 했다.

김유정이 일곱 살 되던 해, 일본의 재산몰수를 피하기 위해 춘천에
있는 일부 땅을 팔아 정리하고 서울로 올라온 후 어머니가 돌아가시게

되고, 2년 뒤 아버지마저 그의 곁을 떠나게 된다. 이때부터 김유정은 말을 더듬게 된다. 말을 하려면 한동안 입을 벌리고 뜸을 들여야했기에 자연히 말수가 적어질 수밖에 없었다. 다행히 휘문고보 시절 교정소에서 고친 후로는 다행히 말을 더듬지는 않게 되었으나, 과묵한 성격에서 벗어날 수는 없었다. 하지만 마이크 앞에 앉거나 술자리에서는 그를 능가하는 달변가는 없었다고 할 정도로 걸쭉한 입담으로 능청스럽게 청중을 사로잡는 능력이 있었다고 한다. 그의 소설이 마치 변사가 쉼 없는 달변으로 무성영화를 설명해주며 청중을 사로잡는 것처럼 독자들을 울렸다 웃겼다 하는 이유를 그의 성격을 통해서도 짐작해볼 수 있다.

아버지가 돌아가신 후, 김유정의 형이 집안 살림을 도맡게 되면서 가세는 급속도로 기울기 시작한다. 김유정의 자전소설 「형」이라는 작품 속에는 아버지와 형, 부자간의 어긋난 사랑과 갈등의 세월이 고스란히 담겨 있어서 당시 아버지와 형과의 대립 속에서 방황하고 갈등했던 그의 심정을 생생하게 되살려낼 수 있다. 이후에 그의 형은 스무 살이나 어린 동생 유정에게 아버지로부터 물려받은 재산을 한 푼도 남겨주기 않았다.

김유정은 열세 살이 되던 해 재동공립보통학교에 입학했고, 이듬해 3학년으로 월반한 뒤 우수한 성적으로 졸업을 하게 된다. 1923년 휘문고보에 입학해 열여덟 살이 되던 해 단짝 친구인 안회남(본명 안필승)과의 우정을 키워나가게 된다. 이때 김유정은 안회남과 함께 학교수업을 자주 빼먹고 영화 관람에 빠져서 학업을 게을리하는 등 심리적인 반항기를 겪게 된다.

이 무렵, 방탕한 형으로 인해 가세가 더욱 기울게 되고, 오랜 배앓이로 인해 원래 병약했던 그에게 치질까지 생겨 악화됨으로써 김유정은 경제적, 신체적으로 고통을 받게 된다. 이러한 힘든 상황 속에서 어렵게 졸업을 한 후, 1930년 연희전문 문과에 입학했으나 출석일수 미달로 두 달 만에 제적당하고 만다. 이 기간 동안 김유정은 당시 유명한 명창이었던 박녹주를 보고 한눈에 반하게 된다. 이 사랑은 급기야 집착으로 변해 사랑을 받아주지 않는 박녹주에게 혈서를 보내는가 하면 협박까지 하게 되는 등 극단적이며 파괴적인 방식으로 분출된다. 일찍 여읜 어머니에 대한 애착을 짝사랑하는 여성을 통해 충족시키기에는 김유정의 사랑은 다분히 일방적이었고 애초부터 실현 가능성이 희박한 도전이었던 것이다. 사랑에 대한 그의 이러한 집착은 소설 「두꺼비」와 「생의 반려」 속에 솔직하게 그려진다.

또한 이 당시 김유정은 누나, 형수네 집을 전전하면서 근근이 생활을 이어가게 된다. 일찍 어머니를 여읜 김유정에게 있어 누나라는 존재는 각별한 의미를 가짐에도 불구하고 완전한 사랑의 대상은 될 수 없었던 모양이다. 공장에서 번 적은 월급으로 병약하고 무력한 동생을 부양하는 책임을 맡은 누나는 때때로 동생에게 정신적인 고통을 안겨주기도 했음을 그의 소설을 통해 짐작할 수 있다. 「생의 반려」 「연기」 「따라지」 「슬픈 이야기」 등에 등장하는 여성 인물들은 그의 누나를 모델로 한 것이라고 한다. 반면 같은 작품에 등장하는 가난하고 병들고 우울한 남성 인물들은 그 시기 바로 김유정 자신의 모습이 투영되어 창조된 인물들이라고 볼 수 있다. 도시 빈민층을 배경으로 하는 김유정의 소설 대부분은 당시 서울에서 궁핍하고 무력한 삶을 살았던 자신의 경험을 밑그림으로 하여 창조된 세계다.

이제 그에게 남겨진 실연의 상처, 가난, 병마는 그를 다시 실레마을로 되돌아오게 한다. 낙향한 후에도 그의 정신적인 방황은 계속되었는데, 치질이 악화되고 늑막염(이는 후에 폐결핵으로 이어지는 전초가 된다)까지 앓게 되면서 더욱 실의에 빠지게 된다. 이때 그는 매형의 소개로 충청도의 어느 광업소 현장감독으로 내려가게 되는데 이곳에서 광부들, 들병장수 여자들과 어울렸던 경험들은 훗날 「산골 나그네」「총각과 맹꽁이」「노다지」「금」「금 따는 콩밭」 등의 소설을 창작하는 데 풍부한 소재가 되었다.

다시 실레마을로 돌아온 김유정은 마음을 다잡고 마을 청년들을 모아 농우회를 꾸려 본격적인 문맹퇴치 운동을 시작하게 된다. 이 농우회는 후에 금병의숙으로 개칭되어 간이학교로 인가받을 정도로 발전하게 된다. 그는 문맹퇴치 운동에서 나아가 농촌의 기초생활 개선을 위해 노름퇴치, 마을길 넓히기, 부녀자들을 위한 교육, 협동조합 운동도 전개하면서 마을 사람들과 폭넓은 교류를 갖기도 한다. 김유정의 농촌소설에 등장하는 지명, 이름 등은 실제를 모델로 한 것들이 대부분이다.

그의 소설 세계는 거의 실레마을이라는 공간과 이곳에서 일어났던 일들의 소설적 재현이라고 해도 과언이 아닐 정도로 실제의 삶을 정직하게 반영하고 있다. 하지만 그의 소설 속에서 현실은 새롭게 재창조되고 이렇게 재창조된 세계에는 삶의 진실이 녹아 있다. 또한 소설 속에서 등장인물들이 사용하는 언어는 생생한 강원도 사투리와 하층민들의 적나라한 비속어이다. 정상의 삶에서 밀려난 하층민들의 삶을 그들의 언어로 정직하게 이야기하고, 절망적인 그들의 갑갑한 상황을 비속어를 통해 일정 부분 해소시킨다는 측면에서 그의 소설에서 언어가 차지하는 비중은 매우 크다. 한편 그의 소설 제목을 세심하게 살펴보면 대개가 순우리말임을 확인할 수 있다. 즉 소박한 고유어들을 발굴하고 사용한 측면에서도 김유정의 소설 창작이 갖는 의미를 가볍게 보아넘길 수 없다.

약 2년 동안 농촌계몽운동에 힘쓴 김유정은 마음의 안정을 찾아가는 듯했으나 여전히 그는 가난했으며, 또한 그 가난으로 인해 병마와의 싸움은 더욱 고통스러운 지경에 이르게 되었다. 하지만 이와 같이 힘든 상황에서도 그의 삶을 지탱해주었던 것은 다름 아닌 소설 쓰기였다.

이 무렵, 단짝 친구 안회남이 신춘문예로 등단하자 김유정 또한 소설 쓰기에 도전하게 되면서 본격적인 창작활동에 몰입하게 된다. 처음으로 1932년 「심청」을 탈고한 그는 이듬해 서울로 올라가 안회남의 도움으로 「산골 나그네」와 「총각과 맹꽁이」를 잡지에 발표하고, 1934년에도 「솥」을 비롯한 몇 편의 작품을 탈고했다.

마침내 1935년 「소낙비」가 〈조선일보〉에 당선되고 「노다지」가 〈조선중앙일보〉에 가작으로 입선된다. 이해에 그가 발표한 작품은 「봄봄」을 위시해서 9편이고, 소설가 이상(李箱)의 추천으로 구인회에도 가입하게 되어 왕성한 창작열을 보여주었다. 1936년 발표작은 「동백꽃」을 비롯해서 무려 12편이나 된다. 병을 고치려면 돈이 필요했고, 돈을 벌기 위해 무리해서 소설을 썼고, 그래서 더욱 병이 악화될 수밖에 없었다. 1933년 폐결핵 진단을 받은 이후 결핵성 치루로까지 치질이 악화되어 8월 이후부터는 아예 움직일 수조차 없게 되었다.

1937년 3월 초, 폐결핵에 치루까지 겹쳐진 김유정은 다섯째 누이 유홍이 살고 있는 경기도 광주로 거처를 옮긴다. 이미 혼자 세수도, 식사도 할 수 없을 정도로 쇠약해진 상태였다. 그리고 그해 3월 29일, 스물아홉 살의 나이로, 경기도 광주의 누나 집에서 세상을 떠나고 만다.

김유정은 사망하기 11일 전에 안회남에게 다음과 같은 편지를 썼다.

필승아.

나는 날로 몸이 꺼진다. 이제는 자리에서 일어나기조차 자유롭지가 못하다. 밤에는 불면증으로 하여 괴로운 시간을 원망하고 누워 있다. 그리고 맹열이다. 아무리 생각하여도 딱한 일이다. 이러다가는 안 되겠다. 달리 도리를 차리지 않으면 이 몸을 다시는 일으키기 어렵겠다.

필승아.

나는 참말로 일어나고 싶다. 지금 나는 병마와 최후의 담판이다. 흥패가 이 고비에 달려 있음을 내가 잘 안다. 나에게는 돈이 시급히 필요하다. 그 돈이 없는 것이다.

필승아.

내가 돈 백 원을 만들어볼 작정이다. 동무를 사랑하는 마음으로 네가 좀 조력하여주기 바란다. 또다시 탐정소설을 번역해보고 싶다. 그 외에는 다른 길이 없는 것이다.

(중략)

그 돈이 되면 우선 닭을 한 30마리 고아 먹겠다. 그리고 땅꾼을 들여 살모사, 구렁이를 10여 마리 먹어보겠다. 그래야 내가 다시 살아날 것이다. 그리고 궁둥이가 쏙쏙구리 돈을 잡아먹는다. 돈, 돈, 슬픈 일이다.

필승아.

나는 지금 막다른 골목에 맞닥뜨렸다. 나로 하여금 너의 팔에 의지

하여 광명을 찾게 하여다오.

　나는 요즘 가끔 울고 누워 있다. 모두가 답답한 사정이다. 반가운 소식 전해다오. 기다리마.

3월 18일 김유정으로부터

—『김유정 전집』 중에서

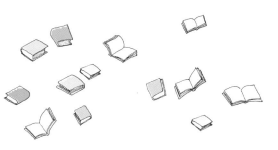

| 논술 | 욕망은 억제해야 하는가, 추구해야 하는가?

1. 주제 파악

인간이라면 누구나 물질을 소유하고자 하는 욕망을 가지고 있습니다. 더군다나 현대사회는 끊임없이 물질에 대한 욕망을 창출함으로써 이의 추구를 통해 개개인의 행복은 더욱 커진다는 신화를 유포합니다. 소유하고 소비하는 것이 미덕으로 인식되면서, 일확천금을 꿈꾸는 사회 분위기가 형성된 것은 당연한 귀결입니다.

반면, 이와 같은 시대의 흐름을 비판하면서 현대 소비사회의 폐해를 극복하기 위해서는 소비욕망을 억제하는 삶을 추구해야 한다는 목소리도 높아지고 있습니다. 즉 소유욕을 경계함으로써 진정으로 자유롭고 행복한 삶이 열린다는 것입니다.

과연 인간이 가지고 있는 본능으로서의 욕망은 억제해야 할까요? 추구해야 할까요? 어느 것이 인간의 행복을 극대화하는 데 기여하는 바람직한 삶의 방향일지 생각해보는 것은 현대사회를 살아가는 우리들에게 중요한 화두가 아닐 수 없습니다.

2. 논술 문제

다음 (가)와 (나) 글은 각각 욕망의 억제, 욕망의 추구를 정당한 태도라고 주장하고 있다. 하지만 오늘의 우려되는 사회적 추세에 비추어 볼 때 이 두 가지 태도 중 어느 한쪽을 견지하는 것보다는 적절한 조화를 통해 삶의 행복을 찾는 것이 인간 사회의 고상하고 진정한 발전을 위해 바람직한 방향이라 할 것이다. 어느 한쪽으로 치우치는 태도의 문제점을 지적하고, (다)의 인물들이 갖춰야 할 태도가 무엇인지를 논하시오.

(가) 인간의 역사는 어떻게 보면 소유의 역사처럼 느껴진다. 보다 많은 자기네 몫을 위해 끊임없이 싸우고 있는 것이다. 소유욕에는 한정도 없고 휴일도 없다. 그저 하나라도 더 많이 갖고자 하는 일념으로 출렁거리고 있는 것이다. 물건만으로는 성에 차지 않아 사람까지 소유하려 든다. 그 사람이 제 뜻대로 되지 않을 경우는 끔찍한 비극도 불사하면서 제 정신도 갖지 못한 처지에 남을 가지려 하는 것이다.

소유욕은 이해와 정비례한다. 그것은 개인뿐 아니라 국가 사이의 관계도 마찬가지다. 어제의 맹방(동맹국)들이 오늘에는 맞서게 되는가 하면 서로 으르렁대던 나라끼리 친선 사절을 교환하는 사례를 우리는 얼마든지 보고 있다. 그것은 오로지 소유에 바탕을 둔 이해관계 때문일 것이다. 만약 인간의 역사가 소유사에서 무소유사로 그 방향을 바꾼다면 어떻게 될까. 아마 싸우는 일은 거의 없을 것이다. 주지 못해 싸운다는 말은 듣지 못했다.

간디는 또 이런 말도 하고 있었다. "내게는 소유가 범죄처럼 생각된다." 그가 무엇인가를 갖는다면 같은 물건을 갖고자 하는 사람들이 똑같이 가질 수 있을 때에 한한다는 것. 그러나 그것은 거의 불가능한 일이므로 자기 소유에 대해서 범죄처럼 자책하지 않을 수 없다는 것이다. 우리들의 소유 관념이 때로는 우리들의 눈을 멀게 한다. 그래서 자기의 분수까지도 돌볼 새 없이 들뜨게 되는 것이다. 그러나 우리는 언제나 한 번은 빈손으로 돌아갈 것이다. 내 이 육신마저 버리고 홀홀히 떠나갈 것이다. 하고 많은 물량일지라도 우리를 어떻게 하지 못할 것이다.

크게 버리는 사람만이 크게 얻을 수 있다. 물건으로 인해 마음을 상하고 있는 사람들에게는 한번쯤 생각해볼 말씀이다. 아무것도 갖지 않을 때 비로소 온 세상을 갖게 된다는 것은 무소유의 역리(逆理)이니까.

— 법정, 『무소유』 중에서

(나) 대다수의 인간들은 철학적 사유와 성찰을 회피한다. 그들에게 행복의 길은 — 적어도 그 방향성에 있어서 — 단순하다. 행복에 이르기 위해 사람들은 물질적 욕망과 만족, 즉 인간이 원하는 모든 것을 어느 정도 축적하기만 하면 된다.

그런데 우리는, 행복해지기 위해 필요한 모든 상품을 생산하고, 경제 행위의 주체에 상품(물건과 서비스의 형태로)을 제공하는 것을 임무로 삼는 선진화된 산업사회에 살고 있다. 진정한 문제는 이러한 물질을 획득하는 방법에 있다. 이 정도 삶의 상태나 수준도 커다란 행운이라고 말할 수 있다. 오늘날 우리가 살고 있는 자유주의 사회는 전반적인 부의 증식을 목적으로 삼고 그 반대급부로 개인적인 생활수준의 향상을 도모한다.

그리하여 행복해지기 위해 욕망을 가져야 하고 특히 그것을 마음껏 충족시킬 힘을 지녀야 한다. 사실상 욕망의 실현은 만족—이러한 만족의 축적은 바로 행복을 뜻한다—을 가져다주는 반면, 충족되지 않은 욕망은 인간을 고통스럽게 만든다. 내가 더 많은 욕망을 지닐수록, 그리고 욕망을 채울 능력이 크면 클수록, 나는 더 행복해질 수 있기 때문에 욕망이란 좋은 것으로 여겨진다. 바로 이것이 소비사회의 이상 또는 이데올로기이다.

소비사회는 물질적 안락을 가져다준다는 구실 아래 끊임없이 새로운 상품과 새로운 욕망을 창출하고, 새로운 욕망을 유발하기 위해 광고라는 특별한 테크닉을 구사하고 있다. 그런데 인간이 많은 욕망을 추구하는 것(그만큼 많이 향유할 수 있기 때문에)을 좋다고 생각하지 않는다면, 자꾸 새로운 욕망의 대상을 만들어낸다는 것은 어리석은 짓이다. 왜냐하면 인간이 새로운 욕망의 대상에 다다를 수 없다면, 그것은 또 다른 좌절감을 낳게 할 것이기 때문이다.

"욕망한다는 것은 좋은 것이다." 이것은 바로 현대사회의 믿음이자 슬로건이다. 인간은 근본적으로 욕망의 동물이고, 각 개인은 그들이 지니는 욕망으로 차별화되고 정의되기 때문이다. 인간은 욕망을 통해서 자신의 개성을 확인하므로, 교육이 어린이의 욕망을 계발해야 하는 이

유—욕망의 계발이 그의 존재를 마음껏 꽃피우게 하기 위해—가 여기
에 있다.

(다) "자네 돈벌이 좀 안 할려나, 이 밭에 금이 묻혔네 금이……."

"뭐?" 하니까,

바로 이 산 너머 큰골에 광산이 있다. 광부를 3백여 명이나 부리는
노다지판인데 매일 소출되는 금이 70냥을 넘는다. 돈으로 치면 7천
원. 그 줄맥이 큰 산허리를 뚫고 이 콩밭으로 뻗어 나왔다는 것이다.
둘이서 파면 불과 열흘 안에 줄을 잡을 게고 적어도 하루 서 돈씩은 따
리라. 우선 30원만 해두 얼마냐. 소를 산대두 반 필이 아니냐고.

그러나 영식이는 귀담아듣지 않았다. 금점이란 칼 물고 뜀뛰기다.
잘되면 이어니와 못 되면 신세만 조진다. 이렇게 전일부터 들은 소리
가 있어서였다.

그 담날도 와서 꾀송거리다 갔다.

(중략)

그들은 밥상을 끼고 앉아서 즐겁게 술을 마셨다. 몇 잔이 들어가고
보니 영식이의 생각도 적이 돌아섰다. 딴은 일년 고생하고 기껏 콩 몇
섬 얻어먹느니보다는 금을 캐는 것이 슬기로운 짓이다. 하루에 잘만
캔다면 한 해 줄곧 공들인 그 수확보다 훨씬 이익이다. 올봄 보낼 제
비료값 품삯, 빚진 7원 까닭에 나날이 졸리는 이 판이다. 이렇게 지지
하게 살고 말 바에는 차라리 가로 지나 세로 지나 사내 자식이 한번 해
볼 것이다.

"낼부터 우리 파보세, 돈만 있으면야 그까짓 콩은……."

수재가 안달스리 재우쳐 보챌 제 선뜻 응낙하였다.

"그래 보세, 배라먹을 거 안 됨 고만이지."

그러나 꽁무니에서 죽을 마시고 있던 아내가 허구리를 쿡쿡 찔렀게 망정이지 그렇지 않았더라면 좀 주저할 뻔도 하였다.

아내는 아내대로의 셈이 빨랐다.

시체는 금점이 판을 잡았다. 섣부르게 농사만 짓고 있다간 결국 비렁뱅이밖에는 더 못 된다. 얼마 안 있으면 산이고 논이고 밭이고 할 것 없이 다 금장이 손에 구멍이 뚫리고 뒤집히고 뒤죽박죽이 될 것이다. 그때는 뭘 파먹고 사나. 자, 보아라. 머슴들은 짜기나 한 듯이 일하다 말고 후딱 하면 금점으로들 내빼지 않는가. 일꾼이 없어서 올핸 농사를 질 수 없으니 마느니 하고 동리에서는 떠들썩한다. 그리고 번동 포농이 쫓아 호미를 내어던지고 강변으로 개울로 사금을 캐러 달아난다. 그러나 며칠 뒤에는 다비신에다 옥당목을 떨치고 히짜를 뽑는 것이 아닌가.

—김유정, 「금 따는 콩밭」 중에서

3. 논술의 길잡이

(1) 주제 설명

욕망은 억제해야 하는가, 추구해야 하는가?

많은 종교에서 인간의 욕망은 억제되고 버려야 하는 '악'으로 규정됨니다. 불교에서는 특히 욕망과 탐욕이 모든 고통의 근본원인이라고 말합니다. 그리하여 이기적 욕망 추구를 경계하고 욕망의 질적 전환을 강조합니다. 욕망은 최대한 억제해야 하며, 이것을 바르게 다스려야만 궁극적인 행복에 이를 수 있다고 봅니다. 하지만 수도자가 아닌 세속에 묻혀 사는 보통의 사람들인 우리가 욕망을 완전히 제거하고 무위(無爲)의 경지에 이른다는 것은 매우 힘든 일입니다. 그렇기 때문에 더욱 종교의 힘이 필요한 것일지도 모릅니다.

하지만 현재 우리가 살고 있는 사회는 소비사회라고 불릴 정도로 인간의 욕망, 그중에서도 소비를 통한 소유욕이 자유롭게 추구되어야 한다고 말합니다. 생리적인 욕구 충족의 차원을 넘어서서 자본의 논리에 의해 형성된 욕구를 충족시켜야만 소비사회의 일원이 되고 심리적인 만족감을 느낄 수 있다고 말합니다. 소비사회에서는 '소비가 곧 미덕'이기 때문입니다. 그러다 보니 끊임없는 욕망의 추구는 상대적인 결핍감을 낳고, 남보다 좀더 많이 소유하고 소비하기 위하여 새로운 욕망이 창출되는 과정이 반복됩니다. 따라서 현재 우리들의 삶은 '인간의 행복은 욕망을 충족시킬 때 온다' 라는 일종의 소비사회 이데올로기에서 자유롭지 못하게 되었습니다.

이와 같은 현실에서 과연 욕망을 억제하는 것과 추구하는 것 중, 어떤 것이 우리들이 추구하는 행복에 가까이 다가갈 수 있는 선택일까요? 이에 대한 답을 구하기 위해서는 우선 욕망의 두 가지 측면, 즉 긍정적인 측면과 부정적인 측면에 대해 생각해볼 필요가 있습니다. 먼저, 욕망의 추구가 현재의 삶을 좀더 나은 방향으로 진전시키는 데 원동력으로 작용할 수 있다는 점에서는 긍정적인 측면을 갖는다고 볼 수 있습니다. 충족되지 않은 욕망은 고통을 가져옵니다. 반면 욕망에 다다를 수 있다는 것이 개인이 가진 능력을 발현시키는 것이며 궁극적으로 행복한 삶을 위한 조건 중 하나가 될 수 있습니다. 하지만 이런 욕망은 개인의 소질 계발이나 개인이 달성할 수 있는 목표라는 조건 아래서 충족될 때 삶에 긍정적인 기여를 하는 것이겠지요. 그러나 무제한적인 추구나 삶의 가치를 타락시키는 방향으로의 추구는 오히려 더 큰 고통을 가져올 수 있습니다. 이것이 욕망이 가지는 부정적인 측면이라고 할 수 있습니다. 특히 물질을 소유하고자 하는 욕망이 지나치게 되어 물질만능주의의 사고가 팽배하게 될 때 나타나는 인간성 상실 및 타락은 가장 크게 경계해야 할 부분입니다. 위에서 제시된 욕망에 대한 각기 다른 두 견해는 일반인들의 삶에 있어서 어느 쪽이든 그대로 수용하기에는 한계나 문제점이 있는 관점들입니다. 욕망을 무조건 억제하면서 살아가기엔 개인적으로 버려야 할 것, 치러야 하는 희생, 불편함이 매우 큰 것이 사실입니다. 또한 소비사회가 조장하는 대로 욕망을 추구하는 것이 진정한 행복으로 가는 지름길인가에 대해서도 회의적일 수밖에 없습니다. 물질에 대한 소유가 가져오는 행복을 부정할 수 없지만, 물질을 소유하는 데만 집착하다가는 다른 곳에서 다양하게 누릴 수 있는 가치 있는 행복을 놓치게 되기 쉽다는 것을 염두에 두어야 할 것입니다.

인간으로 태어난 이상 욕망을 완전히 버린다는 것은 불가능한 일입니다. 하지만 나의 욕망 추구로 인해 발생하는 개인적인 손해나 공동체적인 손실에 대해서는 미리 파악하고, 지나친 욕망을 자제하는 자세, 나의 욕망과 타인의 욕망을 조절하는 자세는 반드시 필요하다고 할 수 있겠습니다. 욕망을 조절함으로써 나의 삶의 균형과 타인의 삶과의 조화를 유지하는 것, 그것이 나를 주체로 만드는 것이며 나의 참된 인격을 형성하는 길일 것입니다. 따라서 '욕망을 억제해야 하는가, 추구해야 하는가' 문제는 강요의 문제라기보다는 개인의 가치관과 상황에 따라 판단하여 선택해야 하는 문제로써 접근해야 할 것입니다.

(2) 작품과 연결 짓기

「금 따는 콩밭」에서 영식과 영식 처는 자신들의 콩밭에서 금이 나올 것이라는 수재의 말만 믿고 콩밭을 갈아엎기로 결심합니다. 실제로 일제의 산금(産金)정책으로 인해 당시 농촌에 불어닥친 금바람은 대다수의 농민들을 금점에 뛰어들어 일확천금의 꿈을 꾸게 만들었습니다. 농사를 지어봐야 남는 것은 빚뿐인 현실에서 어쩔 수 없는 선택이었다고 볼 수 있겠지만, 반드시 금을 캔다는 보장도 없는 형편에서 수확만을 남겨둔 콩밭을 성급하게 갈아엎은 영식과 영식 처의 욕망 추구 방식은 비난받기에 충분해 보입니다. 이들이 선택해야 하는 바람직한 삶의 태도가 무엇인지에 대한 현명한 답을 구하기 위해서는 우선, 작품 속에 나타난 인물들의 욕망과 추구 방식을 좀더 세밀하게 들여다볼 필요가 있습니다.

영식의 욕망은 그가 소작을 얻어 부치는 땅에서 금을 캐는 것입니다. 수재의 설득만 아니었다면 영식은 콩밭을 갈아엎을 생각을 하지는 않았을 것입니다. 사람들이 금점에 뛰어든다고 해도 아랑곳하지 않고 묵묵히 농사를 지었을 것입니다. 하지만 계속되는 수재의 꾐에 마음이 돌아서고 말았습니다. 한번 돌아선 마음은 정해진 목표를 향해 무한질주합니다. 지금까지 애써 가꿔온 콩 포기가 쓰러질 때마다 자식 죽는 걸 보는 것처럼 가슴 아파하기는 하지만 이처럼 자신의 희생이 커질수록 반드시 금을 캐는 것으로 보상받아야 한다는 심리는 욕망을 더욱 강하게 만들었습니다. 급기야는 빚을 내면서까지 산제를 지냄으로써 집착을 더욱 공고히 하게 됩니다. 급기야는 욕망의 실현이 지연될수록 실패에 대한 분노감을 아내에 대한 폭력으로 표출하게 됩니다. 애초에 부부가 함께 잘살아보겠다는 욕망은 부부 사이를 다툼과 불신으로 얼룩지게 만들었습니다.

이제 영식 처의 욕망에 대해 생각해봅시다. 영식 처의 욕망은 '명태를 먹어보는 것, 다비신에 옥당목을 입어보는 것, 얼굴에 분을 발라보는 것'입니다. 이런 욕망을 충족시키기 위해서는 반드시 콩밭에서 금이 나와야만 합니다. 달리 방법은 없습니다. 따라서 영식 처는 적극적으로 남편의 욕망을 부추기는 역할을 합니다. 하지만, 산제를 지낼 때에는 남편에게 뺨을 맞은 분풀이로 금이 나오지 않기를 비는 아이러니한 태도를 보이기도 합니다. 즉 영식 처의 욕망은 남편과의 불화를 겪으면서까지 추구해야 하는 절대절명의 것은 아니라는 것을 알 수 있습니다.

어찌 되었든 이들 부부는 끝내 자신들의 욕망 추구에 제동을 걸지 못하고 스스로 파멸을 초래하게 됩니다. 이들 부부가 갖추어야 할 바람직한 태도로서 욕망 추구와 억제 사이의 절충점은 과연 없었던 것일까요?

욕망을 무조건 절제해야 하는 것으로 파악한다면 영식 부부가 경제적으로 처한 어려운 상황은 끝끝내 이들이 감내해야 하는 몫으로 규정되어버리고 맙니다. 영식 부부처럼 성실하게 생활해왔음에도 내내 빚에 쪼들리는 막막한 상황에 처한다면 누구가 한 번쯤은 일확천금을 바라는 마음을 갖게 될 것입니다. 또한 주변에서 비슷한 사례들이 성공하는 것을 접하면서 밭에서 금을 캔다는 것이 실현 가능성이 전혀 없는 엉뚱한 일은 아님을 생각해보면, 영식 부부의 욕망 추구 자체를 옳지 못하다고 비판할 수는 없습니다. 하지만 욕망 추구 과정에서 자신의 처지를 되돌아볼 이성의 힘을 발휘하지 못한다면 현실적인 돌파구가 없는 상황에서의 욕망 추구는 감정의 지배를 받게 되기 쉽습니다. 객관적으로 욕망의 실현 가능성을 가늠해보기, 욕망 추구의 실패가 가져올 손실에 대해서 깊이 있게 생각해보기, 집착을 버려야 할 순간에 현명하게 선택하기 등의 태도와 자세가 영식 부부에게 필요하다고 할 수 있습니다.

4. 예시 답안

불교에서는 욕망은 억제되어야 하며, 궁극적으로는 모든 욕망을 없앤 상태, 열반의 경지에까지 이르는 것이 수행의 과정이자 결과라고 보고 있다. 또한 (가)에서처럼 무소유(無所有)를 실천함으로써 진정한 삶의 가치와 행복을 얻을 수 있다는 견해를 보이고 있다. 하지만 시장경제체제 속에서 살면서 아무것도 갖지 않는 완전한 무소유의 삶이 과연 가능할지에 대해서는 의문이다. 욕망을 창출하고 부추기는 사회 속에서 욕망을 버리라고 말하는 것은 말 그대로 공염불이 되기 쉽다. 인간의 굴레라고도 볼 수 있는 욕망의 추구 자체를 없애는 것은 불가능한 일이다. 또한 욕망을 억제하는 것으로 모든 것이 해결되지는 않는다. 오히려 억제하면 할수록 욕망을 추구하려는 무의식은 더욱 작동하게 되기 때문이다. 억제된 욕망은 결코 사라지지 않고 잠재되어 있다가 또 다른 계기와 맞닥뜨리면 어떤 형태로든지 분출되게 마련이다. 에너지가 사라지지 않고 이동할 뿐 보존된다는 에너지 보존의 법칙이 욕망에도 그대로 적용된다고 할 때, 욕망은 제거해야 할 것이 아니라 적절히 다스려서 건강한 삶의 에너지로 사용될 수 있도록 해야 한다. '욕망은 억제해야 한다'는 주장은 불필요한 소유욕을 억제하고 자신의 분수에 맞게 검소하게 사는 삶이 공생(共生)을 위한 길임을 역설하고자 하는 것으로 받아들여야 할 것이다.

(나)는 현대 소비사회에서의 행복은 물질의 만족에 달려 있다는 견해를 보이고 있다. 즉 현대사회는 물질적 안락을 위해서 끊임없이 욕망을 추구해야 하며, 이를 충족시킬 수 있는 힘을 소유하는 것이 절망에서 벗어날 수 있는 길이라는 믿음을 강하게 전파하고 있다. 물론 욕망의 추구가 현재의 삶을 좀더 나은 방향으로 진전시키는 데 원동력으로 작용할 수 있다는 점에서 개인 삶의 발전에 긍정적인 기여를 한다고 볼 수도 있지만, 생존에의 필요함을 넘어서는 소비욕망을 과도하게 창출함으로써 현재의 삶을 항상 궁핍의 상태로 인식시킨다는 점에서는 반드시 경계해야 한다. 물질에 대한 과도한 욕망이 가져오는 가장 큰 폐해는 정신의 빈곤함, 피폐함일 것이다. 현대사회가 안고 있는 문제의 상당 부분도 바로 여기에서 기인한다고 볼 수 있는데, 이런 문제를 해결하는 데는 (가)에서와 같은 삶의 태도를 상기하는 것이 도움이 될 수 있을 것이다. 그러지 않으면 주체적으로 자신의 삶을 영위해가지 못하고 소비사회가 주입하는 이데올로기에 이끌려 삶의 의미를 찾지 못한 채 방황하는 삶을 살게 될 것이기 때문이다.

(다)의 영식 부부는 일확천금의 꿈을 꾸고 있다. 농사를 짓는 것으로

는 이들이 바라는 소박한 행복을 보장받을 수 없는 상황이 이들 부부로 하여금 금을 캐고자 하는 욕망을 선택하게 하였다. 이들 부부가 지금보다 행복해지기 위해서는 (나)에서 말하는 것처럼 욕망을 추구해야 하는 것은 맞다. 하지만 최소한의 소유조차도 허락받지 못한 상황에서의 욕망 추구는 일확천금에의 욕망으로 변질되기 쉬우며, 욕망의 실패 정도가 상대적으로 클 수밖에 없다는 측면에서 매우 위험한 일이 아닐 수 없다. 이들의 욕망은 물론 수재에 의해 촉발된 것이긴 하지만, 애초부터 이들 내부에 잠재되어 있던 것으로도 볼 수 있다. 실제로 금을 캐서 돈을 번 사람들이 있기에, 이들의 욕망이 완전 터무니없는 몽상만은 아니었을지 모른다. 하지만 이제 수확만을 남겨둔 콩밭을 갈아엎어야 할 만큼 시급한 일인가는 의심스럽다. 콩을 수확해봤자 남는 것이 하나도 없는 상황에서 콩밭을 갈아엎는 것은 손해 볼 일이 아니라고 생각할 수도 있다. 하지만 소작농이라는 현재 자신의 처지까지 망각한 채 혹시 있을지 모르는 금줄을 잡겠다고 그동안의 노력을 포기하는 것은 무모한 행동으로 비판받을 수 있다. 객관적인 상황판단 능력이 마비된 채, 자신의 모든 것을 걸고 달려드는 무모한 욕망의 추구는 실패만을 낳을 뿐이다. 또한 금을 캐고자 하는 욕망을 추구하는 동안, 영식 부부의 관계는 극도로 악화되어간다. 물질에 대한 과도한 욕망이 정신의 피폐함을 낳게 되는 전형적인 과정을 보여주고 있는 것이다.

욕망의 추구와 관련하여 이들 부부가 갖추어야 할 태도는 무조건 욕망을 억제하거나, 무턱대고 과도하게 욕망만을 추구하는 것은 아니어야 한다. 금을 캐고자 하는 영식 부부의 욕망 자체가 나쁘다고 판단할 수는 없다. 사실 영식 부부가 바라는 삶은 그렇게 원대한 것은 아니었다. 정직하고 성실하게 살아도 생존의 문제가 해결되지 않는 상황에서 생존의 문제를 해결하고 행복하게 살고자 하는 욕망은 삶을 지탱하는 원동력이 될 수 있었다. 하지만 섣부른 결정과 중간에 실패를 예감했을 때 이를 인정하지 않고 결국은 파멸로 치달았던 영식의 욕망 추구 방식은 경계해야 할 태도라 할 수 있다. 때로는 욕망이 살아가는 힘으로 작용하기도 하지만, 욕망의 주체에 의해 적절하게 조절되지 못할 때에 초래되는 불운을 감내하면서까지 욕망을 추구하는 어리석음을 범하지 말아야 할 것이다. 정리하자면, 객관적으로 욕망의 실현 가능성을 가늠해보기, 욕망 추구의 실패가 가져올 손실에 대해서 깊이 있게 생각해보기, 집착을 버려야 할 순간에 현명하게 선택하기 등의 태도가 영식 부부에게 필요한 것이다.

열림원 논술한국문학 01

동백꽃

1판 1쇄 발행 2006년 7월 27일
1판 6쇄 발행 2023년 8월 1일

지은이 김유정
책임편집·논술집필 조윤정
펴낸이 정중모
펴낸곳 도서출판 열림원
출판등록 1980년 5월 19일(제406-2000-000204호)
주소 경기도 파주시 회동길 152
전화 031-955-0700
팩스 031-955-0661
홈페이지 www.yolimwon.com
이메일 editor@yolimwon.com

ISBN 978-89-7063-511-8 04810
ISBN 978-89-7063-510-1 (세트)